R.L.Stine

Fear Street · Als das Grauen begann

Alle Taschenbücher der Reihe *Fear Street*:

Atem des Todes
Blutige Albträume
Ferien des Schreckens
Finstere Rache
Frosthauch des Todes
Gefährliches Vertrauen
Höllisches Vermächtnis
Klauen des Todes
Mörderische Freundschaft
Mörderische Verwechslung
Nacht der Vergeltung
Rache des Bösen
Rache ist tödlich
Spiel des Schreckens
Spur des Grauens
Stadt des Grauens
Stimmen der Finsternis
Straße der Albträume
Straße des Schreckens
Teuflischer Hass
Vermächtnis der Angst

FEAR STREET®

R.L.Stine

Als das Grauen begann

Loewe

FSC®
www.fsc.org
MIX
Papier aus verantwortungsvollen Quellen
FSC® C083411

ISBN 978-3-7855-8011-0
1. Auflage 2014 als Loewe-Taschenbuch

Erschienen unter den Originaltiteln
The Hidden Evil (© 1997 Parachute Press, Inc.), *Daughters of Silence* (© 1997 Parachute Press, Inc.) und *A New Fear* (© 1996 Parachute Press, Inc.).

Als deutschsprachige Ausgabe erschienen in der Serie Fear Street unter den Titeln *Bruderhass* (© 2004 Loewe Verlag GmbH, Bindlach), aus dem Amerikanischen übersetzt von Simone Wiemken, *Todesengel* (© 2004 Loewe Verlag GmbH, Bindlach), aus dem Amerikanischen übersetzt von Johanna Ellsworth und *Feuerfluch* (© 2004 Loewe Verlag GmbH, Bindlach), aus dem Amerikanischen übersetzt von Sabine Tandetzke.
Umschlagillustration: Silvia Christoph
Umschlaggestaltung: Elke Kohlmann
Printed in Germany

www.loewe-verlag.de

Bruderhass

Prolog

Niemand weiß, woher er kam. Niemand kennt mehr seinen Namen.

Und doch – das, was ein junger Mann vor vielen Jahrhunderten in einer Vollmondnacht heraufbeschwor, hinterließ seine Spuren. Spuren, die bis heute eine ganze Stadt in Angst und Schrecken versetzen.

Der junge Mann war der Urahn der Familie Fear. Und er hatte einen Todfeind. Diese Feindschaft trieb ihn zu einer Tat, die er bitter bereuen sollte. Denn um seinen Rivalen zu besiegen, rief er dunkle Mächte zu Hilfe.

Er entfachte in einer Höhle ein Feuer. Dann murmelte er die magischen Worte, die heute keiner mehr kennt. Erwartungsvoll blickte er in die Flammen, doch nichts geschah. Er wartete.

Als die Flammen plötzlich hoch aufloderten und sich rasend schnell über die Feuerstelle hinaus verbreiteten, schrak er zusammen und wich einen Schritt zurück. Doch das Feuer war schneller und erfasste ihn binnen Sekunden.

„Ich werde verbrennen“, dachte der junge Mann entsetzt. „Gleich bekomme ich keine Luft mehr und dann …“ Noch während er das dachte, merkte er, dass das Feuer einen Kreis um ihn gebildet hatte, sodass er von einer hohen Flammenwand umgeben war. Er schloss die Augen. Was hatte er da getan? Was für Mächte hatte er heraufbeschworen? Plötzlich ertönte aus den Flammen ein Zischeln, das sich langsam zu Worten formte.

„Du hast mich gerufen“, wisperte es.

Er sah sich gehetzt um, doch da war niemand – nur das Feuer.

„Du willst Macht und ich gebe sie dir“, zischte es wieder. „Dafür gehörst du nun mir. Und alles Blut von dir. Ihr werdet mir Opfer bringen.“

Die Stimme schwieg, doch nur für einen kurzen Moment. „Dominatio per malum“, wisperte sie. „Dominatio per malum.“

Der junge Mann schluckte. „Was ... was heißt das?“, stammelte er heiser.

„Macht“, kam die Antwort aus den Flammen, „Macht durch das Böse!“

Die Flammen schlossen sich enger um ihn und er fühlte, wie ihn die Macht durchfuhr – eine heiße Woge. Er hatte es geschafft, er hatte die Macht heraufbeschworen, er fühlte sie mit jeder Faser seines Körpers. Doch er erschauerte, als er spürte, wie stark diese Kraft war. So ungeahnt stark, dass er sich beklommen fragte, ob *er* es nun war, der diese Macht kontrollierte, oder ob sie *ihn* beherrschte. Aber nun war es zu spät ...

Die Flammen loderten noch einmal hoch auf, dann wurden sie kleiner und zogen sich wieder auf die Feuerstelle zurück.

Der junge Mann fühlte sich wie betäubt. Er fiel auf die Knie und starrte lange ins Feuer. War das alles eben wirklich geschehen?, fragte er sich. Hatte sich tatsächlich eine Flammenwand um ihn geschlossen? Das konnte nicht sein.

Doch da fiel sein Blick auf etwas Glänzendes, das zwischen den Steinen vor dem Feuer lag. Er beugte sich vor, um es besser erkennen zu können. Es war ein silbernes Amulett, besetzt mit leuchtend roten Steinen, die im Kreis um einen kleinen Totenkopf angeordnet waren. Als er das Amulett aufhob, stellte er erstaunt fest, wie schwer es in der Hand lag. Vor-

sichtig drehte er es hin und her und betrachtete es genauer. Auf der Rückseite waren die Worte *Dominatio per malum* eingraviert. Macht durch das Böse.

„Du gehörst nun mir – und alles Blut von dir", wiederholte er leise die Worte der Stimme aus dem Feuer. Was hatte sie damit gemeint? *Alles Blut von dir ...* Ein Gedanke durchzuckte ihn – ein schrecklicher Gedanke. „Das war ein Fluch! Ich und alle meine Nachkommen sind verflucht", wurde ihm klar. „Und das Amulett ist nicht nur das Zeichen meiner Macht, sondern auch das Zeichen des Fluchs." Während er das dachte, glomm das Amulett heiß in seiner Hand auf. Noch einmal drang ein Zischeln durch die Höhle, dann hörte das Amulett auf zu glühen und fühlte sich wieder kühl an.

Nachdenklich betrachtete er den kleinen silbernen Totenkopf. Was geschehen war, konnte er nicht mehr rückgängig machen. Es war sinnlos, sich zu fragen, ob es das wert gewesen war. Der Preis für die gewonnenen Kräfte war hoch – das hatte er erst jetzt erkannt. Zu hoch.

Mithilfe seiner neu erlangten Macht gelang es ihm, seinen Feind zu besiegen. Doch die Familie Fear war fortan verflucht. Es war ein mächtiger Fluch, der die Jahrhunderte überdauerte und nichts von seiner Grausamkeit einbüßte. Manchmal schwieg das Böse für eine Weile, doch nur, um schließlich mit neuer Kraft zu erwachen und Tod und Verderben zu säen. Dann brach es unerwartet über die nächste Generation herein und riss die Familie ins Unglück. Und selbst, als die Fears ausgelöscht waren, bestand das Böse fort. An einem bestimmten Ort, in einer bestimmten Stadt ...

1

Boston, 1858

„Wie wär's mit einer Gruselgeschichte?"

Timothy Fear schauderte. Doch gleich darauf schalt er sich dafür. „Ich bin durchgefroren, das ist alles", dachte er. „Wir waren zu lange draußen bei der Eiseskälte und haben es einfach ein bisschen übertrieben mit Schlittenfahren, Schneeballschlachten und Schneemännerbauen."

„Eine Gruselgeschichte am Kamin! Das ist eine tolle Idee!", jubelte Betsy. Ihre Wangen waren von der Kälte gerötet.

„Ja! Ja! Jemand soll eine Geistergeschichte erzählen!", verlangte auch Edwina.

Vielleicht war jetzt die Zeit gekommen, um die Geschichte zu erzählen, dachte Timothy. Wenn er sie jetzt erzählte, konnte er sie endlich vergessen.

„Ich kenne eine", sagte er und zwang sich, die Gruppe von Freunden anzulächeln, die ihn erwartungsvoll ansahen.

Die knochige alte Köchin seiner Familie warf Timothy einen entsetzten Blick zu. Die Becher mit dem heißen Apfelwein kamen auf dem Tablett, das sie in den Händen hielt, ins Wackeln und sie schüttelte den Kopf.

Es war kaum zu übersehen, dass sie nicht wollte, dass er die Geschichte erzählte. Aber Timothy achtete nicht auf sie. Er glaubte, dass die Zeit dafür gekommen war. Jetzt oder nie.

Draußen ging bereits die Sonne unter. Die Schatten im Salon des Herrenhauses wurden länger. „Wie Finger, die nach mir greifen", dachte Timothy.

„Ich kenne eine Gruselgeschichte, die von einem bösen Jungen handelt", sagte Timothy zu seinen Freunden. „Aber die ist so grässlich – ihr werdet sie nicht hören wollen." Das Feuer im Kamin loderte plötzlich hoch und prasselte lauter.

„Klar wollen wir das!", rief Clyde von seinem Platz am Fenster aus.

„Du musst sie uns unbedingt erzählen", verlangte Edwina.

Timothy nippte an seinem heißen Apfelwein. Sein Blick wanderte über die Gesichter seiner Freunde. Ihre Augen funkelten im Schein des Kaminfeuers.

„Überlegt es euch gut", riet er. „Ihr müsst wissen, dass es eine wahre Geschichte ist. Und sie ist so unheimlich, dass ihr euch zu Tode ängstigen werdet."

„Ooooh! Ich sterbe schon vor Angst!", rief Philip aus. Er beugte sich vor und packte Betsy mit beiden Händen am Hals. Sie kreischte erschrocken auf und alle mussten lachen.

„Euch wird das Lachen bald vergehen", dachte Timothy.

„Oh, bitte! Erzähl die Geschichte!", rief Betsy. „Wir sind bereit, das Risiko einzugehen. Das stimmt doch, oder?"

„Stimmt!", riefen die anderen begeistert.

Timothy nippte noch einmal an seinem Becher. „Also gut, ich erzähle sie euch – aber nur unter einer Bedingung." Wieder wanderte sein Blick von einem zum anderen. „Niemand darf mich unterbrechen … und niemand darf gehen, bevor ich zu Ende gesprochen habe."

Edwina grinste. „Du willst uns schon Angst machen, bevor es angefangen hat!" Sie drohte ihm mit dem Zeigefinger und zwinkerte ihm dabei zu.

„Und es funktioniert", fügte Betsy mit einem nervösen Lachen hinzu. „Ich wette, dass ich keinen einzigen Fingernagel mehr habe, wenn du deine Geschichte zu Ende erzählt hast."

Timothy zuckte die Achseln. „Noch könnt ihr gehen."

„Niemals", rief Ethan von seinem Sitzplatz auf der Sofalehne aus. Aber sehr überzeugt klang er nicht.

Die anderen fingen an zu lachen und Ethans Wangen wurden leuchtend rot.

Dann richteten sich alle Augen auf Timothy.

Sie warteten.

„Ich werde die Namen ändern“, sagte er, „um die Überlebenden dieses Dramas zu schützen. Aber alles andere ist genau so, wie man es mir erzählt hat. Und soweit ich weiß, entspricht es der Wahrheit.“

Seine Freunde schwiegen erwartungsvoll.

Obwohl Timothy direkt vor dem Kaminfeuer stand und die Hitze an seinen Beinen und am Rücken spürte, durchlief ihn ein weiterer Schauder.

„Lass dich nicht von deiner Angst besiegen“, beschwor sich Timothy. „Erzähl es ihnen. Erzähl ihnen alles.“

„Die Geschichte beginnt in New York“, fing er schließlich an. „Und sie hat sich vor mehr als sechs Jahren ereignet …“

2

New York, 1852

„Warum mussten wir nur gestern Abend streiten, Vater und ich? Warum mussten wir uns unbedingt am Abend seines Todes streiten?“ Tränen brannten in den Augen von Meggie Alston. Sie holte tief Luft in dem Bemühen, sich zusammenzureißen.

Ihre ältere Schwester Henrietta streichelte Meggie beruhigend über das lange rote Haar. „Oh, Meggie, ich werde mir nie verzeihen, dass ich gestern bei diesem albernen Hausmusikabend der Greens war. Niemals! Es muss so schrecklich für dich gewesen sein, ganz allein mit Vater, als er …“ Sie stieß einen unterdrückten Schluchzer aus.

„Du wirst nie wissen, *wie* schrecklich es war“, dachte Meggie.

Wieder hatte sie den grauenhaften Anblick vor Augen.

Sie hatte den erstickten Schrei ihres Vaters gehört. Daraufhin war sie im Morgenmantel nach unten gerannt. Ihr Vater war im großen Salon auf die Knie gesunken, er keuchte laut, die Hände auf den Bauch gepresst.

Seine alten grauen Augen füllten sich mit Entsetzen, als er vergebens nach Luft schnappte. Ein Krampf schüttelte ihn, dann lag er still.

Meggie schrie um Hilfe. Sie schrie und schrie. Aber es war sinnlos. Außer ihr war niemand im Haus. Und als Dr. Marston dann endlich kam …

Meggie schüttelte den Kopf. Sie konnte den Gedanken nicht ertragen.

„Weißt du, was am schlimmsten ist?“, fragte sie Henrietta.

„Dass wir uns auch noch gestritten haben. Oh, Henrietta, warum habe ich mich nur dauernd mit ihm in die Haare bekommen? Warum?"

„Weil du das Temperament unseres Vaters geerbt hast", erwiderte Henrietta mit einem traurigen Lächeln. Aus ihrem Dutt hatte sich eine Strähne ihres braunen Haars gelöst, die sie sich mit einer langsamen Bewegung aus dem Gesicht strich.

„Das stimmt", bestätigte Meggie. „Es hat so viele furchtbare und sinnlose Streitgespräche zwischen uns gegeben. Und gestern Abend war ich besonders gemein zu ihm. Was, wenn er in dem Glauben gestorben ist, dass ... dass ich ihn nicht geliebt habe ...?" Verzweifelt schlug Meggie die Hände vor ihr Gesicht und begann, leise zu schluchzen.

Henrietta nahm sie in die Arme und schaukelte sie liebevoll hin und her. „Er wusste genau, dass du ihn liebst. Natürlich wusste er das."

Meggie ließ sich von ihr hin- und herwiegen wie ein kleines Kind. „Wenigstens habe ich noch Henrietta", dachte sie.

Ihre Mutter war gestorben, als Meggie sechs war. Henrietta war damals erst neun gewesen, aber sie hatte es übernommen, Meggie die Mutter zu ersetzen. Sie hatte sie getröstet, wenn sie aus einem Albtraum erwacht war. Sie hatte zugehört, wenn Meggie Probleme hatte.

Die liebe Henrietta.

Mit einem vorsichtigen Lächeln schaute Meggie zu ihrer Schwester auf. „Ohne dich würde ich das alles nie durchstehen."

„Wir müssen stark sein", stimmte Henrietta ihr zu. „Sehr stark."

Jemand klopfte an die Tür.

Henrietta räusperte sich. „Herein!", rief sie.

Das Zimmermädchen Colleen trat ein und knickste. Ihre runden Wangen waren leuchtend rot.

„Ja?“, fragte Henrietta.

„Draußen sind zwei Polizisten, die Sie beide sprechen möchten, Miss“, sagte das Mädchen.

Henrietta stand langsam auf. „Polizisten?“

„Ich habe ihnen gesagt, dass Sie keinen Besuch empfangen, Miss, aber sie bestehen darauf.“ Colleens Hände verkrampften sich in ihrer Schürze.

„Wissen sie denn nicht, dass wir in Trauer sind?“, fragte Henrietta.

Meggie hörte das Beben in der Stimme ihrer Schwester. „Die arme Henrietta“, dachte sie. „Es ist nicht fair, dass sie immer diejenige ist, die sich um *mich* kümmern muss. Ich werde mich in Zukunft auch um sie kümmern.“

„Doch, Miss. Das habe ich ihnen gesagt“, berichtete Colleen.

„Führ sie herein“, befahl Meggie wütend und sprang auf. „Ich werde ihnen klarmachen, dass man Trauernden mit Respekt zu begegnen hat.“

„Jawohl, Miss.“

Einen Augenblick später kehrte das Dienstmädchen mit den zwei Polizisten zurück. Beide trugen blaue Uniformen mit funkelnden Abzeichen. Meggie fiel auf, dass sie nicht nur einen Revolver im Gürtel stecken hatten, sondern auch einen Schlagstock. Sie schauderte. Was wollten sie bloß bei ihnen?

Die beiden Männer nahmen hastig ihre Uniformmützen ab. Einer von ihnen war alt und kahlköpfig. Der andere war noch jung und sein rotes Haar hatte fast denselben Ton wie das von Meggie.

„Sind Sie die Alston-Schwestern?“, fragte der kahlköpfige Polizist und sah abwechselnd Meggie und Henrietta an.

Henrietta griff nach Meggies Hand und drückte sie ermutigend. „Sie will nicht, dass mein Temperament mit mir durchgeht“, dachte Meggie. Also kniff sie die Lippen zusammen und überließ das Antworten ihrer Schwester.

„Ja, das ist Meggie Alston“, sagte Henrietta mit einem Blick auf ihre jüngere Schwester. „Und ich bin Henrietta Alston.“

„Es tut uns leid, Sie zu einer solchen Zeit belästigen zu müssen“, fuhr der ältere Polizist fort.

„Wirklich leid“, fügte der jüngere hinzu und wurde so rot, dass seine Sommersprossen nicht mehr zu erkennen waren.

„Worum geht es?“, fauchte Meggie. „Sie sagen, dass es Ihnen leidtut, trotzdem sind Sie hier. Und das, wo unser Vater noch nicht einmal unter der Erde ist!“

„Meggie“, murmelte Henrietta warnend.

„Dr. Marston, der Arzt Ihres Vaters, war bei uns“, erklärte der kahlköpfige Polizist. Er zögerte und starrte Meggie und Henrietta durchdringend an. „Es scheint …“

„Was scheint?“, fuhr Meggie ihn ungeduldig an.

„Es scheint, dass Ihr Vater keines natürlichen Todes gestorben ist. Er ist vergiftet worden.“

Meggie hatte das Gefühl, als wäre im Zimmer plötzlich das Licht ausgegangen. Das einzige Geräusch, das sie noch hörte, war das Ticken der Standuhr. Es klang viel lauter als sonst. In ihrem Kopf drehte sich alles.

„Er ist *ermordet* worden?“, stieß sie ungläubig hervor.

„Das kann nicht sein! Dr. Marston muss sich irren“, verkündete Henrietta entschieden. Aber ihr Gesicht war leichenblass.

„Es ist kein Irrtum“, widersprach der ältere Polizist.

„Aber … wer würde denn so etwas tun?“, stieß Meggie hervor. Sie ballte die Hände zu Fäusten. Wenn wirklich jemand ihren Vater ermordet hatte, sollte er dafür bezahlen. Sie würde dafür sorgen, dass er dafür bezahlte.

„Deswegen wollten wir mit Ihnen sprechen“, sagte der jüngere Mann und drehte nervös seine Uniformmütze zwischen den Fingern. „Wir haben uns gefragt, ob Ihr Vater irgendwelche Feinde hatte …“

„Irgendwelche Feinde?“, wiederholte Henrietta fassungslos. „Nein, nicht dass ich wüsste.“

„Er hatte sicher keine Feinde“, bestätigte Meggie. „Er war der netteste Mensch der Welt! Wie können Sie nur so etwas fragen?“

„Und gestern hatten unsere beiden Hausangestellten frei“, fügte Henrietta hinzu. „Meggie und Vater haben den Abend allein verbracht, was bedeutet, dass niemand die Gelegenheit hatte, ihn …“

Henrietta verstummte plötzlich und ihr Unterkiefer klappte herunter.

Meggie spürte, wie ihre Kopfhaut zu prickeln begann, als ihr Blick von Henrietta zu den Polizisten wanderte. Die beiden starrten sie misstrauisch an.

Die glaubten doch wohl nicht, dass sie …? Sie konnten doch nicht ernsthaft annehmen, dass Meggie ihrem eigenen Vater etwas antun würde, oder?

„Stimmt das, Miss?“, fragte der Ältere langsam an sie gewandt. „Waren Sie und Ihr Vater den ganzen Abend allein?“

„Ja, allerdings“, sagte Meggie. „Aber was …?“

„Das ist doch lächerlich!“, mischte sich Henrietta ein und ihre Stimme wurde schrill. „Nur weil die beiden eine kleine Auseinandersetzung hatten, können Sie doch unmöglich annehmen, dass Meggie …“ Mehr brachte sie nicht heraus.

„Eine Auseinandersetzung? Worüber?“, hakte der ältere Polizist schnell nach.

Henrietta sah Meggie ängstlich an. Ihre Hände zitterten.

Meggie sah die Polizisten an. „Nicht dass es Sie etwas anginge, aber mein Vater hat mir Hausarrest erteilt. Er hat herausgefunden, dass ich … kutschieren war."

„Kutschieren?", fragte der Ältere verständnislos.

„In einer Kutsche im Park herumfahren und küssen", erklärte der Jüngere und starrte auf den Boden.

„Ja, und da hast *du* gesagt …", begann Henrietta. Doch sie unterbrach sich hastig und ihre Wangen wurden leuchtend rot.

„*Was* hat sie gesagt?", fragte der Kahlköpfige streng.

Mit einem kurzen Blick bat Henrietta Meggie um Verzeihung.

„Was hat sie gesagt?", wiederholte der Polizist seine Frage energisch.

„Oh", murmelte Henrietta. „Sie hat gesagt … nun, dass sie zu alt ist, um sich von ihm Vorschriften machen zu lassen. Und dass damit ein für alle Mal Schluss sein würde." Henriettas Lippen begannen zu beben.

Meggie konnte nur den Kopf schütteln. Beinahe hätte sie gelacht. Es war ein komisches Gefühl, dass tatsächlich jemand dachte, sie hätte ihren Vater umbringen können. Wie absurd!

„Ich fürchte, wir müssen eine Hausdurchsuchung vornehmen", erklärte der kahlköpfige Polizist. „Wir werden jedes Zimmer durchsuchen", fügte er hinzu und starrte Meggie direkt ins Gesicht, „einschließlich ihres Schlafzimmers, Miss."

„Niemals!", schrie Henrietta. „Sie vergessen wohl, mit wem Sie es zu tun haben? Das hier ist immer noch das Haus der Familie Alston!"

Meggie hatte Henrietta noch nie so wütend erlebt. Wie

großartig von Henrietta, sie so erbittert zu verteidigen! Und das, obwohl Henrietta Streitigkeiten hasste.

„Es tut mir leid, Miss“, sagte der Polizist, „aber wir müssen unsere Pflicht tun.“

Henrietta öffnete den Mund, um zu widersprechen, doch der Mann ließ sie nicht zu Wort kommen. „Sie wollen sich doch nicht der Polizei widersetzen?“, fragte er mit kalter Stimme.

Henrietta senkte den Blick und schüttelte langsam den Kopf. Dann führte sie die beiden Polizisten aus dem Salon. Ihr steifes schwarzes Kleid raschelte bei jedem Schritt.

Meggie blieb, wo sie war. Sollten sie doch ihr Zimmer durchsuchen. Sie würden sowieso nichts finden. Schließlich war sie unschuldig.

Aber was, wenn Dr. Marston recht hatte? Wenn wirklich jemand ihren Vater ermordet hatte? War es denkbar, dass gestern Abend jemand ins Haus eingedrungen war, ohne dass sie es bemerkt hatte?

Unmöglich!

Sie hörte, wie Henrietta auf der Treppe lautstark mit den beiden Polizisten diskutierte. Sie ließ sich erschöpft aufs Sofa fallen. Ihr Körper fühlte sich so schwer an, als wären ihre Arme und Beine aus Blei. Sie schloss die Augen. Die Stimmen auf der Treppe waren verklungen.

Colleen stürzte ins Zimmer. Sie schien den Tränen nahe zu sein. „Sie müssen kommen, Miss. Diese Männer sagen schreckliche Dinge über Sie.“

„Das ist ein Irrtum“, erklärte Meggie ihr. „Mach dir keine Sorgen. Das ist alles nur ein schrecklicher Irrtum.“

„Bitte“, flehte Colleen. „Kommen Sie schnell.“

Meggie zwang sich zum Aufstehen. Dicht gefolgt von Colleen schleppte sie sich aus dem Wohnzimmer. Dann stieg sie langsam die Treppe hoch und klammerte sich bei jedem Schritt an das mit Schnitzereien verzierte Geländer.

„Meine Schwester ist unschuldig!“, hörte sie Henrietta von oben schreien. „Wie können Sie es wagen! Hören Sie auf! Hören Sie sofort damit auf! Sie dürfen ihre Sachen nicht durchwühlen!“

Auf dem oberen Treppenabsatz bog Meggie in den langen Flur ein. Ihr Zimmer schien meilenweit entfernt. Sie war so müde. Sie wollte nur noch schlafen.

Die Tür zu ihrem Zimmer stand offen und Meggie schlüpfte hinein. Der kahlköpfige Polizist hielt eine Öllampe hoch, während der junge methodisch ihre Sachen durchsuchte. Er hatte die Fächer ihres Sekretärs aufgezogen und stocherte in den kleinen Schubladen herum.

„Sie ist unschuldig!“, kreischte Henrietta immer wieder. Hektisch griff sie nach dem Arm des jungen Polizisten, um ihn von weiteren Suchaktionen abzuhalten.

Der Polizist schüttelte ihre Hände ab.

„Henrietta“, sagte Meggie. Ihre Stimme klang dünn und hörte sich an, als käme sie aus weiter Ferne. „Es ist in Ordnung. Wenn die Kerle ihre Zeit damit verschwenden wollen, mein Zimmer zu durchsuchen, dann lass sie doch.“

Henrietta schnappte nach Luft, als der junge Polizist etwas aus der zweituntersten Schublade holte.

Ein Glasfläschchen.

Er zog den winzigen Korken heraus und schnupperte zögernd am Inhalt des Fläschchens.

„Gift“, verkündete er. „Blausäure. Es riecht ganz stark nach Bittermandeln.“

„Dann haben wir die Mörderin“, verkündete der kahlköpfige Polizist. „Es ist Meggie Alston.“

3

Meggie spürte, wie alles Blut aus ihrem Gesicht wich.

Gift?

In ihrem Zimmer?

Wie war das möglich?

Meggie sah ihre Schwester voller Verzweiflung an – Henrietta schien unter Schock zu stehen. Sie schüttelte nur den Kopf, immer wieder. Ihre Augen suchten die von Meggie.

„Henrietta!“, schrie Meggie und stolperte auf ihre Schwester zu. „Ich habe keine Ahnung, wer dieses Fläschchen in meine Schublade gelegt hat. Aber du weißt genau, dass ich Vater niemals etwas hätte antun können. Niemals!“

Rote Flecken erschienen auf Henriettas blassem Gesicht, als hätte ihr jemand eine Ohrfeige gegeben. „Ja, ja, natürlich“, sagte sie hastig. „Natürlich weiß ich das, Meggie.“

Sie steckte ein paar Strähnen ihres braunen Haars zurück in den straffen Knoten an ihrem Hinterkopf. Dann richtete sie sich auf und starrte den Polizisten ins Gesicht. „Jemand muss dieses Gift in Meggies Schublade gelegt haben. Jemand versucht, meiner Schwester diese Tat in die Schuhe zu schieben.“

Die Polizisten hörten ihr nicht einmal zu. Beide sahen Meggie an. „Ich fürchte, wir werden Sie mitnehmen müssen, Miss“, sagte der ältere.

„Mich mitnehmen?“, wiederholte Meggie wie betäubt. Sie konnte keinen klaren Gedanken fassen.

„Nein!“, schrie Henrietta und legte Meggie einen Arm um die Schultern.

Meggie stand mit gesenktem Kopf da. Sie konnte sich nicht bewegen und auch nicht sprechen.

Die Polizisten zerrten ihre Schwester von ihr weg. Meggie hörte zwar, wie Henrietta weinte, doch sie war nicht in der Lage, ihr ins Gesicht zu blicken.

Jemand hatte es so aussehen lassen, als hätte sie, Meggie, ihren Vater ermordet. Dieser Gedanke drehte sich in ihrem Kopf. Immer wieder derselbe Gedanke.

„Kommen Sie“, befahl der ältere Polizist. Grob packte er sie am Arm.

Sie riss den Arm weg und schüttelte heftig den Kopf, um besser denken zu können. „Es besteht keine Notwendigkeit, mich abzuführen“, fauchte sie. „Ich komme freiwillig mit. Aber ich bin unschuldig. Und sobald meine Unschuld bewiesen ist, werden Sie wie zwei Dummköpfe dastehen.“

Plötzlich sah sie wieder klarer. Die Betäubung wich von ihr. „Henrietta, bitte setz dich sofort mit Hamilton in Verbindung“, fügte sie hinzu. Hamilton war schon seit Jahren der Anwalt ihrer Familie. Er würde sie nicht enttäuschen.

„Oh, Meggie, ich …“, stieß Henrietta unter Schluchzen hervor.

„Tu, was ich sage“, fuhr Meggie sie an.

„Natürlich“, versprach Henrietta mit leiser, ängstlicher Stimme. „Ich werde sofort zu ihm gehen. Hoffentlich kann er uns helfen.“

Meggie wandte sich daraufhin wieder den Polizisten zu. Sie hob das Kinn und musterte sie kalt. „Nun? Ich bin bereit.“

Ich bin bereit, hallten die Worte in ihrem Kopf nach.

Aber wie hätte sie jemals bereit sein können für das, was nun folgte? Die Polizisten sperrten sie in ein Abteil der vergitterten Kutsche, mit der Verbrecher ins Gefängnis befördert wurden.

Die Leute versuchten neugierig, einen Blick hineinzuwerfen, und zeigten mit dem Finger, als sie vorbeifuhren. „Hoffentlich sieht mich niemand, den ich kenne“, dachte Meggie. Sonst würde sich das bis zum Abend wie ein Lauffeuer durch die ganze Stadt verbreiten.

Doch dann wurde Meggie klar, dass es keine Rolle spielte, ob jemand sie sah. Ein Skandal wie dieser ließ sich nicht geheim halten. Die Erbin Meggie Alston – eine Mörderin.

„Meine wahren Freunde werden wissen, dass ich es nicht war“, sagte sie sich. „Außerdem habe ich Henrietta.“ Aber der Gedanke, dass auch nur ein einziger Mensch sie für die Mörderin ihres Vaters halten könnte, verursachte ihr Übelkeit.

Als die Polizisten sie schließlich der Gefängnisaufsicht übergaben, fühlte sich Meggie wie betäubt. Sie befolgte jede Anweisung der Wärterin, ohne darüber nachzudenken, und zog stumm ihre Gefängnisuniform an: ein sackartiges braunes Kleid und grobe blaue Strümpfe mit einem roten Streifen.

Die Wärterin übergab Meggie an zwei Kolleginnen, eine große und eine kleine. Meggie ließ sich widerstandslos eine enge Wendeltreppe hinab- und einen schmalen Flur entlangführen.

„Ich muss versuchen, das alles als eine Art Abenteuer zu betrachten“, beschwor sie sich. „Als etwas, von dem ich meinen Freunden noch jahrelang erzählen kann!“

Aber was, schoss es ihr durch den Kopf, wenn sich nicht aufklärte, wer das Gift in ihr Zimmer geschmuggelt hatte? Wenn sie sie nie wieder freiließen? Was, wenn sie den Rest ihres Lebens an diesem grauenhaften Ort verbringen musste?

Die beiden Wärterinnen führten sie durch eine schwere Holztür hinaus auf einen eisig kalten, feuchten Innenhof.

Meggie blieb wie angewurzelt stehen. Ihre Knie begannen zu zittern.

Direkt vor ihr erhob sich das Holzgerüst, auf dem verurteilte Verbrecher in aller Öffentlichkeit gehängt wurden.

Die große hölzerne Plattform mit dem Galgen ragte im silbernen Licht des Mondes vor ihr auf wie ein Monster, das nur darauf wartete, sie zu verschlingen.

In Panik drehte sich Meggie zu ihren beiden Bewacherinnen um. „Wohin bringen Sie mich?“

Die kleinere der beiden grinste sie an. „Zu deiner Hinrichtung natürlich.“

„Meine ... Hinrichtung?“ Meggie brachte die Worte kaum über die Lippen. „Aber ich bin unschuldig! Das ist alles ein Irrtum! Ich ...“

Die Wärterinnen starrten sie kalt an.

Dann breitete sich ein gemeines Grinsen auf dem Gesicht der kleineren Frau aus.

Die größere prustete los.

Meggie sah verständnislos von einer zur anderen, bis ihr endlich klar wurde, dass sie sich nur einen grausamen Scherz mit ihr erlaubt hatten.

„Keine Angst“, sagte die größere. „Du wirst schon noch hängen – aber erst *nach* deinem Prozess.“

Beide Wärterinnen brachen wieder in Gelächter aus. „Komm jetzt“, befahl die kleinere der beiden.

Sie führten Meggie im Eiltempo durch eine Tür auf der anderen Seite des Hofs und eine weitere Wendeltreppe hinunter. Schließlich erreichten sie einen langen unterirdischen Flur mit Gefängniszellen. An den Wänden brannten Fackeln. Meggie konnte die anderen Gefangenen sehen, die sie durch die vergitterten Luken in den schweren Holztüren anstarrten.

„Schaut euch das Püppchen an“, rief eine Frau verächtlich.

„Sie muss Geld haben, seht doch nur mal ihre Hände!", johlte eine andere Gefangene. „Die haben noch nie zupacken müssen."

„Ruhe!", schrie die größere Wärterin. „Es sei denn, ihr wollt so viele Peitschenhiebe haben, dass ihr es bis ans Ende eures elenden Lebens nicht mehr vergesst!"

Die Wärterinnen blieben vor einer Zellentür stehen. Hier war kein Gesicht an die Gitterstäbe gepresst. Die kleinere Frau wählte einen Schlüssel von ihrem riesigen Bund aus und schob ihn ins Schloss. Sie öffnete die Tür und stieß Meggie in die Dunkelheit.

Die Tür schlug hinter ihr zu. Meggie hörte die eisernen Schlüssel klirren, als die Wärterinnen hinter ihr zusperrten.

„Jetzt fängt der Albtraum richtig an", dachte sie und sah sich zögernd in ihrer düsteren Zelle um. Eiskalter Steinfußboden, schiefe Wände. Gerade groß genug für zwei Betten. Obwohl – Betten waren es eigentlich nicht, sondern Pritschen, die nur aus ein paar Holzplanken bestanden, auf denen zerlumpte Decken lagen.

Und der Gestank! In einer Ecke stand ein Eimer für die menschlichen Bedürfnisse der Gefangenen. Wie oft der wohl ausgeleert wurde?, fragte sich Meggie. Erschöpft ließ sie sich auf eine der Pritschen fallen.

„Das ist *mein* Bett. Dir gehört das auf der anderen Seite."

Meggie sprang erschrocken auf. In der Nähe der Tür lehnte eine große Frau an der Wand der Zelle. Meggie war in der Dunkelheit an ihr vorbeigestolpert, ohne sie zu bemerken!

Obwohl die Frau schon älter war, wirkte sie doch bullig und stark. Stark genug, um Meggie ihren Willen aufzuzwingen.

Die Frau kam langsam auf sie zu.

Meggie wich zurück.

„Hab keine Angst", sagte die Frau freundlich. „Ich tu dir nichts, kleines Mädchen."

Meggie brachte kein Wort heraus. War das nur wieder ein übler Scherz – wie ihn die Wärterinnen noch vor wenigen Minuten mit ihr gemacht hatten?

Die alte Frau lächelte und ihr Lächeln war warm. „Willkommen in meiner Wohnung", sagte sie zu Meggie und streckte ihr eine Hand entgegen. „Wie es scheint, werden wir eine längere Zeit miteinander verbringen."

„Ja, es scheint so", bestätigte Meggie und schüttelte der Frau die Hand.

„Wie seltsam", dachte sie, „sich an einem Ort so förmlich und höflich zu begrüßen."

„Ich bin Elizabeth", sagte die alte Frau. „Elizabeth Samuels."

„Meggie Alston", stellte Meggie sich vor.

Die alte Frau sah ihr prüfend ins Gesicht. „Kind, was hast du nur an einem so gottverlassenen Ort wie diesem zu suchen? Du bist doch noch so jung."

„Ich … ich habe nichts verbrochen", stammelte Meggie. „Ich bin unschuldig! Mein Vater ist tot – und nun glaubt man, ich hätte ihn … ermordet …"

Elizabeths Augen weiteten sich. „Armes Kind", murmelte sie. „Du siehst nicht aus, als ob du zu so etwas fähig wärst."

„Oh, ich danke Ihnen!", stieß Meggie hervor. „Ich kann Ihnen gar nicht sagen, wie gut es tut, dass Sie mir glauben …"

Sie konnte nichts dagegen tun – sie begann zu weinen. Die Trauer um ihren Vater, der Schock der Verhaftung … und nun die Freundlichkeit der alten Frau …

Jetzt kamen all die Tränen, die sie zurückgehalten hatte, seit die Polizisten sie mitgenommen hatten.

Durch ihre Tränen sah sie, wie Elizabeth ihre knochigen

Hände betrachtete und sie dabei hin und her drehte. Ihr Gesichtsausdruck veränderte sich.

„Wo ist mein Ring?“, fragte sie Meggie eisig.

„Ihr *was*?“

„Spiel hier nicht die Unschuldige, du gemeine Diebin! Du bist also doch eine Verbrecherin und du hast meinen Ring gestohlen!“

„Ich weiß gar nicht, wovon Sie reden“, verteidigte sich Meggie. „Ehrlich nicht!“

„Du hast ihn! Du hast ihn!“

Elizabeth stürzte sich auf sie. Meggie sprang zur Seite. Dabei blieb sie mit dem Fuß am Toiletteneimer hängen. Der Inhalt des Eimers ergoss sich über den Steinboden.

„Gehen Sie weg!“, kreischte sie Elizabeth an. „Oder ich werde …“

Ja, was würde sie tun?, überlegte sie hektisch. Was konnte sie schon tun? Wer würde sie jetzt noch beschützen?

Es gab keinen Fluchtweg und kein Versteck. Die große alte Frau packte sie an den Haaren und stieß sie grob gegen die Wand.

Meggie versuchte zu schreien, aber die Frau presste ihr den Arm so hart gegen die Kehle, dass sie kaum Luft bekam.

Während sie Meggie gegen die Wand drückte, durchsuchte sie Meggies Taschen. „Wo ist er? Wo hast du ihn versteckt?“

„Ich sage doch, ich habe Ihren Ring nicht!“, keuchte Meggie und versuchte, sie wegzuschieben. „Haben Sie mich verstanden? Ich habe Ihren Ring nie gesehen!“

Elizabeth ließ Meggie los. Sie ging zu ihrer Pritsche und ließ sich auf die Kante fallen. Vor Wut verengten sich ihre Augen zu Schlitzen. „Du hast ihn verschluckt, hä? Das wird mich auch nicht daran hindern, ihn zurückzuholen. Ich werde dich aufschlitzen wie einen Fisch. Sobald du eingeschlafen bist, werde ich dich in tausend Stücke schneiden! Das glaubst du wohl nicht? Ich habe ein Messer in meiner Zelle versteckt!“

Auf der Suche nach der Waffe wanderte Meggies Blick unruhig durch die Zelle. Die Frau lachte meckernd. „Da, wo ich es versteckt habe, findest du es nie. Du wirst es erst sehen, wenn es zu spät ist!“

Meggie stand immer noch schwer keuchend an der Wand. „Henrietta wird mit unserem Anwalt reden“, dachte sie. „Dann komme ich morgen hier raus. Ich brauche nur eine Nacht an diesem grauenvollen Ort zu verbringen.“

Während die alte Frau sich auf ihrer Pritsche vor- und zurückwiegte und in einen seltsamen Singsang verfiel, wiederholte Meggie im Stillen immer wieder dieselben drei Worte, als spräche sie ein Gebet.

Nur eine Nacht.

Nur eine Nacht.

Nur eine Nacht.

4

Vier Monate später

Ein hölzerner Schlagstock knallte gegen das Gitter ihrer Zellentür. „Meggie, du hast Besuch."

Ein Besucher!

Meggies Herz schlug schneller.

Sie hechtete zur Tür und drückte ihr Gesicht an die Gitterstäbe.

„Henrietta!", rief sie, als das von einer leuchtend blauen Haube umrahmte, vertraute Gesicht vor ihr auftauchte. „Meine geliebte Henrietta! Endlich bist du gekommen! Ich wusste es! Es war so schrecklich, dich gestern vor Gericht zu sehen und nicht mit dir sprechen zu können. Ich habe dich so vermisst! Wo warst du die ganze Zeit?"

Meggie streckte die Finger durch das Gitter in der Hoffnung, Henrietta berühren zu können, doch ihre Schwester stand zu weit weg.

„Wenigstens kann ich mit ihr reden, ohne dass die grässliche Elizabeth dabei ist", dachte sie. Man hatte ihre Zellengenossin ein paar Tage zuvor weggebracht.

„Ich möchte gerne einen Augenblick mit ihr allein sein", erklärte Henrietta der Wärterin mit erstickter Stimme. Meggie merkte sofort, dass ihre Schwester geweint hatte.

Die dicke Wärterin sah Meggie misstrauisch an. „Von mir aus", sagte sie und schlurfte davon.

„Oh, Henrietta", stieß Meggie aus. „Ich werde noch wahnsinnig. Meine Hinrichtung ist für morgen früh angesetzt! Es geht alles so entsetzlich schnell ... Erzähl schon! Gibt es Neuigkeiten? Hast du mit unserem Anwalt gesprochen? Wo war er bei meinem Prozess? Ich verstehe das alles nicht … Hat er irgendwelche neuen Beweise, irgendeine Aussicht, irgendwas …?“ Ihr Redefluss verstummte.

Henrietta schüttelte langsam den Kopf.

Meggie packte das Gitter mit beiden Händen. „Henrietta! Du musst etwas tun! Fleh den Richter um Gnade an! Gibt es denn wirklich keinen alten Freund von Vater, der Einfluss auf ihn haben könnte? Schon eine Verzögerung von nur ein paar Tagen würde vielleicht helfen. Wir brauchen noch mehr Zeit, Henrietta. Wir brauchen Zeit, um den wahren Mörder zu finden!“

Henrietta zuckte nur hilflos mit den Achseln.

„Henrietta! Hör mir zu!“, schrie Meggie sie an. „Jetzt ist nicht der richtige Augenblick, um zu resignieren. Begreifst du, in welcher Lage ich bin? Begreifst du das? Ich werde morgen sterben, wenn du nichts unternimmst! Warum stehst du nur da und schaust mich traurig an? Warum antwortest du mir nicht? Du musst etwas tun, und zwar schnell!“

Doch als Meggie das blasse, ernste Gesicht ihrer Schwester sah, schwanden all ihre Hoffnungen.

Zum ersten Mal seit der Richter das Urteil gesprochen hatte, glaubte sie tatsächlich daran. Man würde sie hängen. Sie würde die hölzernen Stufen hinaufsteigen. Sie würde das grobe Seil um ihren Hals spüren. Sie würde die johlende Menschenmenge sehen, die ihren Tod verlangte.

Und dann würde die Klappe unter ihren Füßen aufgehen, und …

„Du siehst furchtbar aus“, bemerkte Henrietta und riss Meggie damit aus ihren grauenvollen Gedanken.

Meggie verzog das Gesicht. „Ich weiß. Ich erkenne mich selbst kaum wieder. In dieser Gefängniskleidung und …“ Sie konnte nicht weitersprechen. „Und die Wärterinnen“, stieß sie schließlich hervor, „sind auch schrecklich zu mir. Die eine sagt immer wieder, ich wäre ein reiches Mädchen, das sich einbildet, etwas Besseres zu sein. Und dass ich das nicht mehr glauben würde, wenn ich …“

Meggie konnte nicht weitersprechen.

Sie fing an zu weinen.

„Die Wärterin hat recht“, bemerkte Henrietta gelassen. „Du hast dich immer für etwas Besonderes gehalten. Für Daddys kleinen Liebling.“

Meggie starrte ihre Schwester mit offenem Mund an.

„Hast du dich eigentlich nie gefragt, warum ich dich in all diesen Monaten nicht besucht habe? Hast du es immer noch nicht begriffen?“, fragte Henrietta im Flüsterton. Sie beugte sich dicht ans Gitter. „Hast du die Wahrheit immer noch nicht begriffen?“

Meggie lief ein eiskalter Schauer über den Rücken. Sie krampfte ihre Hände fest um die Gitterstäbe, um sie am Zittern zu hindern.

Mit einem suchenden Blick vergewisserte sich Henrietta, dass keine Wärter oder Gefangenen in Hörweite waren. „*Ich* habe Vater getötet!“

Meggie versuchte, etwas zu sagen, aber sie brachte keinen Ton heraus. Sie schluckte schwer. *„Du?“*

„Natürlich. Du warst ständig von Verehrern umschwärmt, aber ich bin nicht so hübsch wie du. Wie hätte ich mir ohne Vaters Erbe jemals einen hübschen jungen Mann angeln sollen? Und der gute alte Vater dachte nicht daran, endlich den Geist aufzugeben.“

„Henrietta, wie konntest du das tun?“, schluchzte Meggie. „Weißt du denn nicht, dass Vater dir alles gegeben hätte, was du wolltest? Ich bin sicher, dass er eine großzügige Mitgift für dich eingeplant hatte.“

„Nein, Meggie. Vater hätte *dir* alles gegeben, was du wolltest. Er hat sich immer nur um dich gekümmert“, behauptete Henrietta. „Also habe ich mich in jener Nacht ins Haus geschlichen. Ihr wart gerade damit beschäftigt, euch anzuschreien, und deshalb habt ihr mich nicht gehört. Ich habe das Gift in seinen Weinkrug gerührt und den Rest in deinem Zimmer versteckt. Einfacher ging es kaum.“

Einen Moment lang fühlte Meggie gar nichts. Dann packte sie die Wut.

Ihre Hände krallten sich ins Gitter und sie rüttelte mit aller Kraft daran. „Ich bringe dich um!“, schrie sie. „Hörst du? Ich werde dich umbringen!“

„Tss, tss“, machte Henrietta. „Reicht es nicht, dass du schon unseren armen Vater umgebracht hast?“ Sie lächelte und winkte aufreizend, bevor sie sich zum Gehen wandte.

Meggie schrie. Sie hörte, wie die Wärterinnen angerannt kamen.

Henrietta machte noch einmal kehrt und hielt ihr Gesicht dicht vor das Gitter. „Ach, übrigens, Meggie“, flüsterte sie ihrer Schwester grinsend ins Gesicht. „Ich werde mit unserem Anwalt sprechen. Allerdings erst morgen. Zu schade, dass du nicht in den Genuss deines Erbteils kommen wirst.“ Ihr Grinsen wurde breiter. „Was soll ich nur mit dem ganzen Geld anfangen?“

5

Hast du es immer noch nicht begriffen?

Die Worte ihrer Schwester gingen Meggie wieder und wieder durch den Kopf, als sie auf ihrer Pritsche lag und in die Dunkelheit starrte.

Hast du die Wahrheit immer noch nicht begriffen?

„Wie konnte ich nur mein ganzes Leben lang mit Henrietta zusammenleben, ohne zu merken, wie sehr sie mich hasst?“, fragte sich Meggie immer wieder.

Ihre Lider wurden schwer. Es wäre so leicht, einzuschlafen und alles zu vergessen.

„Bleib wach!“, befahl sich Meggie.

„Schlaf nicht ein!“

Sie wollte die letzten paar Stunden ihres Lebens nicht mit Schlafen verschwenden. Sie musste nachdenken. Es musste doch einen Ausweg geben. Aber niemand würde ihr glauben, wenn sie plötzlich ihre Schwester beschuldigte. Niemand …

Aber dann fiel sie doch in einen schweren, von Albträumen durchzogenen Schlaf.

Eine Hand rüttelte an ihrer Schulter.

Mit einem leisen Aufschrei fuhr Meggie hoch. Nein, es war doch noch nicht so weit, oder? Es war noch mitten in der Nacht …

Neben ihrem Bett stand eine Gestalt, die ganz in Schwarz gekleidet war. „Psst“, flüsterte eine Stimme. „Seien Sie ganz still. Wir dürfen niemanden aufwecken.“

Meggie konnte die Gestalt nur anstarren. Eine schwarze Kapuze verhüllte ihr Gesicht.

„Folgen Sie mir, aber leise. Ganz leise“, flüsterte die Stimme wieder.

Meggie nickte. Hoffnung keimte in ihr auf.

Die Gestalt schob sie hinaus auf den Gang zwischen den Zellen. Alles war ruhig. Der Fremde nahm sie an der Hand und führte sie den dunklen Gang entlang.

Meggies Gedanken rasten. Wer war die schwarz verhüllte Gestalt? Wer sollte ihr zu Hilfe geeilt sein?

Vor ihnen tauchte eine steile enge Wendeltreppe auf. Langsam und vorsichtig stiegen sie Stufe um Stufe hinauf. Bis die Person vor ihr innehielt.

„Warten Sie!“, flüsterte der Fremde und streifte seine Kapuze ab.

Meggie schnappte nach Luft. „Sie?“

Rotes Haar. Sommersprossen. Es war der junge Polizist, der sie ins Gefängnis gebracht hatte.

„Ich verstehe ni…“

„Hören Sie mir gut zu, Miss Alston“, flüsterte er eindringlich. Meggie konnte die Angst in seiner Stimme hören und wusste sofort, dass er seinen eigenen Hals für sie riskierte.

„Am oberen Ende dieser Treppe kommen Sie an eine Tür. Ich habe sie für Sie aufgeschlossen. Gehen Sie hindurch. Eine Kutsche erwartet Sie. Hier, ziehen Sie das an.“

Er reichte ihr ein weites schwarzes Kleid, das er unter seinem Umhang verborgen hatte. „Ich werde Ihre Gefängniskleidung verstecken. Verlieren Sie keine Zeit. Schnell! Ziehen Sie das Kleid an.“

Meggie gehorchte und streifte sich mit zitternden Fingern das Kleid über den Kopf.

Der junge Polizist stieß sie vorwärts. „Gehen Sie, ich nehme einen anderen Weg.“

Meggie setzte sich in Bewegung, doch dann blieb sie noch

einmal stehen und sah sich zu ihm um. „Warum tun Sie das für mich?“

Der junge Mann wurde rot. „Sie erinnern sich nicht an mich, oder? Ich bin Thomas Dobbs. Sie und Ihr Vater waren damals so gut zu meiner Familie, nachdem unser Haus abgebrannt war. Ich glaube an Ihre Unschuld, Miss Alston. Ich war von Anfang an davon überzeugt, dass Sie es nicht waren.“

„Gott segne Sie!“

„Gehen Sie jetzt!“

Meggie rannte die steinernen Stufen hoch und wäre dabei beinahe über das lange Kleid gestolpert.

Oben war tatsächlich eine schwere Tür. Sie stemmte sich dagegen und mit einem Quietschen öffnete sie sich.

Sie trat hinaus in die kalte, neblige Luft.

Der junge Polizist hatte gesagt, dass eine Kutsche auf sie warten würde. Sie lief an einer Mauer entlang. Wo war sie? Wo? Sie rannte um eine Ecke – und genau in die Arme eines großen Polizisten.

6

Meggie schrie erschrocken auf.

Sie wich zurück.

Wohin sollte sie rennen? Sie musste entkommen! Die Kutsche! Wo war die Kutsche?

Sie war der Freiheit schon so nah gewesen!

„Hier lang!“, bellte der Polizist und riss an ihrem Arm. „Da. Durch den Torbogen. Schnell! Die Kutsche wartet!“

Meggie war einer Ohnmacht nahe.

Der Mann arbeitete mit Thomas Dobbs zusammen! Es gab noch Hoffnung!

„Laufen Sie!“, befahl er.

Meggie raste durch den Torbogen, das Herz schlug ihr bis zum Hals. Endlich entdeckte sie die Kutsche. Die Pferde wieherten, als sie darauf zurannte. Die Tür der Kutsche wurde aufgestoßen und zwei starke Hände halfen ihr hinein.

Im Innern des dunklen Kutschwagens saß ein älterer Mann in einem Anzug. Er war so dick wie eine Tonne und unter seiner großen Nase zuckte ein brauner Schnurrbart. „Auf den Boden!“, befahl er.

Hastig kauerte sich Meggie auf den Boden der Kutsche. Der Mann mit dem Schnurrbart klopfte mit seinem Regenschirm an die Seitenwand und der Kutscher ließ die Pferde antreten.

Sie fuhren.

Meggie wagte kaum zu atmen. Sie rechnete jede Sekunde damit, dass die Kutsche angehalten wurde. Dass man sie erwischte, sie ins Gefängnis zurückschleifte. Und hängte.

Sie hörte, wie ein eisernes Tor geöffnet wurde.

„Du fährst schon?“, fragte eine Männerstimme. „Wir haben doch heute Morgen eine Hinrichtung.“

Meggie kniff die Augen zu und presste sich noch flacher auf den Boden der Kutsche. Würde der Wachmann einen Blick hineinwerfen und sie dort entdecken?

„Ach?“, machte der alte Kutscher.

„Du solltest dafür wiederkommen. Müsste eine gute sein. Das hübsche reiche Mädel, das seinen Vater vergiftet hat. Das wird garantiert viele Leute anlocken. Wird bestimmt lustig zuzusehen, wie sie um Gnade fleht.“

Meggies Magen krampfte sich zusammen bei diesen Worten.

„Das würde ich nicht für allen Tee von China versäumen wollen“, scherzte der alte Kutscher. „Hüah!“

Die Kutsche ruckte wieder an.

Endlich – sie verließen den Gefängnisbereich.

Meggie blieb, wo sie war. Sie würde sich erst sicher fühlen, wenn sie das Gefängnis weit hinter sich gelassen hatte. Und die Schlinge.

Etliche Meilen weiter kam die Kutsche zum Stehen. Der Mann mit dem Schnurrbart half Meggie wortlos beim Aussteigen. Eilig führte er sie zu einem schäbigen Holzhaus und schob sie durch die Tür.

Dort wurden sie bereits von einer kleinen, dicken Frau erwartet. „Jetzt gehört sie dir, Priscilla“, sagte der Mann und sein Walross-Schnurrbart zuckte. „Und ich brauche etwas zu trinken, etwas Starkes, wenn du verstehst … Diese Aufregung ist zu viel für mich!“

„Dir ist doch jede Ausrede recht, um mal wieder einen zu heben“, murmelte Priscilla. Zu Meggie sagte sie: „Kommen Sie, Miss. Hier entlang.“

Die dicke Frau nahm Meggie an der Hand und führte sie in ein schäbiges Wohnzimmer. Sie schloss die Schiebetür hinter sich.

„Binden Sie sich dieses Kopftuch um. Dann erkennt Sie niemand an Ihren roten Haaren."

Meggie sah die Frau dankbar an.

Mrs Dobbs nickte ihr aufmunternd zu. „Ihnen wird jetzt niemand mehr etwas tun, Miss. Nicht, wenn wir es verhindern können."

Es war lange her, dass Meggie so freundliche Worte gehört hatte. „Gott segne Sie", murmelte sie und bedeckte ihr Haar mit dem Kopftuch. Unter dem Kinn band sie einen festen Knoten.

„Und jetzt werde ich mich umdrehen, Miss", fuhr Priscilla fort, „während Sie in diese Sachen schlüpfen." Sie hielt Meggie ein Bündel Kleidung hin. „Es ist nicht so schick, wie Sie es gewohnt sind, aber etwas Besseres kann ich Ihnen leider nicht bieten. Außerdem fand mein Mann, dass diese Arme-Leute-Sachen eine gute Tarnung sind. Schließlich wird man überall nach einer vornehmen Dame suchen."

„Ich … ich weiß gar nicht, wie ich Ihnen danken soll", murmelte Meggie.

„Machen Sie sich deswegen keine Sorgen. Hat Ihnen mein Sohn Thomas nicht gesagt, warum wir das für Sie tun? Aber nun beeilen Sie sich. Ich habe in diese Reisetasche etwas dunkles Brot gepackt. Und auch so viel Geld, wie wir entbehren können – das werden Sie auf Ihrer Reise brauchen."

„Meiner Reise?", dachte Meggie. „Wohin soll ich denn reisen?"

Aber sie tat, was man ihr sagte. Und es dauerte nicht lange, bis Mr und Mrs Dobbs sie wieder nach draußen führten, zurück zur Kutsche.

„Wohin?“, fragte sie. In ihrer Verwirrung war sie nicht in der Lage, ihre Frage genauer zu formulieren.

„Aus der Stadt, Miss“, sagte Priscilla. „Und es wäre besser, wenn Sie nie zurückkämen.“

Meggie musste wieder daran denken, wie Henrietta sie durch das Gitter ihrer Zelle angegrinst hatte. Wut stieg in ihr auf. „Nein“, dachte sie, „ich kann sie nicht davonkommen lassen. Nicht mit dem Mord an unserem Vater!“ Sie musste das richtigstellen, jetzt gleich!

Sie versuchte, wieder aus der Kutsche zu steigen, aber Mr Dobbs versperrte ihr den Weg.

„Sie verstehen nicht“, sagte sie. „Ich habe die wahre Mörderin meines Vaters gefunden. Ich muss dafür sorgen, dass sie verhaftet wird!“

Mr Dobbs wurde blass. „Wenn Sie in der Stadt bleiben, wird man Sie aufhängen. Und alle, die Ihnen zur Flucht verholfen haben, werden neben Ihnen baumeln!“

Daran hatte Meggie nicht gedacht. Mr Dobbs hatte recht. Sie musste ihr altes Leben hinter sich lassen – für immer.

Wenigstens würde sie nie wieder etwas so Grauenvolles erleben wie die Monate im Gefängnis. Zumindest glaubte sie das.

7

Boston, 1858

„Meggie musste ein neues Leben beginnen“, berichtete Timothy seinen Freunden, die bei ihm am Kamin saßen. „Und dieses Leben fing mit einer Stellung als Gouvernante bei der Familie Malbourne hier in Boston an. Ihre Schützlinge waren zwei Jungen, deren Mutter kurz zuvor an der Grippe gestorben war.

Meggie nahm einen neuen Namen an – Meggie Thomas. Sie war sicher, dass die schlimmste Zeit ihres Lebens nun hinter ihr lag. Doch da irrte sie.“

Die Wohnzimmertür wurde aufgestoßen.

Alle fuhren erschrocken herum.

„Das liegt an der Geschichte“, dachte Timothy. „Sie hat schon angefangen, sie in ihren Bann zu ziehen.“

„Entschuldigen Sie die Störung, Master Timothy“, sagte das junge Zimmermädchen der Fears. Sie knickste. „Ihre Stiefmutter dachte, Sie hätten vielleicht gern etwas mehr Licht.“

Draußen war es inzwischen dunkel geworden, und es heulte ein eisiger Winterwind.

Das Zimmermädchen bewegte sich lautlos durch den Raum und entzündete die Dochte der Gaslampen, die überall in Wandhalterungen steckten. Keiner von Timothys Freunden sagte ein Wort. Sie sahen nur zu, wie eine kleine Flamme nach der anderen aufflackerte.

Auch als alle Lampen brannten, lag ein großer Teil des Raums im Schatten.

Das Mädchen knickste noch einmal und verließ das Zimmer.

Alle Augen richteten sich wieder auf Timothy. Er nahm noch einen Schluck von seinem Apfelwein. Die heiße, dunkle Flüssigkeit verbrannte ihm beinahe die Zunge. Aber nach dem Tag im Schnee hatte er immer noch das Gefühl, halb erfroren zu sein.

Oder war es die Geschichte, die ihn frösteln ließ?

„Timothy“, bemerkte Philip. „Du hast uns eine Geistergeschichte versprochen. Aber bisher haben wir nur die Geschichte eines kaltblütigen Mordes zu hören bekommen.“

Die anderen jungen Leute lachten. Allerdings lachten sie nicht mehr so ausgelassen wie vor einer halben Stunde – bevor Timothy angefangen hatte, die Geschichte zu erzählen.

„Ich komme schon noch zu dem Geist“, antwortete Timothy. „Und ihr tut besser daran, mich nicht zu drängen. Die ganze Angelegenheit ist zu schrecklich. Außerdem hast du dein Versprechen gebrochen, Philip. Es war abgemacht, dass mich keiner unterbrechen darf. Aber wenn ihr wollt, dass ich aufhöre …“

„Was?“, rief Philip. „Niemals!“

„Bitte erzähl weiter“, bat Betsy.

„Ja, Timothy, bitte“, sagte auch Clyde grinsend. „Und diesmal werden wir unser Versprechen halten!“

„Also gut“, gab Timothy nach.

Draußen klapperten die Hufe eines Pferdes über das Kopfsteinpflaster. Das Tier wieherte laut.

Timothy wählte ein Mitglied seiner Zuhörerschar aus, das verborgen im Schatten saß.

„Es wird einfacher sein, wenn ich mir vorstelle, dass ich diese Geschichte nur einer Person erzähle“, dachte er. Er richtete seinen Blick unverwandt auf die schattenhafte Gestalt und zwang sich, seine Erzählung fortzusetzen …

8

Boston, 1852

Meggie schaute aus dem Fenster der Kutsche hinaus in den bewölkten grauen Nachmittag. Ihr Blick fiel auf ein Rotkehlchen, das mit seinem spitzen Schnabel einen Regenwurm aus der Erde zog.

Dann entdeckte sie ein Holzschild, auf dem *Tanglewood* stand. Kunstvoll geschnitzte Beeren und Ranken umgaben das Wort.

„Wir sind da“, dachte Meggie. „Wir haben das Anwesen der Malbournes erreicht und ab heute bin ich hier die Gouvernante.“ Nervosität breitete sich in ihrem Magen aus.

„Du hattest selber mehrere Gouvernanten“, sagte Meggie sich. „Es wird schon nicht so schwierig sein, auf zwei kleine Jungen aufzupassen.“

Die Straße machte eine Kurve und das Herrenhaus tauchte so plötzlich vor Meggie auf, dass sie unwillkürlich nach Luft schnappte. Es war riesig und die efeubedeckten Mauern wurden von zwei Türmen überragt.

Meggie schauderte. Dieser Anblick erinnerte sie an ein anderes Gebäude, das mit seinen Türmen auch ausgesehen hatte wie eine Festung.

Das Gefängnis.

Eine tiefe Niedergeschlagenheit umfing sie. Sie schüttelte energisch den Kopf. Das war keine Art, ein neues Leben zu beginnen.

„Tanglewood ist ein Ort der Trauer“, redete sie sich gut zu. „Es ist kein Wunder, dass es so bedrückend wirkt. Aber du wirst dazu beitragen, dass hier wieder Fröhlichkeit einkehrt.“

Die Kutsche kam vor einem gepflasterten Pfad zum Stehen, der zur Haustür führte. Der Kutscher öffnete die Tür und Meggie stieg aus. Er holte ihre Reisetasche vom Kabinendach und ließ sie ihr vor die Füße fallen.

„Danke", sagte Meggie und lächelte den Kutscher freundlich an. „Meine Güte, das ist aber ein sehr eindrucksvoller Landsitz, nicht wahr?"

Der Kutscher nickte mürrisch.

„Was für ein maulfauler Kerl!", dachte Meggie. „Wo finde ich Mr Malbourne?", fragte sie ihn.

„Gar nicht", knurrte der Mann grob. „Weil er nicht zu Hause ist." Mit diesen Worten kletterte er wieder auf den Kutschbock. „Hüh!", rief er seinen großen Schimmeln zu und klatschte ihnen die Fahrleinen auf den Rücken.

Meggie sah ihm nach, wie er um das Herrenhaus herumfuhr. Die Stallungen lagen offensichtlich hinter dem Haus. Sie nahm ihre Tasche in die Hand. Wenigstens war sie leicht, dachte sie. Es hatte auch Vorteile, wenn man so wenig besaß.

Sie folgte dem breiten Pflasterweg zur Vordertür. Ein Messingtürklopfer in Form eines Löwenkopfes starrte mit aufgerissenem Maul auf sie herab. Sie packte ihn und klopfte zweimal.

Dann klopfte sie noch mehrere Male. Als niemand kam, drückte sie die Türklinke herunter. Es war nicht abgeschlossen. Sie betrat die riesige Eingangshalle und blickte sich um. Ein kalter Lufthauch fuhr ihr über den Nacken.

„Hallo? Jemand zu Hause?" Ihre Stimme hallte in dem Raum. Sie ging ein paar Schritte weiter – und eine eisige Hand griff nach ihr.

Meggie schrie entsetzt auf und riss ihre Hand weg. Was war das?

Sie wirbelte herum und entdeckte einen Jungen – höchstens

elf Jahre alt. „Meine Güte!“, rief sie aus. „Du hast mich zu Tode erschreckt! Wo bist du denn so plötzlich hergekommen?“

Der Junge kicherte. „Ich bin gut im Anschleichen“, verkündete er stolz. „Köchin!“, schrie er dann. „Die neue Gouvernante ist da! Komm und sieh sie dir an! Sie ist *wunderschön*!“

„Und wer bist du?“, fragte Meggie. „Andrew oder Garrett?“

Der Junge strahlte sie an. „Woher wissen Sie unsere Namen?“

„Weil euer Vater mir über euch geschrieben und mir erzählt hat, was für großartige Söhne er hat. Und welcher von diesen Söhnen bist du nun?“

„Andrew“, verkündete der Junge.

Wer hätte das gedacht, ging es Meggie durch den Kopf. Sie hatte solche Angst vor diesem Job gehabt. Doch nun sah die Welt schon anders aus. Schützling Nummer eins war lieb und freundlich und sah mit seinen blonden Locken und dem blauen Anzug hübsch aus. Es würde die reine Freude sein, auf so ein Kind aufzupassen.

„Und wie heißen *Sie*?“, fragte der Junge neugierig.

„Du kannst mich Miss Thomas nennen“, antwortete Meggie.

„Miss Thomas“, wiederholte er.

„Und was jetzt?“, fragte sich Meggie. Sie hatte wenig Erfahrung darin, sich mit Kindern zu unterhalten. Ihr fiel ein Ring an einem der Finger des Jungen auf. Die Buchstaben A. M. waren kunstvoll in einen roten Granat eingraviert.

„Das ist ein schöner Ring, Andrew“, sagte Meggie. „Wer hat ihn dir …?“

Doch bevor sie aussprechen konnte, hastete eine knochige

Frau in einem schwarzen Kleid in die Eingangshalle und trocknete sich im Laufen die Hände an ihrer weißen Schürze ab.

„Es tut mir so leid", sagte sie zu Meggie. „Ich war in der Speisekammer und habe Sie nicht ankommen hören. Willkommen in Tanglewood. Ich bin die Köchin hier und alle nennen mich nur *Köchin*. Wie ich sehe, haben Sie Master Andrew schon kennengelernt."

„Das stimmt", bestätigte Meggie.

„Ich hoffe, Ihre Reise war nicht zu strapaziös", plapperte die Köchin weiter. „Sie müssen ja vollkommen erledigt und dazu noch halb verhungert sein!"

Meggie lächelte.

„Ich finde, die Köchin sieht eher aus, als wäre sie selbst halb verhungert", dachte sie. „Sie ist so mager! Ich kann mir nicht vorstellen, dass sie viel von dem isst, was sie kocht."

„Ich bin schon dabei, das Abendessen zuzubereiten", fuhr die Köchin fort. „Mary! Komm und mach dich mit der neuen Gouvernante bekannt!"

Ein junges Zimmermädchen eilte herbei und stammelte ein paar Begrüßungsworte.

„Sie ist noch neu und ziemlich schüchtern", flüsterte die Köchin entschuldigend.

„Hallo, Mary", sagte Meggie und das Zimmermädchen errötete.

Meggies Blick fiel auf das dichte, hochgesteckte Haar des Mädchens. Es war fast genauso leuchtend rot wie ihr eigenes.

„Bring die Tasche von Miss Thomas in ihr Zimmer, Mary, während ich ihr etwas zu essen richte. Wir haben die arme Frau hier allein und hungrig herumstehen lassen und jetzt hat sie bestimmt einen schrecklichen ersten Eindruck von Tanglewood."

„Nein, ganz und gar nicht“, versicherte Meggie schnell.

Das Mädchen knickste. Dann ergriff es Meggies Reisetasche und hastete damit die Treppe hinauf, die sich an einer Seite der Eingangshalle befand.

„Aber ich muss sagen, dass der Mann, der mich hergefahren hat, nicht besonders freundlich zu sein schien“, bemerkte Meggie.

Die Köchin ging zum Fenster und spähte hinaus. „Das war Mr Malbournes ganz persönlicher Diener, George Squires. Einen unfreundlicheren Menschen werden Sie wohl nicht finden. Aber ich nehme an, dass er allen Grund für seinen Missmut hat.“

Sie senkte die Stimme und beugte sich zu Meggie herüber, damit der kleine Andrew nicht mithören konnte. „Ihm ist die Frau fortgelaufen“, flüsterte sie Meggie zu.

„Ich verstehe“, sagte Meggie.

„Andrew, ruf deinen Bruder bitte zum Mittagessen“, verlangte die Köchin.

Andrew rührte sich nicht.

„Geh schon“, befahl ihm die Köchin.

Andrew packte ihre Hand und zog sie von Meggie weg. Die Köchin warf Meggie ein entschuldigendes Lächeln zu und beugte sich nach vorn, um zu hören, was Andrew zu sagen hatte.

Meggie konnte nur einzelne Worte aufschnappen. „Was ist, wenn er … wieder … etwas Böses …“

Den Jungen zu belauschen machte Meggie verlegen und so schlenderte sie stattdessen durch die Halle. Sie bewunderte die Gemälde, die überall an den Wänden hingen. Die Malbournes schienen noch reicher zu sein, als sie selbst es gewesen war.

Vor dem Porträt einer wunderschönen blonden Frau blieb

Meggie stehen. Sie war elegant gekleidet und trug ein auffallendes Schmuckstück um den Hals. Eine Art Amulett. Meggie trat näher und runzelte die Stirn, als sie einen kleinen Totenkopf auf der Silberplatte zu erkennen glaubte. „Das ist sicher die Mutter der beiden Jungen“, dachte sie. Ein Schauer lief ihr über den Rücken. Hier zog es aber wirklich sehr, stellte sie fest.

Trotzdem. Das Gemälde faszinierte sie – auch wenn es ihr irgendwie Angst machte.

„Stell dich nicht so an“, schalt sich Meggie. „Das ist nur das Bild der armen jungen Frau, die in diesem Haus gestorben ist.“

Sie hörte ein leises Geräusch hinter sich. Jemand schien sie zu beobachten. Die feinen Härchen an ihren Armen stellten sich auf.

Sie drehte sich um.

Aber da war niemand.

Dann schaute sie nach oben. Ein Junge starrte sie vom oberen Treppenabsatz aus an.

„Du bist sicher Garrett“, rief Meggie zu ihm hinauf.

Der Junge antwortete nicht. Er verzog nur mürrisch das Gesicht. Dann beugte er sich weit über das Geländer und warf etwas nach ihr.

Der Gegenstand flog direkt auf ihren Kopf zu.

9

Meggie machte einen Satz nach hinten.

Eine schwere Vase zersplitterte vor ihren Füßen auf dem Boden.

Einen Moment lang stand Meggie wie erstarrt. Dann schaute sie wieder nach oben. Das mürrische kleine Gesicht war verschwunden.

Die Köchin und Andrew rannten auf sie zu. „Oje, oje", murmelte die Köchin. „Wie geht es Ihnen, sind Sie in Ordnung?"

„M…mir geht's gut", stotterte Meggie. Sie schaute auf die Scherben der Vase und ihre Knie begannen zu zittern. Das war knapp gewesen.

„Das hätte mir gerade noch gefehlt!", dachte sie. „Der Schlinge des Henkers zu entkommen, nur um kurz darauf von einer herabstürzenden Vase erschlagen zu werden!"

Die Köchin schaute zur Brüstung hoch und ihr langes, schmales Gesicht war blass. „Garrett", knurrte sie mit zusammengebissenen Zähnen.

Andrew zupfte an Meggies Ärmel. Er wirkte vollkommen verstört. „Ist Ihnen wirklich nichts passiert, Miss Thomas?"

„Nein, Andrew, wirklich nicht. Vielen Dank."

„Hat Garrett das gemacht?", fragte Andrew mit zitternder Stimme.

Meggie schüttelte den Kopf. „Ich bin sicher, dass es ein Unfall war", erklärte sie ihm. Sie sah die Köchin Hilfe suchend an, doch die ältere Frau sagte kein Wort.

Es war ein Unfall, redete Meggie sich ein. Natürlich hatte

es so ausgesehen, als hätte Garrett die Vase nach ihr geworfen, aber warum sollte er so etwas tun? Schließlich war sie gerade erst in Tanglewood angekommen und er hatte keinen Grund, ihr Böses zu wollen.

Die Köchin marschierte die Treppe hinauf, dicht gefolgt von Andrew. Meggie ging ihnen nach. „Was für ein merkwürdiger Neuanfang“, dachte sie.

„Garrett!“, rief die Köchin. „Master Garrett!“

Andrew musste rennen, um mit der Köchin mitzuhalten, die über den oberen Flur stürmte.

Sie marschierte zu einer Holztür, die von zwei geschnitzten Säulen eingefasst war. Sie probierte es an der kleinen Messingtürklinke. Vergeblich. Dann hämmerte sie mit der Faust gegen die Tür. „Mach sofort die Tür auf, Garrett!“

Kein einziger Laut drang aus dem verschlossenen Zimmer.

Meggie schloss für einen Moment die Augen, denn sie musste wieder an ihre Zeit im Gefängnis denken. An verschlossene Türen. Und an Wärterinnen, die von außen mit ihren Schlagstöcken dagegenhämmerten.

„Mach auf!“, schrie die Köchin. „Hast du mich gehört?“

Keine Antwort.

„Vielleicht sollten wir ihn in Ruhe lassen“, sagte Andrew zur Köchin. „Sie wissen doch, wie er sein kann, wenn …“ Der Junge warf Meggie einen kurzen Blick zu und verstummte.

„Wie er sein konnte, wenn *was*?“, dachte Meggie. „Was wollte Andrew gerade sagen?“

„Lasst mich es versuchen“, schlug sie vor. Sie ging näher an die Tür heran und legte eine Hand auf das polierte Holz. Sie zögerte einen Moment, um sich zu sammeln. Dann rief sie leise Garretts Namen.

Keine Antwort.

„Hier ist Miss Thomas, Garrett. Die neue Gouvernante. Ich habe mich schon so sehr darauf gefreut, dich kennen–“

Rumms! Etwas Schweres knallte gegen die Tür. Die Köchin sprang erschrocken zurück und Andrew umklammerte Meggies Hand.

Rumms! Rumms! Rumms!

Es dauerte einen Augenblick, bis Meggie klar wurde, was das Geräusch verursachte: Es war Garrett. Er warf sich gegen die Tür.

„Garrett, hör bitte auf. Du wirst dir wehtun“, flehte Meggie.

„Geht weg!“, kreischte er heiser vor Wut. „Ihr alle! Geht weg! Es war ein Versehen! Und jetzt lasst mich in Ruhe!“

Meggie spürte, wie sich ihr Magen verkrampfte. Auch Garretts Schreie erinnerten sie an das Gefängnis. An die völlig verstörten Menschen, die in kleinen dunklen Löchern dahinvegetierten …

Meggie straffte die Schultern und befahl sich, damit aufzuhören. Sie war nicht mehr im Gefängnis. Sie hatte diese Tortur überlebt und war ganz sicher in der Lage, mit einem zwölfjährigen Jungen fertig zu werden. Es war an der Zeit, allen – auch ihr selbst – zu beweisen, dass sie ihren neuen Pflichten gewachsen war.

„Köchin“, sagte Meggie mit erzwungener Ruhe, „haben Sie einen Schlüssel für dieses Zimmer?“

Die Köchin machte große Augen. „Ja, aber …“

„Kann ich ihn bitte haben?“

„Natürlich.“ Die Köchin holte einen großen Schlüsselbund aus ihrer Schürzentasche. Sie löste einen Schlüssel vom Bund und gab ihn Meggie.

„Nein!“, schrie Garrett und hämmerte auf der anderen Seite gegen die Tür. „Kommen Sie ja nicht rein, ich warne Sie! Sonst passiert was, das werden Sie bereuen!“

Die Köchin betastete das Kreuz, das sie an einer Kette um den Hals trug. Meggie versuchte, ihr in die Augen zu sehen, doch die Frau starrte nur auf den Boden.

„Vielleicht sollten wir abwarten, bis er sich beruhigt hat", schlug Andrew noch einmal vor.

„Danke, Andrew. Aber ich möchte *jetzt* mit ihm reden. Köchin, bitte bringen Sie Andrew nach unten."

„Ja, Miss."

Meggie wartete, bis sie fort waren. Dann holte sie tief Luft und steckte den Schlüssel ins Schloss. Garrett schrie sie von drinnen immer noch an.

Sie riss die Tür auf – und erwischte Garrett dabei, wie er quer durchs Zimmer rannte. Er warf sich in einen kleinen Schaukelstuhl am Fenster und schaukelte wütend hin und her, das Gesicht von ihr abgewandt.

So unheimlich war er gar nicht, dachte Meggie.

Es war ja nur ein zwölfjähriger Junge.

Ein Junge, der einen Wutanfall hatte.

Meggie schloss die Tür hinter sich.

„Garrett, ich bin Miss Thomas. Die neue Gouvernante."

Garrett schaukelte heftiger und sah sie immer noch nicht an. Er hatte blondes Haar wie sein Bruder, aber keine Locken. Störrisch stand es in alle Richtungen ab.

Meggie setzte sich auf sein Bett und dachte kurz nach. Sie beschloss, die Vase nicht zu erwähnen. Die Vase, die zersplittert unten in der Halle lag. Die Vase, von der sie beinahe erschlagen worden wäre. Sie entschied auch, die Drohungen, die er ihr durch die Tür zugeschrien hatte, nicht zu erwähnen. Sie wollte das hier nicht mit Anklagen beginnen.

„Garrett", versuchte sie es noch einmal. „Ich weiß, dass eure Mutter erst vor Kurzem gestorben ist. Du vermisst sie bestimmt ganz furchtbar."

Keine Reaktion.

„Jemanden, den man sehr lieb hat, zu verlieren, das ist schrecklich schmerzhaft, das weiß ich. Mein eigener Vater …"

Es erstaunte sie selbst, dass ihr bei dem Wort *Vater* die Stimme versagte. Sie schwieg einen Moment.

„Mein eigener Vater ist vor nicht allzu langer Zeit gestorben. Sehr plötzlich. Und meine Mutter habe ich verloren, als ich erst sechs war. Ich denke also, ich weiß, wie du dich fühlst …"

Garrett hörte auf zu schaukeln.

Vielleicht konnte sie ja doch zu ihm durchdringen, dachte Meggie hoffnungsvoll. „Niemand kann dir ersetzen, was du verloren hast, Garrett", fuhr sie hastig fort. „Aber ich habe viele schöne Erinnerungen an meine Eltern."

Sie schwieg wieder. Dann lächelte sie. „Ich habe eine Idee! Vielleicht sollten wir beide anfangen, ein Tagebuch zu schreiben. Wir können alles aufschreiben, was dich an deine geliebte Mutter erinnert, und …"

Garrett drehte sich in seinem Schaukelstuhl langsam herum, bis er sie ansehen konnte.

Meggie verstummte mitten im Satz und hielt unwillkürlich die Luft an.

Garrett funkelte sie wütend an. Er hatte die Zähne so fest zusammengebissen, dass sein ganzes Gesicht bebte.

„Sie glauben, ich hätte meine Mutter *geliebt*?", fauchte er. „Ich habe sie nicht geliebt! Ich habe sie gehasst! Gehasst! Gehasst!"

10

Garretts Fäuste hämmerten mit aller Kraft auf die Armlehnen des Schaukelstuhls ein. Dann sprang er auf und stampfte mit den Füßen. „Hören Sie? Ich habe sie gehasst!“

Entsetzen durchströmte Meggie. Was konnte nur die Ursache für diese Bösartigkeit sein – zumal bei einem Kind?

Sie streckte die Arme nach ihm aus, doch Garrett warf sich auf den Boden und rutschte von ihr weg. Er hockte auf dem Boden und schaukelte hin und her, hin und her.

Sein Gesicht lief rot an. Meggie konnte hören, wie hastig er atmete. Seine blauen Augen blickten glasig und er wirkte vollkommen abwesend.

Immer schneller ging sein Atem. Sie musste ihn beruhigen. Irgendwie. Ihr Blick fiel auf einen großen Zeichenblock. Vielleicht lieferte er ein Gesprächsthema, etwas, womit sie Garrett von seinem Zorn ablenken konnte.

„Ah“, sagte sie und griff nach dem Block. Sie bemühte sich, ihre Stimme ruhig und fröhlich klingen zu lassen. „Weißt du was, Garrett? Ich male auch sehr gerne.“

Garrett hechtete nach vorn und riss ihr den Block aus den Händen, bevor sie ihn ansehen konnte. Dann krabbelte er wieder aus ihrer Reichweite.

„Als Kind habe ich noch nicht gemalt“, fuhr Meggie gelassen fort, „aber kürzlich hatte ich viel freie Zeit. Ich zeichne mit Kreide.“ Das war gelogen. Sie hatte mit kleinen Steinen an der Wand ihrer Zelle gezeichnet.

„Darf ich mal sehen?“, fragte sie und streckte die Hand aus.

Garrett verzog verächtlich das Gesicht. „Meine Bilder interessieren Sie doch gar nicht“, murmelte er. „Sie tun doch nur so.“

„Aber es interessiert mich wirklich, Garrett. Ehrlich.“ Sie hielt ihre Hand ausgestreckt, mit der Handfläche nach oben.

Garrett starrte sie eine ganze Weile nur an.

„Was denkt er jetzt?“, fragte sich Meggie.

Garrett zuckte mit den Achseln und reichte ihr den Zeichenblock. Sie klappte ihn auf und lächelte. Auf der ersten Seite war ein Bild von einem Heißluftballon. Garrett hatte sich selbst in den Korb gemalt, wie er glücklich durch die Lüfte segelte.

„Das ist großartig, Garrett. Du kannst richtig gut malen“, verkündete Meggie. Garrett antwortete nicht, aber Meggie fiel auf, dass er ein wenig näher an sie heranrutschte. Sie blätterte zur nächsten Seite weiter und fand dort eine Zeichnung, die Garrett auf einer tropischen Insel zeigte, umgeben von Affen, Zebras und Giraffen.

Was für eine unglaubliche Fantasie er hatte, dachte Meggie fasziniert. Seit sie seine Bilder gesehen hatte, war sie noch fester entschlossen, zu dem seltsamen, wütenden Jungen durchzudringen. Irgendwie würde es ihr gelingen, das schwor sie sich.

„Ich wünschte, ich könnte genauso gut malen wie du, Garrett“, sagte sie. „Woher hast du nur diese tollen Ideen?“

„Ich weiß nicht. Sie kommen mir einfach“, gab Garrett schüchtern zu. Er rutschte noch ein bisschen dichter an Meggie heran. Sie tat so, als merkte sie es nicht.

„Was könnte wohl auf der nächsten Seite sein?“, fragte sie und lächelte ihn an. „Ich kann es kaum erwarten, das nächste Bild zu sehen!“ Meggie blätterte eine Seite um – und schnappte entsetzt nach Luft.

„*Nein!*“, flüsterte sie und ein scharfer, brennender Geschmack stieg aus ihrer Kehle hoch.

Meggie blätterte die folgenden Seiten durch. Jedes Bild zeigte eine Frau in einem Sarg.

Immer war das Gesicht zu einer Maske des Schreckens verzerrt.

Auf jedem Bild fraßen andere Kreaturen vom Körper der Toten – Würmer, Fledermäuse, Löwen …

„Sind diese Bilder alle von dir?“, fragte Meggie mit zittriger Stimme.

Garrett nickte. Er nahm den Zeichenblock und blätterte zurück zum ersten Bild der Frau im Sarg. „Die Bilder zeigen Miss Nealon. Sie hat für uns gesorgt, kurz nachdem Mutter starb. Sie war aber nicht so hübsch wie Sie“, fügte er hinzu.

„Aber, Garrett“, sagte Meggie und bemühte sich, ihm nicht zu zeigen, wie entsetzt sie war, „warum hast du sie denn immer im Sarg gemalt, mit all diesen Würmern und …“

„Weil sie tot ist“, antwortete Garrett gelassen. „Sie ist tot und verrottet in der Erde.“ Er sah sie unverwandt an. „Und Sie werden auch sterben – wenn Sie hierbleiben.“

11

„Was meinst du damit?", fragte Meggie. „Wovon redest du? Wie kannst du etwas so Grausames sagen?"

Garrett antwortete nicht. In Meggie stieg Wut auf, darüber, wie der Junge über den Tod eines Menschen sprach. Und wie er ihr drohte. Wut und Angst. Sie packte ihn an den Schultern und schüttelte ihn. „Was soll das bedeuten?"

Garrett fing an zu lachen. „Wissen Sie es nicht? Hat man es Ihnen nicht gesagt? *Ich* habe sie umgebracht!" Garrett lachte und lachte, bis er nur noch nach Luft japste.

„Hör auf damit", schrie Meggie ihn an. „Hör sofort damit auf, hörst du?" Meggie sprang auf und stürmte aus dem Zimmer. Sie warf die Tür hinter sich zu und lehnte sich von außen dagegen. Drinnen konnte sie Garrett immer noch lachen hören.

„Garrett wollte dich nur erschrecken", redete sie sich ein. „Das ist alles. Kinder spielen ihren neuen Gouvernanten nun einmal gern Streiche."

Aber diese Bilder waren kein Kinderstreich. Sie waren grauenvoll. Wie konnte der Junge nur auf solche Ideen kommen?

Aber er war nicht irgendein Junge, rief sie sich ins Gedächtnis. Er war ein sehr fantasievoller Junge, dessen Mutter erst vor Kurzem gestorben war. Das erklärte vermutlich, warum er jetzt überall Tote sah.

„Verdammt noch mal", dachte Meggie wütend. „Ich habe mich von einem Kind einschüchtern lassen. Die letzte Gouvernante ist gar nicht tot. Das ist unmöglich."

Meggie atmete tief durch. Der Junge hatte sie nur angelogen. Er wollte ihr Angst machen – und es war ihm gelungen.

Sie rannte die Treppe hinunter und fand nach einigem Suchen die Küche. Die Köchin stand an der Spüle und wusch das Geschirr ab. Sie schaute erschrocken auf.

„Ah, Miss Thomas", sagte sie und errötete. „Ich hoffe, Sie haben ihn streng bestraft. Sie hätten schwer verletzt werden können, das ist Ihnen wohl klar?"

„Ja, das weiß ich", bestätigte Meggie. Vor ihrem geistigen Auge sah sie die Vase fallen und auf dem Boden zerschellen.

Dann sah sie die Vase noch einmal fallen. Sah, wie das schwere Gefäß sie am Kopf traf. Sah, wie sie zusammenbrach. Sie schüttelte den Kopf, um die entsetzliche Vorstellung loszuwerden.

„Der Schlüssel", sagte Meggie und hielt ihn der Köchin entgegen.

„Danke." Die Köchin steckte den Schlüssel wieder in ihre Schürzentasche und machte sich, fröhlich vor sich hin summend, wieder an ihren Abwasch. „Als wäre ich gar nicht da", dachte Meggie. Versuchte die Frau absichtlich, sie zu ignorieren?

„Köchin …", begann Meggie.

Die Köchin schaute nicht auf.

„Hatten Andrew und Garrett vor mir schon eine Gouvernante?" Sie war nur neugierig, sonst nichts, redete Meggie sich ein.

Die Köchin hielt einen Teller gegen das Licht. Meggie konnte das Spiegelbild ihres ernsten Gesichts auf dem strahlend weißen Porzellan sehen.

Die Frau konnte ihr anscheinend nicht in die Augen sehen, stellte Meggie überrascht fest. „Soll ich meine Frage wiederholen?"

„Ja“, gab die Köchin schließlich zu. „Vor Ihnen war schon eine da.“

Garretts grausige Zeichnungen gingen Meggie durch den Kopf.

Miss Nealon – bei lebendigem Leib aufgefressen.

„Was ist aus ihr geworden?“, fragte Meggie.

„Sie ist gegangen“, antwortete die Köchin schnell.

„Und weswegen ist sie fortgegangen?“, hakte Meggie nach.

„Wer weiß schon, was in anderen vorgeht“, antwortete die Köchin ausweichend. Ihre Finger wanderten zu dem Kreuz an ihrer Kette. Meggie schauderte unwillkürlich.

Meggie nahm einen kleinen Bissen Kalbfleisch und kaute langsam. Ihr Blick wanderte von der dunklen Holztäfelung an der Wand zu dem dunkel gemusterten Wandteppich.

„Ich komme mir vor, als würde ich auf einem Friedhof essen“, dachte sie. Nur sie und Andrew sagten etwas. Die Köchin und das Zimmermädchen Mary, das beim Servieren half, schwiegen beharrlich. Dasselbe galt für Garrett.

Dieser düstere Raum brauchte dringend etwas Helles, entschied Meggie. Ein Kronleuchter wäre perfekt.

„Miss Thomas“, meldete sich Andrew zu Wort. „Waren Sie schon einmal im Zirkus?“

„Ja“, antwortete sie und tupfte sich den Mund mit der Serviette ab. „Sogar schon dreimal.“

„Dreimal!“ Er machte große Augen. „War es aufregend?“

„Sehr sogar.“

„Sind die Löwen unheimlich?“, fragte Andrew.

„Meine Güte, ja“, bestätigte Meggie. „Du solltest sie mal brüllen hören.“

„Vater hat mir erzählt, dass Löwenbändiger ihren Kopf in das Maul von Löwen stecken“, berichtete Andrew.

„Das stimmt“, sagte Meggie. Sie musste wieder an den Löwen auf einem von Garretts Bildern denken. Sie warf ihm einen Blick zu und stellte fest, dass er sie ausdruckslos anstarrte.

Was ging in seinem Kopf vor?, fragte sie sich.

„Kommt es auch vor, dass der Löwe einfach das Maul zumacht und dem Löwenbändiger den Kopf abbeißt?“, fragte Andrew.

„Andrew!“, rief die Köchin schockiert.

„Ich war nur neugierig“, verteidigte er sich.

„Neugier ist eine gute Sache“, meinte Meggie. „Aber manche Arten von Neugier sind am Esstisch ein wenig unpassend.“

„Entschuldigung“, murmelte Andrew. „Aber später erzählen Sie mir doch mehr vom Zirkus, oder?“

Meggie lächelte ihn an. „Natürlich, gern.“ Sie schaute die Köchin an. „Das wollte ich schon längst fragen. Wann kehrt Mr Malbourne zurück?“

„Mr Malbourne?“, fragte die Köchin, als hätte sie den Namen noch nie gehört. „Ich bin gleich wieder da“, sagte sie und eilte aus dem Esszimmer. „Ich muss den Pudding holen.“

Niemand schien zu wissen, wann ihr Arbeitgeber zurückkam. Und dabei musste sie so dringend mit ihm reden. Tanglewood war ein Ort voller Sorgen. Und seine Kinder brauchten ihn. *Beide* Kinder.

„Vater ist nie da“, murmelte Garrett.

„Ich würde so gern einmal in den Zirkus gehen“, sagte Andrew sehnsüchtig.

„Irgendwann werde ich mit euch beiden hingehen“, versprach Meggie. „Wenn der Zirkus einmal in diese Gegend kommt. Und jetzt muss ich euch bitten, mich zu entschuldigen, denn ich bin recht müde von meiner Reise.“

„Wollen Sie denn keinen Pudding, Miss Thomas?“, fragte Andrew.

„Nein, vielen Dank. Nicht heute.“ Sie stand auf. „Die Köchin sagte mir, dass ihr auch bald ins Bett müsst. Bitte zieht eure Nachthemden an, wascht euch das Gesicht und sagt eure Gebete. Sie kommt nachher und sagt euch Gute Nacht, damit ich heute früh schlafen gehen kann.“

Meggie schleppte sich die Stufen zu ihrem Dachzimmer hoch. Sie war erschöpft, und das nicht nur von der Reise.

Langsam trottete sie den Flur entlang und öffnete ihre Tür. Sie ging zum Bett und setzte sich. Die Matratze fühlte sich wunderbar weich an. Sie hatte das Gefühl, ein ganzes Jahr schlafen zu können.

Wenn sie sich erst einmal richtig ausgeschlafen hatte, würde morgen die Welt bestimmt schon viel freundlicher aussehen, davon war sie überzeugt. Sie musste irgendeinen Weg finden, an Garrett heranzukommen. Und dass sie mit Andrew viel Spaß haben würde, war bereits sicher.

Meggie erhob sich mühsam vom Bett und ging zum Schrank, um ihr Nachthemd herauszuholen. Es würde eine Erlösung sein, die Gouvernanten-Uniform loszuwerden. Der steife Kragen hatte sich den ganzen Tag angefühlt, als würde er ihr die Luft abschnüren.

Meggie öffnete die Schranktür.

Und stieß einen Schrei aus.

12

Entgeistert starrte Meggie die große Zeichnung von sich selbst an, die mit kleinen Nägeln an der Innenseite der Schranktür befestigt war. Meggie lag darauf in einem Sarg und ein Schwarm Rotkehlchen pickte an ihren Augen herum.

Beide Hände vor den Mund gepresst, wich sie zurück. „Das war Garrett", dachte sie.

Sie machte kehrt, stürmte zur Tür, riss sie auf – und musste feststellen, dass Andrew gerade angerannt kam.

„Was ist los?", rief er. „Ich habe Sie schreien hören. Ist alles in Ordnung, Miss Thomas? Was ist passiert?"

Meggie zeigte auf das Bild. Andrew starrte es einen Moment lang an. Dann riss er es ab und knüllte es zusammen.

Als er wieder zu Meggie aufschaute, glitzerten Tränen in seinen großen blauen Augen. „Es geht wieder los", sagte er nur.

„Was? Was geht wieder los?", fragte Meggie. Sie bemühte sich, gelassen zu klingen.

„Nichts", sagte Andrew schnell. Er umklammerte ihre Hand. „Bitte gehen Sie nicht fort", flehte er. „Lassen mich nicht allein mit ..."

Er verstummte und schaute zur Tür. Alle Farbe wich aus seinem Gesicht.

Meggie folgte seinem Blick und sah, dass Garrett dort aufgetaucht war.

„Sprich ruhig weiter", forderte Garrett seinen Bruder kalt auf. Er lächelte. „Sag es. *Bitte lassen Sie mich nicht allein mit Garrett. Er ist ein Mörder.* Los, sag es!"

Andrew begann zu zittern.

Meggie legte dem jüngeren Bruder schützend einen Arm um die Schultern. Aber Garretts Fuß schoss vor und trat seinen Bruder gegen das Schienbein.

Andrew schrie vor Schmerz auf und verpasste Garrett eine Ohrfeige.

Meggie, die die beiden entgeistert angestarrt hatte, trat einen Schritt vor und stellte sich zwischen die beiden. „Hört auf. Sofort", befahl sie mit fester Stimme.

„Dich kriege ich schon noch", drohte Garrett seinem Bruder. „Irgendwann, wenn sie nicht da ist, um dich zu beschützen, du Baby." Er machte kehrt und rannte davon. Seine Hände waren zu Fäusten geballt.

„Oje", seufzte Meggie. Sie setzte sich auf ihr Bett und klopfte einladend auf den Platz neben sich.

Andrew kam angesaust und sprang neben ihr aufs Bett. „Garrett meint diese schrecklichen Dinge, die er immer sagt, nicht ernst", versicherte er Meggie.

„Ach nein?", sagte Meggie. „Und warum hast du dann solche Angst vor ihm?", fügte sie in Gedanken hinzu.

„Nein, Miss Thomas, er tut nur so. Er hat unsere letzte Gouvernante nicht umgebracht."

„Was hast du gesagt?", stieß Meggie hervor.

„Ich bin sicher, dass er behauptet hat, er hätte sie getötet. Er will Ihnen Angst machen. Er will, dass Sie wieder gehen, wissen Sie?"

„Das weiß ich", sagte Meggie. „Ich weiß."

Sie drückte seine Schulter. „Warum ist die andere Gouvernante gegangen?", fragte sie.

„Weil ... weil ..." Andrew verstummte und schaute auf den Boden. Meggie konnte spüren, wie sein ganzer Körper erstarrte.

„Du kannst es mir erzählen, Andrew“, lockte sie. „Die andere? Das war Miss Nealon, nicht wahr?“

„Ja.“

Meggie griff unter Andrews Kinn und hob es sanft an, bis er ihr in die Augen sehen musste.

„Warum ist Miss Nealon gegangen, Andrew?“

„Weil sie … sie konnte nicht mit Garrett umgehen“, sagte Andrew schließlich. Er drückte ihre Hand und lächelte sie hoffnungsvoll an. „Bitte versprechen Sie, dass Sie uns nicht verlassen. Bitte.“

„Wie kann ich diesen Jungen verlassen?“, dachte Meggie. Oder seinen Bruder? Garrett brauchte sie genauso. Auf keinen Fall konnte sie gehen, bevor der Vater der beiden wieder da war. Es war ihre Aufgabe, dafür zu sorgen, dass es ihnen an nichts fehlte. Das hatte sie ihrem Vater versprochen.

Meggie spürte, wie Andrew wieder zu zittern begann. Sie drückte ihn fest an sich. „Natürlich bleibe ich“, versicherte sie ihm und verspürte eine unerwartete Welle der Zuneigung. „Ich bleibe. Ich bleibe!“

An diesem Abend konnte Meggie nicht einschlafen.

Jedes Mal wenn sie die Augen schloss, glaubte sie, das leise Flattern von Flügeln zu hören. Sie stellte sich einen Schwarm Rotkehlchen vor, die langsam auf sie herunterflatterten, um ihr die Augen auszuhacken.

Schließlich spürte sie jedoch, wie sie schwerer und schwerer wurde, und versank in einen tiefen traumlosen Schlaf.

Lautes Weinen weckte sie wieder auf.

Meggie versuchte, das Geräusch auszublenden, und drehte sich in ihrem weichen und warmen Bett auf die andere Seite.

Aber das Weinen wurde lauter.

Hatte einer der Jungen einen Albtraum?

Sie setzte sich auf und horchte. Aus irgendeiner entfernten

Ecke des Herrenhauses kamen diese klagenden Laute. Es hörte sich an, als hätte jemand schreckliche Schmerzen.

Es klang nicht nach einem Kind – sie konnte nicht genau sagen, wonach es klang.

Meggies Herzschlag beschleunigte sich. Wer konnte solche Schreie ausstoßen?

„Ich muss es herausfinden", entschied Meggie. „Die Jungen könnten in Gefahr sein."

Meggie schwang ihre nackten Füße aus dem Bett auf den kalten Fußboden. Zitternd streifte sie den dunkelroten Morgenmantel über, den sie im Schrank gefunden hatte. Wahrscheinlich hatte ihn ihre Vorgängerin zurückgelassen.

Auf ihrer Kommode entdeckte sie Streichhölzer und eine Kerze. Sie riss ein Streichholz an, aber ihre Finger zitterten so sehr, dass es ausging, bevor sie es an den Docht der Kerze halten konnte.

„Beruhige dich", befahl sie sich. Sie versuchte es mit einem weiteren Streichholz, doch auch dieses verlosch sofort.

Die gedämpften Schreie ertönten wieder. Und sie waren schlimmer als alles, was Meggie jemals im Gefängnis gehört hatte.

Meggie riss ein drittes Streichholz an und schaffte es endlich, damit die Kerze anzuzünden. Mit dem Kerzenständer in der Hand schlich sie hinaus auf den Flur.

Über die düsteren Wände geisterten überall drohende Schatten, als sie auf Andrews Zimmer zuging. Meggies Herz schlug immer schneller. In ihrem Zimmer hatte sie sich sicherer gefühlt. Irgendwie geschützter. Auf dem Flur hatte sie das Gefühl, als könnte sich jeden Moment jemand aus einem Versteck heraus auf sie stürzen und sie packen.

Trotzdem zwang sie sich weiterzugehen. Sie musste die Ruhe bewahren und herausfinden, von wo die Schreie kamen.

Bei Andrews Zimmer angekommen, lauschte sie von außen an der Tür. Wenn er drinnen friedlich schlief, wollte sie ihn nicht stören.

Aus Andrews Zimmer drang kein Laut.

Sie eilte weiter zu Garretts Tür.

Auch hier vollkommene Stille.

Meggie amete erleichtert auf und sah sich um. Das schreckliche Geräusch war verstummt. Sie wartete noch einen Moment lang, dann machte sie sich auf den Rückweg zu ihrem Zimmer. Vielleicht hatte sie sich das Ganze nur eingebildet.

Aber halt! Da war es wieder! Ein lang gezogenes Heulen, das von hoch oben zu kommen schien.

Meggie war versucht, in ihr Zimmer zurückzurennen und die Tür hinter sich zu verriegeln. Aber das konnte sie nicht tun.

Sie folgte dem Heulen durch das dunkle alte Haus, bis sie schließlich über einen langen, breiten Flur zum linken Turm gelangte. Sie öffnete die schwere Tür und stieg zögernd die dunkle gewundene Treppe hinauf.

Je weiter sie nach oben kam, desto lauter wurde das Heulen.

Lauter und durchdringender.

„Wer kann das sein? Was erwartet mich da oben?“, fragte sich Meggie voller Angst.

Die Köchin hatte gesagt, dass sie und das Dienstmädchen Mary ihre Zimmer im Erdgeschoss neben der Küche hatten.

Und George Squires wohnte über den Stallungen.

Also wer weinte da? Wer?

13

Am oberen Ende der Treppe befand sich ein kleiner Treppenabsatz. Meggie stand vor einer Tür und die klagenden Schreie schienen von jenseits dieser Tür zu kommen. Meggie griff nach dem Türknauf – und das Wehklagen hörte auf. Als hätte die Person in dem Raum ihre Anwesenheit gespürt.

Meggie erstarrte und lauschte in die Stille. Sie horchte angestrengt auf irgendein Geräusch, wie leise es auch sein mochte.

Plötzlich hörte sie hinter sich ein Seufzen. Die feinen Härchen auf ihren Armen richteten sich auf und sie fuhr herum.

Durch ein schmales Fenster konnte man hinunter auf den Rasen sehen. Jetzt schien das Geräusch von dort draußen zu kommen.

Zögernd schlich Meggie auf das Fenster zu, das einen Spaltbreit offen stand.

Draußen knarrten die Äste der Bäume im Wind und gaben ein seufzendes Geräusch von sich. Die Blätter raschelten abwechselnd leise und rauschten laut, wenn eine neue Windböe kam.

„War das vielleicht das Geräusch, das ich gehört habe?“, überlegte Meggie.

Ein Windstoß fuhr durch das offene Fenster und blies ihre Kerze aus. Meggie stand plötzlich im Stockfinstern.

Sie zwang sich, bewegungslos stehen zu bleiben und zu lauschen.

Sie hörte nur die Blätter. Die Zweige. Und den Wind.

„Wie dumm von mir“, dachte sie. „Ich lasse mir vom Wind

Angst einjagen. Ich bin doch kein Kind mehr! Da ist ganz schön meine Fantasie mit mir durchgegangen."

Tastend suchte sie den Rückweg über die Treppe. Das große alte Haus schwieg so lange, bis sie wieder im Bett lag und sich die Decke bis ans Kinn gezogen hatte.

Dann fingen die Schreie wieder an, lauter und eindringlicher als zuvor.

Und es hörte sich kein bisschen wie der Wind an.

„Und hier bewahren wir das Silber und das andere Zeug auf", erklärte Andrew am nächsten Morgen. Nach dem Frühstück hatte er darauf bestanden, Meggie das Anwesen zu zeigen. Garrett hatte sich geweigert, sie zu begleiten, obwohl Meggie ihn dreimal ausdrücklich dazu eingeladen hatte.

Vielleicht war es besser so, dachte sie. Vielleicht sollte sie Andrew und Garrett erst einmal einzeln kennenlernen. Aber eigentlich wollte sie Garrett gar nicht kennenlernen, auch wenn sie das Gefühl hatte, dass er noch dringender einen Freund brauchte als Andrew.

„Kommen Sie!", rief Andrew. Er rannte voraus in einen Raum voller großer Gemälde. Vor dem Porträt einer wunderschönen Frau mit langen blonden Haaren und einem schmalen traurigen Gesicht blieb er stehen.

„Noch ein Bild von der Mutter der Jungen", dachte Meggie. Auch beim Betrachten dieses Bildes fühlte sie Unbehagen in sich aufsteigen.

„Das ist die Galerie", sagte Andrew beiläufig. Meggie fand, dass seine Augen unnatürlich glänzten, als wären sie voller Tränen.

„Andrew? Ist das eure Mutter?", fragte sie sanft und ging näher an das Porträt heran, vor dem der Junge stand.

Er nickte langsam.

„Sie war sehr schön", bemerkte Meggie leise.

Andrew schaute weg.

„Andrew …" Meggie suchte nach den richtigen Worten. „Das mit deiner Mutter tut mir sehr leid. Wann immer du über sie reden möchtest, bin ich für dich da, ja?"

Der Junge biss sich auf die Lippe. Meggie merkte genau, wie sehr er sich bemühte, nicht in Tränen auszubrechen.

Eine plötzlich aufwallende Mischung aus Zuneigung und Mitleid veranlasste Meggie, Andrew in die Arme zu nehmen. Er ließ sie einen Moment lang gewähren, doch dann befreite er sich aus ihrer Umarmung.

„Ich finde, die Gemälde in diesem Zimmer sind wahre Meisterwerke", sagte er laut.

Es zerriss Meggie fast das Herz zuzusehen, wie sehr sich der Junge darum bemühte, Haltung zu bewahren. Er hatte seine Mutter verloren. Sein Vater ließ sich nicht blicken. Und eine Gouvernante hatte ihn schon verlassen.

Alles, was er jetzt noch hatte, war sein Bruder. Und Garrett war so verstört. So wütend.

„Aber jetzt hat Andrew auch mich", sagte Meggie sich. „Sie *beide* haben jetzt auch mich!"

„Hier hängen Bilder von fast allen Mitgliedern der Familie Malbourne", fuhr Andrew fort und riss sie damit aus ihren Gedanken.

„Das ist mein Großvater." Er zeigte auf ein Porträt in einem schmuckvollen Rahmen. „Ich finde, er sieht unheimlich aus. Was meinen Sie?"

„Du hast recht. Aber ich kann genauso ein Gesicht ziehen." Meggie kniff die Lippen zusammen, senkte die Brauen und starrte ihn über ihre Nase hinweg an.

Andrew kicherte. „Ja, Miss Thomas, Sie sehen so auch ganz schön gruselig aus. Aber mein Großvater war wirklich unheimlich. Er war ein sehr reicher und mächtiger Mann. Und sehr streng noch dazu. Alle Leute hatten Angst vor ihm. Manche sagen sogar, er hatte magische Kräfte. Andere behaupten, es wäre ein Fluch auf ihm gelegen. Auf ihm und unserer ganzen Familie." Andrew sah sie erwartungsvoll an. Aber Meggie konnte nur den Kopf über diese Geschichte schütteln.

„Und das ist mein Vater, Harrison Malbourne der Zweite", sagte er unvermittelt.

Meggie blieb abrupt stehen. Harrison Malbourne stand auf einem großen Ölgemälde vor ihr. „Also lernen wir uns endlich kennen", dachte sie. „Wenn es auch nur auf einem Bild ist!"

Der Mann starrte mit denselben leuchtend blauen Augen auf sie herab, die auch sein jüngerer Sohn hatte. Außerdem hatte er dunkle Haare, kräftige Augenbrauen und ein Grübchen am Kinn. Ihn gut aussehend zu nennen, war entschieden zu wenig.

Doch sein Gesicht wirkte irgendwie besorgt. Außerdem hatte er eine weiße Strähne im Haar – ungewöhnlich für jemanden, der so jung war. Warum hatte Tanglewood eine solche Wirkung auf die Menschen?, fragte Meggie sich. Warum waren alle, die hier lebten, so unglücklich?

Sie zwang sich, ihren Blick wieder abzuwenden. „So, Andrew, was kommt als Nächstes?"

Er nahm sie an der Hand und führte sie ins Billardzimmer und dann nach draußen zu den Stallungen.

Nachdem sie jedem Pferd eine Karotte gegeben hatten, ging die Führung im Garten weiter.

„Oscar!", rief Andrew plötzlich und rannte so schnell über die abfallende Rasenfläche, dass er beinahe hingefallen wäre. „Oscar!"

Als Meggie bei ihm ankam, kniete Andrew auf dem Rasen und streichelte einen großen grauen Kater.

„Das ist Oscar", erklärte er. „Er mag es am liebsten, wenn man ihn unter dem Kinn krault. Sehen Sie?"

Sie kniete sich neben ihn.

„Das ist ein schöner Kater", sagte Meggie.

„Streicheln Sie ihn ruhig. Er kratzt nicht."

Meggie streichelte dem Kater über den Rücken. Er machte einen Buckel und schnurrte noch lauter.

„Die Köchin füttert ihn", berichtete Andrew. „Er lebt im Stall. Früher hat er Miss Nealon gehört."

Meggie spürte, wie sie bei der Erwähnung der ehemaligen Gouvernante erstarrte.

„Es muss ihr nicht leichtgefallen sein, eine so schöne Katze zurückzulassen", bemerkte sie. Sie sprach betont gleichmütig, ließ Andrew dabei aber nicht aus den Augen. „Vielleicht kommt sie irgendwann vorbei und besucht ihn. Ich wette, Oscar würde das gefallen."

Andrew schaute Meggie mit seinen blauen Augen ernst an. „Miss Nealon wird niemals zurückkommen", sagte er.

„Warum nicht?", wollte Meggie wissen.

Andrew nahm Oscar auf den Arm und vergrub sein Gesicht im weichen Fell.

„Warum nicht, Andrew?" Meggie presste die Arme dicht an den Körper, denn ihr war plötzlich kalt.

„Weil … weil sie zu weit weg ist. In Afrika, glaube ich. Ja, sie ist nach Afrika gegangen, um dort Kinder zu unterrichten", stieß Andrew hastig hervor. Er setzte Oscar ab und sprang auf. Dann rannte er weg.

„Kommen Sie, ich zeige Ihnen meinen Lieblingsplatz", rief er Meggie zu. Meggie hastete hinter ihm her, obwohl ihr langer Rock sie behinderte.

Andrew blieb vor einer Reihe hoher grüner Hecken stehen. Eine Lücke in der Bepflanzung wirkte fast wie eine Tür. „Kommen Sie“, drängte er und rannte durch die Lücke.

Meggie folgte ihm. Die Hecken waren so hoch, dass sie nicht darüber sehen konnte, und drinnen – im Gewirr der Hecken – war es dunkler und kühler als auf dem Rasen.

Die Hecken raschelten – und Andrew verschwand.

„Andrew! Warte!“

Meggie verspürte einen Anflug von Panik. „Lass mich nicht allein!“, hätte sie am liebsten geschrien.

Aber sie war die Gouvernante und er der Schützling! „Dich kriege ich!“, rief sie, damit er es für ein Spiel hielt. „Gleich habe ich dich!“

Meggie rannte ihm nach und entdeckte einen weiteren Durchschlupf. Sie hastete hindurch und blieb abrupt stehen. Andrew war nirgends zu sehen. Und jetzt hatte sie die Wahl zwischen zwei Durchgängen.

Ein Vogel stieß einen schrillen Schrei aus. Dann hörte Meggie ein leises Rascheln in den Hecken. Sie lauschte angestrengt. Aus welcher Richtung war das Geräusch gekommen? Wohin war Andrew gelaufen?

Meggie holte tief Luft und wählte den linken Durchgang. Andrew sprang ihr in den Weg und lachte, als sie erschrocken aufschrie.

Dann rannte er wieder los. Mal bog er links ab und mal rechts. Meggie landete mehrmals in einer Sackgasse. Dann tauchte Andrew jedes Mal hinter ihr auf, lachte und begann das Spiel von Neuem.

Endlich erreichten sie den Mittelpunkt des Irrgartens.

Andrew ließ sich auf den Boden fallen.

„Andrew! Dein Anzug!“

Er setzte sich auf, außer Atem, aber grinsend. „Wenn Garrett mal wieder einen seiner Wutanfälle hat, komme ich manchmal her und verstecke mich hier", gestand er.

„Du meinst so wie gestern?", fragte Meggie.

Andrew warf den Kopf zurück und starrte wortlos in den Himmel.

Sollte das heißen, dass Garrett noch schlimmere Wutanfälle hat als den von gestern?, fragte sich Meggie. Der Gedanke ließ sie schaudern.

„Diesen Irrgarten hat mein Großvater anlegen lassen", erklärte Andrew und wechselte das Thema. Dann stand er auf und führte Meggie zurück.

Sie verließen das Heckenlabyrinth auf der anderen Seite der Rasenfläche. Auf ihrem Rückweg ums Haus bemerkte Meggie einen alten Steinbrunnen. Nach all der Rennerei wollte Meggie sich gerne einen Moment auf seine breite Einfassung setzen und ging darauf zu.

Erst da wurde ihr bewusst, dass Andrew nicht mehr an ihrer Seite war. Sie blieb stehen und drehte sich zu ihm um.

Andrew starrte den Brunnen an. Alle Farbe war aus seinem Gesicht gewichen.

„Was ist los?", fragte Meggie. „Stimmt etwas nicht?"

„Es ist nichts", rief er ihr zu, doch seine Stimme zitterte. „Mir ist nur ein bisschen kalt. Können wir jetzt ins Haus gehen?"

„Natürlich." Als Meggie den Jungen ins Haus führte, bemerkte sie an einem der oberen Fenster eine Bewegung.

Garrett. Er starrte mit finsterer Miene von seinem Zimmer aus auf sie herab.

„Wann kommen Sie endlich?", dachte Meggie und betrachtete wieder einmal das Porträt von Harrison Malbourne. „Wir brauchen Sie hier. *Ich* brauche Sie. Ich brauche jemanden, der mir die Wahrheit über Tanglewood sagt. Ich brauche jemanden, der mir sagt, wie ich mit Garrett umgehen soll."

In ihrer ersten Woche in Tanglewood hatte sie oft vor diesem Porträt gestanden und sich gefragt, warum dieser Mann sich so wenig um seine Söhne kümmerte. Was konnte wichtiger sein? Sie musste mehr über ihn herausfinden, beschloss sie.

Ihr kam ein Gedanke. Es war ihr freier Nachmittag. Warum sollte sie ihn nicht dazu nutzen, sich in sein Zimmer zu schleichen?

Meggie schlenderte betont gleichmütig durch die Halle. Für sie hörte sich jeder ihrer Schritte an wie ein Donnerschlag. Aber es kam niemand, der sie fragte, wohin sie wollte oder was sie vorhatte. Schließlich stand sie vor der Tür von Mr Malbournes Schlafzimmer.

Sie zögerte. Es war gar nicht nötig, den harten Knoten in ihrem Magen zu spüren – sie wusste auch so, dass das, was sie vorhatte, falsch war. Aber sie konnte nicht widerstehen.

Wenn man sie erwischte, welche Ausrede sollte sie dann vorbringen? Meggie überlegte nicht lange. Sie drehte den Türknauf. Die Tür war nicht verschlossen. Sie schlüpfte ins Zimmer und zog die Tür lautlos hinter sich zu.

Regale erstreckten sich über zwei der Wände und sie waren vom Boden bis zur Decke voll mit in Leder gebundenen Büchern. Meggie fuhr mit dem Finger über eine Reihe Buchrücken. Wenn er all diese Bücher gelesen hatte, musste er ein sehr gebildeter Mann sein …

Sie blieb abrupt stehen.

An der Wand über dem Bett hing eine schwere Muskete.

„Bestimmt ein Erbstück", sagte sie sich hastig. Mr Malbourne war kein gewalttätiger Mensch. Jedenfalls nicht der Mr Malbourne, den sie von seinem Porträt kannte.

Meggie richtete ihre Aufmerksamkeit auf den kleinen, mit Gold verzierten Schreibtisch, auf dem sich die *New York Herald Tribune* stapelte. Meggie blätterte einige Ausgaben der Zeitung durch und blieb immer wieder bei bekannten Namen hängen. Erinnerungen an das Leben, das sie hinter sich gelassen hatte, stürmten auf sie ein.

Sie sah sich wieder mit ihrem Vater und ihrer Schwester am Kamin sitzen und gemeinsam Zeitung lesen, über die Artikel diskutieren – und manchmal auch streiten …

Meggie schüttelte den Kopf. Jetzt war nicht der richtige Moment für Zeitungen – oder Erinnerungen. Sie sah sich im Zimmer um und ging auf die Kommode zu. Mit schlechtem Gewissen zog sie die erste Schublade auf. Mr Malbournes Zimmer zu betreten, war eine Sache, in seinen Schubladen herumzustöbern, eine ganz andere.

Aber das hinderte sie nicht daran, weiterzusuchen. Sie nahm die kleine, mit Edelsteinen besetzte Spieldose in die Hand, die auf der Kommode stand. Als sie den Deckel aufklappte und die Musik zu spielen begann, musste sie lächeln.

Meggie klappte den Deckel wieder zu und stellte die Dose zurück, wobei sie sich bemühte, sie genau an die Stelle zu platzieren, von der sie sie genommen hatte. Beim Abstellen hörte sie im Innern des Kästchens etwas klappern.

Wie merkwürdig. Sie hatte angenommen, dass das Kästchen unter dem Spielwerk leer war.

Sie drehte die Spieldose um und fuhr mit den Fingern über den Boden. Dann drückte sie gegen die Seitenwände. Die letzte Stelle, an der sie es versuchte, glitt plötzlich zur Seite und es kam eine winzige Schublade mit einem blauen Bändchen als Anfasser zum Vorschein.

Mit zwei Fingern zog sie an dem Band die Schublade auf.

Darin lag ein silberner Schlüssel.

Ganz offensichtlich wollte Mr Malbourne es nicht, dass jemand diesen Schlüssel benutzte, dachte Meggie. Wahrscheinlich würde er vor Wut außer sich sein, wenn er wüsste, dass sie sein Geheimversteck gefunden hatte.

„Was machen Sie da?“

Meggie fuhr herum. Garrett stand hinter ihr und funkelte sie erbost an.

„Ich habe gefragt, was Sie da machen“, fauchte er. „Und was haben Sie im Zimmer meines Vaters zu suchen? Sie haben kein Recht, hier zu sein. Dafür könnte ich Sie feuern lassen, ist Ihnen das klar?“ Garrett kniff die Augen zusammen. „Und jetzt legen Sie den Schlüssel zum Turmzimmer sofort zurück an seinen Platz.“

Wann war er hereingekommen? Meggie hatte nicht das leiseste Geräusch gehört.

„Ich … ich bin zufällig hier gelandet“, stotterte Meggie und wünschte, sie hätte sich eine bessere Ausrede zurechtgelegt. Hastig schob sie das Geheimfach der Spieldose wieder zu. Dann hastete sie an Garrett vorbei. „Komm, lass uns nach draußen gehen, dann können wir …“

Garrett rührte sich nicht.

Als sie sich umdrehte, um ihn anzusehen, verschränkte er die Arme vor der Brust. „Rühren Sie die Sachen meines Vaters nie wieder an“, befahl er streng. „Das macht meine Mutter wütend, verstehen Sie? Sehr wütend.“

Meggie spürte, wie sie blass wurde. Sie musste ihn falsch verstanden haben.

„Was sagtest du?“

„Ich sagte, dass es meine Mutter *sehr wütend* macht!“, brüllte er.

„Aber Garrett“, sagte Meggie sanft, „deine Mutter ist tot.“

14

„Sagen Sie das nicht!“, kreischte Garrett. „Sagen Sie das nie wieder! Mutter kann Sie hören! Sie hört alles!“

Garrett stürmte auf Meggie zu und begann, sie mit seinen Fäusten zu bearbeiten.

Meggie packte seine Arme und versuchte, ihn festzuhalten und zu beruhigen. Er war stärker, als sie gedacht hatte. „Garrett, bitte sei vernünftig!“

„Sie wissen doch, dass sie hier im Haus ist“, schrie Garrett. „Haben Sie nicht gehört, wie sie jede Nacht weint?“

Wie sie weint? Meggie fühlte sich, als würde ihr ein Eimer eiskaltes Wasser ins Gesicht geschüttet.

„Sie *haben* sie gehört!“, zischte Garrett. „Das kann ich Ihnen vom Gesicht ablesen. Jetzt wissen Sie es. Sie will aus dem Turm raus. Und nun lassen Sie mich los!“

„Nein, Garrett, warte! Es ist der Wind, der diese heulenden Geräusche verursacht.“ Meggie versuchte, ihn festzuhalten, aber der Junge riss sich los und rannte davon.

In dieser Nacht hörte Meggie wieder die seltsamen Laute. Genau wie in jeder anderen Nacht seit ihrer Ankunft in Tanglewood.

Garretts Worte gingen ihr immer wieder im Kopf herum.

Meggie lag zitternd im Bett. Konnte es wahr sein?

Stammte das Wehklagen wirklich von der toten Mutter der Jungen?

„Nein. Ich glaube nicht an Geister“, sagte Meggie sich mehr als *ein*mal.

Und das stimmte auch. Wenigstens tagsüber. Wenn sie mit

der Köchin oder Andrew zusammen war. Aber allein in ihrem Zimmer jagte das Heulen ihr Angst ein. Manchmal war es so durchdringend, dass sie das Gefühl hatte, die Schreie kämen aus ihrem eigenen Kopf.

Meggie schob die Bettdecke zurück, stand auf und begann, in ihrem kleinen Zimmer herumzuwandern und zu grübeln.

„Natürlich ist es nicht Mrs Malbourne, die diese Geräusche macht“, sagte sie sich und sah sich im Spiegel über der Kommode ins Gesicht. „Garrett ist ein verstörter Junge, der sich Geschichten ausdenkt. Du weißt doch, dass er es darauf anlegt, dich einzuschüchtern. Das ist einfach sein neuester Trick.“

Aber das klagende Geheul nahm kein Ende.

Und es hörte sich auch nicht an, als wäre es der Wind. Das hatte es noch nie … auch wenn sie versucht hatte, sich das einzureden.

Meggie blieb stehen. „Wenn es nicht der Wind ist, gibt es eine andere Erklärung. Eine *natürliche* Erklärung“, flüsterte sie.

Sie würde so lange suchen, bis sie diese Erklärung gefunden hatte. Und zwar sofort.

Sie zog ihren Morgenmantel an, schlich über den dunklen Flur und begann, die Wendeltreppe hinaufzusteigen.

Auch diesmal schien das Weinen lauter zu werden, als sie den obersten Treppenabsatz erreichte.

„Wer ist da?“, fragte Meggie streng. „Los, zeig dich!“

Vor der Tür zum Turmzimmer erhob sich eine weiße Gestalt.

15

Meggie stolperte rückwärts. Ihr Herz setzte einen Schlag lang aus, dann begann es rasend schnell gegen ihre Rippen zu klopfen.

„Andrew!"

Er stand barfuß in seinem langen weißen Nachthemd vor ihr. Sein Gesicht war tränenüberströmt und er zitterte am ganzen Körper.

„Was machst du hier? Warum bist du nicht im Bett?"

Er deutete mit einem Kopfrucken auf die geschlossene Tür. „Das war das Krankenzimmer meiner Mutter", erklärte er schluchzend und schniefte unglücklich. „Ich komme manchmal her und setze mich vor die Tür, obwohl mein Vater es verboten hat. Bitte verraten Sie mich nicht, Miss Thomas. Bitte – ich flehe Sie an."

Am liebsten hätte Meggie vor Erleichterung laut aufgeschrien. Wie hatte sie nur so albern sein können. Es war Andrew gewesen, dessen Weinen sie gehört hatte. Der arme Junge weinte um seine Mutter.

„Natürlich werde ich dich nicht verraten", flüsterte sie und strich beruhigend über Andrews weiche Locken. „Komm, Andrew. Du gehörst schon lange ins Bett."

Sie nahm ihn sanft an der Hand und zog ihn hinter sich her.

„Manchmal rede ich mit ihr", sagte Andrew. „Sie will immer genau wissen, was im Haus vor sich geht. Ich habe ihr alles über Sie erzählt, Miss Thomas."

Meggies Herz machte einen großen Sprung. Glaubte Andrew wirklich, dass der Geist seiner Mutter noch im Turmzimmer war? Glaubte er genau wie Garrett, dass sie alles wusste, was in Tanglewood passierte?

Sie musste mit ihnen darüber reden. Dieser seltsame Aberglaube war für beide Jungen nicht gut.

Als sie Andrew ins Bett gebracht hatte, fielen ihm gleich die Augen zu. Sie deckte ihn zu und strich ihm noch einmal über die Stirn.

„Versprechen Sie, dass Sie mich nicht verraten?“, murmelte er schläfrig.

„Ich verspreche es. Aber wenn du das nächste Mal traurig bist, musst du zu mir kommen. Ich werde dafür sorgen, dass du wieder glücklich wirst.“

Der Junge lächelte.

Meggie schloss leise die Tür hinter sich und kehrte in ihr Zimmer zurück.

„Der arme Andrew“, dachte sie, als sie den Morgenmantel wieder in den Schrank hängte. „Und der arme Garrett. Sie brauchen so viel. Mehr als ich ihnen geben kann, fürchte ich. Ich wünschte, ihr Vater käme bald zurück.“

Sie ging wieder ins Bett. In dieser Nacht würde sie besser schlafen als in jeder anderen seit –

Ihre Füße stießen gegen etwas Nasses … und Warmes.

Sie sprang auf und riss die Bettdecke weg.

„Oh nein!“, schrie sie.

Blut hatte das Laken durchtränkt.

Oscars Blut. Jemand hatte dem großen grauen Kater die Kehle durchgeschnitten. Die starren gelben Augen der Katze sahen sie unverwandt an. Tote Augen.

Meggie presste sich eine Hand gegen den Mund.

Mehrere Sekunden verstrichen, während sie wie erstarrt auf das leblose Tier hinunterblickte. Dabei fiel ihr ein Stück

Papier auf, das mit einer Schnur am Hals der Katze festgebunden war.

Mit spitzen Fingern griff Meggie nach dem blutbefleckten Zettel und faltete ihn auseinander.

Neugier tötete die Katze, Miss Thomas, stand dort in einer kleinen, kindlichen Schrift.

16

Vorsichtig wickelte Meggie Oscars kleinen Körper in das Laken.

„Oh, Garrett“, dachte sie. „Ich weiß ja, dass du mich vergraulen willst. Aber dass du zu so etwas fähig bist, hätte ich nicht gedacht.“

Meggie war sich nicht sicher, was sie tun sollte. Sie fand, dass es zu gefährlich war, dass Garrett weiterhin in Tanglewood blieb. Zumindest, solange sein jüngerer Bruder auch dort war. Aber es stand ihr nicht zu, ihn in ein Heim einweisen zu lassen.

Sie fühlte sich schrecklich allein. Die Köchin würde ihr niemals helfen, eine Entscheidung zu treffen. Und von dem wortkargen George Squires war auch keine Hilfe zu erwarten.

„Dann musst du eben entscheiden“, sagte Meggie sich. Sie zog sich hastig an und trug Oscars Leiche in den Garten.

Sie wollte die Katze sofort begraben. Andrew sollte sie nicht sehen. Er liebte sie so sehr. Nachdem sie das Tier begraben hatte, würde sie sich überlegen, was sie als Nächstes tun würde.

Im Gartenschuppen fand Meggie einen Spaten und trug ihn zu einem Blumenbeet in der Nähe des Hauses. Sie kniete sich auf den kalten Boden und begann, ein Grab für Oscar auszuheben.

„Meggie“, rief eine Frauenstimme.

Wer war das? Die Köchin? Das Dienstmädchen? Meggie ließ ihren Blick über den dunklen Rasen schweifen, doch sie sah niemanden.

„Die Ereignisse dieser Nacht reichen aus, um einem die Fantasie durchgehen zu lassen“, dachte Meggie. Sie sah sich noch einmal prüfend um und nahm dann ihre Arbeit wieder auf.

Schließlich entschied sie, dass das Loch tief genug war. Angewidert legte sie das blutige Bündel hinein. Dann schaufelte sie das Loch wieder zu.

„Meggie …“

Jetzt war sie sich sicher. Jemand rief ihren Namen.

Hektisch sprang sie auf und drehte sich um.

„Wer ist da?“, rief sie. Doch ihr Hals war so trocken, dass die Worte nur als heiseres Krächzen herauskamen. „Zeig dich!“, verlangte sie. Unwillkürlich schaute sie nach oben – zu einem der Turmzimmer. Meggies Herz schlug so heftig, dass sie es in ihren Schläfen pochen fühlte. „Nein! Bitte nicht!“, flüsterte sie. Eine Frau stand am Fenster und schaute auf sie herab. Eine Frau, die Meggie sofort erkannte. Das lange hellblonde Haar. Das hübsche, schmale Gesicht. „Das kann nicht sein“, dachte Meggie. Aber sie war es. Es war Mrs Malbourne.

17

Mrs Malbourne öffnete das Fenster und starrte Meggie vom Turm herab an. Ihr langes Haar wehte um ihr schmales Gesicht. Ihre Augen leuchteten grünlich.

„Gefahr …“, stöhnte sie.

Meggie spürte eine Eiseskälte von ihren Füßen hochkriechen, die sich wie festgefroren anfühlten. Sie konnte sich nicht bewegen, konnte nur wie gebannt zum Turmfenster hinaufschauen.

Es war, als ob das grünliche Leuchten in Mrs Malbournes Augen Meggie hypnotisierte. „Schau weg!“, befahl sie sich. „Sieh nicht länger hin!“

Die Kälte in ihrem Körper stieg höher. Über ihre Knie und ihre Hüften. Ihr Magen krampfte sich zusammen, als die eisige Welle ihn traf.

Doch noch immer konnte Meggie ihren Blick nicht abwenden.

„Gefahr …“, stöhnte Mrs Malbourne mit schmerverzerrtem Gesicht. „Verschwinde …“

Dann endlich gelang es Meggie, sich von Mrs Malbournes bohrendem Blick loszureißen. Sie rannte los und ihre Beine brannten und kribbelten. Bei den hohen Hecken des Irrgartens stolperte sie und stürzte, doch sie rappelte sich auf und hetzte weiter.

Wohin sollte sie fliehen? In Tanglewood war sie nirgendwo sicher. Aber sie hatte keine Möglichkeit, das Anwesen zu verlassen. Nicht mitten in der Nacht.

„Drinnen bin ich sicherer“, entschied sie. „Wenigstens

kann ich mich dann in meinem Zimmer einschließen! Schnell!", trieb sie sich an. „Schnell!"

Sie stürmte ins Haus und warf die Tür hinter sich zu. Sie rannte durch die dunkle Halle – da packten zwei starke Hände sie von hinten.

„Nein! Hilfe!", schrie sie. „Lassen Sie mich los!"

Meggie wehrte sich mit aller Kraft, doch sie konnte den Angreifer nicht abschütteln.

„Wer sind Sie?", fragte eine empörte Männerstimme. „Was haben Sie hier zu suchen?" Er drehte Meggie herum, sodass sie ihn ansehen musste.

Am ganzen Körper zitternd, starrte Meggie ihn an.

Er überragte sie um zwei Köpfe und schaute finster auf sie herab. Eine weiße Strähne durchzog sein dunkles Haar.

Meggie erkannte ihn sofort. Es war Mr Malbourne.

„Ich habe gefragt, wer Sie sind", wiederholte er streng.

„Ich … ich bin Ihre neue Gouvernante, Sir."

„Meine Gouvernante?" Mr Malbourne sah sie an, als hätte sie den Verstand verloren. Dann sagte er: „Kommen Sie mit."

Er führte sie durch die Halle, stieß die Tür zur Bibliothek auf und bedeutete ihr hineinzugehen. „Sie zittern", bemerkte er knapp. „Ich werde Feuer machen."

Meggie blieb verschreckt an der Tür stehen, während Mr Malbourne mit Zunderholz und Blasebalg herumhantierte. Meggie nutzte die Gelegenheit, einen Blick auf ihre Hände zu werfen. Und auf ihre Arme. Sie waren mit Erde beschmiert. Er musste glauben, dass er eine Verrückte eingestellt hatte, dachte sie. Wahrscheinlich würde er sie auf der Stelle wieder hinauswerfen.

„Kommen Sie her", befahl Mr Malbourne. „Wenn Sie weiter dahinten herumstehen, wird Ihnen nie warm."

Meggie zwang sich, quer durch den Raum zu gehen. Ihre

Knie zitterten, doch sie wusste nicht recht, woran das lag. An ihrem Erlebnis im Garten? Oder an der Art, wie Mr Malbourne sie musterte? Sie spürte genau, dass sie rot wurde.

„Beruhige dich gefälligst", schalt sie sich.

„Ich gehe davon aus, dass Sie Miss Thomas sind", sagte er und warf einen kurzen Blick aufs Feuer.

Meggie nickte. „Davon gehe ich auch aus."

Er drehte sich ruckartig zu ihr um und bedachte sie mit einem kaum wahrnehmbaren Lächeln.

Und trotzdem wärmte sie dieser Anflug eines Lächelns stärker, als es die knisternden Flammen des Kaminfeuers vermochten.

„Miss Thomas, ich muss mich dafür entschuldigen, Sie auf so grobe Art erschreckt zu haben."

Sie stand jetzt nur noch einen Meter von ihm entfernt und musste feststellen, dass sie das Grübchen in seinem Kinn anstarrte. Es kostete sie einiges an Willenskraft, ihren Blick wieder auf seine Augen zu richten.

„Aber nein", sagte sie hastig. „Es war ganz allein meine Schuld ..."

„Was zum Teufel hatten Sie mitten in der Nacht draußen zu suchen?", unterbrach er sie. „Warum sind Sie wie von Furien gehetzt ins Haus gerannt?"

Meggie machte den Mund auf, um zu antworten, doch sie brachte keinen Ton heraus. Sie konnte ihm unmöglich sagen, dass seine Söhne es geschafft hatten, sie davon zu überzeugen, dass der Geist ihrer Mutter im Turm wohnte.

Ihr war da draußen im Dunklen schlicht die Fantasie durchgegangen, dachte Meggie. Mrs Malbournes Geist hatte sie ganz sicher nicht gesehen.

„Ich habe eine Katze begraben, Sir", brachte Meggie schließlich heraus.

Mr Malbourne runzelte die Stirn. „Eine Katze? Was für eine Katze?“

„Ich glaube, die Kinder nannten sie Oscar.“ Meggie merkte, dass sie viel zu hastig sprach.

„Ach, ja, ja. Oscar ist gestorben? Wie bedauerlich. Aber trotzdem ist dies eine merkwürdige Zeit für ein Katzenbegräbnis, finden Sie nicht?“

Meggie entschied, dass dies nicht der richtige Moment war, um ihm von den Umständen zu erzählen, unter denen die Katze zu Tode gekommen war. Sie musste sich eingehend mit ihm über seine Söhne unterhalten. Aber nicht jetzt. Nicht mitten in der Nacht.

„Das stimmt, Sir“, bestätigte Meggie. „Aber ich wollte nicht, dass die Kinder das tote Tier sehen und sich aufregen. Nicht nach allem, was sie durchgemacht haben“, sprudelte sie hervor.

Mr Malbourne verzog schmerzlich das Gesicht. „Das ist wohl wahr.“

„Warum musste ich das sagen?“, fragte sich Meggie. „Musste ich ihn unbedingt an den Tod seiner Frau erinnern? An seinen schrecklichen Verlust?“

Mr Malbourne wanderte ziellos durchs Zimmer. Er nahm ein Buch aus dem Regal und stellte es wieder zurück. Dann ließ er sich in einen Sessel fallen und rieb sich mit beiden Händen übers Gesicht.

Sein Kopf fuhr plötzlich hoch, als hätte er sich erst jetzt wieder an ihre Anwesenheit erinnert. „Miss Thomas – bitte entschuldigen Sie, dass ich seit Ihrer Ankunft verreist war. Ich nehme an, dass Sie mittlerweile lange genug hier sind, um bemerkt zu haben, dass Tanglewood …“

Seine tiefe Stimme erinnerte Meggie ein wenig an die Basstöne einer Orgel. Sie hatte etwas Beruhigendes.

Er verstummte und fuhr sich mit den Fingern durch das dichte Haar. „Ich hatte kein Recht, Sie in ein solches Haus zu bringen, eine hübsche junge Frau wie Sie."

Hübsch?

Bei diesem Wort bekam Meggie wieder weiche Knie.

Es hatte eine Zeit in Meggies Leben gegeben, in der kein Tag vergangen war, ohne dass ein Mann sie als hübsch bezeichnet oder mit anderen Komplimenten überhäuft hatte.

Aber seitdem war viel passiert. So, so viel.

„Ich war – ich bin sehr froh über diese Anstellung", stotterte sie.

„Gut." Er verstummte einen Moment lang. „Ich hoffe, Sie nehmen es mir nicht übel, wenn ich das sage: Aber ich glaube, ich habe noch nie jemanden mit Ihrer Haarfarbe gesehen – nicht mal Marys Haar leuchtete so", fuhr Mr Malbourne mit seiner tiefen Stimme fort. „Ihr Haar hat die Farbe von Feuer."

„Tatsächlich?" Sie lachte und lachte und konnte nicht wieder aufhören. „Ich höre mich an wie ein verrücktes Weib", schalt sie sich im Stillen.

Aber Mr Malbourne lachte mit ihr. „Das höre ich gern. Gelächter in Tanglewood", sagte er schließlich kopfschüttelnd. „Sehr schön. Aber Sie müssen mich für ein wenig verrückt halten. Wir treffen uns mitten in der Nacht und ich fange plötzlich an, über Ihr Haar zu sprechen."

„Nein, gar nicht!"

Ein lang gezogenes, klagendes Heulen erfüllte den Raum.

Mr Malbourne erstarrte.

Der arme Andrew, dachte Meggie. Sicher war er wieder oben im Turm und weinte sich die Augen aus. Sie erinnerte sich noch rechtzeitig an ihr Versprechen, seinem Vater nichts davon zu erzählen.

„Der Wind, der durch die Turmfenster heult, macht wirklich furchtbare Geräusche, finden Sie nicht?“, sagte sie stattdessen. „Ich werde hochsteigen und die Fenster schließen, bevor ich ins Bett gehe.“

Mr Malbourne packte sie an den Armen und seine Finger gruben sich tief in ihre weiche Haut. Er starrte sie mit seinen blauen Augen eisig an. „Sie gehen niemals da hinauf!“ Er schüttelte sie. „Niemals, haben Sie gehört?“

18

Mr Malbourne ließ sie los. „Gute Nacht, Miss Thomas“, knurrte er. „Wir werden unsere Unterhaltung morgen früh fortsetzen.“

Meggie machte wortlos kehrt und rannte die Treppe hinauf in ihr Zimmer. Sie verriegelte die Tür hinter sich und lehnte sich mit klopfendem Herzen dagegen.

Warum hatte Mr Malbourne ihr verboten, den Turm zu betreten? Warum war er auf einmal so kalt und abweisend gewesen?

„Vielleicht will er den Raum, in dem seine Frau starb, mit niemandem teilen“, überlegte sie. Andrew zufolge hatte sein Vater ihm verboten, in den Turm zu gehen – und er hatte Meggie angefleht, ihn nicht zu verraten.

Aber Meggie war nicht überzeugt. In diesem Haus gab es so viele Geheimnisse. Wie konnte sie hierbleiben, ohne die Wahrheit über Tanglewood zu kennen?

Sie seufzte. Dann ging sie zur Waschschüssel, goss etwas Wasser ins Becken und wusch den Schmutz von ihren Händen ab. Danach zog sie ein neues Nachthemd an und bezog auch ihr Bett mit frischen Laken.

Der Gedanke, dort schlafen zu müssen, wo noch vor Kurzem die tote Katze gelegen hatte, verursachte ihr Übelkeit. „Stell dich nicht so an“, befahl Meggie sich. Einen Moment lang starrte sie ihr Bett nur an, aber schließlich kroch sie doch hinein und versuchte einzuschlafen.

Am nächsten Morgen steckte sich Meggie ihr Haar hoch. Dann zog sie die Klammern heraus und machte sich einen

Zopf, den sie gleich darauf wieder löste. „Du traust dich nur nicht nach unten“, schalt sie sich selbst dafür.

Wie würde Mr Malbourne ihr nach ihrem nächtlichen Zusammentreffen entgegentreten? Würde er grob und abweisend sein? Oder ihr Komplimente machen? Meggie hatte Magenschmerzen. Sie fürchtete sich davor, ihn wiederzusehen.

„Zu spät zum Frühstück zu kommen, löst das Problem jedenfalls nicht“, dachte sie. Sie strich den langen blauen Rock ihrer Gouvernanten-Tracht glatt und steuerte das Esszimmer an.

„Ah, da sind Sie ja“, rief die Köchin, als sie eintrat. „Mr Malbourne ist wieder da. Er hat angeordnet, dass die Kinder im Spielzimmer frühstücken, damit Sie ihm ungestört von den Fortschritten der beiden berichten können.“

„Danke“, sagte Meggie. Sie setzte sich an den Tisch und war jetzt noch nervöser als vorher. Ein paar Minuten später kam Mr Malbourne und nahm seinen Platz am Kopfende des langen Tisches ein. Die Köchin und Mary servierten Eier, Würstchen und warmen Toast und zogen sich dann in die Küche zurück.

„Miss Thomas, ich muss mich bei Ihnen entschuldigen“, stieß Mr Malbourne abrupt hervor, als die beiden den Raum verlassen hatten. „Ich habe überreagiert, als Sie den Turm erwähnten. Es ist nur, dass … also, die Stufen sind alt und brüchig.“ Er schaute verlegen auf den Tisch. „Ich will nicht, dass Ihnen etwas passiert.“

„Ich verstehe“, sagte Meggie. Was er sagte, machte Sinn. Aber irgendwie war sie davon überzeugt, dass er ihr nicht die ganze Wahrheit sagte. Gab es noch einen anderen Grund, aus dem sie den Turm nicht betreten sollte?

„Sie müssen auch die Jungen von dort fernhalten.“

„Natürlich“, versprach Meggie. „Aber da ist etwas, das ich Ihnen über den Turm sagen muss“, fuhr sie fort. „Garrett und Andrew sind fest davon überzeugt, dass der Geist ihrer Mutter dort oben ist.“

„Was für ein Unsinn!“, rief Mr Malbourne aus. „Ich dachte, ich hätte eine vernünftige Gouvernante eingestellt und keine abergläubische kleine Maus!“

„Ich habe nie behauptet, dass ich den Jungen glaube!“, fuhr Meggie ihn an. „Ich dachte nur, Sie sollten es wissen. Andrew weint jede Nacht und redet immer noch mit ihr. Und Garrett meinte, dass sie alles sieht und hört.“

Meggie sah Mr Malbourne sehr ernst an. „Ich glaube nicht an Geister“, sagte sie energisch. „Aber in Tanglewood passieren schreckliche Dinge. Dinge, über die wir reden müssen.“

„Wenn Sie kündigen wollen ...“, begann Mr Malbourne.

Die Köchin kam mit einem Tablett, doch sie machte schnell wieder kehrt und ergriff die Flucht.

„Das will ich nicht“, fauchte Meggie. „Aber ich will, dass Sie mir erklären, warum die letzte Gouvernante fortgegangen ist. Jeder, den ich gefragt habe, hat seltsam darauf reagiert. Ihr Sohn Garrett behauptet, er hätte sie ermordet. Das kann ich einfach nicht glauben – wenn ich auch überzeugt bin, dass er Oscar getötet hat. Er hat dem armen Tier die Kehle durchgeschnitten und es in mein Bett gelegt.“

„So etwas würde Garrett nie tun. Niemals!“, widersprach Mr Malbourne.

Meggie merkte selbst, dass ihre Stimme immer schriller wurde, doch sie konnte nichts dagegen tun. „Also, irgendjemand hat es ja wohl getan. Mein Bett war voller Blut. Frisches Blut. Ich hatte es an den Händen. Und den Füßen. Und am Nachthemd!“ Sie begann zu zittern. „Und es war auch ein Zettel dabei. Darauf stand *Neugier tötete die Katze!*“

Mr Malbourne sprang auf. Er ging um den Tisch herum und setzte sich auf den Stuhl neben Meggie. Jetzt wirkte er viel freundlicher. „Das reicht wirklich aus, um jeden in Angst und Schrecken zu versetzen."

Die Sanftheit in seiner Stimme erstaunte Meggie. Sie starrte in seine blauen Augen und spürte, wie ein Teil der Angst aus ihrem Körper wich.

„Bitte entschuldigen Sie, Sir", sagte sie. „Ich habe nicht damit gerechnet, so die Kontrolle zu verlieren. Aber es war sehr schwierig, mit allem fertig zu werden, und …"

Mr Malbourne ließ sie nicht aussprechen. „Natürlich war es das", murmelte er. „Aber wir werden einen Weg finden, alles in Ordnung zu bringen."

Eine Welle der Erleichterung durchflutete Meggie. Plötzlich hatte sie das Gefühl, beobachtet zu werden. Sie drehte den Kopf – und musste feststellen, dass Garrett und Andrew sie anstarrten. Meggie wurde rot, weil die Jungen sie so dicht bei ihrem Vater erwischt hatten.

„Heute ist ein wunderschöner Tag", sagte Mr Malbourne zu seinen Söhnen. Ihm schien es kein bisschen peinlich zu sein. „Ich finde, wir drei und Miss Thomas sollten heute ausreiten. Vielleicht kann die Köchin uns ein Picknick mitgeben."

„Aber Miss Thomas hat doch gar kein Pferd", gab Andrew zu bedenken.

„Sie kann Fancy reiten", sagte Mr Malbourne.

„Aber Fancy ist Mutters Pferd", sagte Andrew leise und wagte es nicht, seinen Vater dabei anzusehen.

Mr Malbourne streckte langsam die Hand aus und hob Andrews Kinn, bis der Junge gezwungen war, ihm in die Augen zu blicken. „Deine Mutter hätte bestimmt nichts dagegen", sagte er sanft und Andrew nickte leicht.

„Doch, das hätte sie!“, fauchte Garrett. „Und das weißt du genau, Vater!“

„Garrett, das reicht!“, befahl sein Vater streng. „Eure Mutter ist tot. Wer ihr Pferd reitet, spielt für sie keine Rolle mehr.“

Meggie studierte die Gesichter der beiden Jungen. Sie sahen alles andere als überzeugt aus.

Mr Malbourne zuckte die Achseln. „Ihr müsst ja nicht mitkommen“, sagte er zu Garrett und Andrew. „Aber Miss Thomas und ich werden ausreiten.“

Die Jungen schwiegen. „Wie ihr wollt.“ Er sah Meggie an. „Ich muss noch einige Briefe schreiben. Treffen wir uns um elf am Stall?“

Meggie nickte. „Ich glaube, ich werde ein paar Zuckerstücke mitnehmen und mich Fancy schon einmal vorstellen“, sagte sie und bemühte sich um einen unbefangenen und fröhlichen Tonfall. „Will einer von euch mitkommen?“

Garrett machte kehrt und rannte aus dem Esszimmer. Andrew folgte ihm wie der Blitz.

„Wir sehen uns im Stall“, sagte Mr Malbourne knapp und marschierte ebenfalls aus dem Raum.

Meggie seufzte. „Noch ein Grund für Garrett, mich zum Teufel zu wünschen“, dachte sie. Sogar Andrew war jetzt wütend auf sie.

Nachdenklich nahm sie ein paar Zuckerstücke aus der Zuckerdose und ging zum Stall. Sie hob den schweren Holzbalken an, der die Tür versperrte, und betrat das düstere Gebäude.

Die Pferde wieherten freudig, als sie sie entdeckten. Meggie atmete tief ein, als sie nach der Box mit Fancys Namensschild suchte. Sie liebte den Geruch von Stroh und Pferden.

„Hallo, meine Hübsche“, lockte sie, als sie am Ende des

Gangs Fancys Box entdeckt hatte. „Etwas Süßes für die Süße." Sie kicherte, als das Pferd ihr mit seiner weichen Nase über die Hand fuhr.

Meggie legte ihre Stirn an die Pferdenase und streichelte den glatten Hals der Stute. „Die Jungen sträuben sich dagegen, dass ich dich reite", sagte sie. „Ich frage mich, ob sie wohl glauben, dass ich den Platz ihrer Mutter einnehmen will."

„Will ich das?", fragte sich Meggie plötzlich.

Bisher war sie nie auf den Gedanken gekommen. Bis sie Mr Malbourne gesehen hatte. Sie hatte sich sofort zu ihm hingezogen gefühlt. Vor allem zu seinen leuchtend blauen Augen.

Und als er sie dann berührt hatte … Meggie konnte kaum beschreiben, was sie da empfunden hatte. Es war nicht mit den Gefühlen zu vergleichen, die sie für die jungen Männer in New York gehegt hatte.

Aber andererseits war Mr Malbourne auch nicht mit ihren Verehrern von damals zu vergleichen. Er war älter, wirkte reifer. Und sie hatte sich auch verändert. Die ganze Situation war eine andere. Jetzt, wo Mr Malbourne nach Tanglewood zurückgekehrt war, fühlte sich Meggie viel sicherer. „Er hat gesagt, dass er alles in Ordnung bringen will", dachte sie, „und das wird er auch."

Die beiden Kutschpferde in den Nachbarboxen begannen, mit den Hufen zu stampfen. Und Andrews Pony wieherte schrill.

Auch Fancy wurde nervös. Sie tänzelte unruhig hin und her.

„Was ist denn los mit euch?", rief sie erschrocken. Sie blickte sich im Stall um. Alles sah so aus wie immer.

Doch dann konnte sie den Rauch riechen.

Und das brennende Stroh knistern hören.

Feuer!

Fancy stieg. Ihre riesigen Vorderhufe waren direkt über Meggies Kopf.

Meggies erster Impuls war zu fliehen. Sie musste hier weg. Doch nein, sie durfte jetzt nicht den Kopf verlieren. Sie musste zuerst an die Pferde denken und sie ins Freie bringen. Das war das Wichtigste. Sie öffnete Fancys Box. Das Pferd donnerte an ihr vorbei und riss sie dabei fast um.

Meggies Augen begannen zu brennen, als der Rauch immer dichter wurde. Sie ließ die Ponys der Jungen frei und tastete sich dann weiter zu den Kutschpferden.

Doch bevor sie auch ihre Box aufmachen konnte, bekam sie keine Luft mehr. Ein schmerzhafter Husten schüttelte ihren ganzen Körper. Sie beugte sich weit nach vorn und versuchte, langsam und gleichmäßig zu atmen. Dann richtete sie sich wieder auf und öffnete die Boxentür. „Nur noch drei Pferde", redete Meggie sich zu. „Du darfst jetzt nicht aufgeben."

Mit letzter Kraft schleppte sie sich zu den restlichen Boxen. Geschafft! Meggie kämpfte sich zur Stalltür durch. Vorbei an den verängstigten Pferden. Sie wusste, dass sie Gefahr lief, von den Tieren niedergetrampelt zu werden. Doch es gab nur diese eine Tür nach draußen.

Meggie riss an der Stalltür, aber sie ging nicht auf.

Eines der Kutschpferde stieg über ihr. Seine Hufe drohten ihr den Schädel einzuschlagen.

Meggie sprang zur Seite, stolperte und fiel.

Voller Panik schaute sie zu den tobenden Pferden auf. „Sie werden mich zertrampeln!", schoss es ihr durch den Kopf.

19

Meggie rollte sich voller Panik zu einer Kugel zusammen. Um sich herum sah sie die Hufe der Pferde aufschlagen.

Von der Stalldecke löste sich ein Funkenregen. Die Pferde rannten gegen die verschlossene Tür. In ihrer Panik bissen sie sich gegenseitig weg.

Ein Huf krachte neben Meggies Beinen nieder. Ein anderer verfehlte ihren Kopf nur um Zentimeter. Sie legte die Arme schützend über ihren Kopf.

Der Geruch von brennendem Stroh und Holz wurde immer stärker, graue Rauchwolken zogen durch den Stall. Vor Meggies Augen explodierten weiße Punkte. Bald würde sie keine Luft mehr bekommen. Bald würden die Flammen sie erreicht haben.

Plötzlich flog die Stalltür auf. Der Boden bebte unter Meggie, als die Pferde davongaloppierten. Zwei starke Arme hoben sie hoch und jemand trug sie aus dem Stall.

Meggie sog gierig die frische Luft in ihre Lungen. Der Schleier vor ihren Augen lichtete sich. Es war Mr Malbourne, der sie gerettet hatte. Er setzte sie vorsichtig auf dem Rasen ab. „Meggie, sind Sie verletzt?"

Meggie konnte nicht gleich antworten. Sie wurde von einem Husten geschüttelt. „Nein … nein, ich glaube nicht", stammelte sie. Ihre Stimme klang heiser. George Squires rannte mit Wassereimern an ihnen vorbei.

„Gehen Sie ins Haus", befahl Mr Malbourne.

„Ich kann doch helfen", widersprach Meggie.

„Nein! Ins Haus! Bitte, Miss Thomas!"

Meggie gehorchte. Sie wartete in der großen Eingangshalle, bis Mr Malbourne endlich kam. Sein Gesicht war voller Ruß. „Das Feuer ist gelöscht", berichtete er. „Aber die Stallungen sind leider komplett niedergebrannt."

Er sank auf eine Holzbank und Meggie setzte sich zu ihm.

„Ist Ihnen wirklich nichts passiert?", fragte er sie.

Meggie verschränkte die Hände im Schoß und betrachtete sie einen Moment lang. Sie überlegte, was sie zu ihm sagen sollte. Ihre Lunge schmerzte von dem Rauch, den sie eingeatmet hatte.

„Mir fehlt nichts", sagte sie. Erst dann sah sie Mr Malbourne an. „Aber ich habe Angst. Große Angst. Jemand hat versucht, mich zu töten. Jemand hat die Stalltür von außen verriegelt … Es muss Garrett gewesen sein. Er …"

„Nein!" Mr Malbourne sprang auf. „Nein! Es gibt für alles eine Erklärung. Aber meine Söhne haben damit nichts zu tun. Sie sind doch noch Kinder!"

Mr Malbourne funkelte sie wütend an. Dann schien ihm plötzlich klar zu werden, dass er sie anschrie. Er setzte sich wieder. „Es tut mir leid", sagte er. „Mir sind die Nerven durchgegangen", fügte er mit einem müden Lächeln hinzu.

„Ich weiß nicht, was Sie von mir erwarten, Mr Malbourne", sagte Meggie. „Ich möchte mich auch weiterhin um Ihre Kinder kümmern, aber …"

„Sie dürfen jetzt nicht gehen", verlangte Mr Malbourne. „Ich brauche Sie hier, denn ich muss Tanglewood heute Abend verlassen."

Meggie atmete scharf ein. Sie hoffte nur, dass Mr Malbourne es nicht gemerkt hatte.

„Aber morgen Abend komme ich wieder. Geben Sie mir bis dahin Zeit und dann kann ich mich um alles kümmern", versprach er.

Meggie antwortete nicht. Würde sie das schaffen?, fragte sich Meggie. Konnte sie eine weitere Nacht in Tanglewood verbringen? Sollte sie dieses Risiko wirklich eingehen – jetzt wo klar war, wie gefährlich Garrett tatsächlich war?

„Ich werde Mary anweisen, dass sie heute bei Ihnen im Zimmer schlafen soll", sagte Mr Malbourne. „Ihnen wird nichts geschehen."

„Auf Wiedersehen, Miss Thomas", sagte Mr Malbourne am Abend. Dann zögerte er. Er warf einen Blick auf seine Kutsche. George Squires saß auf dem Bock und schaute unverwandt geradeaus. „Ich danke Ihnen, dass Sie bleiben", fügte Mr Malbourne hinzu und kam näher auf Meggie zu. Sein Blick wanderte von ihren Augen zu ihren Lippen.

„Will er mich jetzt küssen?", fragte sie sich und ihr wurde klar, dass es nichts gab, was sie sich mehr wünschte. „Sei nicht albern", schalt sie sich sofort. „Du bist schließlich nur die Gouvernante."

Mr Malbourne blieb unentschlossen stehen, dann wandte er sich um. „Auf Wiedersehen", sagte er noch einmal. Mit diesen Worten stieg er eilig in seine Kutsche und George Squires trieb die Pferde an.

Meggie sah der Kutsche nach, bis sie in der Dunkelheit verschwand.

Und dann hatte sie wieder dieses Gefühl … Das Gefühl, beobachtet zu werden.

„Meggie … Gefahr …", hörte sie jemanden leise wispern.

Sie drehte sich um und sah zum Turm hinauf.

Das Turmfenster war dunkel und leer.

„Natürlich ist es leer", sagte Meggie sich. „Die einzige Gefahr in Tanglewood ist Garrett. Ich werde seinen Vater davon überzeugen, dass er besondere Pflege braucht."

Sie beschloss, noch nicht ins Haus zu gehen und stattdessen einen Spaziergang im Garten zu machen. Im hellen Mondlicht wirkte alles wie verzaubert. Als ob Tanglewood einfach ein schöner, eleganter Landsitz wäre und nicht ein gefährlicher und auch sehr trauriger Ort. Meggie schlenderte ums Haus herum und ihr Blick fiel auf den alten Brunnen.

Sie musste wieder an Andrews merkwürdige Reaktion auf diesen Brunnen denken – am zweiten Tag, als er die Führung mit ihr gemacht hatte. Bisher war sie noch nicht dazu gekommen, sich den Brunnen genauer anzusehen.

Sie ging langsam darauf zu. Wenn sie mit Andrew draußen spielte, hielt er sich stets von diesem Ort fern, war ihr aufgefallen. Warum? Jeden anderen Teil des Anwesens hatten sie gemeinsam erforscht. „Noch ein Geheimnis“, dachte sie.

Sie erreichte den Brunnen. Er war mit einer schweren Steinplatte abgedeckt. Meggie musste ihre ganze Kraft aufwenden, um sie wegzuschieben.

Sie starrte in das dunkle Wasser hinab.

Was war das?

In einer Mauerspalte funkelte etwas – kurz unterhalb der Wasseroberfläche.

Meggie beugte sich nach vorn und streckte den Arm so weit aus, wie sie konnte.

Das Wasser war eiskalt. Erschrocken zog sie die Hand zurück. Aber nur, um sie gleich wieder einzutauchen.

„Noch ein kleines bisschen weiter und ich habe es“, dachte sie. Sie lehnte sich noch weiter vor. Sie wollte unbedingt wissen, was es war.

Schnaufend vor Anstrengung, kniff sie die Augen zu. Dann spürte sie etwas Hartes und schloss die Finger um den Gegenstand. Geschafft!

Sie kämpfte, um schnell wieder hochzukommen, und

stemmte sich mit beiden Händen gegen die gemauerte Brunnenwand, als es geschah:

Zwei kleine Hände rammten gegen ihren Rücken und versetzten ihr einen kräftigen Stoß.

Sie fiel!

Sie fiel kopfüber in den Brunnen!

20

Sie sah, wie die dunkle, glänzende Wasseroberfläche ihr entgegenkam.

Im nächsten Moment tauchte sie kopfüber in das eisige, abgestandene Wasser ein. Es drang ihr in Nase und Mund.

Ihr langes Kleid hatte sich an den grob gemauerten Brunnenwänden verfangen und verhinderte, dass sie vollends hineinfiel. Ihre Beine strampelten in der Luft herum. Aber sie bekam den Kopf nicht aus dem Wasser.

Sie konnte nicht atmen.

Meggies Herz schlug wie rasend. Es war so laut, als würde in ihrem Kopf jemand hämmern. Ihre Lunge brannte wie Feuer. Hektisch tastete sie nach den Brunnenwänden und suchte fieberhaft nach einem Halt, um sich wieder nach oben zu schieben. Einer ihrer Fingernägel blieb an einer Spalte hängen und brach ab.

Meggie strampelte und kämpfte, bis sie ihren Kopf endlich über Wasser hatte. Hustend und röchelnd, holte sie tief Luft und zerrte an ihrem Rock, bis er mit einem lauten Ratsch freikam.

Mit großer Erleichterung stellte Meggie fest, dass sie mit den Zehenspitzen den Boden des Brunnens berühren konnte.

Sie atmete tief durch, suchte mit den Händen Halt an der Brunnenwand und begann, langsam herauszuklettern. Ihr nasses Kleid zog sie immer wieder nach unten, doch schließlich hatte sie es geschafft.

Vollkommen außer Atem sah sie sich um. Sie musste wissen, wer sie gestoßen hatte.

Es war natürlich niemand mehr da.

Vielleicht war sie ja doch nur ausgerutscht, dachte sie für einen Moment. Doch sie wusste selbst, dass es nicht so war, denn sie spürte immer noch die Hände auf ihrem Rücken, die sie geschubst hatten. Kleine Hände. Garretts Hände.

Meggie begann, sich das Wasser aus den Haaren zu wringen, und merkte dabei, dass sie etwas in der rechten Hand hatte.

Der glänzende Gegenstand! Das Ding, weswegen sie sich so weit in den Brunnen gebeugt hatte!

Langsam öffnete sie die Finger.

Es war ein Ring.

Ein Ring, der genauso aussah wie der, den Andrew trug. Nur bei diesem waren andere Buchstaben in den roten Granat eingraviert.

G. M.

„Garrett!", flüsterte sie.

Was hatte das zu bedeuten?, fragte sie sich. Andrew hatte panische Angst vor diesem Brunnen. Und jetzt fand sie Garretts Ring darin. Was war hier passiert? Hatte Garrett versucht, Andrew in den Brunnen zu stoßen, genau wie er es mit ihr gemacht hatte?

„Ich werde ihn zur Rede stellen", entschied Meggie. Sie raffte ihre Röcke mit beiden Händen und rannte ums Haus herum zur Vordertür. Als sie die Eingangstreppe hochstürmte, hielt sie plötzlich inne. Da saß jemand im Dunkeln. Ein Junge. Sie zwang sich weiterzugehen – Stufe für Stufe.

Erleichtert atmete sie auf, als sie erkannte, dass es Andrew war, der auf der obersten Stufe saß.

„Andrew!", rief sie aus. „Ich dachte, du schläfst schon seit Stunden!"

„Ich hatte einen bösen Traum", murmelte Andrew verlegen. „Ich habe nach Ihnen gesucht, konnte Sie aber nicht finden."

„Es tut mir leid. Ich habe einen Spaziergang im Garten gemacht", sagte Meggie.

„Warum sind Sie so nass?", fragte Andrew.

„Ich … ich bin in den Brunnen gefallen. Ist das nicht dumm?" Meggie hoffte nur, dass Andrew nicht merkte, wie durcheinander sie war.

Andrew sah sie erschrocken an. „Sie sind in den Brunnen gefallen? Wie konnte das passieren? Das geht doch gar nicht!"

„Das ist leicht zu erklären", versicherte Meggie ihm. „Ich habe einen Blick in den Schacht geworfen und dabei ist mir etwas Glänzendes aufgefallen. Und als ich es herausholen wollte, habe ich mich dabei zu weit vorgebeugt und bin ins Wasser gefallen, aber ich konnte ganz leicht wieder herausklettern."

„Und ich habe das hier gefunden", fügte sie noch hinzu. Sie zeigte ihm den Ring und wartete gespannt auf seine Reaktion.

Andrews Augen wurden vor Angst ganz groß.

„Was ist los, Andrew?", bohrte Meggie. „Das ist doch nur Garretts Ring."

Andrew stöhnte leise.

Meggies Magen krampfte sich zusammen. Aber sie musste jetzt endlich die Wahrheit erfahren.

„Am Brunnen ist etwas passiert, nicht wahr?", fragte sie. „Du kannst es mir erzählen."

„Da hat er sie umgebracht. Da hat Garrett unsere Mutter umgebracht!", stieß Andrew hervor.

21

„Was? Oh, Andrew! Was ist passiert?“, rief Meggie erschrocken aus.

„Er war sehr wütend auf unsere Mutter“, berichtete Andrew und wischte sich mit einer fahrigen Handbewegung über die Nase. „Er hat geglaubt, dass sie mich lieber hat als ihn.“

Andrews blaue Augen waren voller Tränen. Er nickte langsam und die Tränen liefen ihm über die Wangen. „Verstehen Sie?“, fragte er. „Es ist alles meine Schuld.“

„Nein, Andrew, das stimmt nicht.“ Meggie musste an Henrietta denken. Und an Henriettas Hass auf sie.

„Andrew, hör mir zu. Das ist sehr wichtig. Du darfst dir nie die Schuld für die Eifersucht und den Hass deines Bruders geben“, sagte Meggie eindringlich. „Eifersucht ist eine schreckliche Krankheit. Sie macht Garrett so böse und das ist nicht deine Schuld. Und jetzt erzähl mir bitte, was genau passiert ist.“

„Ich habe Ihnen schon zu viel erzählt.“

„Sag es mir, Andrew. Es ist wichtig!“

„Ich hätte Ihnen überhaupt nichts sagen dürfen“, stieß Andrew hervor. „Bitte, Miss Thomas. Verraten Sie meinem Vater nicht, was ich Ihnen erzählt habe. Er … er glaubt immer noch, dass das am Brunnen ein Unfall war. Er würde es nicht ertragen, die Wahrheit zu erfahren.“

„Ein Unfall?“

„Ja, das war so …“ Andrew sprach jetzt sehr leise. „Garrett hat Mutter erzählt, dass sein Ring in den Brunnen gefallen ist.

Und als sie dann hingegangen ist, um ihn herauszuholen, hat er …"

Andrew schluckte. Er konnte nicht weitersprechen.

„Er hat sie in den Brunnen gestoßen?", beendete Meggie den Satz für ihn.

Andrew antwortete nicht. Das war auch nicht nötig. Meggie schaute auf ihre Hände.

Heute am Brunnen hatte sie gespürt, wie zwei Hände sie vorwärtsstießen … genauso musste es Mrs Malbourne ergangen sein, bevor sie starb.

„Nachdem sie hineingefallen ist", fragte Meggie, „nachdem Garrett sie in den Brunnen gestoßen hat, was ist dann mit deiner armen Mutter passiert?"

„Vater und Mr Squires haben sie herausgeholt. Sie war noch nicht … tot." Andrew schluchzte. „D-der Doktor ist gekommen. Sie war sehr krank. Sie haben sie ins Turmzimmer gebracht. Und da ist sie gestorben."

Meggie fiel eine wichtige Frage ein. „Woher weißt du das alles, Andrew? Über Garrett und deine Mutter? Warst du … hast du ihn dabei gesehen?"

Andrew schüttelte den Kopf.

„Woher dann?"

Andrew antwortete nicht.

„Woher, Andrew?"

„Bitte, Miss Thomas, das möchte ich nicht sagen. Sie würden mir doch nicht glauben."

„Andrew."

Der Junge schwieg noch eine lange Zeit. Er starrte auf seine Hände. Und als er sprach, schien es, als spräche er nicht zu Meggie, sondern zu seinen Händen.

„Meine Mutter hat es mir erzählt. Sie wissen doch, dass ich manchmal zum Turmzimmer hochgehe und mit ihr rede. Der

Geist meiner Mutter ist in diesem Zimmer eingesperrt, Miss Thomas. Sie weint jede Nacht. Ich habe nur so getan, als wäre *ich* es gewesen."

„Du hast recht, Andrew, das glaube ich tatsächlich nicht", antwortete Meggie sanft. „Vielleicht sieht deine Mutter wirklich alles, was du tust – aber als Engel im Himmel."

„Nein!", widersprach Andrew hitzig. „Sie ist im Turmzimmer eingesperrt und sie will raus. Sie will sich an Garrett rächen. Sie will ihm etwas antun."

„Weißt du, was ich denke?", meinte Meggie. „Ich denke, wenn dein Vater wiederkommt, sollten wir alle zusammen in dieses Zimmer gehen und selbst nachsehen, was dort ist."

Andrew sprang auf. „Wenn wir jemals diese Tür aufsperren, wird Mutter Garrett töten. Deswegen hält Vater das Zimmer verschlossen. Er verrät niemandem, wo er den Schlüssel versteckt hat."

„Dein Vater sagt, dass die Treppe schon morsch und baufällig ist", sagte Meggie in dem Versuch, Andrew zu beruhigen. „Vermutlich hält er das Zimmer deswegen verschlossen – damit niemand dort hinaufgeht und sich in Gefahr bringt. Wir werden ihn morgen danach fragen. Aber jetzt sollten wir ins Bett gehen."

Andrew griff nach ihrer Hand. „Miss Thomas?"

„Ja?"

„Ich habe Angst."

Meggie legte ihm einen Arm um die Schulter. „Vor Garrett?"

Andrew nickte. „Manchmal wird er so wütend auf mich, dass ich glaube, er will mich auch umbringen."

„Ich weiß. Aber du musst keine Angst haben. Ich werde dich beschützen." Meggie brachte ihn zu seinem Zimmer. „Wenn ich die Tür zumache", meinte sie und sah ihn ernst an,

„möchte ich, dass du hinter mir abschließt. Mach nicht wieder auf, bis ich es dir sage. Ich komme morgen früh und hole dich in deinem Zimmer ab. Und morgen werde ich den ganzen Tag nicht von deiner Seite weichen. Hab keine Angst. Und jetzt geh schlafen."

Nachdem Meggie seine Zimmertür geschlossen hatte und hörte, wie er von innen den Schlüssel im Schloss drehte, lehnte sie sich gegen die Tür. Sie war vollkommen erschöpft.

Wenigstens war das Schlimmste jetzt vorbei, dachte sie.

Jetzt kannte sie die schreckliche Wahrheit.

Garrett hatte seine eigene Mutter ermordet. Mr Malbourne würde der Realität ins Gesicht sehen müssen, ob er wollte oder nicht. Das war er seinem Sohn einfach schuldig. Andrew würde sich nie sicher fühlen können, solange er mit Garrett unter einem Dach lebte.

Meggie stieß sich von der Tür ab. Nur noch eine Nacht, sagte sie sich, als sie langsam auf ihr eigenes Zimmer zuging. Und dann würde alles vorbei sein.

Sie öffnete ihre Tür – und erstarrte.

Garrett stand in ihrem Zimmer. Und er hielt ein blutiges Messer in der Hand.

22

Meggie kreischte.

Garrett sah sie nur stumm an.

Auf seinem Nachthemd waren ebenfalls Blutflecken.

„Oh nein!“, kreischte Meggie. „Was … was hast du getan, Garrett?“

„Ich … ich wollte zu Ihnen.“ Garrett hielt das Messer noch immer fest umklammert.

Oh nein! Garrett hatte wieder getötet. Ein Tier? Oder war es diesmal ein Menschenleben, das er auf dem Gewissen hatte? Und wo, fragte Meggie sich plötzlich, war eigentlich Mary? Sollte sie nicht hier bei ihr im Zimmer schlafen diese Nacht? Ein entsetzlicher Verdacht keimte in Meggie auf. Hatte Garrett etwa … Mary erstochen?

„Und jetzt wird er mich töten“, dachte sie. Sie wirbelte herum und rannte aus dem Zimmer.

„Warten Sie!“, schrie Garrett ihr nach.

Meggie hörte, wie er hinter ihr herrannte. Sie raste durch den Flur. Ihr Herz schlug so heftig, dass es wehtat. Sie warf einen Blick über ihre Schulter, konnte Garrett aber nicht sehen.

Sie riss die Tür zum nächstbesten Zimmer auf und warf sie wieder zu. Nein, hierhin konnte sie nicht fliehen. In einem Zimmer würde sie in der Falle sitzen … Im Zickzack rannte sie durchs ganze Haus und rief nach der Köchin und nach Mary – doch alles blieb völlig ruhig.

Schließlich blieb sie stehen und verhielt sich ganz still. Sie hörte keinen Laut.

So leise sie konnte, schlich sie zum Zimmer von Mr Malbourne. Es hatte ein Schloss. Dort würde sie sich verstecken. Andrew war sicher in seinem Zimmer eingeschlossen. Sie hoffte nur, dass die anderen auf dem Anwesen so schlau waren, sich ebenfalls einzusperren.

Wenn Mr Malbourne am nächsten Tag zurückkam, würde er schon dafür sorgen, dass Garrett keinem von ihnen etwas antat.

Meggie stieß die Tür auf. Sie quietschte protestierend.

Wartete Garrett drinnen schon mit erhobenem Messer auf sie? Hatte er geahnt, dass sie hierherkommen würde?

Sie musste sichergehen, bevor sie die Tür hinter sich abschloss. Meggie tastete sich durch das dunkle Zimmer. Nur langsam gewöhnten sich ihre Augen an die Dunkelheit.

Das Zimmer war leer. Meggie atmete erleichtert auf und machte kehrt, um die Tür hinter sich abzuschließen.

Doch Garrett stand in der Tür. Mit dem Messer in der Hand.

Garrett kam auf sie zu. „Miss Thomas, ich kann alles erklären“, sagte er.

Meggie wich zurück, bis sie mit dem Rücken an die Kommode stieß. Andrews Stimme tauchte in ihrem Kopf auf. *Wenn wir jemals dieses Zimmer aufschließen, wird Mutter Garrett töten.*

Das brachte sie auf eine Idee. Eine verrückte Idee, aber vielleicht ihre einzige Hoffnung. Sie schnappte sich die Spieldose auf der Kommode, riss das Geheimversteck auf und griff hektisch nach dem Schlüssel zum Turmzimmer.

„Nein!“, schrie Garrett, als er das sah.

Meggie packte den Stuhl vor Mr Malbournes Schreibtisch und stieß ihn Garrett vor die Füße. Dann stürmte sie an dem Jungen vorbei. Sie hörte seine Schritte dicht hinter sich, als sie die Treppe zum Turm hinaufraste.

„Nein!“, schrie Garrett wieder, während er sie die Wendeltreppe hinaufjagte. „Sie dürfen da nicht hinauf!“

Meggie erreichte den oberen Treppenabsatz ein paar Schritte vor ihm. Sie hechtete zur Tür und schob mit zitternden Fingern den Schlüssel ins Schloss des Turmzimmers.

„Geh auf, bitte geh auf“, dachte sie.

Sie drehte den Schlüssel um. *Klick!*

Die Tür schwang auf und knallte gegen die Wand.

Eine Wolke fauligen gelben Rauchs quoll aus dem Zimmer. Dicker Rauch, der sich langsam in die Höhe streckte.

Garrett stieß einen schrillen Schrei aus.

Mit weit aufgerissenen Augen sah Meggie zu, wie inmitten des Rauchs eine Frauengestalt Form annahm. Eine Frau mit einem schmalen, schönen Gesicht und langem, wehendem Haar. Sie konnte es kaum glauben: Es war wirklich ein Geist – der Geist von Mrs Malbourne. Sogar das auffallende Amulett baumelte an ihrem Hals.

„Helfen Sie mir!“, schluchzte Meggie. „Bitte, Sie sind meine letzte Rettung!“

Garrett wich zurück. Seine Augen waren vor Angst riesengroß.

„Nein!“, kreischte er. „Nein, Mutter!“

Mrs Malbournes Augen funkelten grün vor Hass.

„Ich kann nicht zusehen“, dachte Meggie. Sie wollte sich nicht einmal vorstellen, was diese Kreatur Garrett antun würde.

Doch Mrs Malbourne sah Garrett nicht einmal an. Sie richtete ihre grünen Augen auf Meggie.

„Du wirst meinen Mann nie kriegen“, kreischte der Geist hasserfüllt. „Niemals!“

23

Boston, 1858

„Der Geist von Mrs Malbourne legte seine Hände um Meggies Hals und würgte sie“, fuhr Timothy mit leiser Stimme fort. „Der übel riechende gelbe Rauch drang Meggie in Mund und Nase und in die Lunge. Und dann …“

Die Zimmertür wurde aufgestoßen. Clyde und Edwina fuhren zusammen und Betsy schrie erschrocken auf.

Gretchen Fear, Timothys Stiefmutter, kam herein. „Bin ich wirklich so Furcht einflößend?“, neckte sie seine Freunde. Alle lachten und schienen froh, für einen Moment aus Timothys grauenhafter Geschichte herausgerissen zu werden.

Timothy lächelte seine Stiefmutter an. Sie sorgte stets dafür, dass sich seine Freunde willkommen fühlten.

„Sagt mal“, fragte Mrs Fear freundlich, „müsst ihr euch nicht langsam auf den Heimweg machen? Es ist schon ziemlich spät.“

Die anderen stöhnten. „Mrs Fear, bitte schicken Sie uns noch nicht fort“, bat Philip. „Timothy erzählt uns eine tolle Gruselgeschichte über einen bösartigen Jungen und er ist gerade an der spannendsten Stelle angekommen.“

„Ja“, bestätigte Clyde. „In dem Moment, in dem sie das Turmzimmer aufschließt, habe ich eine richtige Gänsehaut bekommen! Eine tolle Geschichte, Timothy.“

Gretchen Fear hob die Brauen. „Bist du sicher, dass du diese alte Geschichte zu Ende erzählen willst?“, fragte sie Timothy. „Sie hat dir doch früher solche Angst gemacht.“

„Vielleicht als ich klein war, Mutter“, antwortete er lächelnd. „Ich habe keine Angst mehr.“ Sie sah ihn zweifelnd an, was ihn nicht überraschte. Sie wusste meistens, was in ihm vorging, auch wenn er es ihr nicht erzählte.

Mrs Fear zuckte die Achseln. „Gut, wenn du meinst, Timothy. – Ich werde jetzt zu Bett gehen", sagte sie an seine Freunde gewandt. „Gute Nacht." Sie machte die Tür wieder zu.

Timothy nahm einen letzten Schluck von seinem Apfelwein. „Meine Hand zittert", stellte er erstaunt fest. „Ich bin 18 Jahre alt und traue mich trotzdem kaum, diese Geschichte zu Ende zu erzählen."

Er stellte den Becher auf dem Kaminsims ab und hoffte nur, dass niemand das Zittern seiner Hände bemerkt hatte.

Ein einzelner Schweißtropfen rann ihm über die Stirn. Er wischte ihn schnell weg.

Dann konzentrierte er sich wieder auf seinen Zuhörer, der in der dunklen Ecke saß. Seinen einzigen Zuhörer.

Er räusperte sich …

24

Boston, 1852

Die dürren Hände des Geistes krallten sich um Meggies Hals. Der dicke gelbe Rauch nahm ihr die Luft. Sie keuchte verzweifelt.

„Lieber töte ich dich, als dass ich dir meinen Mann überlasse!“, kreischte Mrs Malbourne und drückte noch fester zu. „Wie kannst du es wagen, ihn mir wegzunehmen!“

Blitzende Lichtpunkte tauchten vor Meggies Augen auf, ihre Knie wurden weich und sie bekam immer noch keine Luft. „Ich werde ohnmächtig“, schoss es ihr durch den Kopf. „Ich werde ...“

„Mutter!“, kreischte Garrett und für einen Moment lockerte sich Mrs Malbournes Griff.

In einer letzten verzweifelten Anstrengung gelang es Meggie, sich loszureißen. Ihre Hände fanden die Holztür und sie wankte die steile Treppe hinunter. Ein entsetzliches Stöhnen verfolgte sie. „Meggie ...“, heulte der Geist von Mrs Malbourne hinter ihr her.

Als Meggie endlich den ersten Stock erreicht hatte, raffte sie ihre Röcke und stürmte die Haupttreppe hinunter.

Ein eisiger Wind pfiff durchs Haus. In der Eingangshalle wackelten die Gemälde an den Wänden. Immer stärker schwangen sie im Wind hin und her, bis eins nach dem anderen von der Wand und krachend auf den Boden fiel.

Alle Fensterscheiben zerplatzten. Glassplitter flogen durch die Luft. Meggie schrie auf. Sie musste hier weg. Schützend schlug sie die Hände vor ihr Gesicht und flüchtete durch die Küche ins Freie.

Wohin?, dachte sie verzweifelt. Wohin konnte sie vor dem Geist fliehen? Direkt vor ihr lag der Irrgarten.

Zum Nachdenken war keine Zeit. Sie rannte darauf zu und schlüpfte durch die Lücke in der dichten Hecke. Welcher Weg führte in eine Sackgasse? Sie wusste es nicht mehr.

Meggie entschied sich für den linken Pfad. Dann bog sie rechts ab. Und stand prompt vor einer hohen, undurchdringlichen Heckenwand. Sie wirbelte herum, um in die andere Richtung zu rennen, doch dabei rutschte sie auf dem nassen Gras aus und schlug der Länge nach hin.

„Wo ist sie?", dachte Meggie panisch. „Ist Mrs Malbourne schon da?" Sie konnte den Geist nicht heulen hören und auch den ekelhaften Rauch nicht riechen.

Meggie versuchte, sich aufzurichten, doch ein stechender Schmerz durchzuckte ihr Bein.

Sie rollte sich auf die Seite und hob ihren Rock an. Binnen Sekunden war ihr Knöchel blau angelaufen und dick angeschwollen.

„Oh nein!", dachte sie fassungslos. „Ich kann nicht mehr laufen – jetzt sitze ich in der Falle."

Meggie krallte ihre Fingernägel in die Erde. Vielleicht konnte sie ein Versteck finden, bevor Mrs Malbourne sie entdeckte. Vielleicht konnte sie sich unter einer Hecke verbergen …

Doch als Meggie sich umdrehen wollte, kamen aus dem Nichts Hände und drückten sie mit dem Gesicht nach unten auf den Boden. Grashalme bohrten sich in ihren Mund und ihre Nase.

„Es war so leicht, dich hier zu finden", flüsterte ihr eine Stimme ins Ohr.

25

Meggie fuhr blitzschnell herum und konnte sich so aus dem Griff befreien. Sie krabbelte rückwärts und zog das schmerzende Bein hinter sich her.

Andrew stand über ihr.

„Oh, Andrew, du bist es!“, keuchte Meggie erleichtert.

Dann fiel ihr Blick auf das, was Andrew in der Hand hatte. Es war eine lange Glasscherbe, so tödlich wie ein Messer. Andrew lächelte und drückte ihr die Scherbe gegen den Hals.

„Andrew“, flüsterte Meggie. „Was tust du da?“ Bei jedem keuchenden Atemzug spürte sie, wie er die Scherbe fester an ihre Kehle presste.

„Mutter und ich mögen keine Leute, die versuchen, ihren Platz einzunehmen“, sagte Andrew gelassen. „Du hast Mutter und mich sehr wütend gemacht.“

Meggie war einer Ohnmacht nahe, aber sie wendete ihren Blick nicht von Andrews Augen ab. Sie konnte nicht fassen, was sie hörte. „Andrew, ich will gar nicht den Platz deiner Mutter einnehmen. Ich möchte nur deine Freundin sein. Und wir sind doch Freunde, oder?“, fragte sie hoffnungsvoll.

Andrew schüttelte den Kopf. „Mir machen Sie nichts vor. Mutter und ich wussten schon bei Ihrer Ankunft, worauf Sie es abgesehen hatten.“

„Und die andere Gouvernante?“, fragte Meggie, krampfhaft bemüht, ruhig zu sprechen. Sie musste Zeit schinden. Zeit, um sich einen Plan zu überlegen.

„Die habe ich umgebracht. Sie werden noch früh genug erfahren, wo ich sie begraben habe – wenn Sie neben ihr liegen.“

„Und was ist mit Garrett?“, fragte Meggie in dem Bemühen, ihn abzulenken. „Hilft er dir dabei? Ist das eine Art Spiel, das ihr zusammen spielt?“

Andrew grinste selbstzufrieden. „Ich brauche von niemandem Hilfe. Ich hätte Garrett schon längst aus dem Weg geräumt“, erklärte er. „Ich habe ihn schon immer gehasst. Meine Mutter übrigens auch. Aber es macht solchen Spaß, ihn zu quälen. Er kriegt die Schuld für alles, was ich tue. Ist auch ganz praktisch.“

Er bewegte spielerisch die Scherbe an Meggies Hals und sie schnappte erschrocken nach Luft.

Andrew lächelte nur auf sie herab.

„Er sieht immer noch so unschuldig aus“, dachte Meggie zusammenhanglos. „Dabei ist er verrückt. Vollkommen wahnsinnig!“

Sie versuchte, auf die Beine zu kommen, aber der Schmerz in ihrem Knöchel war unerträglich. Der Fuß würde ihr Gewicht niemals tragen.

Andrew griff in ihre Haare und zog ihren Kopf zu sich.

„Es hat keinen Sinn, sich zu wehren, Miss Thomas“, flüsterte er ihr ins Ohr. „Stellen Sie sich einfach vor, Sie würden einschlafen.“

„Es ist vorbei“, dachte Meggie. „Es gibt kein Entkommen.“

Andrew bog ihren Kopf nach hinten. Sein Lächeln wurde breiter, als er die Glasscherbe hob.

„Du bist genau wie meine Schwester!“, stieß Meggie hervor. „Du bist genauso intrigant wie Henrietta!“

„Leben Sie wohl, Miss Thomas“, sagte Andrew.

„Warte!“, schrie Meggie.

Aber er wartete nicht.

Peng! Nur wenige Meter von Meggie entfernt löste sich ein Schuss.

26

Meggies Ohren dröhnten. Der Geruch von verbranntem Schießpulver drang ihr in die Nase.

Die Scherbe fiel Andrew aus der Hand. Er stolperte vorwärts und fiel auf Meggie.

Sie starrte ihn an. Dann sah sie das Blut, das sich auf ihrem Kleid ausbreitete. Andrews Blut.

Ihr Magen krampfte sich zusammen.

Sie schob den schweren, leblosen Körper Andrews von sich herunter und kämpfte sich in eine sitzende Position. Der Schmerz durchzuckte ihr Bein, als sie sich drehte, um endlich sehen zu können, wer ihn erschossen und *ihr* das Leben gerettet hatte.

In einigen Metern Entfernung stand Garrett. Er rappelte sich gerade vom Rasen auf und griff nach der Muskete seines Vaters. Der Rückstoß der Waffe musste ihn umgeworfen haben.

„Garrett“, stieß Meggie hervor. Ihre Stimme bebte und in ihren Augen standen Tränen.

Er sah sie nur an und zitterte am ganzen Körper.

„Garrett, bist du in Ordnung?“

Seine Lippen bewegten sich zwar, aber es kam kein Ton heraus.

Meggie schluckte. Sie hatte ihn vollkommen falsch eingeschätzt. Er hatte von Anfang an versucht, sie zu beschützen – deswegen hatte er es darauf angelegt, sie aus Tanglewood zu vertreiben.

„Es tut mir so leid“, sagte Meggie. „Es tut mir unendlich

leid, dass ich all diese schrecklichen Dinge über dich geglaubt habe. Du hast von Anfang an versucht, mir zu helfen, nicht wahr?“

Garrett nickte. „Ich … ich konnte Ihnen nicht die Wahrheit sagen. Andrew … Andrew hätte mich umgebracht.“

„Jetzt kann er dir nichts mehr tun“, sagte Meggie ernst. „Niemand wird dir jemals wieder etwas antun, das verspreche ich.“ Sie atmete tief durch. „Ich habe mir den Knöchel verstaucht. Kannst du die Köchin holen, damit sie mir ins Haus hilft?“

„Ich bin gleich wieder da“, versprach er. Meggie merkte, wie schwer es ihm fiel, die Fassung zu bewahren. Er rannte davon und steuerte zielstrebig den Ausgang des Irrgartens an.

Plötzlich blieb er stehen und drehte sich zu Meggie um. Dann schaute er nach oben, als hätte er etwas gehört.

Im selben Moment nahm Meggie einen bekannten Geruch wahr. Einen fauligen Gestank.

Sie sah gelben Rauch heranziehen und gleichzeitig kam ein eisiger Wind auf.

„Nein“, dachte Meggie. *„Nein!“*

Ein grauenhafter Schrei zerriss die Stille. Noch mehr gelber Rauch bewegte sich auf Meggie zu. Er wirbelte immer schneller um sich selbst und es bildeten sich Arme, Beine, ein Körper – und das wutverzerrte Gesicht von Mrs Malbourne.

Der Geist stürzte sich auf Meggie.

27

Mrs Malbourne schrie zornig auf, als sie sich auf Meggie stürzte. Ihre Hände waren zu Krallen gekrümmt.

Meggie wich zurück, doch sie hatte keine Chance zu fliehen.

„Andrew!“, heulte Mrs Malbourne und nahm den Körper ihres jüngeren Sohns in die Arme.

Meggie erstarrte und sah fassungslos zu, wie der Geist Andrew langsam hochhob. Mrs Malbourne drückte ihn fest an sich und jetzt umgab der gelbe Rauch sie beide.

Der Körper von Mrs Malbourne begann sich zu drehen. Sie schrie und ihre Stimme wurde immer schriller.

Eisiger Wind wirbelte Kieselsteine vom Boden auf und riss Blätter von der Hecke, die herumwirbelten, als wären sie in einen Tornado geraten. Meggie legte schützend beide Arme über ihr Gesicht.

„Wann ist dieser Spuk endlich vorbei?“, dachte sie verzweifelt. Wenn Mrs Malbourne noch länger so infernalisch kreischte, würde sie selbst wahnsinnig werden, davon war Meggie überzeugt. Und auch wahnsinnig vor Angst, wenn sie noch länger jede Sekunde damit rechnen musste, dass der Geist sich auf sie stürzte.

Doch irgendwann wurden die Schreie leiser.

Als Meggie wieder hinzusehen wagte, war nur noch ein seltsamer gelbgrauer Nebel zu erkennen. Einen Moment lang tauchten darin zwei Augenpaare auf. Eines leuchtete grün, das andere blau. Dann verschwanden sie. Der Nebel lichtete sich. Der Sturm war vorüber.

Meggie starrte verwirrt auf die Stelle, an der eben noch Andrews Leiche gelegen hatte. Doch er war fort. Seine Mutter hatte ihn mitgenommen. Nur etwas Silbernes sah Meggie dort im Gras glänzen – das Amulett. Sie schüttelte den Kopf und konnte noch nicht glauben, dass ihr nichts geschehen war.

„Miss Thomas?“, sagte Garrett, als sie am nächsten Tag in der Bibliothek zusammensaßen. „Haben Sie sich schon überlegt, was Sie meinem Vater sagen wollen?“

Meggie seufzte bei dem Gedanken an all die schrecklichen Neuigkeiten, die sie Mr Malbourne berichten musste. „Ich werde ihm die Wahrheit sagen. Die Wahrheit darüber, dass Andrew die erste Gouvernante und Mary umgebracht hat. Und auch die Wahrheit über den Geist eurer Mutter.“

Garrett verzog das Gesicht. „Er wird Ihnen nicht glauben.“

„Ich werde schon dafür sorgen, dass er mir glaubt“, meinte Meggie nachdenklich. „Außerdem weiß er schon, dass der Geist seiner Frau im Turmzimmer eingesperrt war.“

Garrett zögerte einen Moment und griff gedankenverloren nach dem silbernen Amulett, das nun um seinen Hals baumelte. „Und wenn er mir die Schuld an allem gibt? Andrew hat es immer so gedreht, dass ich der Böse war. Die Köchin und Squires und alle waren immer davon überzeugt, dass ich ein böser Junge bin.“

„Der arme Garrett“, dachte Meggie. „Dein Vater kann dir gar keine Schuld geben, weil du nichts Falsches getan hast. Aber ich frage mich doch, warum du dich so bemüht hast, mich davon zu überzeugen, dass du ein Mörder bist.“

„Ich wollte, dass Sie fortgehen“, erklärte Garrett. „Ich wusste, dass Andrew Sie umbringen wollte, wenn Sie bleiben. Ich habe versucht, Sie von Andrew fernzuhalten … und von Mutter.“

„Und dafür hatte er einen hohen Preis bezahlt", dachte Meggie. Alle hatten ihn gefürchtet und gehasst. Sogar sie selbst. „Ich habe mich noch nicht richtig bei dir dafür bedankt, dass du mir das Leben gerettet hast, Garrett. Und mich auch nicht dafür entschuldigt, dass ich dachte, du wolltest mich umbringen."

Garrett ließ den Kopf hängen. „Ich kann nicht erklären, warum ich das Messer aufgehoben habe, nachdem ich Marys Leiche in der Speisekammer gefunden hatte. Ich war so verwirrt. Ich wollte zu Ihnen und Sie warnen. Aber natürlich verstehe ich, warum Sie vor mir weggerannt sind – nach all den Lügen, die ich Ihnen erzählt habe."

Die Köchin kam mit einem Tablett herein und schenkte Meggie und Garrett Tee ein. Außerdem reichte sie Meggie die neueste Ausgabe des *New York Herald Tribune*. „Die Zeitung ist gerade gekommen", sagte sie. „Ich dachte, Sie würden vielleicht gern etwas lesen, bis Mr Malbourne eintrifft."

„Danke", murmelte Meggie. Sie warf einen kurzen Blick auf die Titelseite der Zeitung und zuckte zusammen.

„Alles in Ordnung?", fragte Garrett.

„Haben Sie Schmerzen?", fragte die Köchin.

„Hier ist ein Artikel über jemanden, den ich kenne", erklärte Meggie. Die Zeitung zitterte in ihren Händen, als sie den Artikel überflog.

Ihre Schwester hatte wieder jemanden ermordet!

„Miss Alston fand heraus, dass ihr Verlobter Carlton Hill sie mit einer anderen Frau betrog", las Meggie. „Als er ihr dann noch eröffnete, dass er ausschließlich an ihrem Vermögen interessiert war, vergiftete Miss Alston ihn mit Blausäure." Meggie verstummte. Sie war kreidebleich geworden.

Als sie aufschaute, musste sie feststellen, dass Garrett und die Köchin sie besorgt ansahen.

„Sind Sie sicher, dass es Ihnen gut geht?", fragte Garrett wieder. „Und wer ist diese Frau?"

„Warte!" Meggie überflog den Rest des Artikels. Sie konnte es nicht fassen: Henrietta war zum Tod durch den Strang verurteilt worden.

Und sie hatte den Mord an ihrem Vater gestanden! „Oh, Henrietta, wenigstens das …", wisperte Meggie. „Wenigstens das hast du noch getan für mich."

Sie begann, laut vorzulesen: „Die Behörden forschen jetzt nach dem Aufenthaltsort einer gewissen Margaret Alston, der unschuldigen Schwester der Verurteilten, die zu Unrecht des Mordes an ihrem Vater beschuldigt worden war …" Meggies Stimme zitterte. Sie sah von Garrett zur Köchin. „Ahnt ihr bereits, wer ich wirklich bin? Ich bin frei! Endlich frei!"

28

Boston, 1858

„Endlich konnte Meggie auch ihre eigenen Geister verjagen“, sagte Timothy und sprach immer noch seinen Zuhörer im Schatten an. „Die Geister ihrer Vergangenheit und den Geist von Tanglewood.“

„Als Harrison Malbourne heimkam, halfen Meggie und er einander, ihr Leben wieder aufzubauen. Weniger als ein Jahr später heiratete er Meggie, die inzwischen wieder den Namen Alston benutzte. Seit sechs Jahren leben sie glücklich zusammen in Boston, gar nicht weit entfernt von hier.“

Timothy holte tief Atem und ließ die Luft langsam wieder ausströmen. „Das war's“, sagte er.

Es war ein großartiges Gefühl, die Geschichte endlich losgeworden zu sein, nachdem er sie so viele Jahre mit sich herumgetragen und sie niemandem erzählt hatte. Es war eine gute Entscheidung gewesen, dachte er erleichtert.

Einen Moment lang sagte keiner etwas. Dann redeten alle auf einmal.

„Oh, Timothy!“, rief Betsy aus. „Und das ist wirklich alles so geschehen?“

„Ich wette, ich kann heute Nacht nicht schlafen. Und das habe ich dir zu verdanken, Timothy Fear!“, schimpfte Edwina scherzhaft.

„Es stimmt, was du über die Geschichte gesagt hast. Sie war wirklich grauenhaft!“, meinte Clyde.

Philip nickte zustimmend. „Woher hast du sie? Das musst du uns unbedingt verraten.“

„Ich habe Garrett eine Zeit lang Nachhilfe gegeben“, erklärte Timothy. „Er hat mir alles erzählt. Ich hatte den Eindruck, dass er sich das Ganze von der Seele reden musste. Als wäre es eine Befreiung für ihn."

Edwina schauderte. „Draußen ist es so dunkel. Ich habe fast Angst, nach Hause zu gehen."

„Ich teile mir eine Droschke mit dir", bot Clyde an, „und beschütze dich."

„Glaub ihm kein Wort", scherzte Philip. „Er hat selber Angst, allein zu fahren. Er will mit dir fahren, damit du *ihn* beschützt!"

Alle lachten, als sie sich zum Aufbruch rüsteten. Sie dankten Timothy für seine Gastfreundschaft und seine großartige Geschichte. Doch trotz ihres Lächelns und ihrer Freundlichkeit merkte Timothy, wie beunruhigt sie alle waren.

„Wie beunruhigt sie wohl gewesen wären, wenn sie gewusst hätten, dass ich den Namen der Familie von *Fear* in *Malbourne* geändert habe, als ich ihnen die Geschichte erzählte? Wenn sie gewusst hätten, dass ich mir selbst den Namen *Garrett* gegeben habe? Und meiner Stiefmutter *Meggie*?" Nur Andrews Namen hatte er nicht geändert – wozu auch?

Und die Köchin – die jetzt hereinkam, um die leeren Weinbecher abzuräumen – war dieselbe wie damals. „Alles in Ordnung, Master Timothy?", fragte sie ihn mit einem Lächeln, bei dem man deutlich sehen konnte, wie viele Zähne ihr schon fehlten.

„Mir geht's gut", beteuerte er und drehte das alte Amulett, das an einer Kette um seinen Hals hing, gedankenverloren hin und her.

Das stimmte. Er fühlte sich sogar sehr gut. Irgendwie erleichtert.

Timothy ließ sich aufs Sofa fallen.

„Passen Sie auf Ihre Schuhe auf", knurrte die Köchin, bevor sie mit dem Tablett abzog.

Timothy fühlte sich auf einmal richtig übermütig. Als die Köchin die Tür hinter sich schloss, zog er seine Schuhe aus und warf sie mit Schwung hinter sich.

„Hier ist jemand im Zimmer", dachte er. Er setzte sich auf.

Tatsächlich, einer seiner Gäste war noch da. Es war der, der im Schatten gesessen hatte, der, auf den Timothy sich beim Erzählen konzentriert hatte. Wer war es?

Die Person stand auf. Es war ein Junge von etwa elf Jahren. Er trat aus dem Schatten ins Licht.

„Andrew!", schnaufte Timothy.

„Überraschung!", flüsterte der Geist und grinste. „Ich habe darauf gewartet, dass du unsere Geschichte endlich erzählst. Lange habe ich gewartet. Denn dann konnte ich endlich zurückkommen. Hast du das nicht gewusst – oder zumindest geahnt?"

Timothy konnte nichts sagen. Er starrte Andrew nur in stummem Entsetzen an.

„Tja", fuhr der Geist fort. „Du hast Mutter ja nie geglaubt, wenn sie von dem alten Fluch erzählt hat, der auf unserer Familie lastet – dem Fluch der Fears. Du hättest damals besser zuhören sollen!"

Andrew hob die Hände und wackelte mit den Fingern.

Timothy keuchte entsetzt und wich einen Schritt zurück. Statt der Fingernägel wuchsen rasiermesserscharfe Glassplitter aus Andrews Fingerkuppen.

„Du hast Mutter und mich wütend gemacht!", schrie er und stürzte sich auf Timothy. „Sehr wütend."

Todesengel

Prolog

Niemand weiß, woher er kam. Niemand kennt mehr seinen Namen.

Und doch – das, was ein junger Mann vor vielen Jahrhunderten in einer Vollmondnacht heraufbeschwor, hinterließ seine Spuren. Spuren, die bis heute eine ganze Stadt in Angst und Schrecken versetzen.

Der junge Mann war der Urahn der Familie Fear. Und er hatte einen Todfeind. Diese Feindschaft trieb ihn zu einer Tat, die er bitter bereuen sollte. Denn um seinen Rivalen zu besiegen, rief er dunkle Mächte zu Hilfe.

Er entfachte in einer Höhle ein Feuer. Dann murmelte er die magischen Worte, die heute keiner mehr kennt. Erwartungsvoll blickte er in die Flammen, doch nichts geschah. Er wartete.

Als die Flammen plötzlich hoch aufloderten und sich rasend schnell über die Feuerstelle hinaus verbreiteten, schrak er zusammen und wich einen Schritt zurück. Doch das Feuer war schneller und erfasste ihn binnen Sekunden.

„Ich werde verbrennen“, dachte der junge Mann entsetzt. „Gleich bekomme ich keine Luft mehr und dann …“ Noch während er das dachte, merkte er, dass das Feuer einen Kreis um ihn gebildet hatte, sodass er von einer hohen Flammenwand umgeben war. Er schloss die Augen. Was hatte er da getan? Was für Mächte hatte er heraufbeschworen? Plötzlich ertönte aus den Flammen ein Zischeln, das sich langsam zu Worten formte.

„Du hast mich gerufen“, wisperte es.

Er sah sich gehetzt um, doch da war niemand – nur das Feuer.

„Du willst Macht und ich gebe sie dir“, zischte es wieder. „Dafür gehörst du nun mir. Und alles Blut von dir. Ihr werdet mir Opfer bringen.“

Die Stimme schwieg, doch nur für einen kurzen Moment. „Dominatio per malum“, wisperte sie. „Dominatio per malum.“

Der junge Mann schluckte. „Was ... was heißt das?“, stammelte er heiser.

„Macht“, kam die Antwort aus den Flammen. „Macht durch das Böse!“

Die Flammen schlossen sich enger um ihn und er fühlte, wie ihn die Macht durchfuhr – eine heiße Woge. Er hatte es geschafft, er hatte die Macht heraufbeschworen, er fühlte sie mit jeder Faser seines Körpers. Doch er erschauerte, als er spürte, wie stark diese Kraft war. So ungeahnt stark, dass er sich beklommen fragte, ob er es nun war, der diese Macht kontrollierte, oder ob sie *ihn* beherrschte. Aber nun war es zu spät ...

Die Flammen loderten noch einmal hoch auf, dann wurden sie kleiner und zogen sich wieder auf die Feuerstelle zurück.

Der junge Mann fühlte sich wie betäubt. Er fiel auf die Knie und starrte lange ins Feuer. War das alles eben wirklich geschehen?, fragte er sich. Hatte sich tatsächlich eine Flammenwand um ihn geschlossen? Das konnte nicht sein.

Doch da fiel sein Blick auf etwas Glänzendes, das zwischen den Steinen vor dem Feuer lag. Er beugte sich vor, um es besser erkennen zu können. Es war ein silbernes Amulett, besetzt mit leuchtend roten Steinen, die im Kreis um einen kleinen Totenkopf angeordnet waren. Als er das Amulett aufhob, stellte er erstaunt fest, wie schwer es in der Hand lag. Vor-

sichtig drehte er es hin und her und betrachtete es genauer. Auf der Rückseite waren die Worte *Dominatio per malum* eingraviert. *Macht durch das Böse.*

„Du gehörst nun mir – und alles Blut von dir“, wiederholte er leise die Worte der Stimme aus dem Feuer. Was hatte sie damit gemeint? *Alles Blut von dir …* Ein Gedanke durchzuckte ihn – ein schrecklicher Gedanke. „Das war ein Fluch! Ich und alle meine Nachkommen sind verflucht“, wurde ihm klar. „Und das Amulett ist nicht nur das Zeichen meiner Macht, sondern auch das Zeichen des Fluchs.“

Während er das dachte, glomm das Amulett heiß in seiner Hand auf. Noch einmal drang ein Zischeln durch die Höhle, dann hörte das Amulett auf zu glühen und fühlte sich wieder kühl an.

Nachdenklich betrachtete er den kleinen silbernen Totenkopf. Was geschehen war, konnte er nicht mehr rückgängig machen. Es war sinnlos, sich zu fragen, ob es das wert gewesen war. Der Preis für die gewonnenen Kräfte war hoch – das hatte er erst jetzt erkannt.

Mithilfe seiner neu erlangten Macht gelang es ihm, seinen Feind zu besiegen. Doch die Familie Fear war fortan verflucht. Es war ein mächtiger Fluch, der die Jahrhunderte überdauerte und nichts von seiner Grausamkeit einbüßte. Manchmal schwieg das Böse für eine Weile, doch nur, um schließlich mit neuer Kraft zu erwachen und Tod und Verderben zu säen. Dann brach es unerwartet über die nächste Generation herein und riss die Familie ins Unglück. Und selbst als die Fears ausgelöscht waren, bestand das Böse fort. An einem bestimmten Ort, in einer bestimmten Stadt …

1

Das Dorf Shadyside, 1878

„Nächste Station Bahnhof Shadyside!“, rief der Schaffner.

Jenna sah von ihrem Buch auf. Waren sie etwa schon angekommen?

Als der Zug langsamer wurde, klopfte ihr Herz immer schneller. Sie konnte es kaum noch erwarten, ihre beste Freundin Hallie endlich wiederzusehen!

Sie schaute aus dem Fenster und erblickte Shadyside. Passanten eilten von einem Laden zum nächsten und auf der breiten Hauptstraße drängten sich die Pferdekutschen und Einspänner. Jenna entdeckte ein großes Kolonialwarengeschäft, eine Bäckerei und eine Post.

„Bahnhof Shadyside!“, rief der Schaffner erneut.

Jenna entdeckte auf dem Bahnsteig Hallie und deren Eltern. Sie lehnte sich so weit sie konnte aus dem Zugfenster.

„Hallie! Hier bin ich!“, rief sie und schwenkte die Arme.

„Jenna!“, kreischte Hallie und winkte zurück.

Dann raffte die Freundin den Saum ihres langen Rockes und rannte neben dem Zug her, der immer langsamer wurde. Ihr lockiges blondes Haar flatterte im Wind und ihre blauen Augen funkelten aufgeregt.

Jenna stand vom Sitz auf und griff nach ihrer Reisetasche. Der Stoff ihres langen Kleids raschelte, während sie durch das Abteil nach vorne lief.

Als die Zugräder quietschend zum Stillstand kamen, hastete sie die Stufen hinunter und fiel in Hallies Arme.

Hallie drückte sie fest an sich. „Du kannst dir gar nicht vorstellen, wie sehr ich dich vermisst habe!“, rief sie.

„Aber *du* bist doch diejenige, die weggezogen ist!“, gab Jenna zurück und schob die Freundin neckend von sich.

„Ach Jenna, ich bin so froh, dass wir den ganzen Sommer zusammen verbringen können. Wir werden so viel Spaß haben!“

Jenna lächelte, denn Hallie war ihre allerbeste Freundin auf der ganzen Welt. Wie zwei Schwestern, sagten ihre Eltern immer. Und Jenna wünschte sich nichts sehnlicher, als wären sie richtige Schwestern.

„Hallo, junge Dame!“, hörte sie Hallies Vater lachend sagen.

Sie drehte sich um und sah Hallies Eltern, die jetzt neben ihnen standen. Mr Sheridan begrüßte Jenna mit einem breiten, herzlichen Lächeln. Er trug einen dunklen Anzug mit hohem, gestärktem Kragen und sein dicker schwarzer Schnurrbart, der an den Enden gezwirbelt war, ließ ihn noch vornehmer wirken. Mrs Sheridan war immer noch genauso hübsch wie eh und je und durch den großen Hut mit der breiten Krempe wirkte sie besonders elegant.

„Willkommen in unserer neuen Heimat, meine Liebe“, rief sie. „Wir freuen uns, dich als Gast bei uns zu haben!“

„Vielen Dank, dass Sie mich eingeladen haben“, erwiderte Jenna, die sich gerade noch rechtzeitig an die Mahnung ihrer Mutter erinnerte, ihre guten Manieren zu zeigen.

„Gib mir dein Gepäck, Jenna!“, bot Mr Sheridan an und ergriff Jennas großen Koffer, den der Schaffner aus dem Zug getragen hatte.

„Ich nehme deine Tasche“, sagte Hallie und hakte sich bei Jenna ein, als sie hinter Hallies Eltern auf die Hauptstraße gingen.

Mr Sheridan führte sie zu einer offenen Kutsche, vor der zwei Pferde geduldig warteten. Er stellte den Koffer ab und half den Mädchen einzusteigen. Jenna setzte sich neben Hallie auf den Rücksitz und Mrs Sheridan nahm gegenüber Platz. Nachdem Hallies Vater den Koffer hinten festgezurrt hatte, kletterte er auf den Kutschersitz und nahm die Zügel in die Hand.

„Hü!“, befahl er den Pferden. Sie wirbelten eine Staubwolke auf, während sie die Straße entlangtrabten, die vom Bahnhof und dem Dorf wegführte. Jenna entspannte sich und betrachtete die Häuser, die an ihr vorbeizogen.

„Gefällt es dir hier?“, fragte Jenna ihre Freundin.

Hallie zuckte mit den Schultern.

„Na ja, es ist nicht schlecht. Aber alle anderen sind hier aufgewachsen. Es ist ziemlich schwer, neue Freunde zu finden.“

„Das wirst du schon noch“, versprach ihre Mutter. „Es dauert einfach seine Zeit.“

„Jetzt ist zum Glück ja erst mal Jenna hier“, erwiderte Hallie. „Und wir werden den ganzen Sommer über Spaß haben.“

Kurz darauf lenkte Mr Sheridan die Pferde auf eine abgelegene Seitenstraße und bog dann auf einen Kiesweg ab.

„Sieh mal, Jenna – da drüben ist unser Haus!“, verkündete Hallie strahlend.

Hinter der kurzen Auffahrt aus Kieselsteinen erblickte Jenna ein zweistöckiges hellgelbes Haus mit dunkelgrünen Fensterläden und einem hohen Schornstein. Das Haus war von einem großen Garten mit mehreren alten Eichen umgeben. Jenna gefiel vor allem die große Veranda mit den Blumenkästen und der gemütlichen Holzschaukel, die so breit war, dass zwei Personen bequem darin Platz nehmen konnten.

„So, da wären wir“, verkündete Mr Sheridan, als er die Pferde vor dem Haus halten ließ.

Es roch köstlich nach frisch zubereiteten Speisen und Jenna

lief das Wasser im Mund zusammen. „Mmm, irgendwas riecht hier lecker“, stellte sie fest.

„Die Köchin müsste mit dem Abendessen fertig sein“, erwiderte Mrs Sheridan.

Jenna stieg hinter Hallie aus der Kutsche und folgte ihr ins Haus. „Das wird ein herrlicher Sommer!“, dachte sie vergnügt.

Nach dem Essen setzten sich die beiden Freundinnen draußen auf die Schaukel. Es war schon dunkel geworden und Jenna betrachtete den Mond, der langsam am Himmel aufstieg. Sie spürte, wie eine sanfte Brise ihre Wange streichelte, und hörte das Ächzen und Knacken der Baumäste.

Sie zog ihre Füße an und schlang die Arme um ihre Knie.

„Weißt du noch, wie wir früher immer lange aufgeblieben sind und uns Gruselgeschichten erzählt haben?“, fragte Hallie plötzlich.

„Und wie ich das noch weiß!“, antwortete Jenna. Sie stupste Hallie mit dem Ellenbogen in die Seite. „Weißt du auch noch, als du mir die Geschichte vom grünen Mann erzählt hast? Ich glaube, wir waren damals acht oder neun.“

„Und du hast sie mir ernsthaft geglaubt!“, sagte Hallie grinsend.

„Ich konnte vier Wochen lang nicht schlafen“, gab Jenna zu. „Ich wartete immer darauf, dass er mit seinen langen krummen Fingernägeln an meiner Fensterscheibe kratzen würde. Als ich herausfand, dass du die Geschichte bloß erfunden hast, hätte ich dich am liebsten erwürgt.“

„Ich wette, ich könnte dir heute noch so viel Angst einjagen, dass dir die Haare zu Berge stehen!“, neckte Hallie.

„So ein Quatsch!“, entgegnete Jenna. „Jetzt bin ich zu alt, um auf deine wilden Spukgeschichten hereinzufallen.“

„Natürlich bist du das“, stimmte Hallie mit einem ironischen Grinsen zu. „Dann macht es dir doch sicher nichts aus, wenn wir gleich einen Spaziergang zum Friedhof machen? Ich kenne eine tolle Geschichte und es wäre viel lustiger, sie am passenden Ort zu erzählen.“

Jenna wurde etwas mulmig zumute. „Warum gerade auf dem Friedhof?“, fragte sie nervös.

„Du hast doch nicht etwa Angst, oder?“

„Natürlich nicht!“, erwiderte sie. „Auf Friedhöfen gibt es nichts, wovor man Angst haben müsste.“

„Dann komm“, sagte Hallie eifrig. „Mir nach!“ Die beiden Mädchen rannten von der Terrasse herunter über den Rasen und liefen an zwei Nachbarhäusern vorbei, in deren Wohnzimmerfenstern warmes Licht leuchtete. Jenna wäre am liebsten umgedreht, doch sie biss sich auf die Unterlippe und marschierte entschlossen weiter.

Als nur noch der Mond ihren Weg beleuchtete, wurde die Straße immer dunkler. Jenna stellte erschrocken fest, dass plötzlich keine Häuser mehr zu sehen waren, sondern nur noch dichter Wald. Die Blätter und Baumstämme schimmerten im silbrigen Mondschein.

„Vielleicht hätten wir eine Lampe mitnehmen sollen“, meinte sie.

„Dafür ist es jetzt zu spät“, antwortete Hallie. „Sieh mal, da drüben ist der Eingang.“

Weiter vorn tauchten plötzlich zwei hohe Steinsäulen auf, die stellenweise mit grünem Moos überzogen waren. Ein Eisenbogen spannte sich über die beiden Säulen. Da Jenna die verschnörkelten Buchstaben darauf kaum entziffern konnte, blieb sie stehen und kniff die Augen zusammen.

„Friedhof Shadyside“, las sie langsam vor.

„Was sollte auch sonst draufstehen?“, fragte Hallie spöttisch und zog sie ungeduldig am Arm weiter. „Komm schon, du Angsthase! Schließlich haben wir nicht die ganze Nacht Zeit. Meine Eltern wundern sich sonst, wo wir geblieben sind."

Als Jenna von ihrer Freundin durch das Tor gezogen wurde, lief ihr ein Schauer über den Rücken.

„Der Friedhof ist mir unheimlich!", flüsterte sie.

„Warum flüsterst du?", wollte Hallie wissen. „Uns kann doch niemand hören."

„Ich …" Lachend hob Jenna die Arme hoch. „Du hast recht. Wahrscheinlich habe ich geflüstert, weil … weil man auf Friedhöfen immer flüstert, oder?"

„Ja, ich glaube schon", bestätigte Hallie und führte sie tiefer in die Dunkelheit des Friedhofs.

Auf dem steinigen Weg, der sich an zahlreichen Gräbern entlangwand, wucherte das Unkraut und im fahlen Mondschein wirkten die Grabsteine wie krumme Zähne, die aus der Erde ragten.

Blassgraue Nebelschwaden zogen vorüber und die Luft war feucht. Mit jedem Atemzug sog Jenna einen Hauch von einem ekelhaften fauligen Geruch ein, den sie nicht identifizieren konnte.

„Schau mal!", rief Hallie und zeigte auf einen großen dunklen Umriss vor ihnen.

Jenna konnte, verborgen zwischen einigen Bäumen, ein kleines quadratisches Häuschen mit einem Kuppeldach erkennen. Als sie näher kamen, sah Jenna eine Gestalt, die über dem Eingang thronte.

Es war eine Engelsstatue. Nichts Ungewöhnliches auf einem Friedhof. Viele Menschen fanden Trost darin, eine Steinfigur über dem Grab ihrer Verstorbenen wachen zu lassen.

Doch dies war der schrecklichste Schutzengel, den sie jemals gesehen hatte. Es war eine bedrohliche, teuflisch wirkende Figur.

Sie war aus schwarzem Marmor gehauen und mit grünem Schleim überzogen. Auf ihrem unheimlichen Gesicht lag ein hämischer, finsterer Ausdruck. Die Augen des Engels waren geschlossen, doch Jenna schien es, als würde sie trotzdem ein stechender Blick durchbohren.

Die breiten schwarzen Flügel wirkten an dem mageren Körper des Engels viel zu wuchtig. Sie umhüllten die knochigen krummen Schultern und die langen Federn verliefen an den Enden wie scharfe Messerspitzen. Jennas Blick fiel auf die Hände des Engels: Es waren knochige Klauen, die gefaltet auf der eingesunkenen Brust ruhten.

„Was ist das?“, stammelte sie.

„Das ist eine Gruft“, flüsterte Hallie. „Darin sind die Mädchen der Fears begraben. Man sagt, ihr Geist würde hier herumspuken.“

Jenna schluckte schwer. „Es gibt keine Geister, Hallie“, erklärte sie.

Hallie lehnte sich mit dem Rücken an einen Grabstein. „Vielleicht änderst du deine Meinung, wenn du die Geschichte gehört hast.“

Jenna verschränkte die Arme. „Das glaube ich nicht.“

„Das werden wir ja sehen.“ Hallie warf den Kopf zurück und grinste breit. „Hör zu. Es kursieren schreckliche Gerüchte über die Fears hier in Shadyside. Grauenhafte Geschichten … Man sagt, dass die ganze Familie verflucht ist und die beiden Töchter durch eine Bluttat ums Leben gekommen sind. Eine der Schwestern soll die andere umgebracht haben. Und da die Mädchen nicht auf natürliche Weise gestorben sind, ist ihr Geist für immer an diesen Ort gefesselt.“

Der Wind zerrte an den Ästen der Bäume und ließ sie in der Dunkelheit flüstern.

Jenna glaubte, im Rascheln Stimmen zu hören. Sie hatte beinahe das Gefühl, als würde jemand in der Dunkelheit kauern und sie beobachten. Sie zwang sich, keinen Blick über ihre Schulter zu werfen. Auch nicht auf den grauenhaften Engel. Den Todesengel.

„Aber das ist noch nicht das Schlimmste", fuhr Hallie fort. „Die Leute sagen ..." Sie hielt inne, um es noch spannender zu machen. Ihre Stimme war ein raues Flüstern. „Sie sagen, als die Töchter der Fears begraben wurden, hatten sie keine Knochen mehr im Leib! Es wird behauptet, dass die Skelette der Mädchen in manchen Nächten umherirren. Immer auf der Suche nach einem Weg, wie sie wieder lebendig werden können."

Jennas unheimliches Gefühl war verschwunden. „Hallie, das ist wirklich zu viel des Guten. Ich würde eher an Gespenster glauben als an diese lächerliche Geschichte!"

„Nun, vielleicht würdest du das nicht sagen, wenn du die Gesichter der Leute sehen könntest, sobald der Name Fear erwähnt wird."

„Was ist mit den Leuten?", fragte Jenna.

„Na ja ... fast so, als hätten sie ... Todesangst."

Jenna seufzte. „Hallie, du bist zu gutgläubig. Vergiss nicht, du bist neu hier. Wer immer dir das erzählt hat, wollte dich bloß auf den Arm nehmen. Wahrscheinlich hat er sich darüber halb totgelacht."

„Hör zu, ich werde es dir beweisen!", entgegnete Hallie. „Wir gehen jetzt zur Gruft und dann wirst du sehen, wie unheimlich es dort ist!"

Jenna schaute sich prüfend um. Ihre Augen funkelten. „Hältst du das wirklich für eine gute Idee?"

„Was soll uns denn schon passieren? Jetzt komm endlich." Sie nahm Jenna bei der Hand und die Mädchen gingen langsam auf die Gruft zu.

Jenna schaute wieder den Engel an, der hoch über ihren Köpfen emporragte und jetzt noch größer und bedrohlicher wirkte.

„Kannst du schon erkennen, was dort steht?", wollte sie wissen.

Hallie versuchte, die Buchstaben zu entziffern, die unterhalb der Statue eingemeißelt waren. „Alles, was ich von hier aus lesen kann, sind die Namen und Daten. Julia Fear und Hannah Fear. Als sie starben, waren sie fast genauso alt wie wir. Wie tragisch."

Eine Wolke zog über den Mond und tauchte den Friedhof in völlige Finsternis. Jenna schaute sich um. Alles wirkte auf einmal ganz anders. Die Grabsteine schienen sich in verzerrte Schatten verformt zu haben. Gewundene Nebelschwaden stiegen vom Boden auf wie Lebewesen, die auf der Suche waren nach … irgendetwas.

Dann wurde die Luft kalt. Frostig. Sie umhüllte Jenna wie ein eiskaltes Leichentuch und betäubte ihren Körper, bis nur noch die Angst zu spüren war. Unfähig, einen einzigen Schritt weiterzugehen, blieb sie stehen.

Doch noch ehe sie begreifen konnte, was mit ihr geschah, verschwand die Kälte wieder. Jenna schüttelte ungläubig den Kopf. Es war alles so schnell gegangen … Es konnte unmöglich passiert sein. Zweifellos hatte ihre Fantasie ihr einen Streich gespielt.

Dann verzog sich die Wolke und der Mond war wieder zu sehen. Jenna starrte noch einmal zu der Inschrift hinauf.

„Hallie!", rief sie. Ihr Herz klopfte rasend schnell. Ihre Freundin drehte sich um. „Was ist los, Jenna?"

„Die Inschrift unter dem Engel!“, zischte Jenna mit zugeschnürter Kehle. „Da steht: ‚Hannah und Julia, die geliebten Töchter von Simon und Angelica Fear.‘ Und darunter … darunter steht …“

„Was denn?“, fragte Hallie ungeduldig.

Jenna holte tief Luft. „Darunter steht: ‚Sie sind nicht tot.‘“

2

„Was hast du gesagt?“ Erschrocken riss Hallie die Augen auf.

„Schau es dir an“, drängte Jenna. „Da steht es!“

„Sie sind nicht tot“, las Hallie laut.

Die Mädchen sahen einander stumm an. Jenna wollte irgendwas Vernünftiges sagen, doch ihre Kehle war trocken und vor Angst wie zugeschnürt.

Ein tiefes, unheimliches Geräusch durchdrang die Stille. Es klang wie ein trauriges Stöhnen. Das Geräusch schien aus allen Richtungen gleichzeitig zu hallen. Jenna fuhr vor Schreck zusammen und umklammerte Hallies Arm.

„W-was war das?“, stammelte sie leise.

„Eine Eule“, flüsterte Hallie. „Glaube ich zumindest.“

Jenna zog an ihrem Arm. „Komm, wir müssen von hier verschwinden!“

Der Wind fuhr durch die Bäume, sodass die Äste auf und ab wippten. Schatten huschten über den Eingang zur Gruft. Als Jenna einen dunklen Fleck auf dem unteren Teil der Inschrift entdeckte, stellte sie sich vorsichtig auf die Zehenspitzen.

„Sieh mal, Hallie. Ich glaube, die restliche Inschrift ist mit irgendetwas bedeckt. Guck doch mal nach!“

„Wieso guckst du nicht selber nach?“, zischte Hallie.

Sie streckte vorsichtig ihre Hand aus.

„Nicht anfassen!“, schrie Jenna entsetzt.

„Jenna, das ist doch bloß Moos“, erklärte Hallie.

„Ach so.“ Jenna seufzte erleichtert. „Ich dachte, es wäre Blut oder so was.“

Hallie lächelte ihre Freundin an. „Du bist echt ein Angsthase. Jetzt wollen wir mal sehen, was hier tatsächlich steht."

„Sie sind nicht tot", las sie vor, während sie mit den Fingern über die eingravierten Buchstaben fuhr. „In unseren Herzen leben sie für immer weiter."

Hallie kicherte. Jetzt musste auch Jenna lachen.

„Kannst du glauben, was für Feiglinge wir waren?", fragte Hallie.

Jenna musste mehrmals Atem schöpfen, bevor sie antworten konnte. „Sie sind nicht tot", wiederholte sie mit düsterer, gespenstischer Stimme.

Hallie bekam einen neuen Kicheranfall und Jenna lachte so schallend, dass sie Seitenstechen bekam und ihr Tränen in die Augen stiegen.

„Ach, war das lustig!", keuchte Hallie. „Du hättest dein Gesicht sehen sollen, Jenna!"

„*Mein* Gesicht?", gab Jenna zurück. „*Du* warst so bleich wie –"

„Sag es nicht!", warnte Hallie sie heiser. „Wenn ich wieder anfange zu lachen, kann ich nie mehr damit aufhören!"

„Ich auch nicht."

Jenna schaute zu dem Engel hinauf. Plötzlich war ihre Heiterkeit wie weggeblasen und sie spürte wieder einen kalten Schauer. Der Blick der Statue durchdrang sie und die knochigen Hände, die an Klauen erinnerten, schienen nach ihr greifen zu wollen.

Das Mädchen machte einen stolpernden Schritt nach hinten, um von der Gruft wegzukommen. „Wir sollten jetzt gehen", dachte Jenna und schaute ihre Freundin an. Hallies Hand ruhte auf dem verschnörkelten eisernen Türriegel.

„Es ist offen!", stieß Hallie verblüfft aus; ihre Stimme zitterte vor Aufregung. „Komm, lass uns hineingehen!"

Jenna wischte sich die feuchten Hände an ihrem Rock ab. Ihr Magen zog sich krampfartig zusammen. „Da … hinein?“

„Warum nicht?“

„Das ist doch ein Grab, Hallie!“

„Umso interessanter.“ Hallie sah sie herausfordernd an. „Es sei denn, du hast vor irgendetwas Angst!“

Trotzig hob Jenna das Kinn. „Natürlich nicht!“

„Dann lass uns gehen.“

Hallie stieß gegen die Tür, die lautlos aufschwang. Jenna staunte, denn sie hatte erwartet, dass die Scharniere quietschen würden.

Seltsam.

Jenna warf einen Blick über Hallies Schulter. Die Gruft war vollkommen dunkel. Sie musste husten, als sie die modrige feuchte Luft einatmete. Ihr wurde übel, als sie noch einen anderen Geruch wahrnahm – einen süßlichen, faulen Gestank. Es roch nach Verwesung.

Ihr Herz klopfte wie wild. Sie wollte die Gruft nicht betreten.

„Hier ist eine Kerze“, sagte Hallie und streckte die Hand nach einem winzigen Brett aus, das draußen neben der Tür hing. „Und ich habe Streichhölzer dabei.“

Sie zündete ein Streichholz an und hielt die Kerze so hoch, dass sie die Gruft betreten konnte.

Jenna wollte ihre Freundin nicht allein hineingehen lassen und dennoch fühlten sich ihre Füße plötzlich wie Blei an. „Sei kein Angsthase“, ermahnte sie sich streng und bewegte sich mit langsamen Schritten ebenfalls in die Gruft.

„Hallie?“, rief sie. Die Freundin gab keine Antwort. Jenna blickte in die Dunkelheit und sah den flackernden Lichtschein der kleinen Kerze in Hallies Hand.

Plötzlich spürte sie einen Windstoß im Rücken und der

Geruch von Verwesung nahm zu. Sie hustete und hielt sich die Hand vor den Mund.

Ein seltsames Gefühl überkam sie. Sie hatte den Eindruck, als würde jemand nach ihr rufen. Stumm und wortlos.

Ein merkwürdiges Gefühl zwang sie, den Kopf zurückzulegen und nach oben zu blicken.

Sie holte Luft und konnte nicht mehr ausatmen.

Der Engel sah auf sie herab.

Seine Augen hatten weder Iris noch Pupille. Doch sie starrten Jenna an. Sie spürte seinen bedrohlichen Blick.

Für einen Moment glaubte sie, das Rascheln von Federn zu hören. Dann sah sie, dass die Flügel des Engels ganz leicht zitterten.

Gleich würde er sich auf sie stürzen.

Gleich würde er sie im Sturzflug ergreifen und mit sich reißen.

Sie keuchte vor Schreck und drehte sich um.

„Jenna!“, schrie Hallie, als sie aus der Gruft stürzte.

Jenna ignorierte sie. Sie wollte nur noch weit, weit wegrennen und nie wieder an diesen Ort zurückkommen. Doch Hallie hatte ihre Freundin bald eingeholt, packte sie am Arm und hielt sie fest.

„Was ist los mit dir? Was ist passiert?“

Vor lauter Angst brachte Jenna keinen Ton heraus. Sie zeigte wortlos auf den Engel. Zu ihrer Überraschung waren seine Augen wieder geschlossen.

Verständnislos runzelte Hallie die Stirn. „Was ist mit dem Engel?“

„Er … er hat mich angestarrt.“

„Das ist unmöglich“, entgegnete Hallie.

„Er hat mich angestarrt“, beharrte Jenna. „Seine Augen waren offen und er hat mich angestarrt!“

Hallie sah sie an, als hätte sie den Verstand verloren. „Jenna, das ist bloß eine Statue. Sie kann ihre Augen nicht aufmachen!“

Jenna schüttelte den Kopf. Sie konnte es selbst nicht glauben. Doch es hatte so echt gewirkt, so unheimlich echt. „Wahrscheinlich … nicht“, murmelte sie. „Aber ich war mir ganz sicher.“

„Deine Fantasie ist mit dir durchgegangen!“, sagte Hallie. Dann funkelten ihre Augen plötzlich amüsiert. „Das hat es ja noch nie gegeben! Die vernünftige Jenna, die sich von einem Marmorengel so einschüchtern lässt, dass sie glaubt, er würde seine Augen öffnen und sie anstarren!“

„Seine Augen waren *wirklich* offen! Ich schwöre es!“, beharrte Jenna. „Es waren große Augen, die aus den Höhlen quollen“, fügte sie schaudernd hinzu. „Hast du sie denn nicht gesehen?“

„Nein, ich glaube nicht“, antwortete Hallie. „Und ich habe wohl auch nicht bemerkt, dass er sich zum Abflug fertig machte … um dich zu *packen*!“, schrie sie und stürzte sich mit ausgestreckten Armen auf Jenna.

Jenna musste lachen und war froh, dass der alberne Scherz ihrer Freundin die Angst verscheucht hatte.

„Komm, lass uns noch einen letzten Blick in die Gruft werfen und dann gehen wir nach Hause“, schlug Hallie vor. „Und wenn die Leute in Shadyside dann ihre Geschichten über die Fears erzählen, können wir ihnen sagen, dass wir mitten in der Gruft waren und lebendig wieder herausgekommen sind.“

Jenna versuchte, den eiskalten Schauer zu ignorieren, der ihr über den Rücken lief. Sie würde es nicht zulassen, dass ihre Fantasie noch einmal mit ihr durchging. Mit zusammengebissenen Zähnen zwang sie sich, den Engel noch einmal anzusehen, doch seine Augenlider blieben geschlossen.

Natürlich. Es war ja auch nur eine Statue.

Sie holte tief Luft und folgte Hallie in die Gruft. Als sie unter dem Engel hindurchging, spürte sie nur noch ein ganz leises Flackern von Angst.

Das Licht der Kerze, die Hallie in der Hand hielt, tanzte im Raum. Die Wände, die Böden und sogar eine einzelne Bank in der Mitte waren aus schwarzem Marmor gehauen. Das leise Atmen der beiden Mädchen hallte von den Steinwänden wider.

„Wo liegen sie begraben?“, flüsterte Hallie und blieb stehen.

Jenna sah, dass zwei Platten aus Bronze an der gegenüberliegenden Wand der Gruft angebracht worden waren, um die Gräber der Fear-Töchter zu markieren.

„Auf den Tafeln steht etwas!“, antwortete sie, als ihre Neugier über ihr ungutes Gefühl siegte.

Sie nahm Hallie die Kerze ab und näherte sich langsam den Bronzetafeln. Der Geruch von verfaulten Blumen wurde immer stärker. Schließlich konnte sie die Buchstaben erkennen.

Julia Fear. Hannah Fear. Die Namen waren tief in die Bronzeplatten eingraviert, so als wollte jemand sicherstellen, dass sie nie wieder ausgelöscht werden würden. „Die armen Mädchen“, dachte Jenna voller Mitgefühl. „Sie waren doch noch so jung. Dieses schreckliche Gerücht, das über sie verbreitet wird, kann einfach nicht wahr sein.“

Spontan legte sie ihre Hand auf die Tafel, die Julias Grab markierte. Sie hatte es nicht vorgehabt, doch irgendetwas drängte sie, es zu tun.

Die Metallplatte fühlte sich warm an. So warm wie … ihre eigene Haut. Seltsam, denn die restliche Gruft war kalt und feucht.

Jenna wurde von einem Rascheln aufgeschreckt.

Eine große schmale Gestalt stand im Türrahmen. Sie war ganz in Weiß gekleidet. Ihr Gesicht war in der Dunkelheit nicht zu erkennen. Als sie einen einzigen langsamen Schritt nach vorne machte, bauschte der Wind den Stoff ihres langen, fließenden Gewands auf.

Jennas Knie wurden weich.

Hallie, die mit dem Rücken zur Tür stehen geblieben war, bemerkte die Gestalt nicht.

„Hallie!“, flüsterte Jenna erschrocken.

„Was gibt es jetzt schon wieder?“, fragte ihre Freundin ungeduldig.

Jenna machte den Mund auf, um es ihr zu sagen. Doch sie brachte nur ein atemloses Keuchen heraus. Sie hob die zitternde Hand und zeigte auf die Gestalt.

„Hinter dir!“, krächzte sie.

Hallie starrte sie einen Augenblick lang verständnislos an und drehte sich dann um.

Jenna sah, wie ihr die Kerze aus der Hand fiel. Die Flamme flackerte und erlosch. Die Gruft wurde in völlige Finsternis getaucht.

Jenna hörte, wie ihre Freundin nach Luft schnappte.

Und dann hörte sie einen ohrenbetäubenden Schrei.

3

„Wie könnt ihr es wagen!“, knurrte die weiße Gestalt.

Im fahlen Mondlicht sah Jenna atemlos zu, wie die Erscheinung langsam ihre langen knochigen Arme hob. Hände, die wie Klauen aussahen, tauchten aus der Dunkelheit auf, um nach ihr zu greifen.

Jenna kniff die Augen fest zusammen und klammerte sich an Hallies zitternden Körper. „Der Engel“, dachte sie. „Er ist gekommen, um uns zu holen – zur Strafe für unseren nächtlichen Besuch auf dem Friedhof!“

„Sieh mich an!“, rief die weiße Gestalt. Jenna öffnete langsam die Augen. Im silbrigen Mondschein erkannte sie, dass ein langer knöcherner Finger auf sie zeigte. Es hätte sie nicht verwundert, wenn ein Blitzstrahl herausgeschossen wäre und sie zu Asche verwandelt hätte. Sie klammerte sich noch fester an Hallie und wimmerte vor Angst.

„Was zum Teufel macht ihr hier?“, wollte die Erscheinung wissen.

Jenna versuchte zu sprechen, doch jedes Mal wenn sie die bedrohliche Gestalt ansah, erstarrte sie vor Angst. Sie kämpfte dagegen an und versuchte, das Gefühl von Panik abzuschütteln. Doch es war sinnlos.

„Ich habe euch etwas gefragt!“, kreischte die raue Stimme, die von den Steinwänden hallte. „Ihr bösen, bösen Mädchen!“

„Wir wollten nur sehen –“, brachte Hallie leise hervor.

„Wie könnt ihr es wagen?“, schrie die gespenstische Gestalt. „Wie könnt ihr es wagen, die Ruhestätte meiner Töchter zu stören?“

„*Meiner Töchter?* Dies ist keine geheimnisvolle Erscheinung. Kein grausamer, rachsüchtiger Engel", dachte Jenna.

Die Gestalt, die im Türrahmen stand, konnte nur eine Person sein.

Angelica Fear.

„Mrs Fear", flüsterte Jenna bestürzt.

„Zündet eure Kerze an!", befahl die Frau. „Ich will eure Gesichter sehen! Ihr teuflischen kleinen Einbrecher!"

Jenna bückte sich und hob die Kerze auf. Hastig suchte Hallie in ihrer Tasche nach einem Streichholz und zündete sie wieder an. Jennas Hand zitterte leicht, als sie sich Mrs Fear zuwandte. Doch das Gesicht der Frau blieb in der Dunkelheit verborgen.

„Wir wollten nichts Unrechtes tun", versicherte Jenna ihr. „Wir wollten nichts beschädigen. Wir waren bloß neugierig."

„Neugierig?", fragte Angelica. „Auf was?"

Jenna spürte, dass ihre Wangen vor Scham rot wurden. „Wir – äh – wir haben ein paar Gerüchte gehört …"

„So, so, ein paar Gerüchte …" Angelica schien sich langsam etwas zu beruhigen. „Ach ja, diese schrecklichen Dinge, die über meine Töchter getratscht werden … meine armen Mädchen", sagte sie mit einem Aufschluchzen. „Keiner weiß, wie sehr sie gelitten haben." Sie seufzte. „Und immer noch leiden", flüsterte sie und hielt sich die blasse Hand über ihre Augen.

Eine Totenstille überkam die Gruft. Jenna wagte es nicht zu sprechen. Sie hörte nur Angelica Fears Seufzer und Hallies beschleunigten Atem.

Plötzlich senkte Mrs Fear die Hand und wandte sich an Jenna. „Und wer um alles in der Welt seid ihr?", fragte sie in eisigem Ton.

„Ich bin Jenna Hanson. Und das ist meine Freundin Hallie

Sheridan." Jenna holte tief Luft und fuhr fort: „Hallies Eltern sind erst vor Kurzem nach Shadyside gezogen und ich besuche sie in den Sommerferien. Wir sind beste Freundinnen. Eigentlich sind wir sogar fast wie Schwestern …"

Jetzt betrat Angelica die Gruft und Jenna konnte endlich das Gesicht der unheimlichen Frau erkennen. Ihr pechschwarzes Haar schimmerte im Kerzenschein. Die Konturen ihrer hohen Wangenknochen zeichneten sich deutlich in ihrem Gesicht ab und ihre grünen Augen funkelten wie Smaragde.

Jenna fand sie wunderschön. Doch irgendetwas an ihr kam dem Mädchen seltsam vor. Beunruhigend.

„Schwestern", wiederholte Angelica nachdenklich. „Fast wie Schwestern."

Jenna wartete darauf, dass sie noch etwas hinzufügen würde. Doch sie tat es nicht.

„Es gibt keine richtige Entschuldigung dafür, dass wir die Gruft einfach so betreten haben, Mrs Fear", platzte Jenna schließlich heraus. „Wir können nur sagen, dass es uns leidtut, und uns dafür entschuldigen. Wird nicht wieder vorkommen."

Angelica sah Jenna durchbohrend an. Ihre Augen wirkten so kalt und unberechenbar.

„Ich nehme eure Entschuldigung an", erwiderte Angelica ruhig. „Doch jetzt, wo ihr schon mal hier seid, müsst ihr eine Weile bleiben und euch mit mir unterhalten. Erzählt mir ein bisschen mehr über euch, Jenna und Hallie!"

„Es tut mir leid, Mrs Fear, aber ich glaube nicht, dass wir noch länger –", stotterte Hallie.

„Natürlich könnt ihr das. Ihr müsst sogar!" Bei dem scharfen Tonfall der fremden Frau verkrampfte sich jeder Muskel in Jennas Körper.

„Wisst ihr, immer wenn ich mich einsam fühle, komme ich hierher", murmelte Angelica Fear leise. „Es tröstet mich, meine Töchter zu besuchen …"

„Mrs Fear", begann Jenna.

„Diese Geschichten, die über meine Mädchen erzählt werden …", fuhr Angelica fort, als hätte Jenna gar nichts gesagt, „… sind nicht wahr! Ihr dürft sie nicht glauben!", beharrte sie und schüttelte heftig den Kopf. „Sobald die Gerüchte in Umlauf gebracht wurden, konnten wir nichts mehr dagegen tun. Vielleicht liegt es am Namen Fear – er ist den meisten Leuten unheimlich. Das ist wohl nur menschlich …" Sie verstummte und starrte eine lange Zeit geistesabwesend auf die Wand gegenüber. Jenna fragte sich, ob Angelica sie und Hallie wohl vergessen hatte. Vielleicht konnten sie sich wegschleichen. Sie warf Hallie einen verstohlenen Blick zu. „Lass uns von hier verschwinden!", formten ihre Lippen lautlos.

Hallie nickte. Behutsam schlichen die Freundinnen auf den Eingang zu.

„Halt!", schrie Angelica plötzlich hinter ihnen und das Verträumte in ihren Augen war auf einen Schlag verschwunden. Jenna erstarrte.

Während Angelica Fear die beiden immer noch anstarrte, ging sie langsam zu der Tafel, die Hannahs Grab markierte. Ihre Hand war so blass, dass sie fast durchsichtig wirkte, als sie sie auf die Bronzeplatte legte.

„Es wurden so schreckliche Dinge über meine Mädchen geredet", murmelte sie. „Wie kann jemand glauben, eine meiner Töchter hätte ihre Schwester getötet? Hannah und Julia liebten einander. Ich habe versucht, den bösen Geschichten keine Bedeutung beizumessen. Ich habe versucht, sie zu ignorieren."

Die Frau ließ die Hand sinken. Ein Windstoß wirbelte in

die Gruft, sodass die Kerzenflamme flackerte und tanzte. Für einen Moment wirkten Angelica Fears Augen so tief und schwarz wie der Nachthimmel. Jenna bekam eine Gänsehaut.

Langsam legte sich die Brise wieder und die Flamme beruhigte sich. Angelica warf Jenna einen freundlichen Blick zu.

„Ich bin trotz allem froh, dass ihr zwei heute Abend gekommen seid“, gab sie zu. „Es ist schon so lange her, dass Julia und Hannah Besuch von gleichaltrigen Mädchen hatten. Es hat sie sicher gefreut, euch hier zu sehen.“

Jenna starrte sie mit offenem Mund an. Was für eine seltsame Bemerkung!

„Schnell weg“, dachte sie. Durch den Verlust ihrer Töchter schien Mrs Fear verrückt geworden zu sein.

„Äh, vielen Dank“, murmelte Jenna und schob Hallie zur Tür. „Wir müssen jetzt gehen. Hallies Eltern wundern sich sicher schon, wo wir bleiben.“

„Wartet!“, rief Angelica.

Widerstrebend drehte Jenna sich zu ihr um. Die Frau stand nun wieder in der Dunkelheit, sodass Jenna nur das gespenstische Schimmern ihres weißen Kleids sehen konnte.

„Kommt doch mal bei mir zu Hause vorbei“, sagte sie. „Simon und ich sind schrecklich einsam. Keiner hier in Shadyside scheint sich zu trauen, die Fears zu besuchen. Aber ihr zwei seid bestimmt mutiger als die anderen. Es wäre so schön, wieder einmal zwei Mädchen im Haus zu haben. Am meisten vermisse ich das fröhliche Lachen.“

„Gute Nacht, Mrs Fear“, murmelte Jenna als Antwort.

Sie zog an Hallies Arm und zerrte sie zur Tür. Sobald sie draußen waren, fingen sie an zu rennen. Jenna rannte, bis sie keuchend nach Luft schnappte und ihr Herz raste. Sie warf keinen Blick zurück, bevor sie das Tor zum Friedhof passiert hatte. Nur ein einziges Mal drehte sie sich kurz nach hinten, um sich zu vergewissern, dass Hallie ihr gefolgt war.

„Warte!“, japste Hallie und packte Jenna am Arm. „Ich kann nicht mehr!“

Jenna blieb stehen, stützte die Hände auf ihre Knie und schnappte nach Luft.

„Kannst du das glauben?“, fragte Hallie.

„Nein“, keuchte Jenna. „Was für eine merkwürdige Frau! Komm, nichts wie weg hier! Lass uns endlich nach Hause gehen …“

Als es Zeit zum Schlafen war, zündete Hallie eine Kerze an und führte Jenna nach oben. „Unterhaltet euch nicht die ganze Nacht“, rief Mrs Sheridan ihnen von unten nach.

„Das tun wir nicht!“, erwiderte Hallie. Dann fügte sie flüsternd hinzu: „Bloß die halbe.“

Ihr Zimmer lag unter dem Dach und die Vorhänge hatten das gleiche Gelb wie die Blumen auf der Tapete.

„Du schläfst dort am Fenster“, sagte Hallie.

Jenna setzte sich auf das Bett und ließ sich gähnend gegen das eiserne Kopfende sinken.

Hallie setzte sich auf ihr Bett gegenüber von Jenna. „Kannst du dich noch an unseren schwesterlichen Eid erinnern?“, fragte sie. „Komm, lass ihn uns noch einmal schwören!“

„Hallie, als wir den erfunden haben, waren wir sechs!“

„Na und?“, gab Hallie zurück.

Jenna musste lächeln. „Also gut.“ Sie fassten sich über Kreuz an den Händen und Jenna begann zu sprechen: „Wir sind Schwestern. Wir halten zusammen und beschützen einander. Du mich und ich dich. Für immer und ewig.“

„Für immer und ewig“, wiederholte Hallie.

Dann schüttelten sie sich die Hände und ließen einander wieder los.

Jenna lachte. „Jetzt müssen wir aber schlafen."

Hallie blies die Kerze aus. Es wurde dunkel und nur der fahle Mondschein drang durch das Fenster ins Zimmer.

Jenna zog ihr Nachthemd an. Dann schlüpfte sie unter die Bettdecke. Sie war erschöpft. Die lange Zugfahrt, der Schrecken auf dem Friedhof, Geschichten über umherirrende Skelette, Mrs Fear … Jennas Lider wurden schwer.

„Jenna?"

„Hmm?"

„Wie findest du Mrs Fear?"

In der Dunkelheit rief Jenna sich die unheimliche Frau in Erinnerung. Sie war wunderschön. Und sehr seltsam. Für einen Augenblick hing der faulige Geruch verwelkter Friedhofsblumen in der Nachtluft.

„Ich finde Mrs Fear seltsam", sagte sie. „Aber sie tat mir auch leid. Schließlich hat sie beide Töchter verloren. Und diese grauenhafte Geschichte – na ja, ich kann einfach nicht glauben, dass Schwestern sich umbringen würden."

„Wir müssen den Fears einen Besuch abstatten", sagte Hallie plötzlich.

Ruckartig setzte Jenna sich auf. „Warum denn?"

„Na ja, immerhin hat sie uns eingeladen."

„Ich will da aber nicht hin", sagte Jenna.

Hallie lachte. „Ach, komm schon, Jenna. Willst du das Haus der Fears denn nicht sehen? Bist du denn wirklich kein bisschen neugierig?"

„Nein, ehrlich nicht", beharrte Jenna. Auch wenn sie insgeheim doch neugierig war – und nicht bloß ein bisschen.

Hallie drehte sich unruhig in ihrem Bett herum. „Weißt du, ich war nicht ganz ehrlich zu dir, als ich sagte, dass es mir hier gefällt. Ich habe keine einzige Freundin gefunden."

„Ach, Hallie, das wirst du noch."

„Ich habe alles versucht", klagte Hallie. „Ich bin eine Außenseiterin. Die anderen Mädchen sind zwar höflich zu mir, aber keine würde auf die Idee kommen, mich mal einzuladen. Manchmal habe ich das Gefühl, ich werde nie dazugehören."

„Aber was hat das mit den Fears zu tun?", erkundigte sich Jenna.

„Hör zu, ich bin auch nicht so wild darauf, sie zu besuchen", gab Hallie zu. „Aber ich muss es tun. Siehst du, niemand hat es je gewagt, das Haus zu betreten. Wenn wir hingehen, werden die anderen Mädchen alle mehr darüber erfahren wollen. Das ist meine große Chance, Freunde zu gewinnen."

Jenna wollte die Bitte ablehnen, aber sie brachte es nicht übers Herz. Hallie war ihre beste Freundin. Wenn ein Besuch bei den Fears es ihr erleichtern würde, hier in Shadyside Leute kennenzulernen, dann musste Jenna ihr dabei helfen.

„Also gut", murmelte sie. „Ich gehe mit dir hin. Aber nur dieses eine Mal."

„Du bist die beste Schwester auf der ganzen Welt", rief Hallie. „Die allerbeste."

„Darf ich jetzt endlich schlafen?", fragte Jenna.

Hallie lachte. „Ach, ich wusste gar nicht, dass ich dich vom Schlafen abhalte. Natürlich! Gute Nacht."

Seufzend schloss Jenna die Augen und die Welt um sie herum verschwand langsam. Sie war noch nicht richtig eingeschlafen, aber dennoch stiegen die merkwürdigsten Traumbilder in ihr hoch. Bleiche Schatten huschten über den Nachthimmel, wallende weiße Gewänder bauschten sich im Wind auf und wurden von schlagenden Flügeln weitergezogen.

Ein leises Geräusch von draußen weckte sie schlagartig. Einen Augenblick lang blieb sie still liegen und lauschte.

Was war das?

Sie vernahm es noch einmal. Diesmal lauter. Näher. Ein

sanftes Rascheln. Jenna setzte sich kerzengerade in ihrem Bett auf. Sie bekam eine Gänsehaut, als ihr langsam dämmerte, wodurch dieses unheimliche Geräusch verursacht wurde.

Es waren Flügel.

Große Flügel, die sich ausbreiteten. Etwas, das am Nachthimmel vorüberzog.

4

„Hallie!“, flüsterte Jenna. „Wach auf!“

Ihre Freundin murmelte etwas im Schlaf und drehte sich auf die andere Seite. Erschöpft erhob Jenna sich von ihrem Bett und schlich auf Zehenspitzen ans Fenster.

Nicht ein einziger Mondstrahl erhellte die Nacht.

Aufmerksam beobachtete Jenna den Wald hinter dem Haus. Nichts rührte sich. Dann schoss plötzlich ein blasser Schatten aus der Dunkelheit, stieg auf und flog über die Bäume hinweg. Er steuerte direkt auf Jenna zu.

Fahle, flatternde Flügel schlugen gegen das Fenster. Klauen kratzten an der Scheibe. Jenna erhaschte einen kurzen Blick auf ein Paar runde glasige Augen und einen unförmigen Mund, der immer wieder auf- und zuschnappte.

Mit einem entsetzten Schrei wich sie zurück. Dabei stieß sie einen Stuhl um und stürzte mit einem dumpfen Aufprall zu Boden.

„Was ist los?“, schrie Hallie und schreckte hoch.

„Da … da draußen!“, stammelte Jenna.

Hallie stand auf und ging ans Fenster. „Ich kann nichts erkennen“, murmelte sie schlaftrunken und ging ein kleines Stück näher heran. „Oh, jetzt seh ich es auch!“, rief sie dann erschrocken. Sie trat einen Schritt zurück und blickte ihre Freundin an.

Jenna nahm ihren ganzen Mut zusammen, um noch einmal ans Fenster zu gehen. Sie musste es mit eigenen Augen sehen. Sie musste wissen, was das war. Als sie hinausschaute, klopfte ihr das Herz bis zum Hals.

Eine weiße Gestalt schwebte in der Luft. Die langen Federn ihrer Flügel spreizten sich, während sie in langsam kreisendem Flug auf dem Boden landete. Dann stieg sie wieder in die Höhe und hielt etwas Kleines, Schlaffes in den Klauen.

„Das ist wohl die größte Eule, die ich je gesehen habe", murmelte Hallie und wankte zurück in ihr Bett. „Sie scheint eine Maus zum Abendessen ergattert zu haben."

Jenna stieß einen Seufzer der Erleichterung aus. Eine Eule, die eine Feldmaus gejagt hatte! Wie albern von ihr, sich so zu erschrecken! Zitternd vor Erleichterung, legte sie sich wieder ins Bett. Doch bevor sie einschlafen konnte, sah sie noch einmal all die aufregenden Dinge vor sich, die sie heute erlebt hatte. Der Ausflug auf den Friedhof …

Nach diesem Tag würde ein Besuch bei den Fears ein Kinderspiel werden.

Nachdem Hallie und Jenna den Wald durchquert hatten, standen sie vor der Villa der Fears. Sie glich einem alten Herrenhaus und hatte drei Stockwerke. Efeu kletterte in einer dichten Decke an den dunkelbraunen Backsteinen hoch, wand sich um die Bogenfenster und Türrahmen und reichte bis fast zum Dachgeschoss hinauf.

Die Äste einer riesigen Eiche im Vorgarten waren schon fast abgestorben. Das kahle Baumskelett schien seine knochigen Arme nach dem Dach auszustrecken. Fast so, als wollte es das Haus mit in den Tod ziehen.

„Es ist unheimlich hier", sagte Hallie atemlos.

„Das finde ich auch. Bist du sicher, dass du da wirklich hineingehen willst?", fragte Jenna.

Die Freundin warf ihr einen Blick zu und ihre blauen Augen funkelten vor Aufregung. „Nichts auf der Welt kann mich davon abhalten."

Jennas Beine fühlten sich an wie Gummi, als sie die Steintreppe zur Veranda hinaufstieg. In der Mitte der Haustür hing ein Messingklopfer. Jenna konnte nicht erkennen, was er darstellen sollte. „Irgendein Tier“, dachte sie. „Vielleicht einen Löwen oder einen Tiger?“

Dann erblickte sie die Zunge der Figur, die sich in einer schwungvollen Kurve zwischen zwei langen spitzen Fangzähnen aus dem Maul des Tiers streckte. Angeekelt verkrampfte sich Jennas Magen.

„Los, klopf an!“, flüsterte Hallie.

„Klopf doch selber“, gab Jenna zurück.

„Du stehst näher dran.“

Jenna ergriff den Türklopfer und versuchte, ihn hochzuheben. Für einen Augenblick kam es ihr vor, als würde er sich der Berührung widersetzen. Sie musste noch mehr Kraft aufwenden. Dann ließ er sich plötzlich so leicht hochheben, dass sie sich an der Messingfigur die Handknöchel anschlug.

Bonggg. Das metallische Klappern hallte durchs ganze Haus.

Abrupt schwang die Tür auf.

Jenna konnte nichts außer Dunkelheit sehen.

Sie holte tief Luft. Ihre Kehle war auf einmal wie zugeschnürt und ihre Haut fühlte sich trotz der warmen Sommerluft kalt an.

Wer hatte die Tür geöffnet?

Ein ovaler Umriss tauchte im Dämmerlicht auf. Es war ein Männergesicht mit harten, scharfen Zügen. Und es war ein hässliches Gesicht. Die Augen waren zwei tiefe schwarze Löcher, die Wangenknochen kantig und der Mund war ein dünner Strich … Als Hallie Jenna am Arm packte, zuckte sie erschrocken zusammen.

„Jenna, wer ist das?“, flüsterte Hallie.

Jenna konnte nur stumm den Kopf schütteln. Das Gesicht kam näher.

„Was wollt ihr hier?“, fragte eine dröhnende Stimme.

Jenna wünschte, sie könnte die Augen des Mannes erkennen, doch sie sah nur dunkle Schatten in seinem Gesicht.

„Antwortet mir!“, befahl er mit derselben düsteren Totenstimme.

„Äh, wir wollten Mrs Fear besuchen“, sagte Jenna mutig.

Die beiden schwarzen Löcher starrten sie an. „Niemand besucht dieses Haus.“

„Simon, Liebling, haben wir Gäste?“, fragte Angelica vom anderen Ende der Eingangshalle. Sie kam heraus. Ihr cremefarbenes Kleid schien in ein eigenes Licht getaucht zu sein und sie hatte das pechschwarze Haar hochgesteckt. Für einen Augenblick wirkte sie wie ein junges Mädchen.

„Gäste?“, fragte Simon und warf seiner Frau einen Blick über die Schulter zu.

„Das sind die Mädchen, die ich gestern Abend getroffen habe“, erklärte sie. „Weißt du es nicht mehr? Ich habe dir von ihnen erzählt.“

„Ach ja“, nickte er. „Die Mädchen. Jetzt fällt es mir wieder ein.“

In seinen finsteren, undurchdringlichen Augen glitzerte etwas. Etwas Kaltes, wie Jenna fand.

„Bitte verzeiht mir, meine Damen. Für einen Augenblick habe ich meine guten Manieren vergessen“, sagte Simon Fear und machte die Tür weit auf. „Seid in unserem Haus willkommen!“

Nun erhellte das Sonnenlicht die riesige Eingangshalle und verscheuchte die unheimlichen Schatten. Jenna begegnete kurz seinem bohrenden Blick und schaute schnell wieder weg.

Seine Augen, die dicht zusammenstanden und rabenschwarz waren, jagten ihr Angst ein. Sein Gesicht wirkte hager und kantig und er hatte eine kränkliche gelbe Hautfarbe. Eine schmale, blasse Narbe verlief von seinem linken äußeren Augenwinkel hinunter bis an den Unterkiefer. Seine lange Hakennase erinnerte Jenna an einen spitzen Vogelschnabel. Sein schwarzes Haar war nach hinten gekämmt und wirkte ölig.

„Kommt herein“, bat er die Mädchen.

Jenna spürte ein nervöses Kribbeln, doch Hallie schubste sie schon über die Türschwelle.

Im Haus war es kühl und ein modriger, fauliger Geruch lag in der Luft. Die Vorhänge an allen Fenstern waren zugezogen.

Jenna hörte den Klang von winzigen Glöckchen. Sie schaute hoch und erblickte einen Kristallleuchter. Ein Windhauch ließ die winzigen Glasteilchen tanzen, sodass sich auf dem Boden und an den Wänden kleine Flecken in allen Farben des Regenbogens bewegten. Dann schloss Simon die Tür und die Eingangshalle wurde wieder dunkel.

„Wie schön, dass ihr gekommen seid“, sagte Angelica. „Folgt mir in den Salon. Dort können wir Tee trinken. Und entschuldigt bitte, dass es hier überall so dunkel ist“, murmelte sie. „Meine Augen sind sehr empfindlich. Der Arzt hat mir erst letzte Woche empfohlen, tagsüber die Vorhänge zuzulassen. Simon und ich kennen uns im Haus so gut aus, dass wir die Lampen nur selten anmachen.“

Es wirkte auf Jenna so, als wären die Vorhänge schon seit Jahren nicht mehr aufgezogen worden.

„Es ist lange her, dass wir Gäste hatten“, erzählte Angelica. „Ich kann euch gar nicht sagen, wie glücklich wir sind, dass ihr hier seid. Ist es nicht so, Simon?“

„Ganz richtig, Liebling", bestätigte er.

Jenna warf einen kurzen Blick auf ihn. Sein Gesicht war ausdruckslos, doch in seinen Augen brannte ein verstecktes, dunkles Feuer. Sie konnte plötzlich verstehen, wie die schrecklichen Gerüchte über die Fears entstanden sein mussten.

„Hier entlang", murmelte Angelica und führte die Mädchen in den Salon.

Jenna war noch nie in einem so luxuriösen Zimmer gewesen und hatte noch nie so wertvolle Möbel gesehen. An den Salonfenstern hingen schwere Vorhänge, doch durch ein rundes Fenster hoch oben an der Südseite gelangten ein paar Sonnenstrahlen herein.

„Simon, Liebling, würdest du bitte nach dem Tee läuten?", bat Mrs Fear ihren Mann, während sie sich auf das Sofa setzte. Sie klopfte auf die Kissen neben sich. „Setzt euch, Mädchen."

Simon zog an einer dicken Kordel, die am anderen Ende des Raums hing. Dann setzte er sich gegenüber des Sofas auf einen Sessel und musterte seine Gäste. „Nun, warum erzählt ihr mir nicht etwas über euch?", fragte er. „Hallie, ich habe gehört, ihr seid erst vor Kurzem nach Shadyside gezogen?"

Hallie nickte. „Mein Vater ist der neue Dorflehrer."

„Ein bewundernswerter Beruf", bemerkte Angelica. „Und wie gefällt dir dein neues Zuhause?"

„Das ist ganz in Ordnung, glaube ich", erwiderte Hallie. „Es ist allerdings nicht ganz leicht für mich, hier Freunde zu finden."

Simon legte den Kopf schräg. Jenna beobachtete ihn. Sein dünner Hals streckte sich aus seinem Hemdkragen wie der einer Schildkröte. „Das geht nicht so schnell, meine Liebe.

Shadyside ist ein kleines Dorf und es dauert eine Weile, bis die Einheimischen Fremde akzeptieren."

„In New Orleans wäre es ganz anders", erzählte Angelica. „Dort könnte ich ein Fest für euch geben, um euch mit den anderen Leuten bekannt zu machen. Dort gibt es Bälle und Bankette und die Oper. Leider Gottes hat Shadyside nichts dergleichen zu bieten."

„New Orleans!" Hallies Augen blitzten vor Aufregung. „Da wollte ich schon immer hin."

Angelica seufzte. „Ach ja, New Orleans war eine herrliche Stadt. Doch dann mussten wir in dieses Dorf ziehen und ich hatte gehofft, hier glücklich zu werden. Aber meine Mädchen …" Ihr Lächeln verschwand.

Es klopfte an der Salontür. Simon erhob sich und öffnete. Jenna versuchte, einen Blick auf das Dienstmädchen zu erhaschen, doch sie sah nur einen hölzernen Teewagen voller Porzellan und Teller, auf denen sich Kuchen und Rosinenbrötchen türmten.

Simon rollte den Teewagen ins Zimmer und stellte ihn vor Angelica ab.

„Was können wir unseren Gästen denn anbieten?", fragte sie. „Ist etwas dabei, das euch schmecken könnte?"

Sie lächelte. „Die Rosinenbrötchen habe ich selber gebacken. Das Rezept stammt von einem schottischen Dienstmädchen, das vor vielen Jahren für uns gearbeitet hat." Ihr Lächeln versiegte. „Meine Töchter haben auch schrecklich gern Rosinenbrötchen gegessen. Ich konnte nie genug backen. Manchmal stritten sie sich sogar um die letzten Krümel …"

Für einen kurzen Augenblick glaubte Jenna, Tränen in den Augen der Frau schimmern zu sehen. Angelica tat ihr leid. Sie wirkte zwar manchmal etwas merkwürdig, doch schließlich hatte sie ja auch beide Töchter verloren.

Simon beugte sich vor. „Meine Frau hat mir erzählt, dass du nur zu Besuch hier bist, Jenna."

„Ja, für den Sommer", erwiderte sie. „Hallie ist meine beste Freundin und es ist nicht leicht für uns, so weit voneinander entfernt zu sein."

„Sie sind wie zwei Schwestern", sagte Angelica.

„Ach wirklich?", erwiderte er ernst. „Wie zwei Schwestern …"

Die beiden warfen sich einen Blick zu und lächelten. Dann wandte Angelica sich an Jenna.

„Und wie gefällt dir Shadyside, Jenna?", fragte sie.

„Ich habe, seitdem ich ankam, noch nicht viel davon gesehen", antwortete Jenna.

Simon lachte in sich hinein. „Ich habe aber gehört, dass du eine ausführliche Besichtigung des Friedhofs unternommen hast."

Jenna spürte, dass sie rot wurde. „Na ja …"

„Das macht doch nichts, meine Liebe", versicherte er. „Meine Frau und ich wissen, dass es bloß eure Neugier war, die euch in die Ruhestätte unserer Töchter gelockt hat. Wir haben jungen Menschen noch nie ihren … Abenteuergeist übel genommen."

Angelica und er lachten. Jenna verstand nicht, was an seiner Bemerkung so lustig war. Es musste ein Scherz unter Erwachsenen gewesen sein.

Verstohlen musterte Jenna ihn und seine Frau. Angelica wirkte nicht mehr wie eine Fremde und auch Simon hatte nicht mehr den grimmigen, unheimlichen Gesichtsausdruck, der sie anfangs so eingeschüchtert hatte. Sie merkte, dass sie sich langsam entspannte und sogar ein wenig Spaß hatte. Deswegen war sie überrascht, als Hallie ihren Teller abstellte und aufstand.

„Wir müssen jetzt gehen“, verkündete sie. „Meine Eltern wundern sich sicher schon, wo wir bleiben.“

„Wissen sie das denn nicht?“, fragte Simon.

Hallie wurde rot. Jenna wusste sofort, dass die Freundin ihre Eltern wieder einmal ausgetrickst hatte. „Na ja, ich …“

„Ach so, du hast ihnen also nicht gesagt, dass ihr diese merkwürdigen, Angst einflößenden Fears besuchen würdet“, sagte Angelica.

Hallie zog den Kopf ein.

„Das muss dir nicht peinlich sein“, beruhigte Simon sie. „Wir sind schon daran gewöhnt, was die Leute über uns reden. Wir achten gar nicht mehr darauf. Ich bin froh, dass ihr trotzdem hergekommen seid.“

Er stand auf. „Wir können nicht zulassen, dass ihr wegen uns in Schwierigkeiten geratet. Wenn ihr jetzt also gehen müsst, dann können wir das verstehen.“

„Aber vorher“, sagte Angelica, während sie sich erhob, „möchte ich euch noch etwas zeigen.“

Jenna sah, dass sie Simon wieder einen Blick zuwarf. So, als würde sie wortlos um seine Erlaubnis bitten. Er nickte und sie lächelte.

„Kommt mit!“, rief Angelica und machte eine einladende Handbewegung. „Folgt mir!“

Die Fears führten die Mädchen eine geschwungene Treppe hinauf. Oben angelangt, gingen sie einen dunklen Flur entlang. Jenna spürte ein unruhiges Zwicken im Magen.

Schließlich blieb Angelica stehen und stieß eine dicke Eichentür auf. Wie in den anderen Zimmern waren auch hier schwere Vorhänge über die Fenster gezogen. Dennoch war der Raum so hell, dass Jenna ihn deutlich sehen konnte. Es war ein Schlafzimmer, das ganz in Blau eingerichtet war. Angelica ließ die Mädchen eintreten.

„Ein hübsches Zimmer, nicht wahr?“, fragte sie.

„Oh ja!“, erwiderte Hallie und strich sanft über ein Kleid, das über der Stuhllehne hing.

Jenna war klar, dass dies das Zimmer einer der Töchter sein musste. Einer der *toten* Töchter. Es sah aus, als sei nichts daran verändert worden, seit das Mädchen es das letzte Mal betreten hatte. So, als würden die Fears erwarten, dass ihre Tochter jeden Augenblick zurückkam.

Neugierig sah Jenna sich im Zimmer um. Sie entdeckte eine Glasvitrine voller Puppen und trat näher. Die meisten waren aus Porzellan, doch einige auch aus Flicken und Stroh gemacht. Die Arme und Beine wirkten verdreht und verzerrt. In dem Körper einer Strohpuppe steckten lange Silbernadeln.

Als Jenna die Puppen aus der Nähe betrachtete, entdeckte sie, dass die Nadelenden aus winzigen Totenköpfen bestanden und an jedem der Einstiche ein großer roter Fleck war. Sogar in den Augen steckten Nadeln.

Der unheimliche Anblick ließ Jenna erschauern. Ihr Magen krampfte sich zusammen und sie wandte sich rasch ab.

„Unsere Hannah sammelte furchtbar gern Puppen“, vertraute Simon ihr an. „Alle möglichen Puppen … sie hat sogar selber welche gemacht.“

„Ja, sie war sehr geschickt“, sagte Angelica stolz.

„Die Strohpuppen“, fragte Jenna stockend, „hat Hannah die auch selber gemacht?“

„Doch, ja“, antwortete Simon zögernd. „Als wir noch in New Orleans wohnten. Obwohl sie so jung war, wusste sie schon eine Menge über Hex…“

„Darüber, wie man Puppen bastelt“, schnitt Angelica ihm das Wort ab. Jenna bemerkte, dass sie ihrem Mann einen intensiven Blick zuwarf. Dann sah Angelica Jenna an und lächelte. „Es ist eine richtige Kunst, weißt du.“

„Hallie, ich möchte dir was zeigen“, rief sie plötzlich und ging an die Kommode. Sie öffnete eine Schublade und holte eine blaue Samtschachtel heraus. Sie hob den Deckel ab und hielt Hallie das kleine Kästchen hin. Jenna sah den Inhalt: Es war ein goldenes Medaillon.

„Das hat meiner Tochter Hannah gehört“, erklärte Angelica, während sie Hallie das Schmuckstück hinhielt. Das Gold glänzte im matten Licht. „Ich will es dir schenken.“

„Ach, ist das schön!“, rief Hallie begeistert aus. Rasch legte sie sich das Medaillon um. „Vielen, vielen Dank!“

„Es steht dir gut“, sagte Angelica. „Es sollte von einem jungen Mädchen getragen werden, statt vergessen in einer Schublade zu liegen.“

„Und jetzt etwas für Jenna“, murmelte Simon.

Er führte die Mädchen über den Flur in ein anderes Zimmer, das ganz in Rosa eingerichtet war. Rosa Blüten verzierten die Tapete und die Patchworkdecke hatte alle Farbtöne vom blassesten Rosa bis hin zu einem tiefen Korallrot. Unzählige Schüsseln und Vasen aus Ton bedeckten die Kommode.

Jenna sah sich in Julias Zimmer um. Gab es hier auch einen Schrank voller grässlicher Puppen? Oder andere unheimliche Dinge? In der hinteren Ecke entdeckte sie einen großen Vogelkäfig, der offen stand. Julia musste einen Vogel besessen haben und ihre Eltern brachten es wohl noch nicht übers Herz, den leeren Käfig wegzuräumen.

Jennas Blick fiel auf den Boden des Käfigs und sie sah ein Häufchen kleiner weißer Knochen.

„Julia liebte Tiere“, hörte sie Angelica hinter sich murmeln.

„Und sie hatte recht“, bestätigte Simon. „Und nun, Jenna“, verkündete er, „haben wir auch etwas für dich.“

Er wandte sich um und öffnete eine bemalte Holzschachtel,

die ebenfalls auf der Kommode stand. Er machte den Deckel auf und nahm ein Armband mit zarten Kristallperlen heraus. „Bitte sehr, meine Liebe“, sagte er und hielt es Jenna hin. „Dies war Julias Lieblingsschmuckstück.“

„Sie würde sich bestimmt freuen, wenn sie sehen könnte, dass ihr Armband von so einem hübschen Mädchen wie dir getragen wird“, versicherte Angelica.

Jenna bekam eine Gänsehaut. Sie wollte das Armband eines toten Mädchens noch nicht einmal *anfassen* – geschweige denn tragen. Doch ihr fiel keine höfliche Ausrede ein und deshalb streckte sie zögernd die Hand danach aus.

„Vielen Dank“, murmelte sie und wollte es in ihre Tasche stecken.

„Oh nein, du musst es anziehen“, protestierte Simon. „Warte, ich helfe dir.“

Er nahm das Armband, legte es um ihr Handgelenk und machte den Verschluss zu.

„Das steht dir gut, Jenna“, sagte Hallie.

Jenna hielt das Handgelenk hoch. Die Kristallperlen glitzerten in den Farben des Regenbogens. Jenna hatte noch nie ein so schönes Armband gesehen und drehte ihr Gelenk hin und her. Die Glasperlen auf ihrer Haut fühlten sich erst kühl an, wurden dann aber rasch wärmer.

„Seltsam“, dachte sie und warf einen Blick auf Hallie. Die Freundin bewunderte gerade ihre neue Kette im Spiegel.

Das Armband wurde immer heißer, bis es richtig wehtat. Die glitzernden Perlen fühlten sich wie Flammen an, die um ihr Handgelenk züngelten. Jenna sah ein rotes Licht, das tief in der Mitte jeder Kristallperle pulsierte. Es war die Farbe lodernden Feuers. Sie schob das Armband etwas beiseite und erwartete eine gerötete Stelle. Doch obwohl ihre Haut seltsam prickelte und brannte, sah alles ganz normal aus.

Das Brennen dehnte sich nun auf ihren ganzen Unterarm aus, zog bis zu ihren Schultern und erfasste schließlich ihren Rücken.

Das Feuer kroch immer höher. Jenna schien es, als packten sie glühende Finger am Hals. Die Flammen wurden immer heißer und schossen jetzt hinauf in ihren Kopf. Jenna griff sich an die Schläfen und fing an zu schreien.

5

„Jenna!“ Angelica packte Jenna am Arm und hielt sie fest. „Ist dir nicht gut?“

Jenna hob den Kopf und konnte nur mühsam das Gesicht der Frau erkennen. Angelica runzelte besorgt die Stirn und in ihren grünen Augen flackerte ein seltsames Licht. Jenna öffnete den Mund, um zu antworten, doch sie würgte nur unverständliche Laute heraus.

„Mein armes Kind, was ist mit dir los?“, stieß Angelica aus. Sie drückte ihre kühle Handfläche auf Jennas brennende Wange. „Sie ist ja ganz heiß“, stellte sie fest.

Doch noch während Angelica ihre Hand gegen Jennas Wange presste, spürte das Mädchen, wie die Hitze langsam verschwand. Ihre Arme und Beine fühlten sich an wie Gummi und sie konnte kaum aufrecht stehen.

Sie konnte es nicht glauben. „Ich habe gebrannt“, flüsterte sie mehr zu sich selbst als zu den anderen. „Meine Haut … alles hat gebrannt.“

„Hast du den Verstand verloren?“ Hallie schaute sie mit weit aufgerissenen Augen an. „Du hast doch nicht gebrannt! Du hast bloß dagestanden und geistesabwesend dein neues Armband angestarrt.“

Jenna schüttelte den Kopf. Was war nur mit ihr passiert?

„Ich … ich verstehe das nicht“, flüsterte sie und befreite sich aus Mrs Fears Griff.

„Die Zimmer sind sehr stickig. Du brauchst bloß etwas frische Luft“, schlug Simon vor. „Und vielleicht ein Glas Wasser?“

„Ja, das ist es“, pflichtete Angelica ihm bei. „Wir hätten an einem so warmen Tag daran denken sollen, die Fenster zu öffnen. Wie gedankenlos von uns!“

Es war wirklich heiß hier oben, dachte Jenna. Ihr fehlte wahrscheinlich bloß etwas frische Luft. Nur weil das Armband einem *toten* Mädchen gehört hatte, war ihre Fantasie wieder einmal mit ihr durchgegangen.

Sie beobachtete, wie Simon und Angelica einen bedeutungsvollen Blick austauschten. Es wirkte fast wie eine heimliche Botschaft. Aber das war doch unmöglich. Genauso unmöglich wie das brennende Armband.

„Jenna, bist du sicher, dass es dir wieder gut geht?“, erkundigte sich Angelica.

„Ja, mir fehlt wirklich nichts“, beharrte Jenna.

Ganz egal wie sie sich fühlte, sie wollte dieses Haus so schnell wie möglich verlassen. Sie warf Hallie einen Blick zu. „Jetzt müssen wir aber wirklich gehen, Hallie.“

Hallie machte den Eindruck, als hätte sie vor sich hin geträumt. „Ach so, ja. Wir müssen jetzt wohl gehen“, stimmte sie Jenna zu.

„Wir bringen euch noch an die Haustür“, bot Simon an und ging voraus.

Jenna hielt einen kurzen Augenblick inne und betrachtete ihr Handgelenk. Selbst hier oben in dem dunklen Flur glitzerte das Kristallarmband, als wäre es von innen erleuchtet.

Sie hob den Kopf und folgte Angelica und Hallie die Treppe hinunter in die Eingangshalle. Dann sah sie, wie Simon die schwere Haustür öffnete.

„Vielen Dank für euren Besuch“, sagte er und hielt ihnen die Tür auf. Er richtete seine kalten, dunklen Augen auf Jenna, die rasch einen Schritt nach draußen machte.

Mrs Fear packte sie am Arm und hielt sie fest. Angelicas

dünne Finger fühlten sich kühl an und ihre spitzen Fingernägel bohrten sich durch Jennas Ärmel.

„Versprecht mir, dass ihr bald wiederkommt“, drängte Angelica.

„Selbstverständlich!“, versprach Hallie.

Überrascht starrte Jenna ihre Freundin an. Sie konnte einfach nicht glauben, dass Hallie versprochen hatte, die Fears noch einmal zu besuchen!

Hallie schien Jennas starren Blick nicht zu bemerken. Sie ging hinaus auf die Veranda und blieb auf den Stufen stehen, um ihren Gastgebern zum Abschied zuzuwinken. Jenna schaute nicht zurück. Sobald sie außer Sichtweite waren, riss sie sich das Armband vom Handgelenk und steckte es in ihre Tasche.

„Was machst du denn da?“, fragte Hallie erschrocken.

„Ich werde es nicht tragen“, erwiderte Jenna.

„Warum nicht?“

Jenna schauderte. Sie dachte daran, wie ihr Körper von der brennenden Hitze erfasst worden war. „Es hat einem *toten* Mädchen gehört.“

„Na und?“, gab Hallie zurück. „Das hat mein Anhänger ja auch und trotzdem gefällt er mir. Ich werde ihn immer tragen.“

„Also ich kann das nicht.“

Hallie lachte. „Jenna, du bist ein Angsthase. Das Armband ist doch hübsch. Es war sehr großzügig von den Fears, es dir zu schenken, und nun tust du gerade so, als wäre es das Schrecklichste auf der Welt.“

„Ich habe ein ungutes Gefühl, wenn ich es trage“, beharrte Jenna. „Und ich kann nicht glauben, dass du ihnen versprochen hast, sie wieder zu besuchen.“

„Warum nicht? Tun sie dir denn gar nicht leid? Vor allem

Angelica. Ich dachte, sie würde gleich in Tränen ausbrechen, als sie uns das mit den Rosinenbrötchen erzählt hat."

„Das dachte ich auch", erwiderte Jenna. Doch trotz ihres Mitgefühls flüsterte ihr eine leise Stimme eine dringende Warnung zu.

„Sie waren zwar nett zu uns, aber ich will trotzdem nicht mehr dorthin gehen."

„Vielleicht schenken sie uns ja noch mehr hübsche Sachen", versuchte Hallie sie zu überreden und warf ihre blonden Locken zurück. „Außerdem werden die anderen Mädchen *so* neidisch sein, wenn sie hören, dass *wir* von den Fears eingeladen wurden. Und jedes Mal wenn wir dort waren, werden wir etwas Aufregendes zu erzählen haben."

Jenna drückte mit der Hand gegen ihre Tasche und spürte das Kristallarmband. „Wenn sie bloß deswegen deine Freunde sein wollen, dann sind sie es überhaupt nicht wert."

„Das kannst *du* leicht sagen", gab Hallie zurück. „Schließlich gehst du zurück nach Brentsville, wo du jeden kennst."

Mit zornigem Blick drehte sie sich um und rannte auf den Wald zu.

„Warte!", rief Jenna ihr hinterher. „Hallie, was soll das? Hallie!"

Doch entweder hörte Hallie sie nicht oder sie ignorierte Jenna. Jedenfalls rannte sie einfach weiter und war einen Augenblick später zwischen den Bäumen verschwunden.

„Also gut, Hallie, dann mach, was du willst. Ich werde dir nicht bis nach Hause hinterherrennen", rief Jenna verärgert. „Ich werde mir Zeit lassen … und dann kannst du auf mich warten."

Die Sonne hing tief am Sommerhimmel und warf flammend rote Strahlen schräg auf den dichten Wald. Tausende von winzigen Blumen bedeckten den Boden.

Jennas Missmut verschwand wieder. Sie kannte Hallie. Sobald die schlechte Laune ihrer Freundin verflogen war, würde sie wieder fröhlich und umgänglich sein.

Das Mädchen ging langsam und ließ den Blick wandern. Dann blieb sie stehen, um einen kleinen Blumenstrauß zu pflücken, den sie Mrs Sheridan schenken würde. Hallies Mutter freute sich bestimmt darüber.

Plötzlich stieß Jenna mit dem Fuß gegen eine Baumwurzel. Sie ruderte einen Augenblick lang mit den Armen, während sie versuchte, nicht das Gleichgewicht zu verlieren. Als sie mit dem Gesicht auf den Waldboden fiel, flogen die Blumen in alle Richtungen. Der Sturz war so hart, dass Jenna keuchend liegen blieb. Schließlich holte sie tief Luft und fing an, sich aufzurichten. Die Hand, mit der sie sich abstützen wollte, glitt unter ihr weg, und sie spürte etwas Klebriges. Igitt! Rasch setzte sie sich auf und untersuchte ihre Hand.

„Was um …?“, begann sie.

Jenna entdeckte etwas Dunkles.

Schlamm.

Sie wischte sich die Hand am Rock ab.

Nein. Es war kein Schlamm.

Auf ihrem Rock war ein nasser roter Fleck.

Jenna starrte darauf.

Es war Blut.

6

Hastig stand Jenna auf. Sie musste sich geschnitten haben. Ziemlich tief, denn sie blutete stark. Sie untersuchte ihre Hand, doch sie konnte nirgends eine Wunde finden. Äußerst merkwürdig war auch, dass sie überhaupt keine Schmerzen spürte.

Es machte einfach keinen Sinn. Wo kam das viele Blut bloß her?

Ihr lief ein kalter Schauer den Rücken hinunter. Wenn es nicht ihr Blut war, dann musste es das Blut … von jemand anderem sein.

Ihr Blick fiel auf die Stelle auf dem Waldboden, wo sie gestürzt war.

Jenna wich einen Schritt zurück und sah, dass von dem Stamm einer weißen Birke Blut tropfte. Keuchend vor Schreck, starrte sie auf den blutigen Abdruck einer Hand, der sich grauenhaft deutlich von der weißen Rinde abhob und der Größe nach von einem Mann stammen musste.

Dicht darüber schimmerte ein schmaler Gegenstand aus Metall. Es schien eine lange silberne Nadel zu sein, die im Baumstamm steckte.

Jenna streckte den Arm danach aus und riss sie aus dem Stamm. Dann betrachtete sie den runden Knopf am Nadelende und stellte entsetzt fest, dass sie ein kleiner, sorgfältig eingeritzter Totenkopf anstarrte. Das andere Nadelende hatte eine unglaublich scharfe Spitze.

Jenna erkannte sofort, was sie in der Hand hielt.

Die lange Silbernadel sah genauso aus wie die im Haus der

Fears: die Nadeln, die in der grässlichen Puppe steckten, die Hannah gebastelt hatte.

Jenna warf einen hastigen Blick auf den mit Blut bespritzten Baum und den Waldboden. Dann schaute sie wieder auf die silberne Nadel mit dem Totenkopf, an der die roten Tropfen ebenfalls glitzerten.

Jenna warf die Nadel auf den Waldboden und fragte sich immer wieder, woher das ganze Blut kam. Hatten die Fears etwas damit zu tun? Schließlich hatte sie dort schon einmal eine solche Nadel gesehen.

Plötzlich hörte sie ein Rascheln im Gebüsch. Und dann das eindeutige Knirschen von Schritten auf dem Waldweg.

Wer war das? Vielleicht derjenige, der den blutigen Handabdruck auf der Baumrinde hinterlassen hatte ... und die grauenhafte Silbernadel?

Er hatte sie gesehen. Und kam jetzt hinter ihr her.

Jenna atmete schwer. Sie musste wegrennen. Sie musste von hier weg. Schnell. Doch ihre Beine blieben wie angewurzelt stehen.

Ein Schrei stieg in ihrer Kehle hoch. Sie versuchte, ihn zu unterdrücken, aber sie konnte es nicht.

Ihr Schrei hallte durch den Wald.

Sie drehte sich blitzschnell um und fing an zu rennen. Sie rannte und rannte. Sie rannte den schmalen, verschlungenen Pfad entlang hinein in den dunklen Wald. Dicht hinter ihr hörte sie die Schritte, die immer schneller wurden. Sie klatschten dumpf auf den Waldboden.

Jenna raffte ihren Rock und wehrte mit ausgestrecktem Arm die spitzen Zweige ab, die den Weg blockierten. Ihr Rock wickelte sich um ihre Beine und Äste verfingen sich in ihrem Haar, während sie durch das Gebüsch rannte. Ihr Zopf löste sich und Haarsträhnen schlugen ihr wild ins Gesicht.

Und immer noch verfolgten sie die Schritte.

Sie rannte schneller als je zuvor. Ihr Herz raste, jeder Atemzug brannte wie Feuer in ihrer Brust und ihre Beine taten weh. Doch sie lief immer weiter.

Sie dachte an das Blut.

Und an die lange silberne Nadel, von der das Blut tropfte.

Und an die Fears.

Dann blieb sie mit dem Fuß an einer Baumwurzel hängen. Sie stolperte und stürzte zu Boden. Erschöpft und verzweifelt richtete sie sich auf und rannte weiter. Sie durfte jetzt nicht hinfallen. Sie durfte nicht stehen bleiben.

Nicht jetzt.

Nicht hier.

Sie hielt den Atem an und lauschte.

Die Schritte waren immer noch hinter ihr. Kamen immer näher.

„Nein!“, schrie eine Stimme in Jennas Innerem.

Jetzt dröhnten die Schritte noch lauter. Sie stolperte weiter. Doch der Wald wurde immer dichter. Sie konnte kaum mehr einen Meter laufen, ohne dass ihre Füße an Baumwurzeln oder dornigem Gestrüpp hängen blieben.

Ihr Verfolger war jetzt dicht hinter ihr. Er keuchte fast so laut wie sie selbst.

Sie würde es nicht schaffen. Er war schneller und stärker als sie.

Gleich würde er sie einholen.

Ein verzweifeltes Schluchzen stieg in ihr hoch, während sie sich durch das Gehölz kämpfte.

„Nein!“, keuchte sie. „Oh nein!“

Dann spürte Jenna zwei schwere Hände auf ihren Schultern. Sie versuchte, sich loszureißen, doch der Griff war zu stark.

Sie wand sich und wehrte sich verzweifelt. Sie schrie, so laut sie konnte.

Ihr Schrei in Todesangst hallte durch den tiefen Wald, doch sie wusste, dass niemand sie hören würde.

Niemand würde ihr helfen.

7

„Lass mich los!“, schrie Jenna und schlug wild um sich. Ihr Verfolger hielt sie fest; er war unglaublich stark. Verzweifelt wand sie sich. Sein eiserner Griff tat ihr weh.

„Hör auf“, wisperte ihr eine tiefe Stimme ins Ohr. „Hab keine Angst.“

Er packte sie an beiden Schultern und drehte sie um, damit sie sein Gesicht sehen konnte. Jenna erblickte einen Jungen in ihrem Alter. Er war mindestens einen Kopf größer als sie und sein dunkelbraunes Haar fiel ihm in die Stirn. Überrascht starrte Jenna in seine dunklen Augen.

„Bitte tu mir nichts!“, keuchte sie.

Er hielt ihre Schultern immer noch fest, doch jetzt war die Berührung schon etwas sanfter. „Ich tue dir nichts“, beruhigte er sie. „Versprochen.“

„D-du hast mich verfolgt.“

„Ich habe dich schreien hören“, erklärte er. „Ich wollte dir bloß helfen.“

In seinen dunklen Augen konnte sie nichts als Freundlichkeit und Besorgnis entdecken. Er lächelte und sie wurde etwas ruhiger.

„Jetzt atme erst mal tief durch und erzähl mir dann, was passiert ist.“

„Ich bin irgendwo dahinten langgegangen“, fing sie an zu erklären. „Und dann bin ich hingefallen. Direkt in eine Blutlache.“

Erschrocken riss er die Augen auf. „Blut?“

„Es war überall“, stieß sie mit dünner, schriller Stimme

aus. „Auf der Erde und an den Blättern. Und auf einem Baumstamm hat jemand einen blutigen Handabdruck hinterlassen …“

Sie bemerkte, dass er sie anstarrte. Sie blickte an sich herunter und keuchte vor Schreck. Der Blutfleck auf ihrem Rock war verschwunden! Ihr Magen verkrampfte sich und ihr wurde übel. Sie konnte sich das alles doch nicht eingebildet haben!

„Beruhige dich“, tröstete sie der Unbekannte.

„Ich *bin* ruhig“, beharrte sie.

Erst jetzt merkte sie, dass sie stark zitterte und ihre Zähne dabei klapperten. Sie zwang sich, tief durchzuatmen.

„Hör zu, du musst nicht darüber reden. Wie wäre es, wenn ich dich jetzt nach Hause bringe?“, bot er an.

„Nein –“ Jenna schüttelte den Kopf. „Da ist noch mehr. Es ist noch was passiert.“

Er sah sie skeptisch an. „Was meinst du damit?“

„Als ich näher hinschaute, entdeckte ich eine lange silberne Nadel. Sie steckte im Baum“, stammelte Jenna. „Das eine Ende war ganz spitz und das andere hatte einen eingravierten Totenkopf.“

„Eine silberne Nadel? Das verstehe ich nicht.“ Verwirrt starrte er sie an. Glaubte er vielleicht, sie hätte sich alles nur ausgedacht?

„Es ist schwer zu erklären, wie diese Nadeln aussehen“, fügte Jenna hinzu. Sie blickte wieder an sich herunter.

Sollte sie dem Fremden von den Puppen erzählen, die sie im Haus der Fears gesehen hatte? Nein, lieber nicht. Wenn er in Shadyside lebte und hörte, dass sie die Fears besucht hatte, hätte er noch mehr Grund, ihr zu misstrauen. Dann würde er sie womöglich allein hier zurücklassen, und das wollte Jenna auf keinen Fall.

„Es tut mir leid“, stammelte sie verwirrt und sah ihn wieder an. „Du kannst mir entweder glauben oder nicht. Ich habe das viele Blut und die lange Silbernadel wirklich gesehen. Sie war wie eine sehr spitze Stricknadel und steckte im Baumstamm.“

Er musterte sie einen Augenblick lang prüfend. „Hast du noch etwas anderes gesehen? Ein totes Tier oder so was? Vielleicht bist du ja bloß zufällig über eine Stelle gestolpert, an der ein Jäger einen Hasen oder ein Reh erlegt hat.“

„Ich habe nichts dergleichen gesehen.“ Jenna schüttelte den Kopf. Die Blutlache konnte wirklich von einem verwundeten Tier stammen. Doch was bedeutete dann die Nadel mit dem Totenkopf? Jetzt wünschte sie sich, dass sie die Nadel mitgenommen hätte, um sie wenigstens Hallie zu zeigen.

„Soll ich mal nachsehen?“, fragte der Junge.

Es klang nach einer guten Möglichkeit, ihre Geschichte zu beweisen. Er könnte alles mit eigenen Augen sehen. Doch als Jenna sich umsah, sank ihr Herz.

„Ich … ich weiß nicht mehr genau, wo es war.“ Sie seufzte und schaute sich suchend im Wald um, der immer dunkler wurde. „Ich bin vom Weg abgekommen und so sehr umhergestolpert, dass ich keine Ahnung habe, aus welcher Richtung ich gekommen bin.“

„Und ich war so damit beschäftigt, dir zu folgen, dass ich nicht aufgepasst habe, wo ich hinrenne“, gab er zu.

Er fuhr sich mit der Hand durchs Haar. „Ich bin sicher, dass das, was du gesehen hast, furchterregend war“, sagte er freundlich. „Aber es klingt wirklich so, als wärst du gerade auf die Stelle gestoßen, an der ein Jäger ein Reh geschossen hat. Und vielleicht war dieser Anblick so ein Schock für dich, dass –“

Ein Reh. Ein Jäger. Es ergab alles einen Sinn. Fast überzeugten Jenna seine vernünftigen Worte. Solange sie nicht an die schreckliche Silbernadel dachte.

Doch was brachte es schon, hier zu stehen und sich mit dem Jungen darüber zu streiten? Sie konnte sich die Nadel und das Blut ja noch nicht mal selber erklären. Und die Tatsache, dass der Fleck von ihrem Rock plötzlich verschwunden war, machte die ganze Sache nicht gerade besonders glaubhaft.

„Du hast recht“, sagte sie schließlich. „Es muss ein Jäger gewesen sein.“

„Bloß um ganz sicherzugehen, werde ich morgen noch mal zurückkommen und bei Tageslicht nach der Stelle suchen, okay?“

Jenna nickte. Doch was war, wenn sie sich das alles nur eingebildet hatte? Wenn morgen nichts mehr von dem Blut und der Nadel im Wald zu sehen war? Sie dachte wieder an das glühend heiße Armband und daran, dass selbst ihre beste Freundin ihr nicht geglaubt hatte.

„Gut. Und jetzt bringe ich dich nach Hause“, unterbrach der Junge ihre Gedanken. „Sicher wundert deine Familie sich schon, wo –“

„Oh Gott!“, keuchte Jenna erschrocken. „Hallie! Ich habe Hallie vergessen!“

Als sie die Verwirrung des Jungen sah, erzählte sie ihm hastig von dem Streit mit ihrer Freundin. Hallie machte sich inzwischen bestimmt schon Sorgen.

„Na dann nichts wie weg hier!“, sagte der Junge. „Wohnst du im Dorf?“

„Ich … ich besuche bloß Hallies Familie über die Sommerferien. Sie wohnen in der Crescent Lane.“

„Dann müssen wir in diese Richtung“, sagte er und zeigte geradeaus.

Sie steckte sich die wirren Haarsträhnen hinters Ohr. „Übrigens heiße ich Jenna Hanson."

„Und ich heiße Rob", erwiderte der Junge und lief neben ihr her. „Rob Smith."

Im Dämmerlicht der untergehenden Sonne musterte sie Rob aus dem Augenwinkel. Er war ungefähr so alt wie sie oder höchstens ein, zwei Jahre älter. Auch wenn sie ihn gerade erst kennengelernt hatte, mochte sie ihn auf Anhieb. Er hatte sanfte Augen und sein Lächeln wirkte ehrlich und offen.

„Warst du vorher schon mal in Shadyside?", fragte er.

„Nein, es ist mein erster Besuch hier", antwortete sie. „Hallie und ich haben früher in derselben Stadt in Virginia gewohnt, aber ihre Eltern sind vor ein paar Monaten hierhergezogen."

„Du musst ja schon wirklich eine gute Freundin sein, um so eine lange Reise auf dich zu nehmen. Du hast sie wohl sehr vermisst", mutmaßte er.

„Das stimmt. Wir sind fast wie Schwestern. Und du?", erkundigte sie sich. „Hast du Geschwister?"

„Ich …" Seine Stimme klang plötzlich sehr seltsam. „Nein."

„Bist du auch aus Shadyside?"

Er runzelte die Stirn. „Äh, nein. Ich bin … erst vor einer Weile hergekommen. Die Fears haben mich als Hausmeister und Verwalter eingestellt und ich darf sogar im Gärtnerhaus auf ihrem Grundstück wohnen."

Die Fears?

Er arbeitete für die Fears? Bei der bloßen Erwähnung des Namens spürte Jenna, wie ihr ein eiskalter Schauer über den Rücken lief.

Sie warf einen verstohlenen Seitenblick auf Rob. Seine

Schritte hatten sich verlangsamt und er sah sich im Wald um. Er wirkte verwirrt. Hatten sie sich verlaufen?

„Rob, stimmt was nicht?“, fragte sie. „Wir haben uns doch nicht schon wieder verirrt, oder?“

„N-nein. Wir haben uns nicht verirrt. In ein paar Minuten sind wir an der Straße angelangt, die zum Haus deiner Freundin führt“, versprach er.

Eine kurze Weile gingen sie schweigend weiter. „Woher kommst du?“, fragte sie, um das Gespräch wieder aufzugreifen.

„Ich …“ Er wandte sich ihr zu, dann schaute er hastig wieder weg. Seine Augen wirkten irgendwie seltsam. Als wäre der Versuch, ihr zu antworten, äußerst unangenehm für ihn.

„Ich … ich komme aus … aus …“, stammelte er mit würgender Stimme.

Während er den Mund auf- und zumachte, schnappte er keuchend nach Luft.

„Rob?“, flüsterte Jenna. Sie fühlte Angst in sich hochsteigen. Irgendetwas stimmte ganz und gar nicht.

Er schwankte. Dann griff er mit der einen Hand nach einem Zweig und klammerte sich mit der anderen an Jennas Ärmel fest. Jenna las Angst und Verwirrung in seinen Augen. Und ein stummes Flehen um Hilfe.

Sie wusste nicht, was sie tun sollte. Also packte sie seine Arme, als seine Beine unter ihm wegsackten.

„Rob!“, schrie sie. „Was ist los?“

Seine Augen verdrehten sich und er sackte auf dem Waldboden zusammen.

Jenna kniete sich neben ihm hin. „Rob!“

Er antwortete nicht und er rührte sich auch nicht. Sie starrte auf sein regungsloses bleiches Gesicht. Dann umfasste sie sein Handgelenk, um seinen Puls zu fühlen.

Sie fand ihn nicht.

„Nein“, flüsterte sie, während sich in ihrem Kopf alles drehte. Das durfte nicht sein! Noch vor wenigen Sekunden war er neben ihr hergelaufen. Er hatte mit ihr geredet. Er hatte sie angelächelt. Er konnte doch nicht …

… tot sein.

8

Jenna berührte Robs Gesicht. Sie schlug ihn auf die Wange.

„Bitte nicht. Bitte wach auf, Rob“, flüsterte sie.

Sie starrte auf ihn hinunter und suchte verzweifelt nach irgendeiner winzigen Bewegung.

Tränen stiegen ihr in die Augen. Es kam ihr alles wie ein Albtraum vor.

„Rob“, flüsterte sie wieder. „Bitte wach auf, Rob.“

Langsam öffneten sich seine dunklen Augen. Er schaute zu ihr hoch und blinzelte. Jenna seufzte vor Erleichterung. Sie setzte sich auf und atmete tief ein.

„Ich … ich bin wieder ohnmächtig geworden“, murmelte er und rieb sich die Augen.

Jenna war, als hätte sich die ganze Welt auf den Kopf gestellt. „Ich dachte … ich dachte schon …“ Sie konnte den Satz nicht zu Ende bringen. „Ist dir das schon mal passiert?“

Er stützte sich mit den Armen ab und setzte sich auf. Langsam kehrte die Farbe in sein Gesicht zurück.

„Ein paarmal“, vertraute er ihr an. „Ich kann mich nicht mehr an mein früheres Leben erinnern – ich meine, bevor ich hierherkam. Und immer wenn ich es versuche, ist es, als würde eine Klappe vor meinen Augen herunterfallen, und dann wird alles schwarz.“

„Bist du mal hingefallen oder hast dir den Kopf angeschlagen?“, fragte Jenna.

„Nicht dass ich wüsste.“

„Hast du irgendwo Familie oder Freunde?“

Er rieb sich das Gesicht. „Ich kann mich nicht daran erinnern. Ich kann mich an *gar nichts* erinnern", wiederholte er niedergeschlagen.

Jennas Herz zog sich vor Mitgefühl zusammen. Ohne zu überlegen, legte sie ihre Hand auf seinen Arm. „Jetzt hast du eine Freundin", sagte sie. Doch ihre Offenheit machte sie ein wenig verlegen und sie errötete.

Er lächelte sie an. „Danke", murmelte er.

Jenna kannte das Gefühl der Einsamkeit, seitdem Hallie weggezogen war, genau. Sie konnte sich vorstellen, wie Rob sich fühlen musste, so ganz allein auf der Welt und unfähig, sich an seine Vergangenheit zu erinnern.

„Kannst du laufen?", fragte sie.

„Natürlich. Sobald ich wieder bei Bewusstsein bin, geht es mir blendend."

Er stand auf und zog Jenna mit sich hoch. Sie gingen weiter in Richtung des Waldrandes. Die Sonne war inzwischen untergegangen und es funkelten schon ein paar Sterne am Abendhimmel.

Wenige Minuten später erreichten sie die Straße. Jenna wandte sich nach links und sah das Dach von Hallies Haus. Durch die Bäume schimmerte ein Licht im Küchenfenster.

„Da ist es", sagte sie und zeigte darauf. „Ich sollte jetzt besser reingehen."

„Bist du sicher, dass ich dich nicht bis zum Haus begleiten soll?", fragte Rob.

„Ja", antwortete sie. „Ich ..."

Ein lautes Rascheln in den Büschen ließ sie verstummen. Sie schrak zusammen und blickte sich um, doch im dunklen Unterholz konnte sie nichts erkennen. Zweige knackten und zerbrachen, als sich etwas Großes seinen Weg hindurchbahnte.

„Was ist das?", flüsterte sie.

Rob stellte sich schützend vor sie. „Keine Ahnung! Renn zum Haus. Ich kümmere mich darum."

„Und dich soll ich hier allein zurücklassen?", stieß sie aus. „Das kann ich nicht!"

„Jenna –"

„Nein, ich bleibe", beharrte sie.

Das Knacken wurde lauter. Es kam näher. Immer näher.

Jenna bückte sich und hob einen großen Stock vom Boden auf.

9

„Jenna! Wo zum Teufel warst du?“

Hallies Stimme ertönte im Gebüsch. Vor Überraschung ließ Jenna den Stock fallen.

„Hallie?“, fragte sie mit zitternder Stimme. „Bist du das?“

„Nein, es ist die Königin von England!“

Hallie kämpfte sich aus dem letzten Busch ins Freie und trat auf die Straße. Sie sah Jenna empört an.

„Wo warst du?“, wollte sie noch einmal wissen. „Ich dachte schon, du hast dich verlaufen. Ich dachte, du bist hingefallen und hast dir das Bein gebrochen oder so was. Ist dir eigentlich klar, wie lange ich durch den Wald geirrt bin, um dich zu suchen?“

Rob wandte sich Jenna zu und sah sie an. Er grinste breit.

„Und ich dachte schon, es ist ein Bär“, sagte er.

„Genau. Oder vielleicht ein Berglöwe“, fügte Jenna lachend hinzu.

„Herzlichen Dank“, sagte Hallie schmollend. „Und wer bist du?“, fragte sie Rob und blickte ihn misstrauisch an.

„Das ist Rob Smith“, erklärte Jenna, bevor er antworten konnte. „Er hat mich im Wald gefunden, als ich mich verlaufen hatte. Ich bin hingefallen und … in eine Blutlache gestürzt.“

„Na, jetzt geht aber deine Fantasie mit dir durch!“, lachte Hallie. „Ich glaube, unser kleiner Ausflug ist dir schlecht bekommen … erst die Geschichte mit dem Armband und nun so etwas! Wo ist denn das ganze Blut hin?“

Jenna wollte Hallie auch von der Silbernadel erzählen, die

sie dort gesehen hatte. Aber sie würde ihr ja doch nicht glauben.

„Ich denke, es war an einer Stelle, an der ein Jäger ein Reh zerlegt hat“, erklärte Rob. Zumindest er schien Jenna zu glauben. „Auf alle Fälle werde ich morgen noch einmal hingehen und nachschauen. Was habt *ihr* eigentlich im Wald gemacht?“

„Wir haben die Fears besucht und waren auf dem Rückweg.“ Hallie hob die Hand und streichelte über das Medaillon, das Angelica ihr geschenkt hatte.

„Ich arbeite für die Fears“, erklärte Rob.

„Magst du sie?“, fragte Hallie.

„Ach, sie sind ganz in Ordnung.“

Hallie warf ihm einen neugierigen Blick zu. „Hast du denn nicht die Gerüchte über die unheimlichen Geräusche gehört, die nachts aus dem Haus kommen? Und weißt du nicht, dass ihre Töchter in der Nacht auf dem Friedhof umhergeistern?“

„Hallie!“, stieß Jenna aus.

„Kein Problem“, erwiderte Rob. „Ich gehe nicht oft ins Dorf. Und so gut kenne ich die Fears auch nicht. Aber sie haben mir Arbeit und Unterkunft gegeben, als ich beides dringend brauchte. Das genügt mir.“

„Ach, ich wollte dich doch bloß ein bisschen ärgern“, sagte Hallie beiläufig. „Ich glaube die vielen verrückten Geschichten sowieso nicht. Vor allem, nachdem ich die Fears jetzt kennengelernt habe“, fügte sie hinzu und streichelte immer noch über ihren Anhänger. „Jenna, wir sollten lieber nach Hause gehen. Meine Eltern machen sich sicher schon Sorgen um uns.“

„Also, mach’s gut, Jenna“, sagte Rob. „Ich bin froh, dass wir uns kennengelernt haben. Es tut gut, eine Freundin zu haben.“

„Wiedersehen, Rob.“ Jenna winkte ihm hinterher. Während

sie zusah, wie er in der Dunkelheit verschwand, spürte sie, dass Hallie dicht neben ihr stand.

„Er sieht sehr gut aus", flüsterte Hallie. „Gefällt er dir?"

„Ach, Hallie! Musst du immer gleich so was denken!", erwiderte Jenna kopfschüttelnd. Hallie konnte eine Romanze aus dem Nichts zaubern.

„Er ist nur ein Freund. Ehrlich."

Hallie warf ihr ein verschmitztes Lächeln zu. „Los, und jetzt erzählst du mir ein bisschen mehr über das Blut. Ich kann es kaum erwarten!"

Jenna berichtete ihr die ganze Geschichte und ließ diesmal auch die lange Silbernadel im Baum nicht aus. Doch Hallie schien nicht zu verstehen, wovon Jenna redete.

„Vielleicht hast du dir das alles bloß eingebildet. Du warst verwirrt von unserem Besuch bei den Fears und da …"

„Das glaube ich nicht", unterbrach Jenna ihre Freundin. „Erinnerst du dich noch an die Nadeln, die in den merkwürdigen Puppen bei den Fears gesteckt haben?"

„Was für Puppen?", fragte Hallie erstaunt. Jenna dachte zuerst, dass Hallie sie wieder mal ärgern wollte. Doch dann bemerkte sie den verwirrten Gesichtsausdruck der Freundin.

„Na, diese hässlichen Strohpuppen, die in dem Glasschrank in Hannah Fears Zimmer saßen! In einer von ihnen steckten lauter lange silberne Nadeln. Simon Fear hat uns erzählt, dass Hannah sie selbst gemacht hat."

Hallie starrte sie immer noch vollkommen verständnislos an. „Ich kann mich nicht daran erinnern, so was im Haus der Fears gesehen zu haben."

Jenna war verwirrt. Und frustriert. Der einzige Mensch auf der Welt, dem sie sich anvertrauen wollte, wusste nicht, wovon sie sprach.

„Glaubst du mir nicht?", fragte sie.

Hallie wickelte die Kette um ihre Finger und zog am goldenen Medaillon. „Ich frage mich bloß, ob du die Puppen wirklich richtig sehen konntest. Ich meine, schließlich war es in den Zimmern dunkel, Jenna.“

Auch wenn Jenna den Grund nicht verstand, merkte sie deutlich, dass ihre Freundin ihr nicht glaubte. Hatte sie sich das alles vielleicht doch nur eingebildet? Oder hatte Hallie womöglich Dinge vergessen, die sie beide im Haus der Fears gesehen hatten?

Während sie nach Hause gingen, lächelte Hallie ihr zu. Gleichzeitig strichen ihre Finger über die glatte Oberfläche des Anhängers.

Und hörten nicht auf damit.

Als helle Sonnenstrahlen durch die Blumenvorhänge in Hallies Zimmer fielen, wachte Jenna auf. Sie gähnte und rieb sich die Augen. Dann warf sie einen Blick auf das andere Bett. Hallie lag auf dem Rücken und atmete gleichmäßig.

„Hallie?“, flüsterte Jenna.

Keine Antwort.

„Hallie, wach auf!“, rief sie lauter. „Zeit, aufzustehen.“

Die Freundin reagierte immer noch nicht. Seltsam. Sonst sprang Hallie immer hellwach aus dem Bett. War sie etwa krank?

Jenna schlug die Bettdecke zurück und ging an das andere Bett. Hallies Augenlider zuckten und sie lag immer noch im Tiefschlaf.

Die Kette hatte sich sehr eng um Hallies Hals gewickelt. Jenna streckte die Hand aus, um sie zu lockern. Doch im selben Augenblick öffnete Hallie die Augen. Blitzschnell griff sie nach Jennas Handgelenk und umklammerte es mit unglaublicher Kraft.

„Au!“, schrie Jenna.

„Was machst du da?“, fragte Hallie.

„Ich will bloß deine Kette lockern“, erklärte Jenna, die von Hallies Reaktion geschockt war.

„Ach so.“ Erst jetzt ließ Hallie ihr Handgelenk los. Dann setzte sie sich auf und rieb sich den Schlaf aus den Augen. „Du hast mich erschreckt.“

„Tut mir leid“, murmelte Jenna und rieb sich das schmerzende Gelenk.

„Wir müssen die Fears noch einmal besuchen“, verkündete Hallie.

Jenna traute ihren Ohren nicht. „Was?“

„Wir müssen wieder hin.“ Hallies Augen wirkten abwesend. Ihre Hand griff nach dem Medaillon. „Sie waren doch so nett zu uns. Und sie haben sonst niemanden. Hast du denn überhaupt kein Mitleid mit ihnen, Jenna?“

„Hallie …“

Sie hielt inne, als ein lautes Klopfen an der Zimmertür ertönte. „Zeit aufzustehen, ihr Schlafmützen!“, rief Mrs Sheridan. „Habt ihr das Scheunenfest auf der Farm der Millers vergessen?“

„Das Scheunenfest!“, rief Hallie aus. „Daran habe ich überhaupt nicht mehr gedacht!“

„Was ist ein Scheunenfest?“, fragte Jenna.

Hallie stopfte sich das Medaillon unter das Nachthemd.

„Wenn jemand aus Shadyside eine neue Scheune braucht, lädt er alle Nachbarn ein“, erklärte sie. „Dann errichten die Männer gemeinsam die Scheune, während die Frauen kochen. Und danach machen alle zusammen ein herrliches Picknick. Vater hat gesagt, es gibt sogar Musik.“

„Ach, das klingt ja toll!“, rief Jenna.

Hallie nickte. Dann grinste sie schelmisch. „Das ist genau

die richtige Gelegenheit, den anderen Mädchen zu erzählen, dass wir die Fears besucht haben. Sie werden vor Neugier *platzen*!"

Mr Sheridan fuhr sie alle mit der Kutsche zu den Millers. In der Auffahrt der Farm drängten sich unzählige Pferdewagen und es schien, als sei ganz Shadyside zum Scheunenfest gekommen. Überall standen lange Tische, mit Tüchern bedeckt, um später daran essen zu können.

Einige Männer hatten das Scheunengerüst bereits errichtet und kletterten darauf umher. Überall ertönte eifriges Hämmern und Sägen und der Geruch von frischem Holz lag in der Luft.

Mr Sheridan krempelte seine Ärmel hoch und ging zu den anderen Männern.

Jenna und Hallie halfen Mrs Sheridan dabei, den schweren Korb ins Haus zu tragen. Eine gestresste Frau mit rotem Gesicht nahm ihnen die Last ab und scheuchte die Mädchen wieder hinaus.

„Und wo –" Hallie hielt abrupt inne und drehte Jenna in eine andere Richtung. „Sieh mal! Ist das nicht dein Verehrer?"

Jenna erblickte Rob, der auf sie zukam. „Er ist nicht mein Verehrer", protestierte sie. „Er ist bloß ein guter Freund."

Hallie stieß ein seltsam hohes Kichern aus, das Jenna sehr beunruhigte. Doch dann rief Rob ihren Namen und lenkte sie von ihrer Sorge um Hallie ab.

„Wie geht es dir, Jenna?", fragte er und blieb vor ihr stehen.

Bevor sie antworten konnte, stellte Hallie sich zwischen sie und Rob. „Ach, hallo, Rob", begrüßte sie ihn. „Ich wusste nicht, dass wir dich heute schon wiedersehen würden."

Rob wirkte überrascht. „Hallo, Hallie. Wie geht's?"

„Danke, gut“, murmelte sie. „Heute siehst du ja sogar noch größer aus als gestern! Und was für breite Schultern du hast! Jenna, hast du bemerkt, was für breite Schultern Rob hat?“

„Na ja …“, murmelte Jenna verlegen. Am liebsten wäre sie vor Scham im Boden versunken und nie wieder aufgetaucht.

Hallies schrilles Kichern ließ Jenna zusammenzucken. Was war bloß los mit ihrer Freundin? So hatte sie sich noch nie benommen.

„Mach dir nichts draus“, hauchte Hallie und rückte näher an Rob heran. „Sie ist es nicht gewohnt, mit Jungen zu reden.“

„Sie flirtet ja mit ihm!“, dachte Jenna ein wenig empört. Sie konnte es nicht glauben. Anscheinend konnte Rob es genauso wenig fassen, denn er starrte Hallie an, als hätte sie den Verstand verloren.

„Ich sollte jetzt lieber wieder zur Scheune gehen“, murmelte er. Die Augen auf Jenna gerichtet, fügte er hinzu: „Wir sehen uns später.“

Jenna schaute ihm nach und drehte sich dann zu ihrer Freundin um. „Hallie, was ist denn heute mit dir los?“, fragte sie. „Du bist irgendwie … so seltsam.“

„Da sind sie ja!“, rief Hallie, als hätte Jenna nichts gesagt.

Ohne ein weiteres Wort hüpfte sie fröhlich davon. Jenna sah, dass sie auf eine Gruppe von Mädchen zuging, die im Schatten eines großen Ahornbaums standen und sich unterhielten.

Jenna folgte ihr. Hallie verhielt sich heute äußerst merkwürdig. Vielleicht war es gut, wenn Jenna sich ein bisschen um sie kümmerte.

Hallie ging schnurstracks auf die Mädchen zu. „Hi“, sagte sie. „Ich heiße Hallie Sheridan. Und das ist meine Freundin Jenna Hanson.“

Die anderen Mädchen starrten sie einen Augenblick lang neugierig an. Dann stellten auch sie sich vor. Jenna verlor bald den Überblick. Kate, Melissa, Jane und eine Rothaarige namens Francie, wenn sie sich nicht irrte. Die Mädchen machten einen netten Eindruck.

„Jenna und ich haben uns Shadyside etwas näher angesehen", verkündete Hallie.

„Ach, wirklich?", fragte eines der Mädchen. „Wart ihr schon bei der alten Getreidemühle unten am Fluss? Es ist sehr hübsch dort!"

„Noch nicht." Hallie lachte und in ihren Augen lag ein unheimliches Funkeln, das Jenna gar nicht gefiel. „Aber wir haben die Fears besucht!"

Die einzige Antwort auf Hallies Bemerkung war Totenstille. Jenna beobachtete, wie die Gesichter der Mädchen immer blasser wurden.

„Ihr … ihr habt sie besucht?", fragte die Rothaarige schließlich. „Ihr seid wirklich in das Haus gegangen?"

Hallie nickte. „Sie sind sehr reich, wisst ihr. Und sie haben uns sogar etwas geschenkt. Schmuckstücke ihrer Töchter."

„Ach, seht mal, da drüben ist Frank Douglas", sagte eines der Mädchen und zeigte auf einen großen jungen Mann in der Nähe der Scheune. „Ich muss ihn unbedingt begrüßen!"

„Wir kommen mit", bot die Rothaarige schnell an.

Dann ging die ganze Gruppe weg. Das rothaarige Mädchen schaute sich noch einmal um und Jenna sah Angst in ihren Augen. Richtige Angst.

Auf der einen Seite taten die Fears ihr leid. Sie hatten beide Töchter verloren und wurden von ihren Nachbarn gemieden. Doch andererseits bekamen die Menschen, die in Shadyside lebten, schon Panik, wenn der Name nur erwähnt wurde.

Warum? Was war nur geschehen, dass jeder hier eine solche Angst vor Simon und Angelica hatte?

„Das ist alles *deine* Schuld!“, zischte Hallie.

Vollkommen überrascht wandte Jenna sich ihr zu. „Was? Wovon redest du?“

„Wenn du nicht wie eine Klette an mir gehangen wärst, hätte ich mich mit diesen Mädchen anfreunden können.“

Für einen Augenblick war Jenna zu erstaunt, um zu antworten. Hallies Gesicht näherte sich ihr drohend und ihre blauen Augen blickten sie eiskalt an.

„Ich habe mich so bemüht, Freunde zu finden“, sagte sie. „Es war wirklich schwer. Doch dann bist du hierhergekommen und hast schon am allerersten Tag einen Jungen kennengelernt. Und mir musstest du alles verderben!“

Jenna konnte es nicht fassen. Ihre Freundin, ihre beste Freundin, hatte sich gegen sie gestellt. Und das völlig grundlos!

„Ich habe gar nichts getan!“, wehrte sie ab. „Ich habe kaum ein Wort mit den Mädchen gewechselt. Es waren die Fears – die anderen haben Angst bekommen, als du unseren Besuch bei den Fears erwähnt hast.“

„Haben sie überhaupt nicht!“ Tränen rollten über Hallies Wangen. Sie schien gar nicht zu merken, dass sie weinte.

Jennas Wut verschwand, als sie die Tränen sah. Irgendetwas stimmte mit Hallie nicht und es nützte nichts, sich mit ihr zu streiten. Ihre Freundin brauchte eher Hilfe.

„Hallie, du verhältst dich schon den ganzen Tag so komisch“, flüsterte Jenna besorgt. „Erst hast du mir heute früh einen Schrecken eingejagt, als ich das Medaillon berühren wollte. Dann hast du mit Rob geflirtet und jetzt …“

„Ach, lass mich doch in Ruhe“, heulte Hallie. „Ich wünschte, du wärst nie hergekommen. Ich wünschte, den Leuten hier würde etwas Schreckliches zustoßen. Ich wünschte … ich wünschte, diese ganze dumme Scheune hier würde über ihren Köpfen zusammenbrechen!“

Sie drehte sich auf dem Absatz um und lief weg. Unsicher, was sie davon halten sollte, starrte Jenna ihr nach. Hallies Gesicht war voller Hass gewesen und in ihrem Blick hatte so viel Boshaftigkeit gelegen. Es war, als sei sie über Nacht ein völlig anderer Mensch geworden.

„Was ist bloß mit ihr los?“, murmelte Jenna.

Mit den Augen suchte sie die Menge nach Hallie ab, doch die Freundin schien sich in Luft aufgelöst zu haben. Frustriert schaute Jenna erst in die eine Richtung und dann in die andere.

Ihr Blick wanderte zur Scheune. Sie konnte Rob hoch oben auf dem Dach erkennen und beobachtete, wie er gemeinsam mit Frank Douglas an einem Holzbalken herumhämmerte.

Dann fiel ein Schatten auf die Scheune. Es war nur ein leichter Schatten, doch als Jenna ihn sah, bekam sie eine Gänsehaut. Sie schaute zum Himmel auf.

Nichts. Keine einzige Wolke störte das strahlende Blau.

Wieder richtete sie den Blick auf die Scheune. Der Schatten wickelte sich wie eine Schlange um das Holzgerüst, aber niemand schien das leichte Zittern des Gerüsts zu bemerken.

Für einen Augenblick dachte Jenna, vielleicht den Verstand verloren zu haben.

Dann erschütterte ein stärkeres Zittern das Gerüst. Diesmal bemerkten es auch einige der Männer.

„Nein“, flüsterte Jenna entsetzt. Sie spürte, dass gleich ein Unglück passieren würde.

Die Scheune bebte. Diesmal gab es keinen Zweifel. Die ganze Konstruktion zitterte und geriet ins Wanken. Die Männer hielten sich verzweifelt an den Holzbalken fest.

Plötzlich verlor Rob den Halt. Er hing nur noch mit einer Hand am Gerüst und schwang bei jeder Bewegung der Scheune heftig hin und her. Das Holz ächzte und stöhnte, als der Druck immer größer wurde.

„Halt dich fest!“, schrie Jenna. „Rob, halt dich fest!“

Er konnte sie unmöglich gehört haben, doch für einen Moment sah er zu ihr, als hätte er ihre Gedanken gelesen.

Dann rutschte seine Hand ab.

Und er stürzte in die Tiefe.

10

„Rob!“, kreischte Jenna. „Oh Gott!“

Sie raste auf die schwankende Scheune zu und hörte das Holz krachen und splittern. Die Männer schrien, während sie sich an das Gerüst klammerten.

Und dann fiel alles in sich zusammen. Bretter zerbrachen wie Zahnstocher. Holzteile flogen in alle Himmelsrichtungen, als die Scheune einstürzte. Eine große Staubwolke wirbelte auf und schleuderte spitze Splitter in die Gesichter der entsetzten Zuschauer.

Jennas Herz raste, als sie lautes Stöhnen unter den Trümmern hörte. Ein Mann schrie; sein Schrei riss so unbarmherzig an ihren Nerven, dass sie fast selber aufgeschrien hätte.

Doch es würde weder Rob noch den anderen helfen, wenn sie in Panik geriet. Also holte sie tief Luft und zwang sich, ruhig zu bleiben.

„Rob?“, rief sie, als sie die zerstörte Scheune erreicht hatte. „Rob, kannst du mich hören?“

Er gab keine Antwort.

Andere Leute eilten herbei. Gemeinsam zogen sie die Bretter weg, um die darunterliegenden Männer zu befreien. Ein paar von ihnen schienen Knochenbrüche oder Schnittwunden zu haben, doch es sah so aus, als hätten alle großes Glück gehabt.

Jenna wäre erleichtert gewesen, wenn sie Rob gefunden hätte. Doch sie konnte ihn nirgendwo entdecken.

„Bitte mach, dass ihm nichts zugestoßen ist“, betete sie leise. „Bitte lass ihn gesund sein.“

Sie wiederholte ihren Wunsch immer wieder, so als könnte er dadurch wahr werden.

„Jenna!“

Jenna erkannte Hallies Stimme und drehte sich um. Die Freundin bahnte sich ihren Weg durch die Scheunenruine. Ihr Gesicht war voller Dreck und ihr Rock hatte einen langen Riss.

„Ist dir was passiert?“, fragte Hallie. Sie klang beinahe wieder wie früher, auch wenn ein merkwürdiger Ausdruck in ihren glasigen Augen lag.

Jenna schüttelte den Kopf. „Und dir?“

„Ich bin in Ordnung. Hast du schon Rob gefunden?“

„Noch nicht“, antwortete Jenna und schaffte es irgendwie, ihre Stimme ruhig klingen zu lassen. „Ich glaube, er liegt da drunter.“ Sie zeigte auf den Hauptteil der Scheunenruine.

„Oh, Jenna.“

Die beiden Mädchen sahen sich schweigend an. Dann fingen sie an zu arbeiten. Hallie half unermüdlich und ohne zu klagen. Jenna verzieh ihr all die schrecklichen Dinge, die sie gesagt hatte, denn jetzt zählte allein die Tatsache, dass sie ihr half.

Und dann entdeckte Jenna ein Stück Stoff, das unter einem Haufen zersplitterter Holzbalken begraben war. Es war so hellblau wie Robs Hemd. Sie fand ein langes Brett, das stabil genug wirkte, um darauf zu dem Stofffetzen zu kriechen und ihn sich näher anzusehen.

Lag Rob dort unten? Lebte er noch?

„Sei vorsichtig!“, rief Hallie.

Der Balken unter Jenna geriet ins Wanken. Sie spürte, dass sie gleich die Balance verlieren und in den Holzhaufen stürzen würde. Also rührte sie sich einen Augenblick lang nicht und kroch dann vorsichtig weiter.

Plötzlich sah sie einen Kopf mit dunklen Haaren und einen Hemdzipfel.

Rob! Seine Augen waren geschlossen und sie konnte nicht erkennen, ob er noch atmete. Er lag unter einem dicken, schweren Balken begraben.

„Rob?“, rief sie. „Was ist mit dir?“

Sie starrte auf sein Gesicht. Er bewegte sich nicht. Doch dann öffnete er langsam die Augen und sah sie an.

„Jenna!“, flüsterte er mit schwacher Stimme.

Sie atmete erleichtert auf. „Bist du verletzt?

„Ich glaube, mir ist nichts passiert“, brachte er mühsam heraus. „Aber ich kann mich nicht bewegen. Der Balken ist zu schwer.“

Jenna drehte sich zu Hallie um. „Schnell – hol Hilfe!“

Dann wandte sie sich wieder an Rob. „Halte durch.“

„Ich versuche es“, erwiderte er.

Sie sah mehrere Männer, die auf sie zurannten. „Hier sind wir!“, rief sie und winkte. „Beeilt euch!“

Als die Männer sie erreicht hatten, räumten sie rasch die kleineren Holzteile weg und begannen, den dicken Balken hochzustemmen.

Erst einen Zentimeter, dann eine Handbreit. Rob stöhnte vor Schmerz.

Der Balken hob sich noch ein Stück. Jenna packte Rob unter den Armen und zog ihn heraus. Sobald er befreit war, rief sie den Männern zu, dass sie den Balken wieder sinken lassen könnten.

„Danke“, murmelte Rob und hielt sich die Brust.

Jenna kniete sich neben ihm hin. „Du bist ja verletzt!“

„Ich glaube, es sind bloß ein paar geprellte Rippen“, protestierte er. Sein Blick wanderte zu dem schweren Holzbalken. „Im Augenblick bin ich nur erleichtert.“

„Du hast Glück gehabt“, sagte einer der Männer. „Jetzt wollen wir dich aber von hier wegbringen, damit der Doktor dich untersuchen kann.“

Rob nickte. Dann wandte er sich Jenna zu und nahm ihre Hand. „Ich danke dir. Du hast mich gerettet. Ich schulde dir was!“

Sie errötete. „Ach, ich habe doch gar nichts gemacht.“

„Doch, das hast du.“ Er lächelte. Dann verzog er vor Schmerzen das Gesicht.

„Jetzt musst du dich aber verarzten lassen“, befahl sie ihm.

Zwei der Männer hoben ihn hoch und trugen ihn weg. Jenna stand auf und klopfte ihren Rock ab, so gut sie konnte. Dabei entdeckte sie noch etwas anderes unter dem Holzhaufen.

Es war eine Hand.

„Seht mal!“, schrie sie und zeigte darauf.

Die Männer machten sich sofort an die Arbeit und fingen an, einige schwere Holzteile wegzuschaffen. Schließlich drangen sie zu dem Mann vor, der darunterlag.

Es war Frank Douglas. Er lag mit weit ausgebreiteten Armen auf dem Rücken. Seine Augen waren geschlossen und eine dünne Holzlatte hatte sich in seine Brust gebohrt. Jenna starrte ihn schockiert an; sie war vor Entsetzen wie gelähmt.

Mit einem erstickten Schrei wich sie zurück und hielt sich den Mund mit beiden Händen zu.

„Oh!“, stieß sie keuchend aus. „Oh Gott, oh Gott!“

Jemand lachte. Jenna erkannte das schrille Kichern auf Anhieb. Ein eiskalter Schauer lief ihr über den Rücken, als sie sich zu Hallie umdrehte.

Das andere Mädchen beugte sich über Frank. Tränen liefen über ihre Wangen und ihre blauen Augen funkelten wie die einer Wahnsinnigen.

Lachend beugte sie sich über den Schwerverletzten.

Dann warf sie den Kopf zurück. Ihr goldenes Haar löste sich aus den Haarnadeln und fiel über ihre Schultern.

„Ich wollte, dass es passiert“, sagte sie lachend. „Und es ist passiert!“

11

„Hallie!“, schrie Jenna entsetzt. „Was ist bloß los mit dir?“

Hallie lachte immer noch. Sie konnte nicht aufhören. Sie sank auf ihre Knie und hielt sich lachend den Bauch. Ein Kreis von Zuschauern starrte sie an, als wäre sie verrückt geworden.

Jenna hielt es nicht länger aus. Sie packte ihre Freundin an den Schultern und schüttelte sie heftig. Hallie keuchte. Dann verwandelte sich ihr Kichern in Schluchzen und eine Tränenflut strömte ihre Wangen hinunter. Hallie wandte das Gesicht ab und versteckte es in Jennas Schoß. Jenna strich ihr übers Haar.

„Schon gut, Hallie, schon gut“, murmelte sie. Hilflos sah sie sich um. Sie wusste nicht, was sie sonst noch tun könnte.

Mr Sheridan eilte herbei. „Die Aufregung war zu viel für sie“, sagte er zu Jenna. Er nahm Hallie auf den Arm und trug sie weg.

„Komm, Jenna. Wir müssen sie auf der Stelle nach Hause bringen.“

An der Kutsche wartete schon Hallies Mutter. Während der Heimfahrt hielt sie ihre Tochter in den Armen. Hallie hörte zwar bald auf zu weinen, doch dann starrte sie mit einem leeren, geistesabwesenden Blick vor sich hin.

Sobald sie zu Hause angekommen waren, brachte Mrs Sheridan ihre Tochter sofort auf ihr Zimmer. Jenna kam mit hinauf und sah zu, wie Hallie fest einschlief, sobald sie sich auf dem Bett ausgestreckt hatte.

„Wird sie wieder gesund?“, flüsterte Jenna.

Mrs Sheridan wandte sich zu ihr um. „Mach dir keine Sorgen, Jenna. Wenn sie ausgeschlafen hat, geht es ihr wieder gut."

„Kann ich bei ihr bleiben?", fragte Jenna.

„Das ist eine gute Idee. Ich weiß, sie wird sich freuen, wenn sie dich beim Aufwachen sieht."

Sanft strich sie über das Haar ihrer Tochter und ging zur Tür.

„Mrs Sheridan?", rief Jenna ihr nach.

Hallies Mutter drehte sich um. „Ja?"

„Haben Sie auch … einen Schatten über der Scheune gesehen, bevor sie einstürzte?"

„Einen Schatten?", wiederholte Mrs Sheridan stirnrunzelnd. „Nein. Niemand hat erwähnt, dass er irgendetwas gesehen hätte. Jenna … ist alles in Ordnung mit dir?"

„Ja doch!"

„Vielleicht solltest du dich hinlegen und …"

„Mir fehlt nichts, ehrlich", beharrte Jenna.

Mrs Sheridan zögerte. Dann nickte sie. „Also gut. Aber wenn dir irgendwie seltsam wird, dann sag es mir bitte sofort."

„Mir fehlt wirklich nichts", wiederholte Jenna.

Hallies Mutter sah sie prüfend an. Dann lächelte sie und wandte sich wieder zur Tür. Jenna setzte sich mit einem Buch auf ihr Bett. Außer Hallies leisem, regelmäßigem Atem war es im Zimmer ganz still.

Jenna las immer wieder denselben Abschnitt. Dann legte sie das Buch beiseite, weil sie sich einfach nicht konzentrieren konnte. Der schreckliche Unfall tauchte immer wieder vor ihren Augen auf.

Hallies schrille Stimme und ihr unheimliches Lachen hallten in ihren Ohren. *Ich wollte, dass es passiert – und es ist passiert.*

Und dann dieser Schatten. Warum hatte keiner der anderen ihn gesehen?

Jenna würde ihn nicht noch einmal erwähnen. Nicht nach Mrs Sheridans Reaktion. Sonst könnten die Leute sie noch für verrückt halten. Aber sie hatte ihn wirklich gesehen. Und sie war sich sicher, dass er etwas mit dem Einsturz der Scheune zu tun hatte.

Doch was noch wichtiger war: Was stimmte nicht mit ihrer Freundin?

„Ohhh", stöhnte Hallie leise.

Jenna erhob sich, um nach ihr zu sehen. Plötzlich schlug Hallie die Decke zurück und schwang die Beine über die Bettkante. Gleich würde sie aufstehen.

Doch ihre Augen blieben geschlossen.

„Was ist los?", fragte Jenna und eilte sofort zu ihrer Freundin.

Als sie Hallie berührte, sank diese zurück auf ihr Bett. Jenna hörte, dass ihr Atmen wieder langsamer wurde. Sollte sie Mrs Sheridan rufen? Doch sie entschied sich dagegen. Vielleicht hatte Hallie nur einen schlechten Traum gehabt, was unter diesen Umständen ganz normal gewesen wäre.

Während Jenna ihre Freundin behutsam wieder zudeckte, bemerkte sie plötzlich einen dunklen Fleck auf Hallies Haut. Sie beugte sich vor und betrachtete ihn näher.

Sie schrak zusammen. Genau an der Stelle, auf der das goldene Medaillon ruhte, hatte sich ein dunkelroter Fleck gebildet.

Während Jenna entsetzt daraufstarrte, drehte sich in ihrem Kopf alles.

Er hatte genau die Größe und die Form von Hannah Fears goldenem Medaillon.

12

Besorgt starrte Jenna auf den scheußlichen Fleck.

Die Kette mit dem Anhänger.

Seit Hallie sie umgelegt hatte, benahm sie sich seltsam. Ob das Medaillon etwas damit zu tun hatte?

„Das ist doch verrückt“, sagte Jenna. Aber war es das wirklich?

„Und was ist dann mit dem Kristallarmband?“, fragte Jenna sich. Hatte es eine ähnliche Wirkung? Mit Schaudern dachte sie an das unangenehme Brennen auf ihrer Haut, als sie es das erste Mal angelegt hatte.

Sie ging zur Kommode und zog die oberste Schublade auf. Innen glitzerten die Kristallperlen in allen Regenbogenfarben.

Julias Armband.

Jenna wollte es nicht anfassen. Sie wollte nicht danach greifen. Doch ihre Hand streckte sich wie von selbst danach aus. Ihre Finger hoben das Armband hoch und legten es in ihre Handfläche.

Die Perlen fühlten sich warm auf ihrer Haut an.

„Das bildest du dir ein“, murmelte sie.

Sie sah aus dem Fenster. Die Sonne strahlte am wolkenlosen Himmel und sie konnte sich nicht daran erinnern, wann sie das letzte Mal ein so herrliches Wetter erlebt hatte. „Das da draußen ist die Wirklichkeit“, beruhigte sie sich. „Keine verhexten Schmuckstücke oder gespenstischen Gruften.“

Beim Anblick des Himmels fühlte sie sich schon ein wenig besser. Ruhiger. Dann sah sie hinunter auf ihre Hände. Und hielt den Atem an. Während sie aus dem Fenster geschaut hatte, hatten ihre Hände sich selbstständig gemacht.

Ihre eigenen Hände hatten den Verschluss geöffnet und waren dabei, das Armband um ihr Handgelenk zu legen.

Schaudernd schleuderte sie es weg, sodass es klimpernd auf den Holzdielen landete.

„So, und jetzt befreien wir dich von dem bösen Zauber, Hallie“, flüsterte sie.

Jenna holte tief Luft und kehrte an Hallies Bett zurück. Das goldene Medaillon spiegelte die Sonnenstrahlen in einem sanften Schimmer.

Sie wollte das Medaillon nicht anfassen, doch sie musste es für Hallie tun.

Als ihre Fingerspitzen den Anhänger berührten, schrak sie zusammen und zog die Hand weg. Eine glühende Hitze pulsierte im Metall und verbrannte ihre Fingerkuppen.

Jenna biss die Zähne zusammen und streckte erneut die Hand danach aus. Sie zwang sich, das Brennen zu ignorieren, während sie nach der Kette griff.

Schließlich hielt sie den Verschluss zwischen den Fingern und versuchte, ihn zu öffnen. Doch wie sehr sie sich auch abmühte, es gelang ihr nicht.

Jenna wickelte sich die Kette um die Finger und fing an, daran zu ziehen. Immer kräftiger.

Hallie wimmerte.

Sie stöhnte so heftig, dass Jenna ihren Griff kurz lockerte. Dann warf Hallie den Kopf von einer Seite zur anderen und ihr Gesicht wurde zu einer schmerzverzerrten Grimasse.

„Das ist unmöglich“, dachte Jenna. „Es tut doch nicht weh! Es kann nicht wehtun.“ Und selbst wenn es so war, musste sie das Medaillon von Hallies Hals entfernen. Jenna war überzeugt, dass das Leben ihrer Freundin davon abhing.

Sie atmete tief ein und packte noch fester zu. Dann riss sie mit aller Kraft an der Kette.

Jenna sah, dass sich in Hallies Augenwinkeln zwei Tränen bildeten. Sie sahen merkwürdig aus. Es waren dunkle Tränen. Rote Tränen, die Hallies Wangen herunterrannen. An ihren Schläfen tropften sie auf das blonde Haar.

Und färbten es rot.

Jenna zuckte zusammen und ließ die Kette los. Sie wich zurück und starrte auf Hallie herab. Ihre Gesichtszüge hatten sich wieder entspannt. Auf ihren dünnen Lippen lag ein friedliches Lächeln.

Jenna betrachtete die beiden winzigen roten Stellen am Haar ihrer Freundin. Nein, sie hatte sich das Ganze nicht eingebildet.

Sie spürte, dass ihr Mund trocken wurde. Ihre Knie zitterten. Sie setzte sich wieder auf ihre Bettkante und sah zu Hallie hinüber.

Am liebsten hätte sie Mrs Sheridan gerufen, doch Jenna wusste, dass diese ihr diese Geschichte sowieso nicht abnehmen würde. Hallies Mutter hatte ihr nicht geglaubt, als sie den Schatten erwähnt hatte. Und das hier würde sie erst recht nicht glauben.

Es gab nur einen Menschen in Shadyside, dem sie sich anvertrauen konnte.

Und der versuchen würde, ihr zu helfen.

Rob.

Sie musste Rob finden.

Jenna schlich sich aus dem Haus der Sheridans und rannte schnell durch den Garten, bevor jemand ihr Verschwinden bemerkte. Dichte graue Wolken ballten sich am Himmel zusammen.

Sie machte sich auf den Weg zu den Fears. Eine kühle, feuchte Brise wehte ihr die losen Haarsträhnen ins Gesicht und sie spürte, dass es bald regnen würde.

„Genau das, was ich jetzt brauche", murmelte Jenna. Sie lief durch den dunklen Wald und dachte mit Schrecken an das Blut und die Silbernadel. Sie betete, dass sie nicht noch einmal an der unheimlichen Stelle vorbeikommen würde.

Als sie die Villa der Fears erreicht hatte, blieb sie stehen und starrte auf das dunkle große Haus, das unter der grauen Wolkendecke sogar noch düsterer und bedrohlicher wirkte als sonst.

Sie wollte den Fears nicht begegnen. Nicht jetzt. Nie mehr.

Deswegen schlich sie sich vorsichtig durch das hohe Gras, das am Rand des Grundstücks wuchs. Rob hatte ihr erzählt, dass er in der Gärtnerhütte wohnte. Sicher war sie irgendwo hinter dem Haus.

Jenna wandte sich um und warf einen Blick auf die Villa. Ein einzelnes rundes Fenster im ersten Stock starrte wie das Auge eines Zyklopen auf sie herab.

Immer wieder schaute Jenna verstohlen über die Schulter nach oben. Sie hatte das Gefühl, beobachtet zu werden, und war nervös. Konnte es sein, dass jemand am Fenster stand? Einen Augenblick lang blieb sie stehen und spähte hinauf.

„Hallo, Jenna."

Sie erstarrte vor Schreck.

Zögernd drehte sie sich um und erblickte Angelica Fear.

13

Angelica war in ein langes weißes Kleid gehüllt. Im fahlen Licht schien sie zu leuchten. Jenna sah, dass Blätter und kleine Zweige an ihrem Rocksaum hingen, und nahm an, dass sie im Wald gewesen war.

Sie hatte sich einen Korb über den Arm gehängt, in dem irgendwelche stacheligen Pflanzen lagen.

„Ich habe ein paar Pilze fürs Abendessen gesammelt", murmelte Angelica und nahm den Korb auf die andere Seite. „Ich freue mich ja so, dass du uns mal wieder besuchen kommst, meine Liebe", fügte sie lächelnd hinzu.

„Ich, na ja –"

„Aber warum bist du nicht gleich an die Haustür gegangen? Was machst du hier hinten?"

Jennas Herz schlug heftig. „Ich ... ich habe an die Tür geklopft, aber niemand hat aufgemacht", stammelte sie. „Ich dachte, Sie sind vielleicht im Garten, und deswegen bin ich ..."

„Und wo ist deine Schwester?"

Jenna sah sie einen Moment lang verwirrt an. „Meinen Sie meine Freundin Hallie?", fragte sie dann.

„Ach ja, natürlich." Angelica fasste sich an den Kopf. „Ich glaube, mein Gedächtnis lässt mich in letzter Zeit im Stich. Natürlich meine ich deine Freundin. Und jetzt komm herein und trink Tee mit uns."

Jenna rührte sich nicht. Wie angewurzelt blieb sie stehen und suchte fieberhaft nach einer Ausrede, um dieses schreckliche Haus nicht noch einmal betreten zu müssen. Angelica packte sie am Arm und zog sie mit sich. Jenna spürte, wie sich die dünnen, kalten Finger der Frau in ihr Fleisch bohrten. Sie zwang sich, stehen zu bleiben. Doch ihre Füße bewegten sich wie von allein auf die Villa zu.

Ein zögernder Schritt.

Und noch ein Schritt.

„Braves Mädchen", sagte Angelica. „Es sind nur noch ein paar Meter. Du scheinst ein bisschen müde zu sein. Etwas Kuchen und Tee werden dir guttun", versprach sie.

Als sie sich dem Haus langsam näherten, spürte Jenna, dass ihr Magen sich verkrampfte. Ihr wurde übel und sie schwor sich, nie mehr in die Nähe dieser unheimlichen Villa zu kommen, wenn sie da noch mal lebend herauskommen sollte.

„Wissen deine Gasteltern, dass du uns besuchst?", erkundigte sich Angelica.

„Oh ja", log Jenna. „Sie erwarten mich bald zurück – ich kann also nicht lange bleiben."

„Das ist aber schade", murmelte Mrs Fear.

Als sie die Steintreppe zur Veranda hinaufstiegen, trat Simon aus der Haustür. Seine dunklen Augen funkelten und seine schmalen Lippen verzogen sich zu einem Lächeln.

„Wie nett, unsere hübsche Besucherin ist wieder da", begrüßte er Jenna.

Er schaute auf sie herunter. Sie senkte den Kopf, um seinem Blick auszuweichen.

„Ihre Freundin konnte leider nicht mitkommen", sagte Angelica.

„Ach", murmelte er. „Warum denn nicht?"

„Es geht ihr heute nicht gut", begann Jenna zu erklären. „Sie hatte zu viel Aufregung –"

„Es geht ihr nicht gut? Zu viel Aufregung?", wiederholte Angelica. „Was ist denn passiert?"

Jenna sah sie erstaunt an. „Hat Rob es Ihnen denn nicht erzählt?“

„Ich wusste gar nicht, dass ihr unseren Robert kennt“, gab Simon spitz zurück.

Jenna hätte sich ohrfeigen können. Sie hätte nicht verraten sollen, dass sie Rob getroffen hatte. Also versuchte sie, es möglichst harmlos klingen zu lassen.

„Ich habe ihn heute früh beim Scheunenfest kennengelernt“, sagte sie. „Er hat mir erzählt, dass er für Sie arbeitet, und deswegen dachte ich, Sie wüssten, was passiert ist.“

„Was für ein Scheunenfest?“, fragte Simon. Jenna hörte einen kalten, scharfen Ton in seiner Stimme. „Ich dachte, Rob wäre den ganzen Vormittag im Wald gewesen und hätte Feuerholz gehackt.“

Plötzlich war Jenna ganz elend zumute. Sie hatte nicht beabsichtigt, Rob in Schwierigkeiten zu bringen. Was für eine Macht übten sie über den Jungen aus? Er hatte erzählt, dass er für sie arbeitete. War er etwa so was wie ihr Sklave?

„Äh – das Scheunenfest bei den Millers“, erwiderte Jenna. „Vielleicht hat Rob vergessen, es zu erwähnen. Es hat dort einen schrecklichen Unfall gegeben. Die Scheune ist über den Arbeitern eingestürzt.“

„Wie grauenhaft“, sagte Simon seufzend und schüttelte den Kopf.

„Das ist ja furchtbar“, murmelte Angelica. „Komm, trink Tee mit uns und erzähl uns alles darüber.“

Sie hielt Jenna immer noch am Unterarm fest und führte sie ins Wohnzimmer. Auch heute blieben die Vorhänge zu.

Auf dem hölzernen Teewagen neben dem Sofa standen Tassen sowie mehrere Porzellanteller voller Kuchen. Jenna wusste, dass sie keinen Bissen herunterbringen könnte.

Sie würde es nicht wagen, etwas zu essen.

„Komm hierher neben mich“, forderte Angelica sie mit sanfter Stimme auf.

Jenna kauerte sich auf die Sofakante – so weit weg von Angelica wie nur möglich.

Simon setzte sich auf den Sessel gegenüber. Seine dunklen Augen fixierten sie und es war ihr, als hätte er sie mit kalten, feuchten Fingern berührt.

„Jenna, du trägst ja gar nicht dein Armband“, stellte er fest. Er klang besorgt. Jenna merkte, dass Angelica den Kopf hob und auf ihr nacktes Handgelenk starrte.

Jenna blieb steif sitzen. „Ach ja … nein.“

„Gefällt es dir nicht?“, fragte Simon.

„Oh doch, natürlich gefällt es mir“, protestierte sie hastig. „Es ist wunderschön. Wirklich.“

Mrs Fear reichte ihr eine Tasse Tee. Jenna spürte, dass ihre Hand zitterte, als sie danach griff. Verstohlen warf sie einen Blick auf Angelica, um zu sehen, ob sie es bemerkt hatte.

Angelica sah sie nachdenklich an. „Es würde mich traurig machen, wenn dir Julias Armband nicht gefällt“, sagte sie mit leiser Stimme.

„Ich wollte Sie nicht verletzen“, erwiderte Jenna. „Das Armband ist mir bloß zu groß. Ich hatte Angst, es zu verlieren“, schwindelte sie.

„Wollen Sie denn gar nicht wissen, was heute Morgen passiert ist?“, fragte Jenna verzweifelt, um das Thema zu wechseln.

Angelicas Blick richtete sich wieder auf sie. „Unbedingt, meine Liebe.“

Rasch beschrieb Jenna den schrecklichen Unfall. Beinahe hätte sie auch die dunkle Wolke erwähnt, die sie über der Scheune gesehen hatte, kurz bevor diese einstürzte. Doch dann hielt sie gerade noch inne, ohne genau zu wissen, warum. Aber die Fears sollten auf keinen Fall erfahren, dass sie diesen merkwürdigen, unheilvollen Schatten gesehen hatte.

Während sie redete, starrten Angelica und Simon sie erwartungsvoll an. „Ist jemand dabei umgekommen?“, fragte Angelica leise.

Ihre Frage jagte Jenna einen Schauer über den Rücken. Es waren nicht die Worte, sondern der Ausdruck in Angelicas Gesicht, während sie die Frage stellte. Fast so, als würde sie sich an der Vorstellung eines Todesfalls erfreuen. Simon beugte sich vor, um die Antwort zu hören.

„Ein Mann war sehr schwer verletzt“, erzählte Jenna widerstrebend.

„Wie ist das genau passiert?“, forschte Simon.

Jennas Magen zog sich zusammen. „W-was meinen Sie?“

„Nun ja, bisher hast du die ganze Szene so lebendig geschildert“, warf Angelica ein. „Erzähl uns doch ein bisschen mehr über diesen armen, unglückseligen Menschen. Ist er abgestürzt? Hat er sich vielleicht irgendetwas gebrochen?“

„Nein“, sagte Jenna und schüttelte den Kopf. „Es war schrecklich. Er … er …“ Sie schloss die Augen, um die Fears nicht mehr sehen zu müssen, die sie so begierig anstarrten. „Wenn es Ihnen nichts ausmacht, möchte ich lieber nicht mehr darüber reden.“

„Sieh mich an, Jenna“, forderte Simon sie auf.

Seine Stimme war leise und sogar freundlich. Doch als sie die Augen aufmachte, blickte sie direkt in Simons leere schwarze Pupillen. Sie fühlte sich gefangen.

„Und jetzt sag uns – wie hat sich der Mann verletzt?“, fragte er.

Jenna wollte sich weigern. Doch es schien, als hätte ihre Stimme plötzlich einen eigenen Willen. Und als wollte sie Simon Fear gehorchen.

„Eine dünne Holzlatte hat sich in seinen Körper gebohrt“, flüsterte sie.

„Wo?“, fragte Angelica.

„Mitten … mitten in seine Brust.“

Jenna wurde schlecht, als sie sich daran erinnerte. Ihre Hand zitterte und ihr Löffel klapperte laut gegen die Untertasse.

Simon sah seine Frau an. Ihre Mienen blieben gleich, doch Jenna spürte, wie sich die Atmosphäre veränderte. Eine knisternde Spannung lag in der Luft.

Vielleicht war es bloß das Gewitter, das heraufzog, dachte sie. Aber vielleicht auch nicht.

„Du musst hier so schnell es geht raus!“, drängte Jenna sich im Stillen. „Du musst Rob finden und ihm von Hallie erzählen.“ Jenna stellte die Tasse ab und stand vom Sofa auf.

„Du kannst noch nicht gehen“, sagte Simon in scharfem Ton.

Ein Teil von ihr wollte gehorchen, sich wieder hinsetzen und abwarten, was er vorhatte. Doch sie zwang sich, stehen zu bleiben. Und ihn anzusehen.

„Es tut mir leid“, sagte sie höflich. „Aber ich habe den Sheridans vesprochen, dass ich in einer Stunde zurück bin, und ich will nicht, dass sie sich Sorgen um mich machen.“

Simon kniff die Augen zusammen. Doch bevor er etwas erwidern konnte, räusperte Angelica sich.

„Simon, wir sollten unseren hübschen jungen Gast keinen Augenblick länger aufhalten“, sagte sie.

„Du hast recht.“ Er stand ebenfalls auf. „Schade, dass wir uns nicht länger unterhalten können, Jenna“, fügte er hinzu und sah sie an. „Bei deinem nächsten Besuch werden wir mehr Zeit miteinander verbringen. Das verspreche ich dir“, verkündete er feierlich.

Voller Panik schnürte sich Jennas Kehle zu. Sie hatte nicht vor, jemals hierher zurückzukehren. Doch Simon Fear klang sich seiner so sicher.

Als könnte er sie *zwingen* wiederzukommen, egal ob sie es wollte oder nicht.

Hastig bedankte sie sich für den Tee und brach auf. Zu ihrer großen Erleichterung begleitete Simon Fear sie nicht nach draußen.

„Es war so nett, dich wiederzusehen!“, sagte Angelica honigsüß, während sie Jenna zur Tür brachte. „Das nächste Mal muss deine Freundin Hallie unbedingt wieder mitkommen.“

Jenna lief so schnell wie möglich die Treppe hinunter, ohne sich noch einmal umzublicken. Hätte Angelica sie nicht beobachtet, wäre sie wie ein Blitz bis an die Straße gerast.

„Komm bald wieder, Julia!“, rief Angelica.

Das ließ Jenna abrupt innehalten. Ganz langsam drehte sie sich zu Angelica um. Ihr war plötzlich so kalt.

„Sie meinen Jenna, nicht wahr, Mrs Fear?“, fragte sie.

„Das habe ich ja gesagt, meine Liebe“, antwortete Angelica.

Jenna musterte sie einen Augenblick lang. Dann wandte sie sich um und ging weiter. Diesmal lief sie schneller. Sie konnte es nicht erwarten, von hier wegzukommen. Angelica glaubte vielleicht, sie hätte Jenna gesagt. Aber das hatte sie nicht. Sie hatte Julia gesagt.

Sie hatte Jenna mit Julia Fear verwechselt.

Mit ihrer toten Tochter.

14

In Jennas Kopf kreisten die Gedanken. Angelica hatte sie Julia genannt.

„Kein Grund zur Panik“, beruhigte sie sich. „Vielleicht sind die Fears nur etwas merkwürdig. Vielleicht hat die Trauer über den Verlust ihrer Töchter sie verrückt gemacht.“

Doch das erklärte nicht die Halskette.

Und es erklärte auch nicht das Armband.

Oder das, was mit der armen Hallie geschehen war.

Jenna eilte mit hastigen Schritten an der Villa vorbei über das dicht bewachsene Grundstück. Sie nahm alles nur durch einen Tränenschleier wahr. Sie durfte jetzt nicht die Kontrolle über sich verlieren.

Doch was konnte sie tun? Wenn sie sich den Sheridans anvertrauen würde, müsste sie vermutlich sofort ihren Koffer packen und mit dem nächsten Zug nach Hause fahren.

Immerhin wäre sie so vor den Fears sicher.

Aber was wurde dann aus Hallie?

Und was war mit Rob?

Sie musste mit ihm reden, auch wenn er ihr nicht helfen konnte. Doch sie musste ihn wenigstens warnen.

Sie blickte nach oben – zwischen den Baumwipfeln sah sie, dass düstere Wolken den Himmel verhüllten. In der Ferne hörte Jenna ein Donnergrollen. Sie raffte ihren Rocksaum und rannte schneller.

Die ersten Regentropfen klatschten laut auf die Blätter. Sie spürte den Regen auf ihrem Gesicht.

Ein Blitz zuckte am Himmel und Jenna verzog das Gesicht.

Ihr waren Gewitter unheimlich. Der Wind zerrte an den Ästen und es fing so stark zu regnen an, dass sie nur noch wenige Meter weit sehen konnte. Ihre Füße traten platschend in eine Pfütze, die so tief war, dass das Wasser in ihre Stiefeletten lief.

„Oh nein“, fluchte sie und schüttelte erst den linken und dann den rechten Fuß.

Wieder blitzte es. In dem kurzen grellen Aufleuchten sah sie einen dunklen rechteckigen Umriss vor sich auftauchen. Ein Haus!

„Lieber Gott, bitte lass es Robs Hütte sein“, flehte sie laut und eilte durch das nasse Gras. Als sie sich dem Gebäude näherte, erkannte sie, dass es eher ein Schuppen als ein Haus war. Es stand unter einer riesengroßen alten Eiche.

„Rob?“, rief sie und klopfte an die Tür. „Rob, bist du da drin? Hier ist Jenna.“

Knarrend schwang die Tür auf. Das Innere war ein einziger dunkler Raum, aus dem ein fauliger Geruch strömte. Jenna hielt sich Nase und Mund zu. „Igitt, wie eklig!“, dachte sie und schüttelte sich.

„Ich kann nichts sehen!“, keuchte sie. „Ich brauche Licht!“

Sie trat näher und erkannte die dunklen Umrisse eines Tisches in der Mitte des Raums. Tastend suchte sie nach einer Lampe oder Kerze. Als ihre Hand gegen einen Kerzenständer stieß, zog sie ihn zu sich heran. Dann tastete sie weiter und fand eine Streichholzschachtel.

Sie zündete die Kerze an. Die Flamme tanzte zunächst unruhig umher, doch dann breitete sich das flackernde Licht langsam aus.

Jenna blickte auf.

Und stieß einen Schrei aus.

In der dunklen Ecke schwebte ein Gesicht.

Keuchend wich sie zurück und stellte schockiert fest, dass das grauenhaft starrende Ding gar kein Gesicht war.

Es war ein Totenkopf.

Jenna wurde schwindlig. Das Zimmer fing an, sich zu drehen, und alles verschwamm vor ihren Augen. Sie spürte, dass ihre Beine nachgeben wollten, und hielt sich schnell an einer Stuhllehne fest.

Sie musste von hier verschwinden. Voller Panik presste sie die Hand gegen ihre Stirn.

Sie atmete die schale, faulige Luft ein und würgte. Dann schaute sie auf.

Der Totenkopf starrte sie aus leeren Augenhöhlen an. Langsam und benommen hob Jenna die Kerze vom Tisch, sodass der Rest des Raumes erhellt wurde. An den Wänden hingen Regale und auf allen Regalen lagen Knochen. Armknochen, Beinknochen und Handskelette.

Jenna leuchtete erst in eine Ecke und dann in die andere. Von der Kerze tropfte heißes Wachs auf ihre Hand, doch sie merkte es nicht. Sie spürte nur ihre eigene Angst.

Knochen. Menschenknochen. Überall waren Menschenknochen.

Die Geschichte! Die Geschichte, die Hallie ihr am ersten Abend auf dem Friedhof erzählt hatte. Julia und Hannah Fear, deren Körper ohne Knochen begraben worden waren. Deren Skelette nachts über den Friedhof wanderten …

„Nein!“, keuchte Jenna entsetzt.

Sie rannte aus der Hütte und schleuderte die Kerze auf den Boden. Sie wollte nur noch weg von diesem grauenhaften Ort. Denn jetzt bestand kein Zweifel mehr. Jetzt kannte sie die Wahrheit.

Die Fears besaßen dunkle Mächte.

Sie waren nichts als bösartig.

Jenna musste Rob finden, damit er ihr helfen konnte. Und um ihn zu warnen. Auch er könnte in Gefahr schweben.

Sie rannte weiter zwischen den Bäumen entlang, während ihr der Regen ins Gesicht schlug. „Bitte lass mich ihn finden", dachte sie verzweifelt. „Bitte!"

Schließlich erblickte sie einen schwachen Schimmer. Ein Licht!

Der flackernde gelbe Schein gab ihr die Kraft weiterzulaufen. Bald entdeckte sie zwischen den Bäumen eine weitere Hütte, aus der das gelbe Licht schimmerte.

Zögernd näherte sie sich und war darauf gefasst, jeden Augenblick flüchten zu müssen. Sie hielt den Atem an und spähte verstohlen durch das Fenster.

Und dann sah sie Rob. Er saß auf seinem Bett und lehnte den Rücken gegen mehrere Kissen. Ein weißer Verband war um seine Brust gewickelt. Er sah zwar etwas blass und erschöpft aus, doch abgesehen davon schien ihm nichts zu fehlen.

„Endlich", sagte sie erleichtert, eilte an die Tür und hämmerte mit der Faust dagegen.

„Wer ist da?", rief Rob.

„Jenna", antwortete sie. „Mach auf, Rob! Schnell!"

Es kam ihr wie eine Ewigkeit vor, bis er die Tür aufgeschlossen hatte. Sobald er öffnete, trat sie hastig ein. Sie schlug die Tür hinter sich zu und verriegelte sie mit klammen Fingern. „Schließ das Fenster", forderte sie ihn auf.

„Was ist denn los, Jenna?"

„Bitte tu einfach, was ich dir sage."

Er gehorchte. Nun, da sie in Sicherheit war, fing sie an zu zittern. Zu ihrer Beschämung klapperten ihre Zähne, was in dem stillen Raum ziemlich laut klang.

„Komm, setz dich", sagte er und führte sie an einen Tisch.

Er schob ihr einen Stuhl hin und sie ließ sich erschöpft darauf fallen. Ihre Beine waren wie Gummi und schmerzten. Rob brachte ihr ein Glas mit Wasser, das Jenna in einem Zug leer trank. Nach ein paar Minuten spürte sie, dass ihr Atem ruhiger und ihr Herzschlag langsamer wurde.

„Was ist los?“, fragte er wieder.

„Es wird zwar unglaublich klingen“, antwortete sie hastig. „Aber ich schwöre dir, es ist die reine Wahrheit.“

Sie erzählte ihm alles über den Tod von Hannah und Julia Fear. Sie berichtete ihm von Hannahs Medaillon und wie seltsam Hallie sich benahm, seit sie es trug. Sie erwähnte den dunkelroten Fleck an Hallies Hals und den unheimlichen Schatten, der sich über die Scheune gelegt hatte.

„Hier auf dem Grundstück steht eine Hütte“, fuhr sie atemlos fort, „und darin liegen lauter Knochen.“

„Knochen?“ Er runzelte die Stirn. „Aber ich war schon in jedem Gebäude auf diesem Gelände und ich habe noch nie Knochen gesehen!“

Jenna holte tief Luft. „Ich habe Angst. Ich habe in meinem ganzen Leben noch nie so Angst gehabt wie jetzt.“

„Du hast mir heute das Leben gerettet. Glaubst du wirklich, ich würde es zulassen, dass dir etwas zustößt?“

„Aber …“

„Ich werde dich beschützen, Jenna“, sagte er. „Das verspreche ich dir. Wenn die Fears wirklich böse Mächte besitzen, dann müssen sie aufgehalten werden. Morgen früh werde ich mich einmal umsehen. Die Fears merken kaum mehr, ob ich da bin oder nicht. Ich werde herausfinden, was hier los ist“, versicherte er ihr. „Und dann wird alles wieder …“

Er verstummte. Für einen kurzen Moment wurde sein Blick ganz leer. Beängstigend leer. Rob schloss die Augen und wurde blass.

„Rob? Stimmt was nicht?“, fragte Jenna. Vielleicht war er bei dem Unfall doch ernsthafter verletzt worden, als er zugegeben hatte.

Dann blinzelte er, machte die Augen auf und die Farbe kehrte in sein Gesicht zurück. Nun sah er wieder aus wie der Rob, den sie kannte.

Und dennoch blieb etwas Kaltes und Beängstigendes in ihr zurück. Sie hatte sich noch nie so einsam gefühlt.

Das Gewitter war vorüber und der Regen hatte etwas nachgelassen.

Jenna stand auf. „Ich muss jetzt gehen. Die Sheridans werden vor Angst um mich schon ganz aus dem Häuschen sein.“

Er wollte mit ihr aufstehen. Doch dann sank er mit schmerzverzerrtem Gesicht wieder auf den Stuhl zurück. Er wirkte erschöpft. „Findest du allein nach Hause zurück?“

„Ich denke schon“, sagte sie.

Sie winkte Rob zum Abschied zu. In ihrem Kopf drehten sich lauter Fragen, während sie sich auf den Heimweg machte. Sie rannte so schnell sie konnte über das weitläufige Grundstück der Fears und machte einen großen Bogen um die Villa. Dann erreichte sie den Wald.

Der Wind rauschte durch die Zweige und der Regen tröpfelte leise vor sich hin. Und dann hörte sie wieder das Geräusch, das sie beim Einschlafen verfolgt hatte.

Den Klang von Flügeln.

Voller Angst, was sie sehen würde, schaute Jenna auf.

15

Jenna drückte sich hastig an den nächsten Baumstamm. Sie spürte den Regen auf ihrem Gesicht und hörte ihr eigenes Keuchen.

Und sie hörte die Flügel. Sie schlugen. Sie schlugen und schlugen immer lauter. Kamen näher.

Nebelschwaden stiegen vom Boden auf und berührten mit kalten, feuchten Fingerspitzen ihre Haut.

Und immer noch kamen die Flügel näher. Näher und näher.

„Nein", flüsterte sie. „Nein!"

Sie stieß sich von dem Baumstamm ab und rannte mit eingezogenem Kopf zwischen den Bäumen entlang. Jeder Atemzug brannte wie Feuer in ihrer Lunge. Neben ihrem Keuchen hörte sie das Geräusch über ihrem Kopf. Irgendwo da oben am dunklen Himmel flog etwas auf sie herab. Es war direkt über ihr.

Jenna lief immer weiter; sie wagte es nicht, aufzusehen oder einen Blick über die Schulter zu werfen. Ihr nasser Rock klebte an ihren Beinen und das Gewicht zerrte an ihr. Sie kämpfte sich weiter voran und weinte vor Angst. Sie hatte keine Ahnung, in welche Richtung sie lief. Sie musste von hier weg. Nur das zählte.

Als sie ein Licht in der Ferne sah, rannte sie darauf zu. Vielleicht würde sie an ein Haus kommen. Vielleicht war sie auf das Haus der Sheridans zugelaufen, ohne es zu wissen.

Über ihrem Kopf schlugen die Flügel.

Mit einem erstickten Schrei stürzte Jenna über eine Baumwurzel und fiel hin. Jetzt hatten die Flügel sie eingeholt. Sie kniff die Augen fest zusammen und merkte, dass sich etwas auf sie zu bewegte.

Die Flügel waren jetzt so nahe, dass Jenna die aufgewirbelte Luft spürte.

In Todesangst kauerte sie sich zusammen und bereitete sich auf das Schlimmste vor.

Dann verstummte das Geräusch.

Jenna blieb einen Augenblick lang still liegen. Sie holte tief Luft.

Aber es war doch direkt über ihr gewesen! Es hätte sie jederzeit holen können. War es nur an ihr vorbeigeflogen? Langsam und zögernd öffnete sie die Augen.

Und dann war ihr klar, warum das Wesen ihr nichts getan hatte.

Das Licht, das sie in der Ferne gesehen hatte, kam nicht aus dem Haus der Sheridans. Auch aus keinem anderen Haus.

Sie befand sich auf dem Friedhof.

Sie lag vor der Gruft der Fears.

Sie hatte sich nicht in Sicherheit gebracht. Sie war direkt in die Falle gelaufen. „Nein", dachte sie voller Verzweiflung, „ich bin in die Falle *getrieben* worden." Wie konnte es sein, dass sie in ihrer Panik nicht bemerkt hatte, wohin sie gerannt war?

Die Sekunden vergingen unendlich langsam. Schließlich wagte sie es, sich zu rühren und aufzustehen.

Sie warf einen Blick über die Schulter auf das Friedhofstor. Vielleicht könnte sie es ja schaffen, bevor …

Ein Quietschen ertönte.

Ihr Herz zog sich zusammen. Was für ein Geräusch! Sie wurde von Panik ergriffen und wich an den nächsten Baum zurück.

Wieder hörte sie das Quietschen.

Sie versuchte, den steinernen Engel nicht anzusehen, der über der Gruft thronte. Doch er zog ihren Blick magisch an.

Regentropfen hingen an seinen Flügeln.

Jenna drückte sich noch fester an den schützenden Baum und spürte, wie sich die Rinde unter ihren Händen plötzlich veränderte. Sie war nicht nur nass – sie wurde *schleimig*. Jenna schreckte zurück und wollte sich die Hände abwischen. Da bemerkte sie die roten Flecken auf ihrer Haut. Und direkt vor ihren entsetzten Augen quoll die warme, dicke Flüssigkeit aus dem Baumstamm.

Sie blickte an sich herunter und entdeckte Hunderte von winzigen roten Flecken auf ihrem Kleid. Als sie vorsichtig den Kopf hob, tropfte die Flüssigkeit auf sie herab. Jenna wurde klar, was hier geschah. Und es war keine Einbildung.

Die Bäume bluteten!

16

Entsetzt wich Jenna von dem Baum zurück. Ihr Kleid, ihr Gesicht und ihre Arme waren voller Blutspritzer. Sie wollte schreien, doch stattdessen hielt sie sich den Mund mit beiden Händen zu.

Wenn sie einen Laut von sich gab, könnte irgendjemand … könnte *irgendetwas* sie hören.

Jenna spürte, dass sich um sie herum etwas zusammenbraute. Etwas Teuflisches und Böses.

Sie spürte, dass es sie beobachtete. Und es wartete.

Sie wollte wegrennen, doch ihre Beine waren schwer wie Blei.

Jenna konnte sich nicht rühren.

An der Vorderwand der Gruft bemerkte sie eine Bewegung. Einen Riss. Noch während sie versuchte, eine Erklärung dafür zu finden, wurde der Riss breiter.

Nein, nicht breiter. Er wurde dunkler und etwas Zähes, Rotes quoll heraus. Bald darauf war die ganze Wand mit Blut überströmt.

Blut. Es tropfte von den Bäumen und rann aus der Gruft. Der unheimliche Engel spiegelte sich in der schimmernden Lache.

Endlich erwachte Jenna aus ihrer Erstarrung und raste auf das Friedhofstor zu. Sie rannte zwischen den Grabsteinen hindurch, rutschte aus, schlitterte weiter und klammerte sich an allem fest, was ihr in den Weg kam, um ihr Gleichgewicht zu halten.

Hinter ihr raschelte etwas.

Sie warf einen hastigen Blick über die Schulter. Die Nebelschwaden waren höhergestiegen und verhüllten die Grabmäler schon fast ganz. Unten auf dem Boden schwebte eine andere Art von Nebel.

Ein schwarzer Dunst, der am Boden entlangkroch und ihre Fußabdrücke schluckte.

Ihr Rock blieb in einem Ast hängen. Sie stolperte und schlug mit dem Gesicht hart auf der Erde auf.

„Nein“, keuchte Jenna. „Bitte nicht!“

Sie kroch auf Händen und Knien weiter. Hastig schaute sie sich um und sah, dass der schwarze Dunst sie langsam einholte und nur noch wenige Meter von ihr entfernt war. Der faulige Gestank von Verwesung drang in ihre Nase, bis sie glaubte zu ersticken. Sie hustete und zwang sich, Zentimeter um Zentimeter weiterzukriechen.

Nur noch wenige Sekunden, dann würde er sie einholen. Sie umhüllen …

Schwankend stand Jenna auf. Doch als sie einen Schritt machen wollte, merkte sie, dass ihr Rock immer noch festhing. Sie bückte sich und versuchte verzweifelt, sich loszureißen.

Doch ihre Finger ertasteten keinen Ast, an dem sie hängen geblieben war. Sie berührte etwas Kaltes und sehr Glattes. Ihre Nackenhaare sträubten sich vor Entsetzen.

Sie sah genauer hin. Und schrie auf.

Es war eine weiße Skeletthand, die sie festhielt.

17

Weinend vor Angst, riss Jenna mit aller Kraft an ihrem Rock. Vor sich sah sie den schwarzen Dunst, der immer näher auf sie zukam.

Mit einem Stöhnen riss sie sich von den Skelettfingern los und raste zum Ausgang des Friedhofs. Sie wusste zwar nicht warum, doch sie glaubte, dass sie in Sicherheit wäre, wenn sie es bis dorthin schaffen würde.

Gespenstisch tauchte das hohe Tor vor ihr im Nebel auf. Jenna stürzte darauf zu. Aus dem Augenwinkel sah sie die dichten schwarzen Nebelschwaden, die auf sie zukrochen.

Um sie zurückzuholen.

Mit letzter Kraft warf sie sich gegen das Tor und stolperte hinaus auf die Straße. Hastig schlug sie das Tor hinter sich zu.

„Gerade noch rechtzeitig", dachte sie, als die sich windenden schwarzen Dunstschwaden das Tor erreichten. Von dem ekelerregenden Gestank fast überwältigt, wich sie zurück.

„Ich habe es geschafft!", stieß sie erleichtert aus und konnte ihr Glück kaum fassen.

Sie drehte sich um und rannte los – zum Haus der Sheridans.

Der Regen durchnässte Jenna bis auf die Haut und Blitze zuckten wieder durch die Wolken. Eilig lief sie auf Hallies Haus zu, um sich in Sicherheit zu bringen.

Doch sogar mitten im Gewitter wirkte hier alles so friedlich. So normal. Es schien Jenna unvorstellbar, dass das Böse so nah war.

„In Shadyside scheint nichts unmöglich zu sein“, murmelte sie.

Sie zog die Haustür auf. Was würde sie den Sheridans bloß erzählen? Hallies Eltern machten sich bestimmt schon große Sorgen und wunderten sich, wohin sie verschwunden war.

Als sie zögernd im Türrahmen stand, nahm sie eine blasse Gestalt wahr, die zwischen den Bäumen neben dem Haus umherhuschte. Vor Schreck blieb ihr fast das Herz stehen.

Für einen Augenblick rechnete sie damit, dass der Todesengel mit schlagenden Flügeln, ausgestreckten Krallen und leerem Blick aus dem Wald fliegen würde.

Es blitzte und im hellen Licht erkannte Jenna einen blonden Lockenkopf.

Es war Hallie.

Nur mit ihrem Nachthemd bekleidet, irrte sie im Garten umher.

Jenna rannte auf sie zu. „Hallie!“, rief sie.

„Vielleicht ist sie Schlafwandlerin“, dachte Jenna. Doch dann kam ihr ein noch schlimmerer Gedanke: „Vielleicht rufen die Fears sie!“

Hallie warf einen Blick über die Schulter und fing an zu rennen. In ihrem langen weißen Nachthemd sah sie aus wie ein Gespenst, das zwischen den Bäumen verschwand.

„Hallie!“, rief Jenna wieder. „Warte auf mich!“

Jetzt goss es in Strömen, sodass Jenna kaum etwas sehen konnte. Sie bemühte sich, Hallie einzuholen.

Schlagartig wurde ihr klar, wohin es Hallie zog.

Zum Friedhof.

„Nein, Hallie!“, rief sie. „Dort darfst du nicht hin! Bleib stehen! Hör mir zu! *Hallieeee!*“

Der Wind schluckte ihre Worte und Hallie rannte vor ihr her, als sei sie eins mit dem Sturm.

Jenna hörte das laute Krachen eines Blitzes über ihrem Kopf und sah im plötzlichen Aufflackern des Lichts das Friedhofstor. Die dunklen Nebelschwaden hatten sich verzogen, doch Jenna war klar, dass sie noch immer dort verborgen waren. Sie warteten.

Auf Hallie und auf sie.

„Nein!“, schrie sie.

Jetzt hatte Hallie das Tor erreicht und öffnete es. Jenna setzte alles daran, sie einzuholen.

Hallie drehte sich zu ihr um, doch Jenna sah keinen Funken von Erkennen in ihrem leeren Blick. Und auch keinerlei Gefühl.

Jenna stellte sich vor sie. „Hallie“, sagte sie keuchend. „Kannst du mich hören?“

Hallie starrte sie mit großen glasigen Augen an.

„Hallie?“, flüsterte Jenna. Hallie blinzelte. Hatte die Freundin sie wahrgenommen? Kam sie wieder zu sich?

Wie von Sinnen packte Hallie Jenna am Haar und zerrte sie durch das Friedhofstor. Jenna wehrte sich verzweifelt; sie schlug und trat um sich.

Doch ihre Freundin war zu stark für sie.

Jenna brüllte und rief Hallies Namen. Es war alles so unwirklich. So grauenhaft. Schlimmer als alles, was ihr jemals passiert war, denn das hier war ihre *Freundin*. Jenna hatte das Gefühl, sich mitten in einem Albtraum zu befinden.

Ohne jegliches Mitgefühl zerrte Hallie sie Schritt für Schritt zur Gruft. Das Blut war verschwunden.

Mit einem Schrei gelang es Jenna endlich, sich loszureißen. Doch sie geriet aus dem Gleichgewicht und stürzte. Benommen schnappte sie nach Luft. Hallie zerrte sie hoch.

„Rühr mich nicht an!“, kreischte Jenna und stieß ihre Freundin weg.

Dabei zerriss das Nachthemd. Jenna war wie betäubt, als sie sah, was mit Hallie geschehen war.

„Nein“, dachte sie fassungslos. „Neinneinneinneinnein!“

Das Medaillon. Der Fleck auf Hallies Haut.

Er war nicht mehr rot.

Er war *schwarz*.

18

Mit einer seltsamen, zuckenden Bewegung wandte Hallie sich um und starrte Jenna mit ausdruckslosen blauen Augen an.

„Hallie, ich bin es, Jenna“, rief Jenna verzweifelt und wich hastig vor der Freundin zurück. Wenn sie Hallie doch helfen könnte! „Du kennst mich doch! Ich bin deine beste Freundin!“

Hallies Blick blieb leer. Kalt und leblos.

Sie hätte genauso gut eine Holzpuppe sein können.

„Nein“, dachte Jenna und bekam vor Schreck eine Gänsehaut, „eine Marionette. Eine Marionette, deren Arme und Beine von einer anderen Macht gelenkt werden.“

Jenna war verzweifelt. „Erinnerst du dich an unseren Schwesterneid? Wir haben uns geschworen, füreinander immer da zu sein. Bitte erinnere dich doch daran! Bitte!“

Für einen kurzen Moment glaubte sie, in Hallies Augen ein Flackern des Erkennens zu sehen. Doch gleich darauf erlosch es wieder. Und damit erlosch auch Jennas letzte Hoffnung.

Hallie bewegte sich erneut auf Jenna zu. Der Wind ließ ihr nasses Haar in wilden Strähnen um Gesicht und Hals wehen.

Das Medaillon glühte.

Jenna wich vor ihr zurück. Wenn Hallie sie noch einmal zu packen bekam, dann wären sie beide verloren. Sie hatte nur dann eine Chance, ihre Freundin zu retten, wenn sie jetzt entkommen konnte.

Plötzlich stürzte Hallie sich auf sie. Jenna fiel zu Boden. Hallie setzte sich auf ihren Bauch und packte sie am Hals.

Jenna bekam keine Luft mehr. Sie war kurz vor dem Ersticken. Voller Panik zerkratzte sie Hallies Hände.

Doch Hallie ließ nicht los. Sie drückte immer fester zu und Jenna konnte nichts dagegen tun. Ein riesiger Blitz erleuchtete für einen Moment den Himmel.

„Ich sterbe“, dachte Jenna.

Hier. Jetzt.

„Das reicht.“

Eine Stimme donnerte in der Dunkelheit.

Es war Simon Fear.

Sofort ließ Hallie sie los, sprang auf die Füße und blieb regungslos stehen.

Hustend rollte Jenna auf die Seite.

„Hallo, Jenna“, sagte Simon.

Jenna musste ihren ganzen Mut sammeln, um aufzustehen.

Simon und seine Frau standen lächelnd vor der Gruft.

Angelica trug immer noch das weiße Kleid, in dem Jenna sie am Nachmittag gesehen hatte.

Simons langes schmales Gesicht wirkte jetzt noch hagerer und seine Züge noch schärfer. Sein Lächeln war eher ein verächtliches Grinsen.

In diesem Augenblick hätte Jenna sich sogar von einem Kliff gestürzt, nur um den beiden zu entkommen. Doch sie konnte nur stehen bleiben und abwarten.

Jenna wäre so gerne weggerannt. Aber sie war vor Angst wie gelähmt.

Sie wusste nicht genau, was, doch sie ahnte, dass die Fears etwas Schreckliches mit Hallie und ihr vorhatten. „Sie werden es nicht schaffen!“, schrie sie.

Angelica strahlte. Ihre Augen glitzerten wie grüne Edelsteine. „Aber, meine Liebe, wir haben es doch schon geschafft.“

Aus der offenen Tür der Gruft drangen die schwarzen Nebelschwaden. Direkt hinter dem Türrahmen lauerte etwas. Es schaute zu. Es wartete.

„Du gehörst zu uns.“ Simons Stimme war nur ein Flüstern, doch es erschütterte Jenna bis in Mark und Bein. „Julia.“

„Ich bin Jenna!“, schrie sie. „Jenna!“

Simon legte den Kopf zurück und lachte schallend.

Erschrocken wich Jenna zurück und starrte die Engelsstatue an.

Die schweren Flügel bebten. Dann hoben sie sich.

Der Engel öffnete die Augen und sah Jenna an.

„Nein!“, keuchte Jenna. Stolpernd wich sie zurück und riss die Arme hoch, um den grauenvollen Blick abzuwehren.

Sie spürte einen eisigen Luftzug, als ein kalter dunkler Schatten über sie hinwegglitt.

Jenna wagte einen Blick nach oben. Jetzt lächelte der Engel.

Die dunklen Flügel umhüllten Jenna und nahmen sie gefangen.

Sie erdrückten sie.

Dann wurde sie ohnmächtig.

19

Durch Jennas geschlossene Lider drang Licht. Sie machte die Augen auf und fand sich in einem nasskalten, fensterlosen Raum wieder. Die Decke und die unverputzten Wände waren voller Schimmelflecken und dicker grauer Spinnweben. Der raue Steinboden, auf dem sie lag, fühlte sich sandig und feucht an. Eine einzelne Laterne hing an einem Haken in der Ecke, doch ihr schwaches Licht reichte nicht bis in alle Winkel. Jenna erblickte eine Treppe, die nach oben führte. Zu einer morschen Holztür.

„Ich muss im Haus der Fears sein", dachte sie. „Unten im Keller."

Mühsam setzte sie sich auf.

Sie hörte leises Atmen und drehte sich um. Hallie stand etwas weiter weg. Ihr Haar war verfilzt und ihr fleckiges, zerrissenes Nachthemd klebte an ihr. Sie ähnelte kaum mehr einem menschlichen Wesen.

„Hallie", flüsterte Jenna.

Doch das andere Mädchen regte sich nicht. Ihre Haut wirkte so wächsern, als würde kein Blut mehr in den Adern fließen. Da wusste Jenna, dass ihre Freundin dem bösen Fluch der Fears inzwischen noch tiefer verfallen war.

Trotzdem musste sie es versuchen.

„Wach auf, Hallie", flehte sie. „Bitte wach auf! Ich weiß, dass du mich hören kannst. Versuch es bitte!"

Hallie zuckte nicht mal mit den Lidern. Das Medaillon glühte. Zögernd streckte Jenna die Hand danach aus. Gab es eine Möglichkeit, es zu entfernen?

Hallie reagierte sofort. Sie kniff die Augen zusammen, fletschte die Zähne und spreizte ihre Finger wie Klauen, um Jenna abzuwehren.

„Es muss eine Lösung geben", murmelte diese.

Tränen stiegen in ihre Augen, Tränen, die sie nicht zurückhalten konnte. Sie war allein, mutterseelenallein. Selbst wenn die Sheridans nach ihnen suchten, würden sie sie nie hier finden. Jedenfalls nicht rechtzeitig.

Die Fears hatten genügend Zeit, um ihren grausigen Plan durchzuführen.

Jenna setzte sich neben Hallie hin und schlang die Arme um ihre angewinkelten Knie. Das andere Mädchen blieb wie eine Statue stehen. Sie rührte sich nicht und atmete kaum.

„Ich wünschte, du wärst hier", murmelte Jenna und sah zu ihr hinauf. „Wirklich hier. Ich will meine beste Freundin wiederhaben. Zusammen könnten wir sie besiegen!"

Doch Hallie antwortete nicht.

Stattdessen rüttelte es an der Tür. Ruckartig hob Jenna den Kopf. Gleich würde jemand kommen!

Rasch legte sie sich auf die Seite und stellte sich bewusstlos. Unter dem Schutz ihres Arms konnte sie die Tür im Auge behalten.

Als sie sah, wie der Riegel langsam anfing, sich zu bewegen, hielt sie den Atem an.

Die Tür ging auf. Doch statt Angelica und Simon tauchte Rob auf der obersten Stufe auf.

„Rob!", rief sie.

Er hielt sich warnend den Finger an die Lippen. Dann drehte er sich um und holte eine Schaufel. Nachdem er die Tür behutsam zugemacht hatte, ging er vorsichtig die Treppe hinunter. Jenna setzte sich wieder auf und Rob kniete sich neben sie, ohne den Blick von der Tür abzuwenden.

„Was machst du denn hier?“, flüsterte sie. „Wie hast du uns gefunden?“

„Ich habe mich ins Haus geschlichen, um mich dort umzusehen“, erzählte er leise. „Ich habe beobachtet, wie sie dich hereingetragen haben. Als die Fears endlich wieder weg waren, kam ich her, um dich zu holen.“

„Du hast dich in große Gefahr begeben“, begann sie.

„Ich habe dir doch versprochen, für dich da zu sein. Ich lasse es nicht zu, dass dir was zustößt“, sagte er. „Glaubst du etwa, ich habe nur Spaß gemacht?“

Er nahm sie bei der Hand und half ihr auf die Beine. „Komm. Wir müssen von hier verschwinden.“

„Warte!“, zischte sie und zog ihn am Arm. „Wir können Hallie nicht einfach hier lassen.“

Robs Miene wurde finster. „Wir können nichts mehr für sie tun, Jenna.“

„Nein!“, beharrte Jenna. „Wir nehmen sie mit.“

„Jenna, du verstehst nicht, was hier vor sich geht.“

Sie schüttelte den Kopf, doch er packte sie entschlossen an den Schultern. „Während ich mich im Haus versteckt habe, hörte ich Simon und Angelica miteinander reden. Seit Jahren suchen sie nach einem Weg, ihre Töchter wieder zum Leben zu erwecken.“

„Was?“, keuchte Jenna entsetzt.

„Und jetzt haben sie die Lösung gefunden.“

Jenna fürchtete sich nachzufragen. Doch sie musste es wissen. „Wie denn, Rob? Wie wollen sie es anstellen?“

„Sie brauchen einen anderen Menschen. Eine andere Seele. Deswegen haben sie dich und Hallie hierhergebracht.“

Jenna schüttelte den Kopf. Die Fears wollten ihre Seele. Und Hallies Seele.

„Sogar die Namen sind sich ähnlich“, stöhnte sie. „Jenna …

Julia. Hallie … Hannah. Und dann waren die Fears auch noch so glücklich, dass Hallie und ich wie Schwestern waren."

„Genau", pflichtete er ihr bei. „Aber jetzt müssen wir gehen. Hallie ist längst verloren. Du kannst sie nicht –"

Abrupt hielt er inne und wandte den Kopf mit einem Ruck zur Tür. „Pst. Ich glaube, da kommt jemand."

Jenna hielt sich mit beiden Händen den Mund zu. Sie hatte so schreckliche Angst, dass sie befürchtete, jeden Moment hysterisch loszuschreien.

Als wüsste er, was sie dachte, wandte Rob sich wieder um und legte ihr sanft seine Hand auf die Schulter. Es war zwar nur für einen Augenblick, doch die kurze Berührung beruhigte sie.

Er griff nach der Schaufel und verkroch sich unter der Treppe.

Die Tür öffnete sich mit einem unheimlichen Knarren, das Jenna zusammenzucken ließ. Simon Fear trat ein. Er trug eine große Truhe. Sie musste sehr schwer sein, denn er ächzte, während er sie die Stufen hinunterschleppte.

Jenna wollte nicht wissen, was sich darin befand.

In der dunklen Ecke, in der Rob sich versteckte, bewegte sich etwas. Jenna schluckte schwer. Das war ihre Chance, ihre einzige Chance.

Simon stöhnte und es dauerte eine Ewigkeit, bis er die Kiste die Treppe hinuntergeschafft hatte.

Als er unten angekommen war, hätte Jenna am liebsten laut geschrien. Sie betete im Stillen, dass Angelica ihm nicht folgen würde.

Simon starrte zu Jenna herüber und ihr lief ein Schauer über den Rücken.

„Warum tun Sie das?", fragte sie. „Warum halten Sie Hallie und mich hier gefangen?"

Er lächelte ihr zu. „Ich glaube, das weißt du längst."

„Es wird nicht funktionieren", sagte sie und konnte das Zittern in ihrer Stimme kaum unterdrücken. „Es *kann* nicht funktionieren."

Lachend warf er den Kopf zurück. „Arme Jenna, du irrst dich. Weißt du denn nicht, dass *alles* funktioniert … wenn die *Fears* es befehlen?"

„Sie sind besessen!", schrie sie.

„Aber ja doch", stimmte er zu. „Das sind wir. Hast du dich denn nie gefragt, warum das Armband, das wir dir geschenkt haben, plötzlich brennend heiß auf deiner Haut wurde? Oder warum sich deine Freundin so merkwürdig benimmt?"

Rob schlüpfte aus seinem Versteck. Er schlich sich von hinten an Simon heran und hob die Schaufel hoch. Jenna hielt den Atem an. *Bitte lass es ihn schaffen! Bitte mach, dass wir entkommen können!* Und dann schwang Rob die Schaufel mit aller Kraft.

Er zielte direkt auf Simon Fears Kopf.

20

Simon fuhr blitzschnell herum. „Stopp!“, befahl er.

Die Schaufel blieb wenige Zentimeter vor seinem Kopf in der Luft hängen. Rob starrte die Schaufel einen Moment lang ungläubig an. Dann biss er die Zähne zusammen und versuchte es noch einmal. Jenna sah, dass seine Muskeln vor Anstrengung zitterten.

Doch eine seltsame Macht hatte von seinem Körper Besitz ergriffen und er konnte sich nicht rühren.

Jenna ballte die Fäuste. „Lassen Sie ihn!“, schrie sie.

Vorsichtig setzte Simon die Truhe auf dem Kellerboden ab und blickte sie mit einem widerlichen Grinsen an. „Ist das nicht süß?“, höhnte er. „Der Held eilt zur Rettung herbei. Aber wie sich dann herausstellt, ist er eben doch kein großer Held.“

Er drehte sich wieder zu Rob um. „Lass die Schaufel fallen!“

Automatisch öffnete sich Robs Hand und die Schaufel fiel scheppernd auf den Steinboden.

Simon griff in seine Tasche und holte einen kleinen Gegenstand heraus. Jenna schrak zusammen. Das Kristallarmband! Irgendwie hatte er es aus ihrem Zimmer bei den Sheridans geholt.

„Und jetzt“, befahl er, „leg es Jenna an.“

Rob versuchte, sich zu widersetzen. Doch sein Arm streckte sich wie von selbst aus und nahm Simon das Armband ab. Dann wandte Rob sich Jenna zu.

Sie zuckte zusammen, als er sie packte und das Armband

um ihr Handgelenk legte. Sofort fing ihre Haut an zu kribbeln. Doch mehr passierte nicht.

„Geh jetzt zur Seite", befahl Simon Rob.

Er gehorchte. Sein Blick war matt und verzweifelt, als er den Mann ansah, der seinen Körper dazu zwang, sich gegen ihn zu stellen. „Was haben Sie mit mir gemacht?", fragte er mit rauer Stimme.

„Wir haben dir Leben gegeben", erwiderte Angelica.

Schockiert sah Jenna zur Tür. Angelica stand auf der obersten Stufe und ihr Haar fiel wie ein schwarzer Schleier auf ihre Schultern.

„Was … was haben Sie gesagt?", stammelte Rob.

Die Hand auf dem Geländer, stieg Angelica anmutig die Treppe hinunter und lächelte. Dann blieb sie vor Rob stehen. Der lange Fingernagel ihres Zeigefingers strich über seine Wange und sie schaute ihm in die Augen.

„Ich sagte, wir haben dir Leben gegeben", wiederholte sie.

„Nein", flüsterte er.

Angelica lachte leise. „Weißt du noch, woher du kommst?"

Er schüttelte den Kopf. In seinen Augen lag etwas Erschreckendes. Es war mehr als Angst. Mehr als Verzweiflung. Jenna trat einen Schritt auf ihn zu, doch als Simons schwarze Augen sie anblickten, blieb sie vor Angst wie erstarrt stehen.

„Also, Robert", fuhr Angelica fort. „Es gab Zeiten, in denen du versucht hast, dich an deine Vergangenheit zu erinnern, und es nicht konntest, nicht wahr?"

„Ich wurde ohnmächtig", gab er zu.

„Du warst nicht ohnmächtig", sagte sie. „Du warst tot!"

„Nein", flüsterte er mit weit aufgerissenen Augen.

„Doch", bestätigte Simon. „Du warst ein Experiment für uns. Ist es nicht jammerschade, dass du diesen kleinen Unfall beim Scheunenfest hattest? Na gut, wir mussten schon etwas nachhelfen … aber das Ergebnis konnte sich durchaus sehen lassen, oder?“

Jenna fing an zu zittern. „Sie haben ihn umgebracht“, warf sie ihm entsetzt vor.

Angelica betrachtete sie mit Abscheu. Jenna hatte noch nie so viel Bösartigkeit in einem menschlichen Gesicht gesehen.

„Natürlich haben wir ihn getötet“, sagte Angelica.

Rob wirkte genauso schockiert wie Jenna. „Das … das kann nicht wahr sein.“

„Natürlich ist es wahr.“ Simon lächelte nicht mehr. „Aber du hast uns nicht gehorcht, Rob. Du hast gegen uns gearbeitet und das war nicht in unserem Sinne. Doch dieses Problem wird bald gelöst sein.“

Rob runzelte die Stirn; offensichtlich verstand er nicht, was Simon damit andeutete. Doch Jenna verstand es nur allzu gut.

„Was soll das heißen?“, fragte Rob.

„Das soll heißen …“ Simon hielt absichtlich inne. „Es soll heißen, dass wir bei unserem kleinen Experiment mit dir noch nicht wussten, wie man die Leute dauerhaft am Leben erhalten kann.“

Jenna schloss die Augen. Es war zu furchtbar, um wahr zu sein. Sicher träumte sie das alles nur. Doch als sie die Augen wieder aufmachte, war sie immer noch in diesem Keller gefangen.

„Nein“, keuchte Rob entsetzt. „Nein.“

„Doch“, korrigierte Simon ihn. „Du warst sehr nützlich für uns, Rob. Dich konnten wir ziemlich lange am Leben erhalten. Durch dich haben wir gelernt, wie wir unsere Töchter für immer zurückbringen können.“

Angelica nickte. „Wir brauchen bloß die passenden … Spender. Nur die richtigen Seelen können uns unsere Töchter wiedergeben.“

Jenna warf einen Blick auf Hallie. „Jenna und Julia", dachte sie. „Hallie und Hannah." Hallie und sie hatten sich immer für Schwestern gehalten. Oh ja, das passte nur zu gut.

„Wie viel Zeit habe ich noch?", fragte Rob voller Verzweiflung.

„Nicht mehr lange", murmelte Simon und knöpfte sich langsam das Hemd auf. Jenna sah, dass seine dünnen Finger etwas umklammerten. Es sah aus wie ein silbernes Amulett an einer Kette.

„Gar nicht mehr lange", wiederholte Simon.

Robs Augenlider begannen unruhig zu zucken, so als hätte er die Kontrolle darüber verloren. Er zitterte am ganzen Körper und konnte sich kaum auf den Beinen halten. „Neeeeiiin", heulte er.

„Mach dir keine Sorgen", sagte Angelica zu ihm – so fröhlich, als würden sie gleich auf ein Fest gehen. „Bald ist alles vorbei."

„Hören Sie auf!", schrie Jenna. „Quälen Sie ihn doch nicht so! Haben Sie ihm denn nicht schon genug angetan?"

„Angelica, unsere hübsche Besucherin ist der Ansicht, wir würden den jungen Robert quälen", rief Simon vergnügt.

„Ach ja." Angelica lächelte. „Mach dir deswegen keine Sorgen, meine Liebe. Tote spüren keinen Schmerz."

Jenna sah ihren Freund an. In seinen Augen standen Angst und Verzweiflung. Die Fears hatten ihm sein Leben, seine Vergangenheit und jetzt auch noch seine Zukunft genommen. Sie spürte, wie langsam der Zorn in ihr aufstieg, Wut über das, was sie ihm angetan hatten. Für einen Augenblick vergaß Jenna ihre eigene Todesangst.

„Sehen Sie ihm in die Augen, Mrs Fear", zischte sie. „Und sagen Sie mir dann, dass er keinen Schmerz empfindet."

Angelica ging zu Rob hinüber und baute sich vor ihm auf.

Sie fixierte ihn prüfend. Dann drehte sie sich um und starrte Jenna mit ihrem durchbohrenden, verrückten Blick an.

„Bald wirst du wahre Schmerzen kennenlernen, meine liebe Jenna“, murmelte sie.

Ihr Lachen hallte von den Kellerwänden wider.

21

Jenna kniff die Augen fest zusammen. Sie konnte nicht hinsehen.

Als sie sich traute, sie wieder aufzumachen, lag Rob in sich zusammengesackt auf dem kalten Steinboden.

„Oh, Rob“, flüsterte sie erschüttert und streckte die Hand nach ihm aus. Heiße, brennende Tränen stiegen Jenna in die Augen.

„Armer Rob“, flüsterte sie. „Armer, armer Rob.“

Er war tot. Bald würde auch sie sterben.

Jetzt, da Rob auch keine Hilfe mehr war, wusste niemand, wo sie und Hallie waren. Keiner konnte sie mehr retten. Die Fears würden ihre Seelen rauben und Julia und Hannah damit wieder zum Leben erwecken.

Simon bückte sich und öffnete die Truhe. Der Deckel knarrte laut. Angelica streckte den Arm aus und holte einen langen weißen Knochen heraus.

Es war ein Beinknochen. Der Beinknochen eines *Menschen.*

Irgendjemand stöhnte. Jenna blickte sich um und merkte, dass sie es war, die gestöhnt hatte. Sie hielt sich rasch die Hand vor den Mund und wich einen Schritt zurück. Sie wusste zwar nicht, wohin sie flüchten könnte, doch sie würde nicht einfach hier stehen bleiben und das alles über sich ergehen lassen.

Mit angehaltenem Atem trat sie noch einen Schritt zurück.

„Bleib, wo du bist!“, befahl Simon.

Jenna erstarrte. Ohne es zu wollen, wurde sie von etwas

zurückgehalten. Das Armband. Sie merkte, dass es anfing, Macht über sie auszuüben. Sie fasste es an.

„Lass das!“, fauchte Simon.

Ihre Hand zog sich zurück. Doch in ihrem Inneren wütete und tobte es. Sie wollte leben! Irgendwie musste sie einen Weg finden, die Kontrolle zu brechen, die diese Leute auf sie ausübten.

„Du hättest das Armband wirklich tragen sollen, als wir es dir geschenkt haben“, sagte Angelica. „Dann wäre alles viel leichter für dich geworden. Schau dir deine Freundin an. Sie hat gar keine Angst.“

Jenna warf einen Blick auf Hallie, die mit aufgerissenen Augen ins Leere starrte. „Nein“, dachte Jenna, „sie hat keine Angst. Aber sie kann weder etwas fühlen noch etwas denken. Sie kann noch nicht einmal um ihr Leben kämpfen.“

„Wenn *das* der leichtere Weg ist, dann habe ich lieber Angst“, zischte Jenna.

Angelica lächelte. „Unsere junge Freundin hier hat anscheinend eine Menge Kampfgeist.“

„Den hatte Julia auch“, bemerkte Simon. „Es passt perfekt.“

„Perfekt“, stimmte Angelica ihrem Mann lächelnd zu.

Nun hob er einen Totenkopf aus der Truhe. Er untersuchte ihn prüfend und legte ihn dann sanft auf den Boden. Angelica holte einen zweiten Totenkopf heraus und beugte sich dann wieder über die Truhe. Jenna schaute in die starrenden, leeren Augenhöhlen und schauderte. Julia und Hannah. Das waren ihre Totenköpfe. Ihre Knochen.

Als ihr die Geschichte einfiel, die Hallie am ersten Abend erzählt hatte, gefror Jenna vor Schreck das Blut in den Adern. Zu manchen Zeiten, hatte es geheißen, geisterten die Skelette der Fear-Mädchen in der Gegend umher.

„Wie oft haben die Fears es wohl versucht?“, fragte sie sich voller Entsetzen. „Wie viele Menschenleben sind dem verrückten Plan, Julia und Hannah wieder lebendig zu machen, schon zum Opfer gefallen?“

Die Fears arbeiteten Seite an Seite. Sie teilten die Knochen in zwei Haufen auf, die sie auf den Boden legten. Jenna fragte sich, wie sie wissen konnten, welche Knochen zu wem gehörten. Es war ihr auch egal. Sie wollte nur noch weg von hier.

Schon war die Truhe leer. Angelica hob einen der Totenköpfe vom Boden auf und streichelte die glatte weiße Rundung. „Nicht mehr lange“, murmelte sie. „Bald, Hannah. Bald wirst du wieder bei mir sein.“

Vorsichtig und zärtlich legte Angelica den Totenkopf auf den Knochenhaufen zurück.

„Es ist Zeit“, sagte sie.

Dichte schwarze Dunstschwaden krochen durch die offene Tür auf die oberste Treppenstufe.

Wieder streckte Simon die Hand aus und griff nach seinem Amulett.

Die Lampe flackerte. Die Schatten auf dem oberen Treppenabsatz verdichteten sich und schwebten wie eine Welle die Treppe hinunter. Sie flossen auf Hannahs und Julias Knochen zu und wanden sich um sie.

Simon lächelte seine Frau an und nahm sie an den Händen. „Bist du so weit?“, fragte er.

„Seit dem Tag, an dem unsere armen Töchter starben, bin ich bereit“, antwortete sie.

Feierlich liefen die Fears in einem Kreis um die Knochen herum. Angelica ging in eine Richtung und Simon in die andere. Im flackernden Licht der Lampe verzerrte sich sein Gesicht zu einer unheimlichen Grimasse aus scharfen Kanten und tiefen Furchen. Doch Angelica mit ihrem irren Blick und ihrer starren, unnatürlichen Schönheit wirkte noch viel furchterregender als er.

Sie blieben stehen, fassten sich erneut an den Händen und fingen an zu singen. Jenna verstand die Worte nicht. Doch bei dem unheimlichen Klang lief ihr ein eiskalter Schauer über den Rücken. Sie spürte instinktiv, dass die Worte irgendeine Macht heraufbeschworen. Eine böse Macht. Eine Macht, die so stark und dämonisch war, dass man sie regelrecht spüren konnte.

Die Schatten breiteten sich im ganzen Raum aus. Jenna glaubte, von dem grässlichen Geruch, der von ihnen ausging, ersticken zu müssen.

„Warum hilft mir denn keiner?“, wimmerte Jenna.

Doch sie wusste, dass niemand sie hören konnte. Niemand würde ihnen zu Hilfe kommen.

Hallie und sie waren der Gnade der Fears ausgeliefert. Und weder Simon noch Angelica kannte die Bedeutung dieses Wortes.

Die schwarzen Dunstschwaden wurden von Minute zu Minute größer und bedrohlicher.

Jenna konnte nicht länger hinsehen. Sie starrte auf die beiden Knochenhaufen. Ein schwaches Klappern begleitete den Gesang der Fears.

Jennas Beine versagten. Mit einem langen Seufzer sank sie auf den kalten Boden.

Die Knochen bebten nun.

„Nein“, flüsterte Jenna. „Nein!“

Simon ließ Angelicas Hände los. Beide traten zurück. Das Klappern der Knochen wurde immer lauter, bis es den Raum zu erschüttern schien.

Jenna hielt sich beide Ohren zu. Ihr Schreckensschrei ging

in einem betäubenden Lärm unter, über den sich nur die Stimmen der beiden Fears erhoben. Angelicas Stimme wurde schrill, Simons war nur noch ein tiefes Krächzen.

Um sie herum kreisten und tanzten die Schatten.

Ohne jegliche Vorwarnung hörte das Klappern auf. Die plötzliche Stille machte Jenna fast noch mehr Angst. Dann keuchte sie, als ihre Hände auf einmal gefühllos wurden.

Langsam und gespenstisch erhoben sich die Knochen vom Boden.

22

Voller Panik schaute Jenna zu, wie die Knochen in Bewegung gerieten.

Sie setzten sich perfekt zusammen und verbanden sich Stück für Stück zu einem vollständigen Skelett.

Jenna ertrug es nicht, länger hinzusehen. Sie richtete den Blick auf ihre eigene Hand. Wenn sie doch nur das Armband abnehmen könnte …

Simons und Angelicas Stimmen hallten im Raum, es klang, als würden sich tausend andere Stimmen in ihrem Echo vereinen.

Jenna schloss die Augen und konzentrierte ihre ganze Kraft darauf, ihre Hand zu bewegen. Oder wenigstens einen Finger. Ihr Herzschlag pochte laut in ihren Ohren.

Sie gab nicht auf. Sie würde niemals aufgeben!

Der Rhythmus des Gesangs veränderte sich. Alarmiert blickte Jenna auf.

Simon und Angelica wirkten abwesend. So als wären sie nicht mehr auf dieser Welt.

Die Skelette standen langsam auf.

Für einen Augenblick schien es jedoch, als hätten die Skelette vergessen, wie man steht. Sie sanken in die Knie und ließen matt die Schädel hängen.

Angelica schrie auf. Simon warf den Kopf zurück und griff nach dem geheimnisvollen Amulett auf seiner Brust. Was immer es auch war – es musste die Quelle seiner Macht sein.

„Julia“, rief er und seine Stimme ließ den ganzen Raum erbeben. „Hannah. Erhebt euch, meine Töchter.“

Plötzlich wurde es still im Raum. Totenstill.

Langsam hob Julias Skelett einen Arm und zeigte mit ihren Knochenfingern auf Jenna.

„Ja, Liebling", säuselte Angelica. „Sie gehört dir."

Beide Skelette machten einen ersten Schritt. Zögernd. Zitternd. Doch sie machten ihn.

Jenna wimmerte vor Angst. Das konnte nicht wahr sein. Es durfte nicht wahr sein! Sie hörte das Klappern der Skelettfüße auf dem Steinboden. Sie kamen näher. Und immer näher.

Hannah ging schnurstracks auf Hallie zu. Und Julia auf Jenna. Eine Skeletthand streckte sich nach ihr aus.

Julia umklammerte Jennas Kopf mit ihren knöchernen Händen.

„Geh weg!", kreischte Jenna und versuchte, sich loszureißen.

Doch wie sehr sie sich auch wand, die Skeletthände ließen nicht locker. Die knochigen Finger packten ihr Haar, hielten es fest und zerrten daran. Jenna wehrte sich, doch sie konnte sich nicht losreißen.

Dann sah sie zu Hallie hinüber, die sich Hannahs Skelett nicht widersetzte. Es legte seine Knochenhände auf Hallies Schultern und starrte ihr in die Augen.

Hallie rührte sich nicht. Sie schrie nicht auf, sie wusste noch nicht einmal, was mit ihr passierte.

Und dann wurde Jenna von einem seltsamen Gefühl überwältigt. Das Kristallarmband an ihrem Handgelenk glühte.

Ihr Körper begann zu zittern.

Und Julia … Julia stand immer noch vor ihr und starrte sie aus leeren Augenhöhlen an. Voller Entsetzen schrie Jenna auf, als sie sah, wie sich ganz langsam Haut über den Totenschädel zog. Das Gesicht nahm immer klarere Formen an. Julia wurde zum Leben erweckt.

23

„Nein!“, schrie Jenna schrill. „Nein!“

Der Mund des Totenkopfes öffnete sich. „Doch. Meine Zeit ist gekommen … um zu leben.“

Jenna merkte, wie sich langsam eine eisige Kälte in ihr ausbreitete. Und Dunkelheit. Kälte und Dunkelheit. Der Tod.

Julia lachte. Das Gesicht des fremden Mädchens nahm immer mehr Gestalt an.

„Bald“, zischte das Skelett. „Bald lebe ich wieder. Ich kann es fühlen.“

Jenna spürte, dass sie immer schwächer wurde. Das Gesicht des Skeletts sah schon fast menschlich aus.

Doch dann blickten die Phantom-Augen nach unten. Julia packte Jennas Arm direkt über dem Handgelenk und zog mit einem so heftigen Ruck daran, dass Jenna vor Schmerzen aufschrie. Jetzt betrachtete Julia das Armband.

„Das … das ist *mein* Armband!“, schrie sie. „Mein Lieblingsarmband. Gib es zurück!“

Mit der anderen Skeletthand riss Julia das Armband von Jennas Handgelenk.

Und Jenna war frei. „Geh weg!“, schrie sie und stieß das Skelett mit aller Kraft von sich.

Julia wankte nach hinten; ihre knochigen Arme ruderten wild. Dann stolperte sie gegen Hannah und riss ihre Schwester mit nach unten. Beide Skelette stürzten klappernd auf den Boden und zerfielen wieder in ihre Einzelteile.

Jenna konnte nicht mehr erkennen, welches Skelett zu welchem Mädchen gehörte.

Das war ihre Chance! Ihre einzige Chance. Und die würde sie nicht verschenken.

Plötzlich begann Angelica zu schreien.

„Hannah!“, kreischte sie. „Julia!“

Jenna raste zu Hallie hinüber. Sie packte ihre Freundin an den Schultern und schüttelte sie heftig. „Hallie! Komm!“

Doch Hallie stand immer noch erstarrt da.

„Simon, sie wollen fliehen!“, kreischte Angelica.

„Wir müssen weg“, keuchte Jenna und zerrte Hallie am Arm. „Komm schon!“

Doch das andere Mädchen rührte sich nicht. Jenna konnte die Fears nun deutlich sehen. Simon umklammerte das Amulett auf seiner Brust. Es war aus Silber und war mit rot funkelnden Steinen besetzt. Es hing an einem Lederband.

Jenna spürte, wie seine Macht den ganzen Raum erfüllte.

Es glühte in Simons Hand.

„Renn!“, schrie Jenna Hallie an. „Renn doch!“

Aber Hallie hatte weder den Willen noch die Kraft, sich zu bewegen. Ihr Medaillon glühte genauso wie Simons Amulett.

„Wie kannst du es wagen, unseren Zauber zu zerstören!“, schrie Angelica.

Die Schatten wanden sich wie rauchige, dämonische Schlangen um Angelicas Schultern. Simon legte seine Hand auf Angelicas, um ihrer beider Kräfte zu vereinen.

Langsam hob Angelica die Hand.

Und zeigte auf Jenna.

Plötzlich stand eine dunkle Gestalt vom Boden auf.

„Rob!“, schrie Jenna.

Robs Körper stürzte sich auf Simon, der für einen kurzen Moment schwankend stehen blieb und wild mit den Armen ruderte. Dann fiel er auf den Boden. Und riss Angelica mit.

„Rob! Wir müssen von hier verschwinden!“, kreischte Jenna. „Lauf, so schnell du kannst, und hol Hilfe!“

„Aber …“, stammelte Rob. Jenna schubste ihn vorwärts. „Mach schon! Ich kümmere mich um Hallie.“

Benommen stolperte Rob die Treppe hinauf und verschwand in der Dunkelheit des Hauses.

Ein plötzlicher Instinkt ließ Jenna das Amulett von Simons Hals reißen. Schnell steckte sie es in die Tasche.

„Das gehört mir!“, rief er. „Bleib sofort stehen! Hallie, halt sie zurück!“

Hallie sprang vorwärts. Schneller, als sie sich je zuvor bewegt hatte. Schneller, als Jenna jemals *irgendeinen Menschen* hatte rennen sehen.

Jenna war kaum zehn Schritte weit gekommen, als sie Hallies Hand auf ihrer Schulter spürte. Ohne ein Wort fing Hallie an, sie zu den Fears zurückzuzerren. Jenna schlug wild um sich.

Und dann lachte Angelica. Jenna hörte nicht nur den Triumph in ihrer Stimme, sondern auch den Wahnsinn.

Mit all ihrer Kraft riss sie Hallie die Kette mit dem Medaillon vom Hals.

24

Schaudernd schleuderte Jenna das Medaillon so weit es ging von sich.

Hallie blinzelte. Dann hob sie den Kopf und schaute Jenna an. Sie sah verwirrt aus – so als wäre sie gerade aus einem Albtraum aufgewacht. „Jenna“, keuchte sie. „Was ist …?“

„Komm mit!“, schrie Jenna, packte sie an der Hand und zog sie mit sich die Kellertreppe hinauf.

Ausnahmsweise stellte Hallie keine Fragen. Doch noch bevor sie oben angekommen waren, hob von unten wieder der Gesang an.

„Meine Beine. Ich kann mich nicht bewegen“, stöhnte Hallie.

„Doch, du kannst es“, beharrte Jenna. „Du musst.“

„Sie fühlen sich wie taub an!“, wimmerte Hallie.

„Komm schon“, schrie Jenna.

Sie nahm ihre Freundin um die Taille und zerrte sie weiter die Treppe hoch.

Die Mädchen stützten sich gegenseitig. Jenna mühte sich Stufe um Stufe ab.

Schließlich erreichten sie den oberen Treppenabsatz. Jenna hielt sich am Türpfosten fest, um nicht rückwärts die Treppe hinunterzufallen. Hallie klammerte sich mit beiden Armen an ihre Freundin.

Jenna warf einen Blick zurück. Angelica und Simon standen eng beisammen.

Simon zeigte auf die Mädchen. „Kommt sofort zurück!“, schrie er. „Ihr müsst tun, was ich euch sage!“

Für einen kurzen Augenblick hatte Jenna Angst, dass Hallie seinem Befehl folgen würde. Doch ohne sein Amulett war Simon machtlos.

Wütend machte er einen Schritt auf die Treppe zu. „Na wartet!“, rief er. „Wenn ihr nicht zu mir kommt, dann komme ich zu euch!“

Jenna starrte ihn entsetzt an.

Doch dann atmete sie erleichtert auf. Durch das dunkle Ritual schienen die Fears sich völlig verausgabt zu haben, denn nur mühselig schleppte Simon sich die erste Stufe hoch.

„Los, jetzt aber nichts wie weg hier!“, sagte Jenna zu Hallie. „Bist du bereit?“ Hallie nickte.

Jenna packte ihre Freundin an der Hand, raste mit ihr durch das Haus und stürzte nach draußen. Die Mädchen rannten über das Grundstück der Fears durch den Wald und verlangsamten ihr Tempo erst, als sie zu Hause angekommen waren.

Die Sheridans standen auf der Veranda und diskutierten aufgeregt mit Rob. Hallies Eltern sahen erschöpft und besorgt aus.

„Mädchen, wo wart ihr bloß?“, fragte Mrs Sheridan, als Jenna und Hallie angerannt kamen. „Es ist schon Mitternacht vorbei und plötzlich steht dieser junge Mann vor unserer Tür. Er meinte, dass –“

„Sie hätten uns beinahe umgebracht!“, rief Hallie. „Die Fears haben versucht, unsere Seelen zu rauben und ihre Töchter wieder zum Leben zu erwecken –“

„Das reicht, mein Fräulein“, sagte ihr Vater streng.

„Bitte hören Sie doch zu!“, flehte Jenna. „Sie sagt die Wahrheit, auch wenn es völlig verrückt klingt.“

Bevor er widersprechen konnte, erzählte Jenna hastig die ganze Geschichte. Immer wieder versagte ihre Stimme und sie versuchte, ihre Tränen zu unterdrücken.

„Und deswegen müssen wir alle so schnell wie möglich von hier weg“, rief sie, als sie geendet hatte.

Mr Sheridan schüttelte den Kopf. „Ihr erwartet doch nicht etwa, dass wir euch diese wilde Geschichte abnehmen.“

Jetzt konnte Jenna ihre Tränen nicht länger zurückhalten. Sie brannten in ihren Augen und strömten über ihre Wangen. Sie musste Hallies Eltern unbedingt davon überzeugen, dass sie die Wahrheit sagte. Ihnen blieb kaum noch Zeit – ihnen allen.

„Wenn Sie mir nicht glauben, dann glauben Sie vielleicht Ihren eigenen Augen!“, rief sie und riss den Kragen von Hallies Nachthemd auf.

Mrs Sheridan schrie entsetzt. Ein Blick genügte und Jenna wusste, warum. Der dunkle Fleck auf Hallies Haut war noch nicht verschwunden.

Die Stelle, auf der das Medaillon gelegen hatte.

25

Die Sheridans nahmen sich nur noch die Zeit, ein paar Koffer zu packen. Dann setzten sich alle in die Pferdekutsche, um Shadyside für immer zu verlassen.

Jenna warf einen Blick zurück auf das Dorf. Alles wirkte so friedlich in dieser nächtlichen Stunde. Doch der Schein täuschte, dachte sie, denn an diesem Ort wohnten dunkle Mächte.

Was Rob jetzt wohl trieb? Er wollte trotz der entsetzlichen Dinge, die geschehen waren, hierbleiben.

Mr Sheridan trieb die Pferde zu einem raschen Trab an. Jenna schaute immer wieder nervös aus dem Fenster. Niemand folgte ihnen.

Doch sie wusste genau, dass die Fears nicht aufgeben würden. Ihre Macht mochte eine Zeit lang geschwächt sein, aber ihre Bösartigkeit war so stark wie eh und je. Plötzlich fühlte Jenna etwas Kaltes in ihrer Tasche. Simons Amulett.

Schaudernd warf sie es aus der Kutsche, denn es sollte an dem Ort bleiben, wo es hingehörte. Hier in Shadyside.

Jenna hatte das Böse gesehen und es überlebt. Als sie sich auf ihrem Sitz zurücklehnte, war ihr klar, dass sie Glück gehabt hatte. Großes Glück.

Andere Mädchen würden vielleicht nicht so viel Glück haben …

Feuerfluch

Prolog

Niemand weiß, woher er kam. Niemand kennt mehr seinen Namen.

Und doch – das, was ein junger Mann vor vielen Jahrhunderten in einer Vollmondnacht heraufbeschwor, hinterließ seine Spuren. Spuren, die bis heute eine ganze Stadt in Angst und Schrecken versetzen.

Der junge Mann war der Urahn der Familie Fear. Und er hatte einen Todfeind. Diese Feindschaft trieb ihn zu einer Tat, die er bitter bereuen sollte. Denn um seinen Rivalen zu besiegen, rief er dunkle Mächte zu Hilfe.

Er entfachte in einer Höhle ein Feuer. Dann murmelte er die magischen Worte, die heute keiner mehr kennt. Erwartungsvoll blickte er in die Flammen, doch nichts geschah. Er wartete.

Als die Flammen plötzlich hoch aufloderten und sich rasend schnell über die Feuerstelle hinaus verbreiteten, schrak er zusammen und wich einen Schritt zurück. Doch das Feuer war schneller und erfasste ihn binnen Sekunden.

„Ich werde verbrennen“, dachte der junge Mann entsetzt. „Gleich bekomme ich keine Luft mehr und dann …“ Noch während er das dachte, merkte er, dass das Feuer einen Kreis um ihn gebildet hatte, sodass er von einer hohen Flammenwand umgeben war. Er schloss die Augen. Was hatte er da getan? Was für Mächte hatte er heraufbeschworen? Plötzlich ertönte aus den Flammen ein Zischeln, das sich langsam zu Worten formte.

„Du hast mich gerufen“, wisperte es.

Er sah sich gehetzt um, doch da war niemand – nur das Feuer.

„Du willst Macht und ich gebe sie dir“, zischte es wieder. „Dafür gehörst du nun mir. Und alles Blut von dir. Ihr werdet mir Opfer bringen.“

Die Stimme schwieg, doch nur für einen kurzen Moment. „Dominatio per malum“, wisperte sie. „Dominatio per malum.“

Der junge Mann schluckte. „Was … was … heißt das?“, stammelte er heiser.

„Macht“, kam die Antwort aus den Flammen. „Macht durch das Böse!“

Die Flammen schlossen sich enger um ihn und er fühlte, wie ihn die Macht durchfuhr – eine heiße Woge. Er hatte es geschafft, er hatte die Macht heraufbeschworen, er fühlte sie mit jeder Faser seines Körpers. Doch er erschauerte, als er spürte, wie stark diese Kraft war. So ungeahnt stark, dass er sich beklommen fragte, ob er es nun war, der diese Macht kontrollierte, oder ob sie *ihn* beherrschte. Aber nun war es zu spät …

Die Flammen loderten noch einmal hoch auf, dann wurden sie kleiner und zogen sich wieder auf die Feuerstelle zurück.

Der junge Mann fühlte sich wie betäubt. Er fiel auf die Knie und starrte lange ins Feuer. War das alles eben wirklich geschehen?, fragte er sich. Hatte sich tatsächlich eine Flammenwand um ihn geschlossen? Das konnte nicht sein.

Doch da fiel sein Blick auf etwas Glänzendes, das zwischen den Steinen vor dem Feuer lag. Er beugte sich vor, um es besser erkennen zu können. Es war ein silbernes Amulett, besetzt mit leuchtend roten Steinen, die im Kreis um einen kleinen Totenkopf angeordnet waren. Als er das Amulett aufhob, stellte er erstaunt fest, wie schwer es in der Hand lag. Vor-

sichtig drehte er es hin und her und betrachtete es genauer. Auf der Rückseite waren die Worte *Dominatio per malum* eingraviert. *Macht durch das Böse.*

„Du gehörst nun mir – und alles Blut von dir", wiederholte er leise die Worte der Stimme aus dem Feuer. Was hatte sie damit gemeint? *Alles Blut von dir* … Ein Gedanke durchzuckte ihn – ein schrecklicher Gedanke. „Das war ein Fluch! Ich und alle meine Nachkommen sind verflucht", wurde ihm klar. „Und das Amulett ist nicht nur das Zeichen meiner Macht, sondern auch das Zeichen des Fluchs." Während er das dachte, glomm das Amulett heiß in seiner Hand auf. Noch einmal drang ein Zischeln durch die Höhle, dann hörte das Amulett auf zu glühen und fühlte sich wieder kühl an.

Nachdenklich betrachtete er den kleinen silbernen Totenkopf. Was geschehen war, konnte er nicht mehr rückgängig machen. Es war sinnlos, sich zu fragen, ob es das wert gewesen war. Der Preis für die gewonnenen Kräfte war hoch – das hatte er erst jetzt erkannt. Zu hoch.

Mithilfe seiner neu erlangten Macht gelang es ihm, seinen Feind zu besiegen. Doch die Familie Fear war fortan verflucht. Es war ein mächtiger Fluch, der die Jahrhunderte überdauerte und nichts von seiner Grausamkeit einbüßte. Manchmal schwieg das Böse für eine Weile, doch nur, um schließlich mit neuer Kraft zu erwachen und Tod und Verderben zu säen. Dann brach es unerwartet über die nächste Generation herein und riss die Familie ins Unglück. Und selbst als die Fears ausgelöscht waren, bestand das Böse fort. An einem bestimmten Ort, in einer bestimmten Stadt …

1

Das Dorf Shadyside, 1900

Nora Goode senkte den Kopf. Sie war müde, so müde. Fast die ganze Nacht hatte sie in diesem kalten Raum gesessen und Fragen beantwortet. Hatte alles berichtet, was sie im Herrenhaus der Fears mit angesehen hatte.

Nicht einmal.

Nicht zweimal.

Nein, nun schon zum dritten Mal.

Und immer noch hielt man sie hier fest. In diesem Raum ohne Fenster, in dem es mehr Finsternis gab als Licht.

Nur die Flamme einer einzigen Kerze flackerte in der Dunkelheit. Schatten tanzten über die Wände.

Nora hob den Blick und sah den Mann an, der ihr gegenüber hinter dem Pult saß. Er allein würde über ihr Schicksal entscheiden. Er hatte die Macht, sie freizulassen oder sie einzusperren.

Der Mann seufzte tief, lehnte sich in seinem Stuhl zurück und breitete einige Blätter vor sich aus. Blätter, auf denen seine Fragen und ihre Antworten standen.

Nora wischte sich die Tränen aus den Augen und setzte sich aufrecht hin. Sie versuchte zu schlucken, aber ihre Kehle war wie ausgetrocknet. Ihr Rücken schmerzte. Sie war hungrig und müde. Am liebsten wäre sie vom Stuhl gerutscht, hätte sich auf dem Boden zusammengerollt und geschlafen.

Sie wollte von Daniel träumen, ihrem Mann, mit dem sie nur einen Tag verheiratet gewesen war. Und von den glücklichen Zeiten, die sie zusammen erlebt hatten, bevor der

Fluch seiner Familie Tod und Zerstörung über sie gebracht hatte.

„Nun gut, Nora“, sagte der Mann mit strenger Stimme. „Erzähl mir noch einmal, was geschehen ist.“

Noch einmal? Noras Schultern sackten nach vorn. „Wenn ich jetzt noch nicht verrückt bin, werde ich es bald“, dachte sie erschöpft. „Woher soll ich die Kraft nehmen, ihm diese entsetzliche Geschichte immer und immer wieder zu erzählen? Ich möchte das alles vergessen, einfach nur vergessen.“

Der Mann klopfte ungeduldig mit den Fingerknöcheln auf das Pult. „Sag mir die Wahrheit über die Geschehnisse im Herrenhaus der Fears. Sag mir die Wahrheit und ich lasse dich gehen.“

„Ich muss stark sein“, dachte Nora. „Für unser Baby. Für Daniels und mein Kind.“

Sie wusste, dass sie das Kind von Daniel Fear unter dem Herzen trug. Das sagte ihr ihr Gefühl. Sie würde alles tun, um ihr Baby zu schützen. Alles.

Sie schluckte mühsam und zwang sich, ruhig zu atmen. „Daniels Großvater, Simon Fear“, begann sie, „hat an diesem Abend seinen 75. Geburtstag gefeiert. Alle Kerzen auf dem Kuchen brannten. Und dann hat Daniel verkündet, dass ich, Nora Goode-Fear, seine frisch gebackene Ehefrau sei. Daraufhin hat sein Großvater einen Schrei ausgestoßen …“

„Lügnerin!“, brüllte der Mann. „Ihr wart nicht verheiratet. Jeder in Shadyside weiß das.“

„Doch, wir waren verheiratet!“, widersprach Nora verzweifelt. Wie konnte sie den Mann bloß dazu bringen, ihr zu glauben? „Aber es war ein Geheimnis“, erklärte Nora. „Wir wollten es unseren Familien erst nach der Heirat erzählen. Wir befürchteten, dass sie uns wegen der Fehde zwischen den Fears und den Goodes davon abhalten würden.“

Der Mann schüttelte den Kopf und presste die Lippen zu einer schmalen Linie zusammen. „Sprich weiter."

„Daniel und ich sind Hals über Kopf zusammen durchgebrannt. Wir haben uns nicht mal die Zeit genommen, Eheringe zu besorgen. Stattdessen hat Daniel mir dies hier gegeben." Nora holte ein Amulett hervor, das an einer Kette um ihren Hals hing. „Wie ich schon sagte, an diesem Abend wurde der Geburtstag von Daniels Großvater gefeiert. Irgendwer brachte eine Torte herein, auf der unzählige Kerzen brannten. Dann verkündete Daniel unsere Heirat. Sein Großvater schrie auf und rappelte sich aus seinem Rollstuhl hoch …"

„Unmöglich!", zischte der Mann sie an. „Simon Fear war ein schwacher Greis. Er konnte nicht aus seinem Rollstuhl aufstehen."

Nora zuckte bei seinem barschen Ton zusammen. „Aber es war so", beharrte sie. „Dann hat er das Gleichgewicht verloren und ist nach vorne auf den Tisch gestürzt. Die Torte ist heruntergefallen und die Kerzenflammen haben sofort auf das Tischtuch übergegriffen … und dann …"

„Erwartest du allen Ernstes, dass ich dir das abnehme? Ein Herrenhaus dieser Größe soll wegen einer heruntergefallenen Geburtstagstorte bis auf die Grundmauern abgebrannt sein?"

Nora fuhr sich mit der Hand über die Augen und nickte. Sie sah wieder vor sich, wie Daniel an ihrer Seite stand und sie seinen Großeltern vorstellte. Im nächsten Moment trennte sie eine Flammenwand – für immer.

„Und keiner hat einen Versuch unternommen, das Feuer zu löschen?", fragte der Mann.

„Das war unmöglich. Daniel hat es versucht, aber das Feuer breitete sich in Sekundenschnelle aus. Es war wie ein lebendes, atmendes Wesen. Ein Wesen mit einem eigenen Willen. So heiß und gleißend hell."

Nora holte tief Luft und zwang sich, dem kalten Blick des Mannes zu begegnen. „Ich sah Gesichter in den Flammen, lachende, schreiende Gesichter“, sagte sie mit fester Stimme. Als sie spürte, dass ihr wieder Tränen über die Wangen liefen, wischte sie sie mit einer hastigen Geste fort.

„Genug!“ Der Mann schlug mit der Faust auf den Tisch. „Ich habe dir viermal die Gelegenheit gegeben, die Wahrheit zu sagen. Die Geschehnisse, die du beschreibst, können sich unmöglich so zugetragen haben.“

Er griff nach einer Feder, tauchte sie in ein Tintenfass und kritzelte seinen Namen quer über das Papier. Die Kerzenflamme flackerte. Schatten tanzten über das Gesicht des Mannes.

Er hob den Blick und sah sie an. „Es tut mir leid, Nora, aber mir bleibt keine andere Wahl. Ich muss dich für geistesgestört erklären und in eine Irrenanstalt einweisen.“

Nora öffnete den Mund, um zu protestieren, doch sie brachte keinen Ton heraus. Irrenhaus, Irrenhaus, Irrenhaus, hallte es in ihren Ohren.

2

Das Dorf Shadyside, 1901

Nora hasste die Nacht.

Während des Tages hörte sie nur vereinzelte Schreie oder vernahm einen gedämpften Aufschlag aus der Zelle über oder unter ihr. Doch in der Nacht hallten dumpfes Stöhnen und verzweifelte Schreie von den Wänden des Irrenhauses wider. Obwohl Nora sich die Ohren zuhielt, konnte sie die schrecklichen Laute der anderen Insassen deutlich hören.

Sie fragte sich, was diese Menschen wohl in ihren Albträumen sahen. Konnte es schrecklicher sein als das, was sie durch ihr Fenster erblickte?

Nora schaute zwischen den schwarzen Eisenstäben hindurch. So wie sie es seit zehn Monaten jeden Abend tat. Zehn lange Monate, die sie jetzt schon in dieser Anstalt eingesperrt war.

Hinter den Gitterstäben waren im fahlen Licht des Vollmonds die Überreste des Herrenhauses der Fears zu erkennen. Wie konnte irgendein Albtraum schrecklicher sein als das?

Nora bemerkte, dass die Arbeiter mit der Straße, die auf dem Land der Fears gebaut wurde, Fortschritte gemacht hatten. Mit der Straße, die einmal Fear Street heißen sollte, wie sie erfahren hatte.

Nora schlang die Arme um ihren Körper. Sie hatte versucht, die Ärzte und Schwestern zu warnen. Hatte ihnen erzählt, dass es keine gute Idee sei, diese Straße zu bauen. Aber sie hatten ihr nicht einmal zugehört. Warum sollten sie auch? Schließlich hielten sie sie für geistesgestört.

Doch Nora wusste, dass jener alte Fluch, der die Fears verfolgt hatte, auch auf ihr Land übergegangen war und es vergiftet hatte. Er war mächtig. Mächtig und unheilvoll. Und noch lange nicht gebannt …

Sie wandte sich vom Fenster ab. Die Dunkelheit kam immer viel zu rasch und hüllte das Bett, den Tisch und den Stuhl in tiefe Schatten.

Und die Wiege.

Nora beugte sich hinunter und nahm ihren Sohn auf den Arm. Nicholas blickte sie aus braunen Augen vertrauensvoll an. Es hatte die Augen seines Vaters. Daniel Fear.

Sie kehrte zum Fenster zurück. Der Wind pfiff durch das gesprungene Glas. Nora beugte sich vor und sog tief die Luft ein. Sie sah hinaus in die Dunkelheit, die Freiheit. Eine Welt, die Nicholas unbedingt kennenlernen sollte.

Doch ihr Sohn war an diesem Ort geboren worden. Er hatte noch nie die Welt außerhalb der eisernen Gitterstäbe und verschlossenen Türen der Irrenanstalt betreten.

Nora schlief meistens auf dem Holzboden sitzend ans Fenster gelehnt. Ihre Matratze, die nach schalem Parfüm, Blut, Schweiß und Tod stank, benutzte sie nie.

Sie wiegte sich vor und zurück. Irgendjemand schrie – ein hoher, schriller Ton. Ihr Sohn begann, leise zu weinen. Während sie sein unschuldiges Gesicht betrachtete, strich sie ihm das braune Haar aus der Stirn.

„Es ist der Wind. Nur der Wind", flüsterte sie ihm zu. „Keine Sorge. Ich werde dich hier rausbringen. Wir gehen beide fort. Bald."

Nora spürte warmes Sonnenlicht auf ihren Lidern.

Langsam öffnete sie die Augen.

Ein neuer Tag.

Schlüssel rasselten, als jemand die Tür aufschloss. Nicholas wimmerte kläglich. Nora hob ihn hoch und drückte ihn fest an sich.

Die Tür flog auf. Eine große Frau betrat den kleinen Raum. Es war Martha, Noras Pflegerin. Ihr massiger Körper füllte die Türöffnung fast vollständig aus. „Es ist Zeit für dein Bad, Nora“, sagte sie.

Als sie beiseitetrat, drängte sich ein junges Mädchen an ihr vorbei. „Nancy passt so lange auf das Baby auf“, fügte Martha hinzu.

Nancy trug genau wie Nora eine Art Kittel aus grober weißer Wolle, der sie als Insassin der Anstalt kenntlich machte. Sie wedelte hektisch mit den Händen vor ihrem Gesicht herum und ihr starres Lächeln wirkte wie festgefroren in dem schmalen Gesicht. „Baby. Ich pass auf Baby auf.“

Nora presste Nicholas fester an sich. „Könnte nicht so lange eine Pflegerin bei ihm bleiben?“

„Nancy ist zwölf. Das ist ja wohl alt genug, um auf ein Baby aufzupassen“, knurrte Martha ungehalten.

„Zwölf“, wiederholte Nancy und streckte die Arme aus.

„Er schläft“, log Nora und legte Nicholas in die Wiege.

„Schläft“, echote Nancy. Sie klang enttäuscht, aber ihr seltsames Lächeln blieb.

„Du kannst ihn nicht auf den Arm nehmen, wenn er schläft“, sagte Nora.

„Nicht auf den Arm nehmen“, wiederholte Nancy, während sie in die Wiege starrte.

„Pass nur auf ihn auf und sorg dafür, dass ihm nichts passiert“, fügte Nora mit sanfter Stimme hinzu.

„Nur aufpassen, dass ihm nichts passiert“, plapperte Nancy ihr nach. Sie begann, die Wiege sanft hin und her zu schaukeln, und sang dabei ein Schlaflied.

Widerstrebend folgte Nora Martha aus dem Raum. Die

Pflegerin verriegelte die Tür hinter ihr, packte Nora mit ihrer kräftigen Hand am Arm und schob sie vor sich her, die Treppe hinunter.

Als sie im Erdgeschoss ankamen, sah Nora einen Mann, der seinen Kopf gegen die Wand schlug. „Das tut weh“, sagte er und schlug seinen Kopf wieder dagegen. „Das tut weh.“

In einer Ecke saß eine Frau, die sich mit den Fingernägeln übers Gesicht kratzte. Hellrotes Blut lief über ihre Hände.

Martha schrie die Frau an, damit aufzuhören, doch die schien die Pflegerin gar nicht wahrzunehmen.

Martha verstärkte ihren Griff um Noras Arm und stapfte auf die Treppe zu, die in den Keller führte. Nora stolperte, als Martha sie die Stufen hinunterzerrte.

Die Pflegerin öffnete eine Tür und schob ihren Schützling in einen dunklen, feuchten Raum. Nora presste sich mit dem Rücken an die Wand. Sie hasste es, hierherzukommen.

Martha stieß eine weitere Tür auf. „Los, geh schon rein.“

Nora hielt den Atem an, als sie den Raum betrat. In dem schwachen Licht sah sie eine magere Frau aus der gusseisernen Wanne steigen. Sie war über und über mit offenen Wunden bedeckt und klapperte mit den Zähnen.

Nora wusste, dass das Wasser kalt war. Das Wasser war immer kalt. Und der Raum wurde durch kein Feuer geheizt.

Ein Pfleger schlang eine Decke um die dürre Frau und führte sie hinaus.

Als Nora einatmete, drang ihr der Geruch von Schweiß, Fäulnis und Schimmel in die Nase. Wenn sie hier ein Bad genommen hatte, fühlte sie sich immer schmutziger als vorher.

„Beeil dich gefälligst“, kommandierte Martha. „Du willst doch sicher nicht, dass Nancy allzu lange mit deinem Sohn spielt, oder?“

Nach ihrem Bad folgte Nora vor Kälte zitternd Martha zurück in ihr Zimmer.

Martha steckte ihren Schlüssel ins Schloss, drehte ihn und stieß die Tür auf. Nora stürmte hinein.

Nancy stand neben der Wiege und schaukelte sie sacht hin und her. „Wiedersehn sagen", murmelte sie vor sich hin. „Nancy Baby Wiedersehen sagen."

Nora betrachtete ihren Sohn. Seine Augen waren geschlossen. Er schlief friedlich.

„Komm schon, Nancy", befahl Martha von der Tür aus.

„Komm schon", wiederholte Nancy mit ausdrucksloser Stimme.

Gehorsam trottete sie auf die Tür zu. Dann drehte sie sich noch einmal um und betrachtete die Wiege. „Nancy *Auf Wiedersehen* sagen. Baby zu neuem Zuhause gehen. Neues Zuhause für Baby."

„Was?", keuchte Nora entsetzt und verschränkte ihre Hände, damit sie nicht so zitterten. „Was hast du gesagt, Nancy?"

„Auf Wiedersehen zu Baby", antwortete die Kleine und nickte monoton mit dem Kopf.

Langsam hob Nora den Blick und sah Martha an. „Nein", flüsterte sie.

„Doch", erwiderte Martha fest. „Nancy hat recht. Das Kind kann nicht in einer Irrenanstalt aufwachsen. Es ist alt genug, um von dir getrennt zu werden. Sie werden es bald holen."

3

„Wann?“, rief Nora gellend. „Wann werden sie kommen, um Nicholas zu holen?“ Sie musste es wissen.

„Beruhige dich“, sagte Martha im Befehlston. „Sie kommen, wenn sie kommen. Es ändert überhaupt nichts, wenn du dir die Kehle wund schreist.“

Nora packte die Pflegerin am Arm. „Was werden sie mit ihm machen? Wo werden sie ihn hinbringen? Bitte sagen Sie es mir. Sie müssen es mir sagen!“

Martha entfernte Noras Finger mit Gewalt von ihrem Arm. „Das reicht jetzt“, donnerte sie. „Zwing mich nicht, dich ruhigstellen zu lassen.“ Dann drehte sie sich um und ging zur Tür. „Wo auch immer man den Kleinen hinbringt, dort ist er jedenfalls besser aufgehoben als hier“, sagte sie noch über die Schulter.

Nora schüttelte stumm den Kopf.

Nein, das würde sie nicht zulassen.

Niemand konnte ihn von ihr trennen.

Kaum hatte Martha die Tür hinter sich geschlossen, griff sie unter ihre Matratze und holte das Seil hervor.

Sie rieb es prüfend zwischen den Fingern. Immer noch nicht dick genug. Dabei arbeitete sie schon seit Monaten daran.

Nora löste ihren Zopf und schüttelte ihr Haar aus. Es fiel ihr fast bis zu den Knien.

Sie teilte einige Strähnen ab und riss sie aus, ohne auf ihre schmerzende Kopfhaut zu achten.

Geschickt verwob sie die Strähnen mit ihrem behelfsmäßigen Seil. Außer ihren Haaren bestand es aus Fäden, die sie aus ihrer Decke und ihrer Kleidung gezupft hatte.

Nora versuchte, behutsam zu sein, als sie sich weitere Strähnen ausriss, aber ihre Hände zitterten. Sie hatte Angst. Angst, dass sie zu bald kommen würden, bevor sie bereit war.

Sobald das Seil fertig war, wollte Nora den Stuhl gegen die gesprungene Ecke des Fensters stoßen und das Glas zertrümmern. Dann würde sie Nicholas fest in seine Decke wickeln, das Seil um ihn schlingen und ihn langsam aus dem Fenster zu Boden lassen.

Als Nächstes würde sie das Feuer im Kamin löschen und durch den Schornstein aufs Dach klettern. Irgendwie würde sie schon einen Weg finden, wie sie von dort nach unten kam.

Nora ging ihren Fluchtplan in Gedanken immer wieder durch, während sie beständig an ihrem Seil arbeitete. Ihr Plan musste funktionieren. Unbedingt.

Draußen heulte der Wind. Nora hielt inne, um zu lauschen, als sie plötzlich ein anderes Geräusch hörte, das den Wind übertönte.

Jemand rief um Hilfe!

Mit zwei großen Schritten war Nora am Fenster und schaute hinaus in die einsetzende Dämmerung. Sie sah, wie einer der Ärzte die Eingangstreppe hinunterstürmte. Ein rothaariger Junge rannte ihm entgegen.

„Es hat einen Unfall gegeben!“, schrie der Junge gellend. „Einen ganz schlimmen. Da, wo sie die Straße über das Land der Fears bauen. Drei Männer sind zerquetscht worden!“

Hätten sie doch nur auf sie gehört. Nora wusste, dass der Fluch der Fears noch mehr Menschenleben fordern würde. Diese Straße würde nichts als Unheil über die Stadt bringen.

Nicholas wimmerte leise. Nora schaukelte seine Wiege

sanft. Sie schwor sich, dass das böse Vermächtnis der Fears ihrem Sohn nichts anhaben würde. Niemals.

Sie musste Nicholas fortbringen. Fort aus dieser Stadt. Fort aus dem Bannkreis des Fluches.

Nora wob ihre Haare weiter in das Seil, als mit einem lauten Knall die Tür aufflog.

Nora schrie erschrocken auf.

„Was tust du da?", fragte eine tiefe Stimme.

4

In der Tür stand der Doktor und musterte sie streng. Dann kam er mit großen Schritten auf sie zu.

„Was ist denn das?“, fragte er und nahm ihr den langen seidigen Zopf aus der Hand.

Nora bemühte sich, ruhig zu bleiben. „Da Sie mir Stift und Papier weggenommen haben, habe ich nichts zu tun. Dieser Zopf ist für mich eine Art Zeitvertreib“, erwiderte sie.

Der Arzt schlang sich das Seil aus Haaren um die Hand und betrachtete es eingehend. „Nora, hattest du etwa tatsächlich vor, mit diesem armseligen Strick zu fliehen?“

„Nein!“, protestierte sie. „Aber ich gehöre nicht an diesen schrecklichen Ort.“

„Das entscheide immer noch ich“, sagte er.

Dann lächelte er sie an und sagte, als ob er mit einem kleinen Kind sprechen würde: „Tut mir leid, Noralein, aber ich muss dir dein Spielzeug wegnehmen.“

Der Doktor wandte sich zum Gehen. In der Tür drehte er sich noch einmal um und sah Nora scharf an. „Denk nicht, dass du mich an der Nase herumführen kannst. Solltest du noch mehr Ärger machen, wirst du das bereuen.“

Nora hielt ihre Tränen zurück, bis sie hörte, wie die Tür ins Schloss fiel und abgesperrt wurde.

Dann ließ sie den Kopf sinken und stieß einen verzweifelten Seufzer aus. „Ich muss einen Weg finden zu fliehen, bevor ich noch wirklich verrückt werde“, dachte sie. Wann würde dieser Albtraum endlich aufhören?

Stimmen im Flur weckten Nora. Sie erhob sich vom Boden, schlich auf Zehenspitzen durch den Raum und presste ihr Ohr an die schwere Tür.

„Sie hat sich wahrscheinlich in den Schlaf geweint“, murmelte eine tiefe, heisere Stimme. Nora erkannte, dass es die des Doktors war.

„Was machen wir, wenn sie es jemandem erzählt?“, fragte eine andere Stimme.

„Wer wird ihr schon glauben? Wir behaupten einfach, sie hätte das Kind getötet und wir hätten es begraben. Wem werden sie wohl Glauben schenken? Einer Verrückten oder einem angesehenen Arzt?“

Nora wich von der Tür zurück. Oh nein! Sie kamen jetzt schon! Sie sah sich in dem kahlen Raum um. Sie hatte keine Waffe und keine Möglichkeit, ihren Sohn zu beschützen.

Sie ging zu seiner Wiege hinüber und nahm ihn behutsam auf den Arm. „Ich weiß zwar noch nicht wie, aber ich werde einen Weg finden, wie wir entkommen können“, flüsterte sie in seine flaumigen Haare.

Nora ging hinüber zum Fenster. Ihren Sohn fest an sich gepresst, wartete sie. Dicke Schweißperlen standen ihr auf der Stirn. Ungeduldig wischte sie sie fort. Dann hörte sie, wie der Schlüssel ins Schloss gesteckt wurde. „Sie kommen“, flüsterte sie. „Sie kommen, um dich zu holen.“

Metall knirschte auf Metall, als der Schlüssel sich drehte.

Dann herrschte Stille. Die Sekunden vergingen wie Minuten. Schmerzhaft langsam.

Die Angeln quietschten. Die Tür öffnete sich Stück für Stück.

Die schattenhaften Gestalten des Doktors und zweier bulliger Wärter standen im düsteren Gang.

Flucht war unmöglich.

5

„Bitte!“, heulte Nora auf. „Bitte nehmen Sie mir nicht mein Kind weg. Der Kleine ist alles, was ich habe.“

„Wenn du wieder gesund bist, bekommst du ihn wieder, das verspreche ich dir“, sagte der Doktor zu ihr.

Nora wich bis zur Wand zurück. „Ihre Versprechen sind wertlos“, schleuderte sie ihm ins Gesicht. „Ich werde nicht zulassen, dass Sie mir meinen Sohn wegnehmen.“

„Du kannst mich nicht davon abhalten, meine Liebe. Du bist die Patientin. Ich bin der Arzt. Und seine neue Familie hat mir eine beachtliche Summe für den Jungen geboten. Ich möchte sie nicht enttäuschen.“ Er machte den Wärtern ein Zeichen. Sie bewegten sich schwerfällig auf Nora zu.

Nora eilte durch den Raum und legte Nicholas in seine Wiege.

Dann drehte sie sich um und blickte die beiden Männer entschlossen an. Wie eine Wahnsinnige, die sie angeblich war, stieß sie einen wilden Schrei aus, der aus den Tiefen ihrer Seele aufstieg.

Ihre Nasenflügel bebten und sie kniff die grünen Augen zu schmalen Schlitzen zusammen.

Dann bog sie ihre Finger zu Klauen und stürzte sich auf die beiden Männer.

Mit den Fingernägeln kratzte sie über den Hals des Mannes, der ihr am nächsten war. Sie spürte, wie seine Haut unter ihren Nägeln hängen blieb. Er schrie auf, als das Blut in Strömen über seine Brust floss. Als Nächstes zielte Nora auf seine Augen.

Der zweite Wärter packte sie und zerrte sie zurück. Ohne zu zögern, schlug sie ihre Zähne in seinen Oberarm. Dann riss sie brutal den Kopf zurück und biss ihm ein Stück Fleisch heraus. Sein schmerzerfüllter Schrei übertönte die hektischen Befehle des Doktors.

Der erste Mann hatte sich wieder gefangen und schlug Nora nieder. Während sie keuchend am Boden lag, schmeckte sie den metallischen, salzigen Geschmack des warmen Bluts auf ihren Lippen.

Als Nora sich unbeholfen aufrappeln wollte, stürzten sich die Wärter gleichzeitig auf sie. Sie wich nach rechts aus, aber einer der beiden erwischte ihren Arm. Er stieß sie brutal zu dem anderen Mann hinüber.

Riesige Hände schlossen sich wie eiserne Reifen um ihre Arme.

Während Nora um sich trat und sich verzweifelt wand, hörte sie ein Lachen. Das Lachen des Doktors, das von den Wänden widerhallte. Es schien von allen Seiten zu kommen. Sie hatte das Gefühl zu ersticken.

Der muffige Geruch ungewaschener Körper stieg ihr in die Nase, während sie wie eine Wilde kämpfte, um sich zu befreien. Aber gegen die beiden Männer kam sie nicht an. Sie war so zierlich. Und die beiden waren so stark.

Der Doktor kam herübergeschlendert und baute sich vor ihr auf. „Meine liebe Nora“, sagte er leise, „wenn du dich weiter so wehrst, könnte dir etwas zustoßen.

Wie schnell doch so ein Genick bricht … Wen kümmert es schon, wenn du stirbst?“

Er ging langsam zur Wiege hinüber. „Ah, dieses kleine Kind macht mich zu einem reichen Mann.“

Er beugte sich hinunter und griff nach Nicholas.

„Nein!“, schrie Nora voller Verzweiflung, während sie gegen ihre Peiniger ankämpfte. „Finger weg von meinem Baby!"

Plötzlich spürte sie, wie das Amulett der Fears auf ihrer Haut zu glühen begann.

Der Boden bebte. Nora keuchte entsetzt auf.

Der Doktor fuhr herum, die Augen vor Schreck weit aufgerissen.

Das Feuer im Kamin knisterte und loderte hoch auf. Die Flammen wurden immer größer. Sie sprangen aus dem Kamin. Leckten an der Wand hinauf. Züngelten gierig über die Decke. Immer heller und heller wurden die Flammen, bis Nora nur noch eine gigantische Wand aus Feuer sah.

Ein Mann trat aus den zuckenden Flammen.

„Daniel", keuchte Nora.

Ihr Mann war aus dem Grab zurückgekehrt.

Vor Entsetzen wie versteinert, ließen die Wärter Nora los.

Ihre Beine gaben unter ihr nach. Sie fiel auf die Knie.

Daniel starrte sie an. Mit ernstem Gesicht und anklagendem Blick.

„Es tut mir leid!", rief Nora. Ihre Stimme zitterte. „Es tut mir so leid, Daniel. Ich habe versucht, unser Kind zu beschützen, aber ich konnte es nicht. Vergib mir", bat sie.

Da wandte er sich von ihr ab, seine Augen ruhten nun auf dem Arzt. „Kommen Sie und leisten Sie mir Gesellschaft, Doktor", zischte Daniel heiser. Er griff an Nora vorbei und zerrte den Mann in die Flammen.

Schreiend fiel der Doktor auf die Knie. Seine Augen traten hervor, als Daniel ihn mit eisernem Griff festhielt und ins Feuer zog.

Nora wandte ihr Gesicht von dem furchtbaren Anblick ab.

Sie wich langsam zur Wiege zurück.

Die schrillen, qualvollen Schreie des Doktors verschmolzen mit dem Brausen der Flammen. Nora zwang sich, nicht hinzusehen. Doch sie roch, wie der stechende Gestank verbrannten Fleisches den Raum erfüllte.

Nora bemerkte einen scharfen Geschmack im Rachen. Sie schluckte krampfhaft. „Bleib ganz ruhig“, befahl sie sich. „Du musst dich darauf konzentrieren, Nicholas zu retten.“

Mit einem Wutschrei schnappte Daniel sich einen der beiden Wärter, der gerade zum Türknauf greifen wollte.

Der zweite Mann stürzte zum Fenster, aber Daniel jagte die Flammen hinter ihm her. Sie hüllten ihn ein wie eine Decke.

Das Feuer loderte weiter, breitete sich im ganzen Raum aus und überzog die Wände mit orangefarbenen Flammen.

„Nora!“, rief Daniel.

Sie fuhr herum und blickte zum Kamin.

Aus den glühend heißen Feuerzungen streckte Daniel seine Hand nach ihr aus.

6

Nora spürte die Hitze, die von Daniels Hand ausging.

„Nein, nicht!“, schrie sie. „Ich weiß, dass du mir nichts antun willst.“

Daniels Gesicht verzerrte sich in den Flammen. Seine brennenden Hände berührten sie fast.

„Lauf, Nora“, zischte Daniel mit unheimlicher Stimme.

Sie drehte sich um und riss Nicholas aus der Wiege. Dann stürzte sie zur Tür.

Daniels Gesicht verschwamm immer mehr in den Flammen, die um ihn herum aufloderten.

Nora rannte aus dem Zimmer und den Flur entlang. Die Flammen folgten ihr. Das Feuer loderte grell hinter ihr.

Die Insassen hämmerten wie wild an die verschlossenen Türen. Niemand kümmerte sich um ihre Hilfeschreie, als sich überall dicker Rauch breitmachte.

Nicholas fest an sich gepresst, hastete Nora die Stufen hinunter. Die Zimmer im nächsten Stockwerk waren nicht verschlossen. Patienten rannten in alle Richtungen.

Nora entdeckte eine Frau, die mitten im Gang auf dem Boden saß und sich benommen hin und her wiegte. „Feuer!“, schrie Nora. „Los, lauf! Das Haus brennt! Bring dich in Sicherheit!“ Aber die Frau wiegte sich nur heftiger hin und her.

Nora rannte weiter. Immer schneller.

Sie raste die Treppe hinunter und stieß alle beiseite, die ihr im Weg waren. Ärzte und Schwestern brüllten Befehle durcheinander.

Ein Mann packte den Saum ihres Kittels. Sie hörte, wie der derbe Stoff riss, als sie sich mit einem Ruck befreite und weiterlief.

Noras Augen brannten. Die heiße Luft versengte ihr beim Atmen die Lunge. Ihre Kehle war völlig ausgetrocknet.

„Ich muss entkommen“, dachte sie, während sie auf ihren nackten Füßen die letzte Treppe hinunterlief. „Und ich werde entkommen.“

Sie rannte durch die Vordertür. Hinaus in die Nacht.

Glockengeläut und das Schrillen von Sirenen schlugen ihr entgegen. Hinter ihr schrien Menschen, das Feuer knisterte und brauste und brennende Teile fielen von dem Gebäude herab.

Nora blieb nicht stehen, um Luft zu schnappen, sondern rannte über den Rasen und spürte das kühle Gras an ihren Füßen.

Als sie das sichere Gebüsch erreicht hatte, versteckte sie sich dahinter und sah zu, wie die Irrenanstalt niederbrannte. Schon war ein Teil des Daches eingestürzt.

„Ich bin frei“, dachte Nora. Sie konnte es kaum glauben.

Doch was sollte sie jetzt tun? Eines stand fest. Hier konnte sie nicht bleiben. Sie musste Shadyside verlassen, ohne gesehen zu werden.

Zärtlich fuhr sie mit den Fingern über die weiche Wange ihres Sohnes. „Wir müssen irgendwohin, wo uns niemand kennt, Nicholas“, flüsterte sie ihm zu. „In eine Stadt, wo noch nie jemand von den Fears gehört hat. Ganz weit weg.“

Nora warf einen letzten Blick auf die Irrenanstalt. Sie konnte das Fenster ihres Zimmers sehen. Von außen wirkten die Gitterstäbe längst nicht so bedrohlich. Hinter ihnen flackerte grell das Feuer.

Mit einem lauten Knall platzte das Glas. Wie lange Arme

schossen die Flammen heraus und griffen nach den nahe gelegenen Bäumen.

Nora stand mühsam auf. Ihren kleinen Sohn auf dem Arm, entfernte sie sich mit stolpernden Schritten von der Irrenanstalt und lief hinaus in die Nacht.

7

Zitternd rollte Nora sich um Nicholas zusammen. Sie spürte die Wärme seines winzigen Körpers, als er sich an sie kuschelte. Sie hatten im Laderaum eines Schiffes Zuflucht gefunden. Dort gab es kein Feuer und keine Wärme.

Noras steif gefrorene Finger fühlten sich an wie Eiszapfen und der Hunger nagte in ihr. Drei Tage lang war sie unterwegs gewesen. Sie war durch die Nacht geirrt, immer Richtung Osten, zum Meer, und hatte Hauptstraßen und andere Menschen gemieden. So war sie langsam zum Hafen einer benachbarten Stadt gelangt.

Als der Morgennebel noch über dem Land lag, hatte Nora sich an Bord eines Schiffes geschlichen. Sie wusste nicht, wohin es fuhr, aber das war ihr egal. Es würde sie von hier fortbringen. Nur das zählte.

Sie spürte die Bewegungen des Schiffes und hörte, wie es an der Kaimauer entlangschabte, als es endlich auslief.

Ihre Lider wurden schwer. „Du darfst nicht einschlafen", schalt sie sich.

Müde rieb Nora sich die verschwollenen Augen. Sie stachen, wenn sie sie schloss, und brannten, wenn sie sie öffnete.

„Du musst Wache halten", ermahnte sie sich. „Sobald du einschläfst, werden sie kommen. Und sie sind flink." Trotz der Dunkelheit konnte sie spüren, wie kleine Knopfaugen sie von den Sparren über ihrem Kopf beobachteten.

Ein Schauer überlief sie. „Wenn ich meine Augen für einen Moment schließe, werden sie angreifen."

Das Schiff ächzte durch die Bewegungen der See. Nora

lauschte auf die Schritte der Matrosen, die oben an Deck arbeiteten.

Auf den Wind, der über das Meer pfiff.

Auf das Getrappel winziger Füße im Frachtraum.

„Sie kommen näher“, dachte Nora und starrte angestrengt in die völlige Dunkelheit, die sie umgab. Sie konnte nicht das Geringste sehen.

Nora war völlig erschöpft. Ihr ganzer Körper schmerzte.

Das Scharren der scharfen kleinen Krallen wurde lauter.

Sie kamen.

Aber Nora war zu müde. Zu müde, um sich Sorgen zu machen.

Etwas Kleines, Pelziges strich dicht an ihrer Wange vorbei.

Die Ratten waren da.

Nora unterdrückte einen Schrei. Sie zwang sich, reglos liegen zu bleiben, während sich die Ratten um sie herum versammelten.

Nora drückte Nicholas noch einmal kurz an sich. Dann schoss blitzschnell ihre Hand vor und griff in die Dunkelheit. Und wirklich, eine der Ratten wand sich kreischend in ihrem Griff.

Nora brach ihr mit einem kräftigen Ruck das Genick.

Die anderen Ratten suchten erschrocken das Weite.

Die Ratte entglitt Noras eisigen Fingern und ein Schauer überlief Nora.

„Bleib ruhig“, redete sie sich gut zu. „Ganz ruhig.“

Die Tür zum Frachtraum flog mit einem Knall auf. Licht fiel durch die Türöffnung herein und blendete Nora.

Sie kniff die Augen zusammen, hob vorsichtig Nicholas auf und huschte hinter einen Stapel Holzkisten.

Schritte hallten durch den Laderaum. Nora beobachtete, wie das Licht einer Laterne über Boden und Wände hüpfte.

Das Licht kam näher und näher. Die Schritte wurden lauter.

Nora hielt den Atem an.

Dann bewegte sich das Licht wieder von ihr weg.

Plötzlich wurde es still.

„Wo ist der Mann?", fragte sie sich. „Wird er jetzt wieder gehen?"

Immer noch wagte sie nicht zu atmen. „Bitte verschwinde!", dachte sie flehentlich. „Geh weg und lass uns in Frieden."

Nora lauschte angestrengt auf einen Laut, der ihr die Position des Mannes verraten würde. Aber sie hörte nichts. Nicht einmal die huschenden Füße der Ratten.

Nur ihr eigener Herzschlag dröhnte ihr in den Ohren. Sie wartete.

Vorsichtig schob sie sich ein kleines Stück nach vorn und schaute hinter den Holzkisten hervor.

Große, raue Hände packten sie und zerrten sie auf die Füße.

„Ich wusste doch, dass sich hier unten noch was anderes bewegt hat als die Ratten", rief er dröhnend und musterte Nora und Nicholas auf ihrem Arm. Nora versuchte, sich aus seinem Griff zu befreien. „Weißt du, was wir mit blinden Passagieren machen?", fragte er. Nora schüttelte den Kopf. „Wir werfen sie den Haien zum Fraß vor."

Unzusammenhängende Gedanken wirbelten Nora durch den Kopf. Was hatte er mit ihr vor? Wie konnte sie sich gegen ihn wehren?

„Leute", schrie der Mann, „kommt runter und schaut mal, wen wir da haben!"

8

Schwere Schritte kamen die Treppe hinuntergepoltert.

Die Tür wurde aufgerissen und mehrere Männer strömten herein und starrten Nora und ihr Kind an. Nora wich einen Schritt zurück. Was hatten die Männer vor? Würden sie sie wirklich über Bord werfen?

Einer der Männer kam langsam näher. Er hatte strohblondes Haar und Sommersprossen.

„Ich bin Tim, Erster Maat“, stellte er sich vor. „Das ist kein sicherer Ort für eine Frau und ihr Baby. Hier unten zwischen hungrigen Ratten. Komm mit.“

Einige der Männer protestierten leise, aber Tim bahnte sich einen Weg durch die Menge. Nora achtete darauf, dicht hinter ihm zu bleiben.

Als sie die Treppe hinaufstiegen, folgten ihnen die anderen Männer zögernd.

„Da entlang“, drängte Tim. Als sie das Ende des Korridors erreicht hatten, stieß er die letzte Tür auf. „Hier hinein.“

Nora betrat den kleinen Raum. An zwei Wänden befanden sich mehrere Schlafkojen übereinander, an der dritten waren große hölzerne Truhen aufgereiht. Darüber hingen an Haken gelbe Öljacken.

Tim öffnete eine der Holztruhen, holte die Kleidung heraus und warf sie in die Ecke. Dann nahm er eine Decke von einem der Betten und ließ sie in die Truhe fallen.

„Du kannst das Baby hier reinlegen“, sagte er in barschem Tonfall.

Nora legte Nicholas in die Truhe und wickelte ihn in die

Decke. Sie wollte sich bei Tim bedanken, aber seine Augen waren hart und kalt.

„Du wirst diese Kajüte auf keinen Fall verlassen", sagte er im Befehlston. „Ich muss mit dem Kapitän über deine Anwesenheit sprechen."

„Soll nicht lieber ich mit ihm sprechen?", fragte Nora.

Tim schüttelte den Kopf. „Eine Frau an Bord eines Frachtschiffs bringt Unglück. Das wird ihm nicht gefallen. Das wird ihm überhaupt nicht gefallen."

Er machte die Tür energisch hinter sich zu und drehte den Schlüssel im Schloss.

Nora sank neben der Truhe zu Boden. Ihr wurde klar, dass sie schon wieder eine Gefangene war. Wenigstens gab es hier keine Ratten und sie hatten Licht. Wenn man ihnen jetzt nur noch etwas zu essen bringen würde. Nora wartete, doch es geschah nichts. Nur der Seegang schien immer stärker zu werden.

Das Schiff schlingerte, als große Wellen darüber hereinbrachen.

Nora packte eine Ecke der schweren Truhe und hielt sich daran fest. Sie sang dem Baby leise etwas vor, während das Schiff hin und her geworfen wurde.

„Es ist nur ein Sturm, Nicholas. Sonst nichts", sagte sie. „Die Männer auf See sind an Stürme gewöhnt."

Nora hörte, wie ein Mann Befehle brüllte.

Über ihr waren eilige Schritte zu hören.

Das Schiff schlingerte jetzt heftiger. Nora stemmte sich gegen die Wand und versuchte, Nicholas' Truhe festzuhalten.

„Was ist denn nur los?", fragte sie sich besorgt.

„Eben war die See noch ruhig und jetzt das", hörte sie einen Mann schreien. „Das ist doch nicht normal."

„Es ist diese Frau!", brüllte ein anderer Mann. „Sie bringt

uns Unglück. Sie muss mit dunklen Mächten im Bunde stehen!“

Wieder tauchte das Schiff tief in ein Wellental. Nora wurde gegen die Tür der Kajüte geschleudert. Nicholas’ Truhe prallte mit voller Wucht gegen sie.

Der Kleine kreischte vor Schreck auf. Nora nahm ihn heraus und drückte ihn mit einer Hand an sich. Mit der anderen hielt sie sich krampfhaft an der Tür fest. Sie versuchte, Nicholas zu trösten. Aber ihre Stimme zitterte, als sie ihm beruhigende Worte zuflüsterte, und ihr Herz hämmerte angstvoll gegen die Rippen.

Nora hörte hastige Schritte im Gang. „Sie hat dieses Unwetter heraufbeschworen!“, rief ein Mann auf der anderen Seite der Tür.

„Genau!“, polterte ein anderer Mann. „Sie ist eine Bedrohung für uns.“

Hastig legte Nora ihren Sohn in die Truhe zurück und schob sie so weit wie möglich von der Tür weg. „Dir wird nichts geschehen“, versprach sie ihm.

„Werft sie über Bord!“, brüllte jemand.

Nora ging zurück zur Tür und wartete auf die Männer.

Kurz darauf drehte sich der Schlüssel im Schloss und die Tür flog auf.

Ein Matrose kam hereingestürzt und packte sie um die Taille. Nora wehrte sich verzweifelt, sie kratzte und trat.

Der Mann fluchte und warf sie sich über die Schulter.

„Lass mich los!“, schrie Nora. Sie zappelte wie wild und versuchte, sich zu befreien. „Ich muss bei meinem Baby bleiben!“

Aber der kräftige Kerl packte sie nur noch fester. Er schleppte sie aus der Kajüte und einen schmalen Treppenaufgang hinauf.

Als er die Tür aufstieß, die an Deck führte, fuhr der Wind hinein und riss sie aus den Angeln. Nora schrie erschrocken auf.

Sintflutartiger Regen prasselte auf sie ein, als der Mann sie nach draußen trug. Der Wind zerrte an ihr und hohe Wellen schlugen über die Reling.

Nora zitterte am ganzen Körper. Wie konnte sie die Männer davon überzeugen, dass sie unschuldig war?

Der Matrose stolperte auf die Reling zu. „Wirf sie rein! Wirf sie rein!“, riefen die Männer im Chor.

Mit einem Stöhnen ließ der Mann Nora von seiner Schulter rutschen. Auf wackligen Füßen stand sie an Deck. „Mach, dass der Sturm aufhört!“, brüllte der Kerl, der sie nach draußen getragen hatte.

Nora schwankte im tosenden Wind. Er packte sie am Arm und seine Finger gruben sich tief in ihre Haut.

„Mach, dass er aufhört!“, brüllte er noch einmal.

Nora schüttelte den Kopf. „Das kann ich nicht.“

Die Seeleute heulten vor Wut auf. Sie stürmten vor und hoben sie hoch.

Nora kämpfte wie wild, als sie sie zur Reling trugen. „Hört auf! Ich besitze keine Zauberkräfte!“, schrie sie. „Ich habe keine Macht über den Sturm!“

„Werft sie über Bord!“, brüllte einer.

Noras Augen weiteten sich vor Entsetzen.

Unter ihr schäumte die aufgewühlte See.

9

Das Schiff sackte plötzlich in ein Wellental.

Die Männer taumelten rückwärts fort von der Reling und ließen Nora los.

Mit einem dumpfen Dröhnen schlug sie auf dem Deck auf. Ein heftiger Schmerz durchfuhr sie und sie bekam keine Luft mehr.

Eine riesige Welle schwappte donnernd über die Reling. Nora hörte Männer schreien, als sie über Bord gerissen wurden. Keuchend richtete sie sich auf.

Sie hatte nur einen Gedanken: Sie musste zu Nicholas. Das Schiff würde diesen Sturm nicht überstehen. Es würde untergehen. Sie durfte nicht zulassen, dass es Nicholas mit sich in die Tiefe riss.

Nora spürte, wie das Amulett der Fears, das um ihren Hals hing, sich erwärmte. Sie umfasste es.

Der Bug des Schiffes richtete sich steil nach oben. Geistesgegenwärtig griff Nora nach einem Seil der Takelage und schlang es um ihr Handgelenk.

Männer schlitterten an ihr vorbei und versuchten vergeblich, sich an die Holzplanken des Decks zu klammern. Sie stießen schrille Entsetzensschreie aus, als sie ins Meer stürzten.

Als der Bug wieder zurück ins Wasser klatschte, schüttelte Nora das Seil um ihr Handgelenk ab. Sie kroch auf allen vieren zu dem schmalen Niedergang und fiel halb die Treppe hinunter.

Hinter sich hörte sie das Heulen des Windes. Ein Schwall

Wasser schoss die Treppe hinab. Sie richtete sich mühsam wieder auf und stützte sich mit einer Hand an der Wand ab, um das Gleichgewicht nicht zu verlieren.

Das Amulett begann zu glühen. Das seltsame blaue Licht, das von ihm ausging, half Nora, sich zurechtzufinden. Als sie den Fuß der Treppe erreicht hatte, schäumte eisiges Wasser über ihre Knöchel. „Nicholas!“, rief sie. „Ich bin bei dir. Keine Angst!“

Sie kämpfte sich den Gang hinunter und stieß die letzte Tür auf. Die Truhe stand noch an derselben Stelle und Nora sah Nicholas mit seinen kleinen Fäusten durch die Luft fuchteln.

„Hier bin ich!“, rief sie und wollte zur Truhe stürzen.

Aber eine kräftige Hand legte sich auf ihre Schulter und hinderte sie daran.

Nora fuhr herum.

„Du musst sterben!“, brüllte der Seemann.

„Nein!“, kreischte Nora.

Sie musste Nicholas retten. Sie musste sich retten.

10

Nora packte das Hemd des Mannes.

Sie spürte, wie mit der Wärme des Amuletts eine seltsame fremde Kraft durch ihren Körper strömte. Mit einem Mal fühlte sie sich stark genug, jeden Mann auf diesem Schiff zu besiegen, wenn es sein musste.

In diesem Moment fiel das Schiff in ein tiefes Wellental und stellt sich schräg. Der Mann taumelte zurück und fiel mit dem Kopf gegen die Truhe. Nora, die sich gerade noch hatte festhalten können, starrte ihn an. Er war bewusstlos.

Krach.

Nora hörte das Geräusch berstenden Holzes trotz des tobenden Sturms.

Wasser sickerte durch die Wände der Kajüte. Offenbar war der Rumpf des Schiffs zersplittert.

Sie lief zu Nicholas hinüber. Die Truhe, in der er lag, bestand aus massivem Holz. Aber würde sie auch schwimmen oder würde sie auf den Grund des Meeres sinken? Sie schob den schweren Körper des Mannes beiseite.

Aus dem Augenwinkel entdeckte sie ein zusammengerolltes Seil auf dem Boden. Sie hob es auf und band sich ein Ende fest um ihre schmale Taille.

Dann schloss sie den Deckel der Truhe und fuhr mit der Hand über das sorgfältig abgeschliffene Holz. „Dir wird nichts geschehen, mein Kind."

Das Schiff schwankte von einer Seite zur anderen. Das Wasser strömte immer schneller in die Kajüte.

Nora schlang das andere Endes des Seils fest um die Truhe,

verknotete es, wand es noch einmal darum und machte noch einen Knoten. So lange, bis das Seil aufgebraucht war.

Das kalte Meerwasser umspülte ihre Waden. Mit dem steigenden Wasserpegel in der Kajüte trieb auch die Kiste immer weiter nach oben. Nora machte einen letzten Knoten.

Die Holzplanken des Schiffs stöhnten und ächzten.

Voller Entsetzen sah Nora zu, wie die Planken sich bogen. Sie würden der Gewalt der Wellen nicht mehr lange standhalten.

Im nächsten Moment gab das Holz nach. Eine riesige Welle schlug über Nora zusammen und füllte die Kabine mit Wasser.

Sie war von eisigem Salzwasser umgeben. Es brannte in ihrem Mund und ihrer Nase und stach ihr in die Augen.

Nora kämpfte sich zu dem Loch in der Schiffswand vor. Sie musste hier raus. Sie brauchte Luft. Ihre Lungen brannten wie Feuer.

Hastig hangelte sie sich durch das Loch und zerrte die Truhe hinter sich her. Dann schwamm sie mit kräftigen Stößen nach oben. Sie musste die Wasseroberfläche erreichen.

Immer wieder stieß die Truhe gegen ihre Seite, ihre Schulter, ihren Kopf. Ein stechender Schmerz schoss durch ihren Körper. Unzählige helle Punkte tanzten vor ihren Augen …

Mit letzter Kraft durchbrach Nora die Wasseroberfläche und sog gierig die Luft ein.

Unbarmherzig peitschte der Sturm auf sie ein. Er trieb die Truhe von ihr fort, aber das Seil hielt.

Nora keuchte und würgte. Ihre durchweichten Kleider zogen sie nach unten. Sie zerrte die Truhe am Seil zu sich heran und klammerte sich daran fest. Mit ihrer Hilfe schaffte sie es, sich über Wasser zu halten, während die Wellen um sie herum tosten.

Nora hörte die Männer schreien. Sie kämpfte verzweifelt darum, den Kopf in der aufgewühlten See über Wasser zu behalten.

Während Nora zusah, ging das Schiff langsam unter. Immer steiler stieg der Bug aus dem Wasser, während das Heck tiefer und tiefer sank. Bis schließlich das ganze Schiff mit einem lauten Gurgeln und Brausen versank.

Dann legte sich der Wind so abrupt, wie er gekommen war.

Die See beruhigte sich.

„Was ist mit den Männern geschehen?", dachte Nora und ließ ihren Blick auf der Suche nach Überlebenden über die Wasseroberfläche schweifen.

Aber das dunkle Meer lag so still da wie ein Spiegel. Nicholas' Truhe hüpfte sachte auf und ab. Sonst bewegte sich nichts.

Nora war völlig erschöpft. Sie fror nicht mehr, doch sie spürte auch ihre Arme und Beine kaum noch.

„Ich möchte einfach nur schlafen", dachte sie. „Aber ich darf nicht. Ich muss ans Ufer gelangen und uns in Sicherheit bringen."

Irgendwie schaffte sie es, mit ihren gefühllosen Armen und Beinen Schwimmbewegungen auszuführen. Zwar ganz langsam, aber immerhin. Am Seil zog sie die Truhe hinter sich her.

Bald schmeckte sie Blut auf ihren Lippen. Blut und Salz. Sie wusste nicht, ob das Salz vom Meerwasser stammte oder von ihren Tränen.

Noras Arme wurden immer schwerer. Sie zwang sich, einen Schwimmzug nach dem anderen zu machen.

Die Muskeln in ihren Beinen begannen sich zu verkrampfen, aber sie schwamm trotzdem weiter. Wie weit war es noch? In welcher Richtung lag das Land? Schwamm sie überhaupt in die richtige Richtung?

Plötzlich vernahm sie ein gewaltiges Dröhnen. Sie hörte auf zu schwimmen und klammerte sich an die Truhe. Nervös ließ sie ihren Blick über das Wasser wandern.

Ihre Augen wurden groß. Dunkle Wolken hingen im Osten tief über dem Meer und Blitze zuckten durch den Himmel.

Die Wellen kamen wieder in Bewegung, türmten sich aus den Tiefen des Ozeans auf.

Der Sturm war zurückgekehrt.

Nora schwang sich auf die Truhe. Und wartete.

Wartete auf den Tod.

Mit lautem Grollen näherte sich der Sturm. Riesige Wellen ließen die Truhe wie ein Spielzeug auf und ab tanzen. Das Seil schnitt in Noras Finger, während sie sich mit aller Kraft daran festklammerte.

Sie war der Gnade des Sturms ausgeliefert.

Und er kannte keine Gnade.

11

Nora spürte einen feinen Sprühnebel auf ihrem Gesicht. Sie war müde, so furchtbar müde. Sie wollte nur schlafen.

Ganz langsam öffnete sie die Augen.

Sie klammerte sich nicht länger an die Truhe, sondern lag lang ausgestreckt auf dem Boden. Sand klebte in ihrem Gesicht und an ihren nackten Beinen.

Sie setzte sich abrupt auf.

Nicholas! Wo war Nicholas?

Noras Blick wanderte über den Strand. Sie entdeckte die Truhe und keuchte entsetzt auf.

Die Truhe war gegen einen großen Felsen geschleudert worden und sie konnte erkennen, dass der Deckel nun geöffnet war.

Lag Nicholas immer noch darin? War er verletzt?

Nora zwang sich aufzustehen und rannte stolpernd auf die Truhe zu. Ihre Knie gaben nach und sie fiel in den nassen Sand.

Wieder kämpfte sie sich hoch und taumelte weiter. Ängstlich blickte sie in die Truhe.

Nicholas war noch darin.

Er lag still. Ganz still.

„Nicholas?“, flüsterte sie mit heiserer Stimme. „Mein lieber, kleiner Nicholas …“

Er bewegte sich nicht.

Seemöwen flogen dicht über ihren Köpfen dahin, aber nicht einmal ihr durchdringendes Kreischen weckte ihn auf.

„Er ist tot“, dachte Nora wie betäubt.

Tränen stiegen ihr in die Augen. Sie streckte die Hand aus und berührte die Wange ihres Kindes. „Nicholas?"

Er verzog das Gesicht und stieß ein lautes Geheul aus. Er war am Leben!

Nora lachte vor Erleichterung, hob ihn aus der Truhe und drückte ihn ganz fest an sich. „Wir sind in Sicherheit, Nicholas. In Sicherheit."

Nora ging ein paar Schritte ins Meer, bis es ihre Knie umspülte. Sie blickte über das blaue, kristallklare Wasser, das sich bis in alle Ewigkeit zu erstrecken schien.

Nicholas streckte seine kleine Hand aus und packte die Kette, an der das Amulett hing. Als er daran zog, zerriss die Kette und das Amulett fiel ins Wasser.

Nora fischte es heraus und betrachtete es genauer. Sie drehte es um und las die Inschrift auf der Rückseite: DOMINATIO PER MALUM.

„Macht durch das Böse", flüsterte Nora. „Dein Vater hat mir dies als Zeichen seiner Liebe geschenkt, Nicholas. Dieses Amulett bedeutete ihm viel, denn es war schon seit langer Zeit im Familienbesitz."

Nora seufzte. „Die Familie deines Vaters hatte Macht und Geld. Aber sie haben einen hohen Preis dafür bezahlt. Sie haben das Böse in ihr Leben gelassen und das hat sie zerstört."

Nora starrte eine ganze Weile ins Wasser. Das Amulett in ihrer Hand fühlte sich schwer an. Schwer und warm. Dann holte sie weit aus und warf es in die ruhige See.

Erleichterung stieg in ihr auf. „Jetzt können dir die bösen Kräfte der Familie Fear nichts mehr anhaben, Nicholas", flüsterte sie.

Zärtlich blickte sie auf das Gesicht ihres Babys hinunter. „Für uns beginnt nun ein neues Leben mit neuem Namen. Von jetzt an nennen wir uns *Storm*."

12

Shadow Cove, 1919

Nicholas Storm hasste sein Leben als Fischer.

Er hasste das Gefühl von glitschigem Fisch. Den Geschmack von Salz auf seinen Lippen. Und den durchdringenden Gestank der Pökellake.

Als er nach Hause trottete, trug er den Fischgeruch mit sich. Egal, wie oft er auch badete oder wie gründlich er sich abschrubbte, der Gestank haftete an seiner Haut. Er hasste ihn.

Er hasste alles an seinem Leben.

Alles außer Rosalyn.

Rosalyn war anders. Sie kam nicht aus Shadow Cove, sondern aus Spanien.

Nicholas liebte ihr langes schwarzes Haar und ihre dunkelbraunen Augen. Und die winzigen goldenen Ringe, die an ihren Ohrläppchen baumelten.

Kein anderes Mädchen in Shadow Cove hatte durchstochene Ohrläppchen. Rosalyn war wirklich etwas ganz Besonderes.

Die anderen Mädchen in dieser Stadt wollten nur heiraten und ein Heim gründen. Kinder bekommen. Und den Fisch essen, den ihre Männer fingen.

Rosalyn wollte mehr. Genau wie er. Sie wollten heiraten und zusammen aus Shadow Cove weggehen.

Doch Rosalyns Vater würde ihnen niemals die Erlaubnis dazu geben. Er stellte strenge Anforderungen an den Mann, der seine Tochter heiraten würde. Dieser Mann musste reich und mächtig sein. So reich und mächtig wie er selbst.

Er hatte Rosalyn sogar verboten, mit Nicholas zu sprechen. Deswegen konnten sie sich nur heimlich treffen.

Nicholas hatte sich geschworen, dass er Rosalyns Vater eines Tages dazu bringen würde, ihn zu akzeptieren. Koste es, was es wolle.

Nicholas ging mit großen Schritten auf das Haus zu, das er mit seiner Mutter bewohnte. Durch die salzige Luft waren die verzogenen und verwitterten Bretter zu einem faden Grau verblichen.

Nicholas stieß die Tür auf und trat in die Küche. Dort blieb er wie angewurzelt stehen.

Das Haus war dunkel und still. Zu still.

Fliegen summten um das Rührei, das er am Morgen nicht ganz aufgegessen hatte.

„Mutter!“, rief er und fragte sich verwundert, warum sie sich nicht um den Abwasch gekümmert hatte.

Eine Krabbe huschte seitlich über den Holzboden.

Langsam ging Nicholas durch die Küche ins Wohnzimmer. Es war leer.

Plötzlich hörte er ein leises Stöhnen. Er rannte den Flur entlang und stürzte ins Zimmer seiner Mutter. Dort fand er sie zusammengekrümmt auf dem Boden.

Sie bewegte sich nicht, als Nicholas sich über sie beugte. Ihr Gesicht war so weiß wie die Muscheln, die am Strand angespült wurden, und ihre Augen waren geschlossen.

Er kniete sich neben sie und nahm ihre Hand. Sie fühlte sich eiskalt an. „Mutter?“, flüsterte er heiser.

Nicholas rieb mit beiden Händen die Hand seiner Mutter. Sie war kalt. Zu kalt. „Mutter, was ist mit dir?“, rief er. „Bist du krank?“

Nora öffnete mühsam die Augen und sah zu ihm auf. „Daniel?“, krächzte sie mit rauer Stimme.

Erleichterung durchströmte ihn. „Nein, Mutter. Ich bin's, Nicholas."

Nora lächelte wehmütig. „Du siehst deinem Vater so ähnlich."

„Das hast du schon oft gesagt", erwiderte Nicholas. „Und jetzt erzähl mir, was passiert ist", drängte er.

„Mein Herz ..." Sie verstummte.

Er nahm sie auf die Arme und hob sie auf. Sie fühlte sich ganz leicht an.

„Seit wann sieht sie so alt aus?", fragte er sich, als er auf sie hinunterblickte. Ihre Augen, die sonst so grün leuchteten, blickten stumpf. Ihre Lippen waren bläulich.

Angst schnürte ihm das Herz ab, als er sie behutsam auf ihr Bett legte. Er hob die Tagesdecke vom Boden auf und schlang sie um ihren zarten Körper.

Seine Mutter hatte hart gearbeitet, um sie beide durchzubringen. Sobald er alt genug war, hatte Nicholas Arbeit auf einem der Fischerboote angenommen. Aber seine Mutter hatte sich jahrelang ganz allein um ihn gekümmert.

Er erinnerte sich an die unzähligen Stunden, die sie mit Näharbeiten zugebracht hatte. Außerdem hatte sie für andere Leute die Wäsche gewaschen und Fischernetze geflickt, damit sie genug Geld hatten, um die Miete für ihr Häuschen zu bezahlen.

Nicholas setzte sich neben seine Mutter und strich ihr über die ergrauten Locken. Plötzlich hatte er das Gefühl, dass ihm die Zeit wie Sand durch die Finger rann.

„Nicholas. Ich muss dir etwas sagen", begann seine Mutter mit schwacher Stimme. „Ich ... ich wollte dich davor schützen, aber ..."

„Schützen? Wovor?", fragte Nicholas. Ihn überlief ein eiskalter Schauer.

Nora schluckte. „Du musst die Wahrheit über deine Familie erfahren. Ich werde nicht immer da sein, um auf dich aufzupassen.“ Sie tastete nach seiner Hand und hielt sie fest.

Nicholas’ Kehle war auf einmal wie zugeschnürt. Er hätte seiner Mutter gerne gesagt, dass sie noch viele Jahre bei ihm sein würde. Aber er wusste, dass es eine Lüge war.

Draußen kreischten die Möwen. Der Wind fuhr durchs Haus und rüttelte an Fenstern und Türen.

Seine Mutter sah ihm tief in die Augen. Ihre Miene war so ernst, dass es Nicholas richtig Angst machte.

„Dein Vater … dein Vater …“, setzte sie an.

Nicholas sah sie aufmerksam an. Er hatte so lange darauf gewartet, etwas über seinen Vater zu erfahren. Seine Mutter hatte nie von ihm gesprochen – außer, dass sie immer wieder behauptete, Nicholas sei ihm wie aus dem Gesicht geschnitten. Jetzt würde er endlich die Wahrheit erfahren.

„Dein Vater hat dir ein Erbe hinterlassen“, sagte Nora. Sie holte keuchend Luft. „Ein Erbe, das …“

Ihr Körper verkrampfte sich. Dann löste sich der Griff ihrer Hände. Sie fiel zurück aufs Bett und blickte mit leeren Augen zu ihm auf. Sie war tot.

13

Wieder und wieder hörte Nicholas die Worte seiner Mutter, als er neben ihrem Grab stand. *Ich wollte dich davor schützen … Dein Vater hat dir ein Erbe hinterlassen …*

Würde er jemals erfahren, wovor sie ihn beschützen wollte? Würde er jemals das Erbe bekommen, das sein Vater ihm hinterlassen hatte?

Nicholas zitterte im kalten Wind. Er wünschte, Rosalyn wäre hier. Er musste mit ihr reden, ihr von dem Erbe erzählen.

Er wusste, dass Rosalyn gern mit ihm zusammen zur Beerdigung gegangen wäre. Aber ihr Vater hätte es nicht erlaubt.

Als die Sonne unterging, verließ Nicholas das Grab seiner Mutter. Er lief hinunter zum Strand und blickte hinaus aufs weite Meer, das sich vor ihm erstreckte. Der Vollmond spiegelte sich im Wasser.

Nicholas wollte nicht nach Hause. Das Häuschen würde ihm ohne seine Mutter viel zu leer vorkommen. Tränen brannten in seinen Augen.

Er wollte nicht weinen. Mit großen Schritten ging er den Strand entlang. Schneller und immer schneller. Dann begann er zu rennen.

Er rannte, bis sein Herz schmerzhaft gegen die Rippen schlug und seine Lunge brannte. Rannte, bis er hörte, wie jemand seinen Namen rief.

Rosalyn!

Die blaue Seide ihres Kleids bauschte sich, als sie auf ihn

zulief. Die roten Steine ihrer Lieblingskette fingen die Strahlen des Mondes ein.

Rosalyn blieb kurz vor ihm stehen und schlang ihre Arme um seinen Hals. Nicholas hielt sie fest. Am liebsten hätte er sie nie wieder losgelassen.

Er legte seine Wange auf ihren Kopf. Ihr langes schwarzes Haar duftete nach dem Rosenparfüm, das sie immer benutzte. Und es fühlte sich herrlich weich an.

Rosalyn trat zurück. Sie hob den Kopf und sah ihn an. In ihren dunklen Augen lag ein ernster Ausdruck.

Nicholas beugte sich hinunter, um sie zu küssen, doch sie schob ihn weg.

„Rosalyn, was ist los?“, fragte er leise.

„Du musst verschwinden“, platzte sie heraus und presste ihr Gesicht an seine Brust. Er spürte, wie sie zitterte. „Du musst Shadow Cove sofort verlassen.“

Als Rosalyn zu ihm aufsah, schwammen ihre Augen in Tränen. „Mein Vater hat mir heute Abend mitgeteilt, dass er vorhat, eine Heirat für mich zu arrangieren. Eine Heirat mit einem vermögenden Mann, der für mich sorgen kann. Ich war so außer mir, dass ich ihm, ohne nachzudenken, erzählt habe, dass ich dich liebe.“

Nicholas biss die Zähne zusammen. „War er sehr wütend?“

Sie nickte. „Er schwor, er würde dich eher töten, als uns die Erlaubnis zur Heirat zu geben.“ Sie krampfte ihre Finger um seinen Arm. „Du musst fort. Mein Vater stößt keine leeren Drohungen aus.“

„Es gibt da etwas, das ich dir sagen muss. Etwas, das deinen Vater vielleicht dazu bringen könnte, seine Meinung über mich zu ändern“, sagte Nicholas. „Bevor sie starb, hat meine Mutter mir erzählt, dass mein Vater mir ein Erbe hinterlassen hat.“

„Hat sie dir auch verraten, wer dein Vater war?“

Nicholas schüttelte den Kopf. „Aber ich werde es herausfinden. Ich *muss* es herausfinden.“

Rosalyn machte ein zweifelndes Gesicht.

Nicholas sprach hastig weiter. „Und selbst wenn mir das nicht gelingt, werde ich zu Geld kommen. Ich habe vor, Shadow Cove morgen zu verlassen. Wenn ich Geld habe, komme ich zurück. Und dann werden wir heiraten.“

Tränen glitzerten auf Rosalyns Gesicht. „Gut“, sagte sie leise. „Ich verspreche dir, dass ich niemals einen anderen heiraten werde. Niemals.“

„Ich werde dich beim Wort nehmen“, erwiderte er.

Sie warf ihm ein zittriges Lächeln zu. „Ich muss gehen, bevor mein Vater entdeckt, dass ich verschwunden bin.“

„Ich werde zurückkommen, Rosalyn“, versprach Nicholas noch einmal. Dann legte er die Arme um sie und küsste sie. Er würde sie sehr vermissen.

Rosalyn löste sich widerstrebend aus seiner Umarmung. „Bitte pass auf dich auf.“ Sie öffnete den Verschluss ihrer Kette und drückte sie ihm in die Hand. „Hier, für dich. Es soll dir Glück bringen und dich beschützen.“ Und dann drehte sie sich um und rannte weg.

Es schnürte Nicholas die Kehle zu, als er beobachtete, wie sie davonlief. Als sie nicht mehr zu sehen war, öffnete er die Hand und betrachtete das ungewöhnliche Schmuckstück genauer. Der Anhänger war auffallend groß und bestand aus einer flachen silbernen Scheibe, die von einem Kreis funkelnder roter Steine eingerahmt wurde. „Eigentlich sieht es eher aus wie ein Amulett“, dachte Nicholas.

Der seltsame Anhänger war mit drei silbernen Klauen an der Kette befestigt. „Merkwürdige Verzierung“, murmelte Nicholas und fuhr mit dem Daumen darüber.

„Autsch!“ Ein Tropfen Blut fiel von seinem Daumen mitten auf das Amulett. „Diese Dinger sind aber ganz schön scharf“, dachte Nicholas.

Er wollte das Amulett schon in die Tasche stecken, als ihm eine Inschrift auf der Rückseite auffiel.

Erstaunt stellte er fest, dass es sich um lateinische Worte handelte. Er versuchte, seine mageren Lateinkenntnisse zusammenzukratzen, um sie zu übersetzen.

„Per.“ Das war leicht. *Per* hieß so viel wie *durch*.

„Dominatio“, flüsterte er. „Dominatio.“ Ja, natürlich. *Dominatio* hatte etwas mit *dominare* zu tun und bedeutete Macht.

Aber *malum*. Was hieß *malum*?

Böse.

Nicholas' Finger schlossen sich fester um das Amulett, als er die Bedeutung der Inschrift verstand.

DOMINATIO PER MALUM.

MACHT DURCH DAS BÖSE.

Nicholas starrte auf das Amulett in seiner Hand. Dann drehte er sich um und machte sich auf den Weg zu seinem leeren Haus.

Dunkle Wolken zogen über den Mond und verdeckten sein schwaches Licht. Mit schnellen Schritten ging Nicholas am Strand entlang und bog dann auf die unbefestigte Straße ein, die in den Ort führte. Plötzlich hörte er hinter sich ein Geräusch – wie von einem knackenden Ast. Er wandte sich um und ließ seinen Blick über die Straße wandern. Aber es war nichts zu sehen.

Nicholas ging langsam weiter. Unauffällig drehte er ein wenig den Kopf und schaute hinter sich. Aus dem Augenwinkel sah er einen Schatten, der sich bewegte.

Folgte ihm etwa jemand?

Er warf noch einen schnellen Blick über die Schulter und entdeckte einen Mann, der geduckt in die Schatten am Wegesrand huschte.

Hatte Rosalyns Vater bereits jemanden auf ihn angesetzt?

Nicholas ging weiter, als ob nichts wäre. Er wollte nicht, dass der Mann merkte, dass er entdeckt worden war.

Als er an einer großen Ulme vorbeikam, versteckte er sich dahinter. Er musste wissen, wer ihn verfolgte.

Nicholas spähte durch die Zweige.

Die Straße lag leer und verlassen da.

Wohin war sein Verfolger verschwunden?

Nicholas hörte ein raschelndes Geräusch hinter sich. Er fuhr herum.

Vor ihm stand ein Mann.

„Das kann nicht sein!“, entfuhr es Nicholas.

Der Unbekannte sah genauso aus wie er.

14

„Wer sind Sie?“, fragte Nicholas. Er hoffte, dass der Mann sein Zittern nicht bemerken würde.

Wie war es nur möglich, dass sie sich so extrem ähnelten?

Der Mann schaute Nicholas schweigend und mit ausdrucksloser Miene an.

Nicholas spürte, wie sich seine Nackenhaare aufrichteten. „Wer sind Sie?“, rief er noch einmal.

Ungläubig betrachtete er den jungen Mann von oben bis unten. „Die gleichen dunkelbraunen Augen wie ich“, dachte er. „Das gleiche glatte braune Haar. Die gleiche Größe.“

Er befahl sich, ganz ruhig zu bleiben. Es war bestimmt nur ein seltsamer Zufall. Braune Haare waren schließlich nichts Ungewöhnliches. Und braune Augen erst recht nicht.

„Nein. Das ist keine ausreichende Erklärung“, dachte Nicholas. „Er sieht nicht nur aus wie ich. Er ist mein Ebenbild.“

„Was wollen Sie? Wer sind Sie?“, fragte Nicholas heiser.

Der andere Mann öffnete und schloss den Mund. Aber es kam kein Wort heraus.

„Können Sie nicht sprechen?“, brüllte Nicholas ihn an.

Der Mann schaute ihn bittend an. Wieder öffnete er den Mund. „Shadyside!“, krächzte er. Sein Gesicht verzerrte sich dabei, als würde ihm das Sprechen Höllenqualen bereiten.

Dann begann er langsam zu verblassen.

„Ich verstehe nicht“, rief Nicholas. „Was wollen Sie mir damit sagen?“ Er konnte den Mann jetzt kaum noch erkennen.

„Shadyside“, stieß die Gestalt mit schriller Stimme hervor.

Dann war sie verschwunden.

15

„Eine Fahrkarte nach Shadyside", sagte Nicholas.

Nervös beobachtete er den Mann hinter dem Schalter auf dem Bahnhof. Er wusste ja nicht einmal, ob ein Ort namens Shadyside überhaupt existierte. Doch der Mann nickte ihm kurz zu, nahm das Geld und reichte ihm eine Fahrkarte.

Nicholas hatte in der Nacht kein Auge zugemacht, weil er die ganze Zeit über diese seltsame Erscheinung nachgedacht hatte. Und es machte ihm Angst, was da passiert war. Wurde er verrückt? Sah er Dinge, die es nicht gab?

Doch irgendwann wusste er, was er zu tun hatte. Im Morgengrauen packte er seine Habseligkeiten zusammen und machte sich auf den Weg zum Bahnhof.

Er hatte keine Ahnung, was ihn in Shadyside erwartete. Aber irgendwo musste er schließlich mit der Suche nach dem Erbe seines Vaters anfangen. Vielleicht war ihm diese Erscheinung geschickt worden, um ihn zu führen.

Nicholas rückte das Revers seines neuen braunen Anzugs zurecht, den er auf dem Weg zum Bahnhof gekauft hatte. Er war aufgebrochen, um als reicher Mann zurückzukehren. Da wollte er nicht aussehen wie ein armer Fischer.

In diesem Moment hörte er ein durchdringendes Pfeifen und entdeckte in einiger Entfernung den Zug.

Er konnte es kaum erwarten, seine Reise zu beginnen. Der Zug fuhr mit quietschenden Bremsen in den Bahnhof ein.

Nicholas stieg ein und ging zu einem der gepolsterten Sitze neben den Fenstern. Er war noch nie mit dem Zug gefahren. Und er war noch nie aus Shadow Cove herausgekommen.

Wieder ertönte das durchdringende Pfeifen und schwarzer Rauch wehte am Fenster vorbei.

Mit einem Ruck fuhr der Zug an.

Nicholas presste die Stirn an die Scheibe. „Wenn ich nach Shadow Cove zurückkehre, wird mich niemand erkennen", dachte er. „Niemand wird glauben, dass ich Nicholas Storm bin. Der Junge, der immer nach Fisch gestunken hat."

Gedankenverloren griff er nach dem Amulett, das um seinen Hals baumelte. Er war erstaunt, wie schwer es war. Und für einen Augenblick glaubte er, es wäre sehr viel wärmer als seine Haut.

16

Die Kleinstadt Shadyside, 1919

Ein Sturm braute sich zusammen.

Nicholas spürte es an den heftigen Windstößen, als er auf den schmalen Bahnsteig des Bahnhofs trat.

Blitze zuckten über den Himmel, der sich langsam verdunkelte. Sie erhellten die Umrisse eines großen Gebäudes, das in einiger Entfernung aufragte.

Nicholas hatte eigentlich vorgehabt, sich als Erstes ein Hotelzimmer zu suchen und Shadyside am nächsten Tag zu erkunden. Stattdessen griff er nach seinem Koffer, schlenderte durch das Stadtzentrum und ging dann die von Bäumen gesäumte Hauptstraße hinunter.

Er kam an einem Friseurladen vorbei, wo sich ein junger Marinesoldat rasieren ließ. „Offenbar ist er gerade aus dem Krieg zurück", dachte Nicholas. „Dabei ist er nicht viel älter als ich."

Als Nächstes warf er einen Blick durch das Schaufenster des Gemischtwarenladens. Die Regale waren vollgestopft mit Werkzeug, Geschirr, Stoffballen, Mehlsäcken und Bonbongläsern – allem, was die Leute so brauchten. Nicholas überlegte einen Moment, ob er hineingehen und sich etwas zu trinken kaufen sollte, beschloss dann aber weiterzulaufen.

Er hatte das Gefühl, als würde ihn das große Gebäude, das er vom Bahnhof aus gesehen hatte, wie ein Magnet unwiderstehlich anziehen. Er wollte nirgendwo haltmachen, ehe er es erreicht hatte.

Nicholas kam am Telegrafenamt und am Redaktionsbüro der Zeitung vorbei und gab der hölzernen Indianerstatue vor dem Tabakladen im Vorübergehen einen Klaps auf die Schulter. Als er einen glänzenden neuen Mercer Runabout vor der Bank stehen sah, stieß er einen bewundernden Pfiff aus.

„Eines Tages werde ich auch so einen Wagen haben", schwor sich Nicholas.

Doch Nicholas ließ sich durch nichts ablenken. Seine Schritte wurden immer schneller. Er musste unbedingt dieses Herrenhaus sehen. Ungeduldig bog er von der Hauptstraße ab und lief an einer Reihe kleiner Häuser vorbei. Fast jedes besaß einen Gemüsegarten.

Schließlich fand Nicholas die Straße, die zu dem herrschaftlichen Gebäude führte – sie hieß Fear Street. Ein seltsamer Name. Wer wollte schon in einer Straße wohnen, die so hieß?

Ein Stück der gewundenen Straße war gepflastert. Der Rest nicht. Nicholas vermutete, dass jemand vorgehabt hatte, auf diesem Land zu bauen. Aber es machte den Eindruck, als sei das Projekt schon vor langer Zeit aufgegeben worden. Und auch das große Haus war unbewohnt und halb verfallen, wie er nun bemerkte.

In einiger Entfernung war Donnergrollen zu hören. Nicholas wusste, dass er besser umkehren und sich eine Übernachtungsmöglichkeit suchen sollte. Aber irgendetwas in ihm zwang ihn weiterzugehen.

Nicholas eilte die gewundene Straße entlang, bis er zu einem eisernen Tor kam, durch das man das Anwesen betrat. Als er es aufstieß, quietschte es in den Angeln.

Dornen verfingen sich in den Hosenbeinen seines neuen braunen Anzugs, als er sich die überwucherte Auffahrt hinaufkämpfte. Doch er achtete nicht darauf.

Sein Herz schlug immer schneller, während er sich dem

Haus näherte. „Ich gehöre hierher“, schoss es ihm durch den Kopf. „Dies ist mein Zuhause.“

Nicholas blieb vor dem Eingang des weitläufigen Herrenhauses stehen, das hoch über ihm aufragte. Er konnte sich nicht vorstellen, dort zu wohnen. Allein im Erdgeschoss hätte das Häuschen, in dem er mit seiner Mutter gelebt hatte, fünf- bis sechsmal Platz gehabt.

Der größte Teil des riesigen Gebäudes war zerstört. Nicholas war sicher, dass ein großes Feuer die Ursache gewesen sein musste. An den Mauerresten waren die Rußspuren immer noch deutlich zu erkennen, auch wenn große Teile von Gestrüpp und Dornen überrankt waren.

Nicholas versuchte, sich das Herrenhaus so vorzustellen, wie es früher einmal ausgesehen hatte. Plötzlich hatte er ein ganz deutliches Bild vor Augen. Das Haus war frisch gestrichen. Die Fensterläden weit geöffnet. Der Garten und die Hecken waren sorgfältig gepflegt.

In einiger Entfernung ertönte wieder ein Donnerschlag. „Ich werde bis auf die Haut nass, wenn ich jetzt nicht umkehre“, dachte Nicholas.

Aber er konnte sich immer noch nicht von dem Anblick des Herrenhauses losreißen.

„Warum sehe ich dieses Haus in seinem alten Glanz so deutlich wie eine Fotografie vor mir?“, fragte er sich. „Warum kommt es mir so seltsam bekannt vor?“ Die Härchen auf seinen Armen stellten sich auf.

Als Nicholas die Stufen zu der großen Veranda hinaufstieg, knarrte das Holz unter seinen Füßen. Er zögerte einen Moment und betrat dann die verkohlten Überreste des riesigen Hauses.

Sein Mund war plötzlich ganz trocken und er schluckte unbehaglich, während er seinen kleinen Koffer absetzte. „Ich kenne diese Halle. Ich weiß genau, wie sie vor dem Brand aussah."

Hatte er das Haus vielleicht schon einmal im Traum gesehen? In einem Albtraum? Was geschah da mit ihm?

Schwaches graues Licht fiel in die Halle. Nicholas sah auf. Das Feuer hatte ein Loch hinterlassen, das vom Erdgeschoss bis zum Dach des Herrenhauses reichte. Zurückgeblieben war nur eine ausgebrannte Hülle.

Der Geruch nach verbranntem Holz hing noch immer im Raum. Er fragte sich, ob Menschen bei diesem Brand ums Leben gekommen waren.

„Feuer", hörte er eine Stimme hinter sich flüstern. Er fuhr herum.

Aber dort war niemand.

„Es ist nur der Wind", dachte er, der um ihn herumwirbelte.

„Feuer. Feuer. Feuer."

Nicholas zwang sich, ganz stillzustehen und den flüsternden Stimmen zu lauschen. Er konnte nur wenige Worte verstehen.

„Fluch."

Er schloss die Augen und lauschte angestrengt.

„Angst."

„Böse."

Fluch. Angst. Böse. Nicholas riss die Augen auf. Versuchten die Stimmen, ihn zu warnen?

„Wer seid ihr?", rief er. „Wer spricht da mit mir?"

Der Gestank von verbranntem Fleisch stieg ihm in die Nase. Seine Augen juckten und brannten.

„Antwortet mir", bat er.

Die Vorhänge, die in Fetzen vor einem der verkohlten Fenster hingen, flatterten im Luftzug. Nicholas hielt den Atem an. Auf einem der schweren Vorhänge befand sich ein großer Brandfleck. Ein Brandfleck, der die Form eines menschlichen Körpers hatte.

Langsam trat Nicholas näher. Plötzlich wurde der Fleck dunkler. Er beulte sich aus und schien sich von dem Stoff zu lösen.

Nicholas hörte ein Geräusch, wie wenn Stoff entzweiriss. „Irgendetwas befreit sich aus dem Vorhang!“, dachte er entsetzt. „Es ist hinter mir her!“

Nicholas wich zurück, sein Herzschlag pochte dröhnend in seinen Ohren. Im nächsten Moment war der Abdruck des Körpers verschwunden.

Plötzlich entdeckte er in der hintersten Ecke der großen Halle eine schattenhafte Gestalt. Ein alter Mann in einem Rollstuhl, der ihn beobachtete.

„Wer sind Sie?“, fragte Nicholas heiser. „Warum haben Sie sich nicht bemerkbar gemacht?“

Der alte Mann antwortete nicht.

Nicholas konnte seinen Gesichtsausdruck nicht erkennen. Bis auf die Umrisse seines Körpers verschmolz alles andere mit den Schatten.

Nicholas ging mit großen Schritten auf ihn zu. Aber der alte Mann verschwand, bevor er ihn erreicht hatte.

„Ich muss hier raus“, dachte Nicholas. „Sofort. Bevor ich verrückt werde.“

Er drehte sich zum Eingang des Hauses um.

Dort tauchte jetzt die dunkle Silhouette einer Frau auf, die ihm den Weg versperrte. Sie schien ein Messer in ihrer hoch erhobenen Hand zu halten.

„Geh weiter“, redete Nicholas sich gut zu. „Sie kann dich nicht verletzen. Sie ist ein Geist, nur ein Schatten, und wird gleich verschwinden.“

Er zwang sich, den Raum zu durchqueren und auf die Frau

zuzugehen. Auch wenn seine Beine fast unter ihm nachgaben. Zu viel hatte er in diesem unheimlichen alten Gemäuer schon gesehen.

„Ich hab's fast geschafft", dachte Nicholas. „Ich muss nur um die Frau herumgehen und dann bin ich raus aus diesem verfluchten Haus."

Er holte tief Luft und lief unbeirrt weiter.

Ein Blitz zuckte über den Himmel. Sein Widerschein ließ die stählerne Klinge des Messers in der Hand der Frau aufleuchten.

Das war kein Schatten! Das war echt!

Die Frau kreischte auf. Sie hob das Messer noch höher und ließ es dann auf Nicholas herabsausen.

17

Nicholas sah das Glänzen der Klinge, die auf ihn niederfuhr.

Er hörte, wie der Stoff seines Hemdes riss.

Spürte die scharfe kalte Schneide des Messers an seiner Schulter und stöhnte vor Schmerz auf.

Dann bekam er das Handgelenk der Frau zu fassen. Er riss ihren Arm zurück, bevor sie noch einmal zustoßen konnte.

„Du bist tot, Daniel Fear!“, schrie die Frau. „Und du musst auch bei den Toten bleiben!“

Sie kratzte Nicholas mit den Fingernägeln ihrer freien Hand übers Gesicht. Er spürte, wie Blut seine Wange hinuntertröpfelte.

Fluchend packte er auch den anderen Arm der Frau und hielt ihre beiden Handgelenke fest.

Sie kreischte, warf sich hin und her und versuchte mit aller Kraft, sich zu befreien. „Du und das Böse, das von dir ausgeht, darf nicht wieder auferstehen!“, schrie sie gellend.

Donner krachte. Schwere Regentropfen fielen durch das offene Dach.

Nicholas versuchte, die Frau festzuhalten, aber sie war stark und wehrte sich verzweifelt. Seine Hände drohten an ihrer feuchten Haut abzurutschen.

Ein Blitz tauchte seine Angreiferin in helles Licht. Ihr Gesicht war wutverzerrt, ihre Augen traten hervor und ihr Mund verzog sich zu einem langen, schrillen Schrei.

Nicholas umklammerte das rechte Handgelenk der Frau so fest, dass sie schließlich ihren Griff lockerte. Das Messer landete klirrend auf dem Boden.

Er stieß die Frau weg und hob es rasch auf. Schwer atmend wich Nicholas zurück. Bereit, sich gegen ihren nächsten Angriff zu verteidigen.

Doch die Frau ließ sich auf den Boden sinken, schlug die Hände vors Gesicht und begann zu weinen. „Nimm mich mit, Daniel Fear. Nimm mich mit ins Reich der Toten. Dorthin, wo du als Geist lebst, damit ich wieder mit meinem Liebsten zusammen sein kann."

Nicholas starrte auf die weinende Frau hinunter. Sie war verrückt. Was redete sie da bloß? Und was wollte sie hier? In diesem Haus konnte unmöglich jemand wohnen.

Die Frau begann zu zittern. Sie kauerte sich eng zusammen und verbarg ihr Gesicht.

„Sie hat furchtbare Angst vor mir", wurde Nicholas klar. Er schleuderte das Messer quer durch den Raum und kniete sich neben sie. „Es tut mir leid, wenn ich Sie erschreckt habe. Ich bin nicht Daniel Fear. Mein Name ist Nicholas Storm."

Die Frau hob ruckartig den Kopf und sah ihn mit wildem Blick an. „Lügner! Ich würde dich überall erkennen."

„Wo wohnen Sie?", fragte Nicholas und bemühte sich, leise zu sprechen. Er wollte sie nicht wieder aufregen. „Erlauben Sie mir, Sie nach Hause zu bringen. Sie können in diesem Regen nicht hierbleiben."

„Ich wohne hier", antwortete die Frau. Sie stand unbeholfen auf und winkte Nicholas, ihr zu folgen.

Sie huschte voraus und führte ihn in einen Raum, der früher einmal die Speisekammer gewesen sein musste.

Einige Regale hatten das Feuer überlebt. Darauf lagen ein paar Kleidungsstücke, eine alte Stoffpuppe, mehrere getrocknete Blumen und einige Lebensmittel. In einer Ecke befand sich eine alte Matratze mit einer abgenutzten Decke darauf. Mehrere Kerzen spendeten das einzige Licht.

„Wer ist dieser Daniel Fear, dem ich so ähnlich sehe? Hat er hier gelebt?“, fragte Nicholas. Vielleicht hatte diese seltsame Frau eine Erklärung dafür, dass er sich von diesem Haus so angezogen fühlte.

„Natürlich, die ganze Familie Fear hat hier gewohnt. Aber das weißt du genau, Daniel“, erwiderte die Frau.

Nicholas machte sich nicht die Mühe, ihr zu widersprechen. Sollte sie ihn doch Daniel nennen, wenn er dadurch die Informationen bekam, die er haben wollte.

„Deine Großeltern haben hier gelebt“, fuhr die Frau fort. „Simon und Angelica Fear. Und sie sind auch hier gestorben. Genau wie du. Alle sind gestorben und sie müssen bei den Toten bleiben. Sogar du. Und mein Liebster, mein Charles.“

„Wer ist Charles?“, fragte Nicholas. Er musste sie dazu bringen, dass sie weiterredete.

Die Frau drückte seine Hand. „Erinnerst du dich nicht mehr an ihn? Er hat immer ausgeholfen, wenn deine Großeltern ihre Feste gegeben haben. Charles war mein Verlobter. Er ist in der Nacht des Feuers in diesem Haus gestorben.“

„Waren Sie in dieser Nacht auch hier?“

„Nein“, antwortete sie. Für einen Moment versagte ihr die Stimme. „Ich sollte eigentlich als Aushilfe in der Küche arbeiten, aber ich war an diesem Abend krank und musste zu Hause bleiben.“

„Wissen Sie, was genau passiert ist?“, fragte Nicholas.

Sie schüttelte den Kopf und drückte seine Hand fester. „Ich hörte die Feuerglocken und konnte den Brand von der Pension aus sehen. So schnell ich konnte, bin ich hergerannt. Aber es war zu spät. Nur Nora Goode hat überlebt. Die hübsche Nora. Sie hat hinterher behauptet, sie wäre mit dir verheiratet, Daniel.“

Nora? Der Name seiner Mutter war Nora.

Nicholas spürte, wie sich sein Herzschlag beschleunigte. Würde er nach all den Jahren endlich die Wahrheit über seine Familie erfahren?

„Wie hat Nora ausgesehen?“, fragte Nicholas. Er hielt den Atem an und wartete gespannt auf ihre Antwort.

„Schäm dich. Erinnerst dich nicht mal an deine eigene Frau. Sie hatte langes braunes Haar und wunderhübsche grüne Augen. Und ein ganz entzückendes Lächeln, wie mir jetzt wieder einfällt.“

„Ja“, dachte Nicholas. „Braunes Haar und grüne Augen – genau wie meine Mutter. Meine Mutter war also Nora Goode.“

In seinem Kopf wirbelten die Gedanken wild durcheinander. „Dann muss Daniel Fear mein Vater gewesen sein. Deshalb hat diese arme Frau auch gedacht, ich wäre von den Toten auferstanden. Mein Vater und ich sehen uns so ähnlich, dass sie uns verwechselt hat.“

Plötzlich wurde Nicholas klar, dass es sein Vater gewesen sein musste, den er in jener Nacht in Shadow Cove gesehen hatte. Der Geist seines Vaters.

Und endlich kannte er auch seinen Namen und den richtigen Namen seiner Mutter. Er wusste jetzt, dass seine Eltern Nora Goode und Daniel Fear gewesen waren.

„Danke, dass Sie mit mir geredet haben“, sagte Nicholas. Er zögerte. „Können Sie nicht irgendwo anders wohnen?“, fragte er leise.

„Hier ist der richtige Platz für mich. Ganz nah bei meinem Charles. Ab und zu sehe ich ihn. Er besucht mich nämlich manchmal.“ Die Frau nickte nachdrücklich. „Ja, das tut er. Aber nie für lange. Er muss schließlich bei den Toten bleiben, so wie du auch, Daniel.“

Nicholas zog ein paar Dollar aus der Tasche und reichte sie

ihr. Er brauchte das Geld, aber sie hatte es noch nötiger. „Vielleicht kann ich Sie wieder einmal besuchen.“

Die Frau wollte seine Hand nicht loslassen. „Bitte nimm mich mit zu den Toten. Mit zu Charles.“

„Es tut mir leid, aber das kann ich nicht“, sagte Nicholas und befreite seine Hand sanft aus ihrem Griff. Die Frau sank auf ihrer Matratze zusammen und wurde von Schluchzern geschüttelt. Nicholas wandte sich um, er konnte ihr nicht helfen.

„Ich weiß, wer ich bin“, dachte er, als er das weitläufige Gebäude durchquerte. „Endlich weiß ich, wer ich bin. Meine Familie hat einmal hier gelebt.“ Nicholas konnte es kaum glauben. Nach so vielen Jahren hatte er endlich die Wahrheit herausgefunden. Oder zumindest einen Anfang gemacht.

Er ging unter dem riesigen Loch vorbei, das sich durchs Dach gebrannt hatte. Mit einem Mal genoss er das Gefühl des Regens, der auf ihn herunterprasselte. Er wusch sein altes Ich fort. Ließ Nicholas Storm verschwinden.

Blitze zuckten über den Himmel. „Endlich weiß ich, wer ich bin!“, rief Nicholas über das Grollen des Donners hinweg. „Ich bin Daniel Fears Sohn.“

Er warf den Kopf in den Nacken.

„Ich bin ein Fear!“, rief er. „Nicholas Fear!“

18

Nicholas Fear. Er sagte sich den Namen immer wieder vor, als er mit dem Koffer in der Hand die Fear Street entlangging.

Fear Street. Eine Straße, die nach *seiner* Familie benannt war. Das hatte nicht mal Rosalyns Vater geschafft.

Der Regen fiel in Strömen und durchnässte Nicholas bis auf die Knochen. Aber es störte ihn nicht.

„An diesem Ort werde ich mein Glück machen", dachte er. „Ich weiß es. Ich weiß es ganz genau. Das Land unter meinen Füßen gehört mir. Es ist das Erbe meines Vaters. Hier werde ich ein Haus bauen. Ein Haus, das größer ist als alle anderen in der Stadt."

Nicholas grinste, als er an dem Straßenschild mit der Aufschrift Fear Street vorbeikam. Er bog um die Ecke und lief die nächste Straße hinunter, die von bescheidenen Häusern gesäumt war. Die meisten Fenster waren erleuchtet und hinter manchen sah er Familien, die zusammen beim Abendessen saßen.

Dann bog er in die Hauptstraße ein. Jetzt, wo alle Geschäfte geschlossen hatten, wirkte sie beinahe verlassen.

Nicholas erblickte einen Mann, der den schlammigen Bürgersteig entlanghetzte. Er fragte ihn nach einer Pension, bevor der Mann an ihm vorbeigeeilt war.

Auf dem Weg dorthin malte Nicholas sich sein neues Leben aus. Er beschloss, auf jeden Fall ein Automobil zu kaufen, als ihm der Runabout wieder einfiel, den er vor der Bank gesehen hatte. Damit würden er und Rosalyn jeden Samstag einen Ausflug machen.

Und er würde Rosalyn so viele Kleider kaufen, wie sie wollte. Sie würde die schönste Frau der ganzen Stadt sein. Wenn sie vorbeifuhren, würde sie jeder erkennen. „Das da sind die Fears", würden sie flüstern. „Die reichste Familie der Stadt."

Nicholas entdeckte das große blaue Haus, das der Mann ihm beschrieben hatte. Er stürmte die Treppen hinauf, zögerte jedoch, an die Tür zu klopfen.

„Heute sehe ich bestimmt nicht wie der reichste Mann der Stadt aus", dachte Nicholas. Er war völlig durchnässt, sein Hemd hatte einen Riss und sein kleiner Koffer wirkte ziemlich schäbig. Er fragte sich, ob die Pensionswirtin ihm überhaupt ein Zimmer geben würde.

Die Tür quietschte in den Angeln, als ein junges Mädchen sie aufriss. Ein leuchtend gelbes Band hielt ihr blondes Haar aus dem Gesicht und ein paar winzige Sommersprossen sprenkelten ihre Nase. Sie lächelte zu ihm auf.

„Ich bin Betsy Winter. Meiner Mutter gehört diese Pension. Ich habe gesehen, wie du den Weg zum Haus hinaufgekommen bist. Du suchst bestimmt ein Zimmer?", sprudelte sie hervor.

Erleichtert erwiderte Nicholas ihr Lächeln. „Ja, das tue ich."

„Mama!", rief sie über die Schulter. „Wir haben einen neuen Gast!"

„Möchte deine Mutter mir denn gar keine Fragen stellen?"

„Ich finde, du siehst nett aus", erwiderte Betsy. „Mehr muss ich nicht wissen. Na, komm schon rein."

Nicholas spürte, wie ihm bei diesem Kompliment ganz heiß wurde. Er hoffte, dass Betsy seine Verlegenheit nicht bemerkte.

Mit glühendem Gesicht betrat er einen geräumigen Salon.

An den Fenstern hingen Spitzenvorhänge und auf zierlichen Tischchen standen sorgfältig abgestaubte Porzellanfiguren.

Nicholas fühlte sich unbehaglich. Viel zu groß und tollpatschig kam er sich für dieses elegante Zimmer vor. Außerdem tropfte er den ganzen Teppich voll.

Eine kleine Frau eilte ins Zimmer. Nicholas fiel auf, dass ihr Haar den gleichen Blondton hatte wie Betsys, jedoch von einigen grauen Strähnen durchzogen war. Und die Nase von Mrs Winter war ebenfalls mit Sommersprossen gesprenkelt.

„Mama, das ist unser neuer Gast. Na, hab ich dir zu viel versprochen?" Betsy drehte sich zu ihm um und zwinkerte ihm zu. Nicholas hatte noch nie ein Mädchen getroffen, das so voller Energie war. So voller Begeisterung.

Mrs Winter schob eine Haarsträhne, die sich gelöst hatte, in ihren Knoten zurück und lachte. „Sieht so aus, als hätte Betsy mir die Entscheidung abgenommen. Willkommen in unserer Pension, Mr …?"

„Fear", antwortete er. „Nicholas Fear." Langsam entspannte er sich. Mutter und Tochter waren so warmherzig, dass seine Nervosität zusehends verschwand.

Betsy quietschte laut, riss ihre blauen Augen auf und ließ sich aufs Sofa fallen. „Fear! Bist du etwa verwandt mit den verrückten Leuten, die früher mal in dem alten Herrenhaus gelebt haben?"

„Betsy!", schalt ihre Mutter sie. „Es ist unhöflich, Leute als verrückt zu bezeichnen." Sie lächelte Nicholas entschuldigend an.

Nicholas wurde plötzlich klar, dass er so gut wie nichts über seine Familie wusste. Nur, dass sie einst in einem großen Haus gewohnt hatte, in einer Straße, die nach ihnen benannt war. Aber er hatte keine Ahnung, was für Menschen sie gewesen waren.

„Die Fears waren wirklich verrückt, Mama“, behauptete Betsy hartnäckig. „Das sagen alle.“

„Ich habe gehört, dass meine Großeltern früher einmal in dem Haus gelebt haben“, sagte Nicholas langsam. „Und mein Vater ist dort gestorben.“

„Wenn ich genauer darüber nachdenke, sehen Sie Daniel Fear tatsächlich bemerkenswert ähnlich“, sagte Mrs Winter. „Aber nun müssen wir Ihnen erst einmal Ihr Zimmer zeigen. Sie sind ja völlig durchnässt.“

Nicholas war dankbar, dass Mrs Winter das Thema wechselte.

„Den nehme ich.“ Betsy sprang vom Sofa auf und schnappte sich seinen Koffer.

„Kommen Sie ruhig hinunter in die Küche, wenn Sie sich umgezogen haben. Ich mache Ihnen dann etwas zu essen“, rief Mrs Winter ihm hinterher, als er Betsy die Stufen in den ersten Stock hinauf folgte. „Und passen Sie auf, dass Sie von dem Redeschwall meiner Tochter nicht taub werden“, fügte sie hinzu.

„Ich weiß, es wird dir hier gefallen“, sagte Betsy zu ihm. „Wir haben vor ungefähr drei Jahren angefangen, Zimmer zu vermieten. Nach dem Tod meines Vaters. Er hatte nie viel Geld und hat uns kaum etwas hinterlassen.“

Nicholas hatte noch nie jemanden so viel und so schnell reden hören.

„Ganz anders als deine Familie“, plapperte Betsy weiter, als sie den Treppenabsatz erreicht hatten, und führte ihn den Flur entlang. „Wahrscheinlich haben sie dir tonnenweise Geld hinterlassen. Schließlich hat ihnen das ganze Land ringsum gehört. Und dieses riesige Herrenhaus.“

Betsy blieb stehen und öffnete die Tür zu einem kleinen Zimmer. „Das ist deins. Das Bad ist zwei Türen weiter den

Flur hinunter. Ich werde dir ein paar Handtücher rauslegen. Ich bin ja so froh, dass du hierbleibst."

Betsy stürmte mit einem kleinen Winken davon. Dann wirbelte sie herum und sah ihn an. „Ich hoffe, ich hab dich mit dem, was ich über deine Familie gesagt habe, nicht beleidigt. Mama meint immer, dass ich nicht nachdenke, bevor ich den Mund aufmache. Bitte versprich mir, dass du nicht böse bist."

Nicholas schüttelte den Kopf und lächelte sie an. Wie konnte irgendjemand Betsy böse sein? Man merkte doch, dass sie einfach mit dem herausplatzte, was ihr in den Kopf kam. „Ich hoffe, du wirst mir später noch ein bisschen mehr über meine Familie erzählen", antwortete er. „Weißt du etwas über das Feuer, das das Herrenhaus zerstört hat?"

„Das war noch vor meiner Geburt", sagte Betsy bedauernd. „Aber alle kennen die Geschichte. Bei einem einzigen riesigen Brand sind alle Fears ums Leben gekommen, dachten wir hier zumindest. Und ihr Besitz wurde zerstört. Bis auf das Land. Das gehört jetzt Andrew Manning. Er ist der reichste Mann in Shadyside. Ich habe gehört …"

„Betsy!", rief ihre Mutter von unten. „Komm jetzt bitte runter und lass Mr Fear in Ruhe."

Betsy zwinkerte Nicholas zu. „Ja, Mama", antwortete sie.

Während er zusah, wie Betsy die Stufen hinuntersprang, beschloss Nicholas, dass er am nächsten Morgen als Erstes Andrew Manning einen Besuch abstatten würde. Dieser Mr Manning mochte jetzt noch der reichste Mann der Stadt sein, aber nicht mehr lange, schwor sich Nicholas. Nicht mehr lange.

„Betsy hat recht", dachte Nicholas, als er am nächsten Morgen zum Haus der Mannings hinaufblickte. Mr Manning musste wirklich reich sein.

Nicholas stieß das große schmiedeeiserne Tor auf und ging

die kiesbestreute Auffahrt entlang. Er fragte sich, wie viel von Mr Mannings Reichtum vom Land der Fears stammte. Und wie viel davon rechtmäßigerweise *ihm* gehörte.

Er stieg die Stufen der hölzernen Veranda hoch, griff nach dem Türklopfer aus Messing und hämmerte dreimal energisch gegen die Tür.

„Ich komme ja schon!", rief eine schrille Stimme.

Die Tür schwang auf. Eine Frau mit runzeligem Gesicht und schneeweißen Haaren starrte Nicholas an. Ihre grauen Augen wurden groß. Dann stieß sie einen lauten Entsetzensschrei aus.

„Was ist denn jetzt schon wieder passiert, Mrs Baker?", knurrte ein kleiner Mann, der hinter ihr aufgetaucht war. Er führte die alte Frau zu einem Stuhl und bedeutete Nicholas, ihm zu folgen.

„Entschuldigen Sie. Ich muss die Dame wohl erschreckt haben …", begann Nicholas.

„Tief durchatmen", sagte der Mann gebieterisch und ignorierte ihn. Gehorsam holte die alte Frau Luft und stieß sie langsam wieder aus.

„Meine Haushälterin hat ständig diese Anfälle", erklärte der Mann. „Gestern ist sie in Ohnmacht gefallen, weil der Schlachter ihr die Hühnchen geschickt hat, ohne ihnen vorher die Köpfe abzuschneiden. Sie sagte, ihre kleinen Augen würden sie anklagend anstarren."

„Mr Manning", keuchte die Frau. „Das … das ist Daniel Fear! Er … muss aus dem Grab auferstanden sein!"

„Unsinn!", schnaubte Andrew Manning.

„Er ist es, wenn ich es Ihnen doch sage. Ihn würde ich überall wiedererkennen", kreischte Mrs Baker, deren Stimme zunehmend schriller wurde.

„Na, dann hat er sich aber gut gehalten, was, Mrs Baker?

Ich wünschte, die Jahre wären mit mir auch so freundlich umgesprungen.“ Er wandte seine Aufmerksamkeit wieder Nicholas zu. „Wer bist du, mein Junge?“

„Nicholas Fear“, antwortete er und musste sich anstrengen, ruhig und selbstbewusst zu klingen. „Ich bin Daniel Fears Sohn.“

„Sehen Sie, Mrs Baker. Es gibt für alles eine logische Erklärung“, schimpfte Mr Manning.

„Ich scheine die Leute in der ganzen Stadt zu erschrecken“, gab Nicholas zu. „Ich habe meinen Vater nie kennengelernt, aber offensichtlich sehe ich ihm sehr ähnlich.“

Nicholas holte tief Luft. „Mr Manning, ich wollte mit Ihnen über den Grundbesitz in dieser Gegend sprechen“, fügte er hinzu.

„Wunderbar. Ich habe morgens gern Gesellschaft. Mrs Baker, wenn Sie sich wieder erholt haben, bringen Sie uns doch bitte Kaffee und ein paar von Ihren Erdbeertörtchen.“

Mr Manning ging durch den Korridor voraus. Nicholas warf einen Blick in jedes Zimmer, an dem sie vorbeikamen. Üppige Vorhänge verdeckten die Fenster, Ölgemälde hingen an den Wänden, und überall standen dunkle Mahagonimöbel.

„Macht“, dachte Nicholas ehrfürchtig. „So sehen Reichtum und Macht aus. Das ist es, was ich will.“

Er folgte Mr Manning in dessen Arbeitszimmer. Sein Gastgeber setzte sich in einen großen Ledersessel hinter dem Schreibtisch und deutete auf einen kleineren Sessel ihm gegenüber. Nicholas nahm Platz.

Bevor einer der beiden das Wort ergreifen konnte, platzte Mrs Baker mit dem Kaffee und den Erdbeertörtchen herein. Sie stellte alles auf eine Ecke des Schreibtisches und achtete darauf, sich möglichst weit von Nicholas fernzuhalten.

„Nimm es nicht persönlich“, murmelte Mr Manning. Er

lächelte Nicholas entschuldigend an. „Sie ist schon bei mir, seit meine Frau gestorben ist, und hat meine Tochter Ruth mehr oder weniger großgezogen. Ich nehme an, ich werde mich wohl mit ihr abfinden müssen."

Nicholas hörte die Zuneigung in Mr Mannings Stimme. Vielleicht würde es leichter werden, als er gedacht hatte. Vielleicht würde er ihn verstehen.

Andrew Manning nahm sich ein Törtchen und schob es sich in den Mund. „Köstlich. Versuch doch auch eins, mein Junge", nuschelte er mit vollem Mund.

„Nein danke", erwiderte Nicholas, der einen dicken Kloß im Magen spürte. Als er unbehaglich sein Gewicht verlagerte, quietschte das Leder des Sessels.

Mr Manning leckte sich die Erdbeerkonfitüre von den Fingern. „Du wolltest mit mir über Landbesitz reden. Also, was kann ich für dich tun?"

Nicholas holte tief Luft. Als er sich vorbeugte, gruben sich seine Ellbogen in die Oberschenkel. „Sie können mir zurückgeben, was rechtmäßig mir gehört."

Mr Manning hob die buschigen grauen Brauen. „Und das wäre?"

„Mein Erbe. Das Vermögen der Familie Fear."

Andrew Manning warf den Kopf in den Nacken und begann lauthals zu lachen.

19

Nicholas ballte die Fäuste, als Mr Manning von der nächsten Lachsalve geschüttelt wurde. Er hatte das Gefühl zu ersticken. Die Wut brannte wie Feuer in ihm.

„Mein lieber Junge“, stieß Mr Manning nach Luft schnappend hervor. „Es gibt kein Vermögen.“

„Sie lügen!“, rief Nicholas anklagend. „Sie wollen nur das Geld nicht wieder hergeben, das mir gehört!“

„Das ist ein schwerwiegender Vorwurf“, antwortete Mr Manning ruhig. „Es steht dir frei, mit dem Direktor der Bank zu sprechen, oder mit jedem anderen hier in der Stadt. Alle werden dir das Gleiche sagen. Es gibt kein Erbe, wenn man von den gewaltigen aufgelaufenen Steuern für das Land einmal absieht.“

„Nein, das … das kann ich nicht glauben.“ Nicholas sprang auf. Von dem Schock war er ganz blass geworden. Kleine Schweißperlen bildeten sich auf seiner Stirn und er hatte das Gefühl, keine Luft zu bekommen. Er hielt es in diesem Raum keine Sekunde länger aus. Mr Manning durfte auf keinen Fall merken, wie erschüttert er war.

„Setz dich wieder hin“, befahl Mr Manning. „Bitte. Ich hätte nicht lachen sollen.“

Langsam kehrte Nicholas zu seinem Stuhl zurück. „Aufgelaufene Steuern?“, flüsterte er, während seine Wut tiefer Verzweiflung wich.

Mr Manning nickte. „Ich fürchte, ja. Ich hatte ursprünglich große Pläne und wollte zu beiden Seiten der Straße Häuser bauen. Schöne Häuser.“

Der ältere Mann schüttelte energisch den Kopf. „Aber ich hatte unterschätzt, wie abergläubisch die Leute sind. Niemand wollte auf dem Land der Fears wohnen. Jeder hatte die eine oder andere haarsträubende Geschichte gehört. Ich musste das Projekt wieder fallen lassen."

Mr Mannings Stuhl scharrte geräuschvoll über den Boden, als er aufstand. Er legte Nicholas eine Hand auf die Schulter. „Es tut mir wirklich leid."

„Mir auch", sagte Nicholas mit heiserer Stimme. „Es ist nur … ich hatte …" Er stieß einen tiefen Seufzer aus.

„Hoffnungen", beendete Mr Manning den Satz für ihn. „Und Pläne."

„Ja, so ungefähr", stimmte Nicholas ihm zu. „Es tut mir leid, dass ich Sie belästigt habe."

„Aber nicht doch", wehrte Mr Manning ab. Er öffnete eine der hohen Fenstertüren, die in den Garten führten. „Geh raus, Junge, und schnapp ein bisschen frische Luft. Du siehst aus, als könntest du welche gebrauchen."

Er und Nicholas traten auf die Terrasse. Mr Manning atmete tief durch. „Ich liebe den Geruch der Morgenluft."

Nicholas betrachtete den weitläufigen Rasen, die Bäume und die Blumenbeete, bis er sich wieder unter Kontrolle hatte. Dann streckte er Mr Manning die Hand hin. „Nochmals vielen Dank. Sie sind sicher sehr beschäftigt …"

Mr Manning schüttelte Nicholas fest die Hand. „Und was hast du jetzt vor?", fragte er. „Willst du nach Hause zurückkehren?"

Nicholas schüttelte den Kopf. Er konnte nicht mit leeren Händen nach Shadow Cove zurückkommen. „Nein", antwortete er. „Dort wartet ein Mädchen auf mich, das ich heiraten möchte. Aber ihr Vater verweigert uns seine Zustimmung. Er will, dass seine Tochter einen reichen Mann heiratet."

Nicholas zögerte einen kurzen Moment. Er schämte sich, Mr Manning den Rest zu erzählen. „Ich habe Rosalyn – so heißt sie – versprochen, dass ich mit einem Vermögen zurückkehre … Ich dachte, es würde ganz leicht sein."

Mr Manning musterte Nicholas einen Moment. „Ich habe eine Sägemühle. Dort könntest du arbeiten und etwas über den Holzhandel lernen", bot er ihm an. „Die Bezahlung ist nicht schlecht. Ein Mann mit Ehrgeiz könnte es in meiner Sägemühle zu etwas bringen."

Nicholas spürte neue Hoffnung in sich aufsteigen. Eine Stelle in einer Sägemühle war nicht gerade das, was er im Sinn gehabt hatte, als er Shadow Cove verließ. Aber es war immerhin ein Anfang. „Ich bin ein Mann mit Ehrgeiz", sagte er entschlossen.

„Dann erwarte ich dich morgen früh Punkt sieben", sagte Mr Manning. „Hier im Ort kann dir jeder den Weg zur Mühle zeigen."

„Danke. Sie werden es nicht bereuen", versprach Nicholas. Nachdem Mr Manning ihn zur Tür gebracht hatte, ging er zügig den Weg hinunter, der zu dem schmiedeeisernen Tor führte.

Er zog das Tor mit einem Scheppern hinter sich zu und drehte sich nach ein paar Schritten noch einmal um. Er rief Mr Manning zu: „Wir sehen uns dann morgen um sieben! Vielleicht auch früher."

Mr Manning nickte ihm zu. „Sieben reicht völlig", erwiderte er, bevor er ins Haus zurückkehrte.

„Ich werde hart arbeiten", schwor sich Nicholas, während er langsam die Straße entlangging. „Ich werde alles über den Holzhandel lernen. Und eines Tages werde ich ein Haus haben, das so groß ist wie dieses. Eines Tages werde ich das Vermögen der Fears zurückgewinnen!"

Hinter ihm ertönte ein ohrenbetäubender Schrei.

Bevor Nicholas sich umdrehen konnte, rammte ihn etwas und warf ihn zu Boden.

Die Luft wurde aus seinen Lungen gepresst, ein brennender Schmerz stach durch seine Seite.

Etwas Schweres lag auf seiner Brust.

Grelle Lichtpunkte explodierten vor seinen Augen.

Er konnte nicht mehr atmen. Bekam keine Luft mehr.

20

Ein heftiger Schmerz schoss durch Nicholas' Brust, als er keuchend nach Luft schnappte.

Irgendjemand stöhnte.

Mühsam öffnete er die Augen.

Neben ihm lag ein Fahrrad und quer über seiner Brust ein großes, mageres Mädchen.

„Kein Wunder, dass ich keine Luft kriege", dachte er.

Sie hob den Kopf und schleuderte sich das zerzauste Haar aus den schwarzen Augen, die glanzlos und milchig wirkten.

Das Mädchen rappelte sich auf. „Tut mir leid. Es ist alles meine Schuld. Ich bin so ungeschickt. Sind *Sie* verletzt?", stieß sie atemlos hervor.

Nicholas setzte sich auf. „Nein, alles in Ordnung. Aber was ist mit Ihnen? Sind Sie verletzt?"

„Nein. Machen Sie sich um mich keine Sorgen", sagte sie. „Ich war zu schnell. Ich konnte nicht mehr rechtzeitig bremsen." Sie streckte ihm die Hand hin und half ihm auf die Füße.

Ihre Hand fühlte sich so kalt und feucht an wie die Fische, die er noch vor nicht allzu langer Zeit gefangen hatte.

Unwillkürlich verglich er dieses Mädchen mit Rosalyn. Rosalyns Augen waren von einem tiefen Braun und sprühten vor Leben. Und ihre Haut war warm und duftete nach Rosen.

„Ich hätte aufpassen sollen, wo ich hingehe", sagte Nicholas in dem Versuch, höflich zu sein.

Er ließ ihre Hand los und bürstete sich den Staub von den Kleidern.

Sie beugte sich hinunter und hob ihr Fahrrad auf. „Ich habe

Sie noch nie hier gesehen", sagte sie hastig und mit gesenktem Blick. „Sind Sie neu in der Stadt?"

„Ja, ich bin gestern angekommen. Mein Name ist Nicholas Fear."

„Ich hoffe, unser nächstes Treffen ist nicht so schmerzhaft", fügte das Mädchen hinzu, den Blick immer noch auf den Boden gerichtet.

Nicholas dachte zuerst, sie hätte einen Scherz gemacht, doch dann stellte er fest, dass sie das offenbar ernst gemeint hatte und sehr schüchtern war. „Und *ich* werde in Zukunft darauf achten, wohin ich gehe, Miss ..."

„Oh! Manning", antwortete sie bestürzt. „Ruth Manning. Ich habe mich gar nicht vorgestellt."

„Ich habe gerade Ihren Vater kennengelernt", sagte Nicholas. „Er hat mir eine Stelle gegeben."

„Das ist ja wunderbar", rief Ruth aus. „Jetzt fühle ich mich schon viel besser. Wenigstens einer aus meiner Familie hat Ihnen einen angemessenen Empfang in Shadyside bereitet."

„Sie müssen sich keine Sorgen um mich machen. Mir geht's bestens", versicherte ihr Nicholas noch einmal. „Auf Wiedersehen, Miss Manning. Ich hoffe, wir sehen uns bei Gelegenheit einmal wieder."

„Oh, Mr Fear?" Ruth zögerte.

„Was ist?", fragte Nicholas.

„Vielleicht äh ... vielleicht möchten Sie noch Ihr Hemd zuknöpfen, bevor Sie gehen", stammelte sie.

Nicholas schaute an sich hinunter. Bei seinem Sturz waren drei Knöpfe aufgegangen. Er lachte. „Danke sehr. Es würde sicher keinen guten Eindruck machen, wenn ich so in der Stadt herumliefe."

Er begann, sein Hemd zuzuknöpfen. „Was tragen Sie denn da?", fragte Ruth und zeigte auf das Amulett.

„Das ist ein Geschenk", antwortete er. „Ein Geschenk von meiner Verlobten."

„Ich habe noch nie etwas so Schönes gesehen", flüsterte sie. Mit zitternden Fingern griff sie nach dem Amulett und drehte es um. „Dominatio per malum", las sie laut. „Macht durch das Böse."

Zum ersten Mal sah sie ihn direkt an. Er fröstelte, als er in ihre seltsam ausdruckslosen schwarzen Augen schaute.

„Glauben Sie an das Böse?", fragte Ruth ernst.

„Ich glaube an die Macht", antwortete er, nahm ihr das Amulett aus der Hand und knöpfte sein Hemd zu.

Nicholas erschien am nächsten Tag bei Sonnenaufgang zur Arbeit. Er sah zu, wie mehrere Männer mit Flaschenzügen schwere Türen hochhoben. Während er wartete, beobachtete Nicholas alles aufmerksam. Er wollte schneller lernen als jeder andere, den Mr Manning je eingestellt hatte.

Die Sägemühle war an einem breiten Fluss mit starker Strömung gebaut worden. Das vorbeirauschende Wasser setzte ein Schaufelrad in Bewegung, das die Maschinen in der Mühle antrieb.

Sobald die Türen geöffnet wurden, strömten die anderen Arbeiter in das Gebäude und Nicholas schloss sich ihnen an. In einer hohen Halle standen gewaltige Maschinen und große Kreissägen. Er fuhr mit dem Finger über die scharfe Schneide eines Sägeblatts.

„Vorsicht", rief jemand. „Du musst mit den Sägen so umgehen, als würden sie immer laufen. Sonst kannst du leicht einen Finger verlieren."

Nicholas drehte sich um. Hinter ihm stand ein kleiner schlanker Mann ungefähr in seinem Alter und musterte ihn mit ernsten blauen Augen.

„Du bist schlimmer als ’n altes Weib“, witzelte einer der anderen Arbeiter, der aussah wie ein Berg in Menschengestalt. Er war fast zwei Meter groß und von muskulösem, kräftigem Körperbau. Er hatte leuchtend rote Haare und grüne Augen.

„Du bist bestimmt der neue Arbeiter, von dem Mr Manning uns erzählt hat“, sagte der rothaarige Mann. „Ich bin Ike. Und unser Angsthase hier ist Jason. Du wirst mit uns zusammenarbeiten.“

„Ich heiße Nicholas“, erwiderte er.

„Ich bin überhaupt kein Angsthase“, protestierte Jason und warf seinem hünenhaften Freund einen strengen Blick zu. „Es ist einfach klüger, die Sägen mit Vorsicht zu behandeln, auch wenn sie nicht an sind, sind sie immer noch extrem scharf. Ich dachte nur, du solltest das wissen. Letzten Monat erst …“

„Na, Nicholas, hast du schon mal in ’ner Sägemühle gearbeitet?“, unterbrach ihn Ike.

„Nein“, musste Nicholas zugeben.

„Macht nichts.“ Er zwinkerte ihm zu. „Hauptsache, du zählst am Ende des Tages deine Finger. Jason macht das jeden Abend. Vor lauter Sorge um seine Finger hat er gar nicht mitgekriegt, dass er sich drei Zehen abgeschnitten hat!“

Ike brach in brüllendes Gelächter aus und Nicholas merkte, dass Jason sich ein Grinsen verkneifen musste. Die beiden waren offenbar gut befreundet.

„Ich hab mir keine Zehen abgeschnitten“, widersprach Jason halbherzig.

„Zieh deine Schuhe aus und beweis es!“, forderte Ike ihn heraus. „Nein, warte. Da kommt die Tochter vom Chef. Du willst sie doch sicher nicht mit dem Duft deiner Füße beleidigen.“

Jason knurrte und lächelte dann strahlend, als Ruth auf sie zukam.

„Guten Morgen“, murmelte sie und blieb neben ihnen stehen.

„Kennen Sie Nicholas schon?“, fragte Ike. „Heute ist sein erster Tag.“

„Ja, wir sind uns bereits begegnet.“ Ruth schenkte ihm ein winziges Lächeln, ohne ihn dabei richtig anzusehen.

„Ike, würdest du bitte dafür sorgen, dass jemand den Boden fegt?“, bat Ruth. „Das Sägemehl liegt schon wieder viel zu hoch.“

„Natürlich, Miss Manning“, erwiderte Ike und tippte sich an die Mütze.

„Arbeitet sie hier?“, fragte Nicholas Ike, als Ruth weiterging.

„Sie macht die Buchhaltung“, sagte Ike, während er zum Besen griff. „Das Mädchen ist so flach wie ein Brett und kriegt kaum die Zähne auseinander. Ich finde, sie passt bestens zu Jason“, spottete er.

Jason schnaubte und strich sich das blonde Haar aus dem Gesicht. „Ich bin nicht derjenige, der sich ihretwegen ein Bein ausreißt“, feuerte er zurück. „Natürlich, Miss Manning. Was immer Sie wollen, Miss Manning“, machte er ihn nach.

Ike lachte gutmütig und reichte Nicholas den Besen. „Der Neue fegt.“

Nicholas begann, das Sägemehl zu Haufen zusammenzukehren. Plötzlich hörte er, wie jemand seinen Namen rief. Als er aufblickte, sah er Betsy auf sich zulaufen. Die blonden Locken hüpften ihr um die Schultern.

Mehrere der Arbeiter hielten bei ihren jeweiligen Tätigkeiten inne, um ihr nachzusehen, aber Betsy hatte nur Augen für Nicholas. Sie drückte ihm eine braune Pappschachtel in die Hand, auf die rote Herzen gemalt waren. „Dein Mittagessen!“, sagte sie atemlos. „Ich hab’s extra für dich gemacht und du hast es heute Morgen vergessen.“

„Oh, ist das nicht süß“, säuselte Ike und faltete mit einer gezierten Geste die großen fleischigen Hände vor der Brust.

„Und für mich hast du kein Mittagessen, Betsy?“, fragte Jason. „Ich dachte, du würdest mir helfen, genauso groß und stark zu werden wie Ike!“

„Letztes Mal hast du dich über das, was ich dir gebracht habe, lustig gemacht, deswegen kriegst du nichts mehr“, erwiderte Betsy. „Ab jetzt kümmere ich mich nur noch um Nicholas.“

Sie warf sich die blonden Locken über die Schulter und strahlte Nicholas an. „Mutter sagt, dass ich dich *Mr Fear* nennen soll, weil du unser Mieter bist. Aber mir gefällt *Nicholas* besser. Das macht dir doch nichts aus, oder?“

Nicholas schüttelte den Kopf. Jason drehte sich um und warf ihm einen eisigen Blick aus seinen blauen Augen zu.

„Nicholas sieht besser aus als du und Ike zusammen, deswegen habe ich beschlossen, nur noch für ihn zu kochen!“, zog Betsy Jason auf.

Ihr schien nicht aufzufallen, dass seine Miene sich verdüstert hatte. Aber Nicholas bemerkte es sehr wohl. Er sah, wie sich die Muskeln in Jasons Kiefer anspannten.

„Du musst jetzt gehen, Betsy“, fuhr Jason sie an. „Die Arbeit macht sich nicht von selbst.“

Jason musste Betsy wirklich gern haben, dachte Nicholas. Er schien schrecklich eifersüchtig zu sein und dabei hatte sie ihm nur etwas zu essen gebracht.

„Na gut“, sagte Betsy mit einem Seufzer. „Bis heute Abend dann“, rief sie Nicholas zu und flitzte, gefolgt von weiteren anerkennenden Blicken, aus der Mühle.

Nicholas spürte, wie sein Nacken kribbelte. Er hatte das Gefühl, dass ihn jemand beobachtete. Ihn anstarrte. Als er aufblickte, sah er Ruth am Fenster eines der Büros im ersten Stock stehen. Er nickte ihr zu, aber sie wandte sich ab.

„Arme Ruth", dachte er. „Sie fühlt sich bestimmt furchtbar, wenn sie sieht, wie alle Männer Betsy mit den Augen verschlingen. Ich wette, *sie* hat noch nie ein Mann so angesehen."

Er zuckte mit den Achseln und machte sich wieder daran, das Sägemehl zusammenzukehren.

Am Ende seines ersten Arbeitstages beschloss Nicholas, dass ihm die Arbeit mit Holz gefiel.

Außerdem roch es wesentlich besser als Fisch, dachte er, als er zu seiner Pension zurückschlenderte. Es war ein guter, frischer Geruch. Und das Holz fühlte sich schön glatt an – nicht glitschig.

Nicholas hörte ein leises Rascheln neben sich im Gebüsch. Als er stehen blieb, verstummte auch das Geräusch. Er ließ den Blick über die Hecken und Büsche schweifen, doch er konnte nichts sehen.

Als er weiterging, setzte das raschelnde Geräusch wieder ein.

Folgte ihm etwa jemand?

Nicholas kannte so gut wie niemanden in der Stadt. Wer sollte das sein?

Ein scharfer Schmerz schoss durch seinen Hinterkopf und etwas fiel mit einem dumpfen Geräusch zu Boden.

Ein Stein. Jemand hatte einen Stein nach ihm geworfen.

Als Nicholas seinen Kopf berührte, zuckte er zusammen. An seinen Fingern war warmes, klebriges Blut. Er spürte, wie es seinen Hals hinunterlief.

Wütend versetzte er dem Stein einen Tritt. Der kullerte ein kleines Stück und blieb dann liegen.

Nicholas bemerkte, dass etwas darumgebunden war.

Rasch griff er nach dem Stein, der von einem Stück braunem Papier umhüllt war, streifte das Band ab und faltete das Blatt auseinander.

„Nein“, flüsterte er, als er die Nachricht gelesen hatte.

21

Nicholas sog scharf die Luft ein. Die Platzwunde an seinem Hinterkopf schmerzte, als Betsy Alkohol daraufttupfte.

„Du musst vorsichtig sein, wenn du in der Sägemühle arbeitest“, ermahnte sie ihn.

„Es ist nicht in der Sägemühle passiert“, stieß er zwischen zusammengebissenen Zähnen hervor. „Sondern auf dem Heimweg.“

Betsy stellte den Alkohol auf den Küchentisch und setzte sich auf den Stuhl neben ihn. „Hat dich jemand angegriffen?“

Er zuckte mit den Achseln. „Jemand hat einen Stein nach mir geworfen. Dieser Zettel war darumgewickelt.“ Er kramte das zusammengeknüllte Papier aus der Hosentasche und reichte es ihr.

Ihre blauen Augen wurden groß, als sie die Worte las: „Nimm dich in Acht, Nicholas Fear. Du hast in Shadyside nichts zu suchen.“

„Ich weiß nicht, warum dieser Jemand mich bedroht. Mir fällt beim besten Willen nichts ein, was ich getan haben könnte, um solchen Hass auszulösen.“ Nicholas runzelte die Stirn.

„Im Grunde genommen könnte es jeder sein“, sagte Betsy nachdenklich. „Die Leute in Shadyside haben die Fears schon immer gehasst. Ganz besonders die Goodes.“

„Warum?“, fragte Nicholas. „Warum hasst jemand eine ganze Familie?“

Betsy seufzte. „Es gab eine alte Fehde zwischen den Fears und den Goodes. Ich weiß nicht, wie es angefangen hat, aber beide Seiten standen sich unversöhnlich gegenüber.“ Betsy zögerte, in ihren blauen Augen lag Sorge um Nicholas.

„Erzähle mir alles, was du weißt“, drängte er.

„Man sagt, dass die Fears sich mit dunkler Magie abgegeben haben. Viele Leute, nicht nur die Goodes, behaupten, dass im alten Herrenhaus seltsame Zeremonien abgehalten wurden. Zeremonien, die … die Blut erforderten. Deswegen liegt das Haus auch so weit von der Straße entfernt. Die Fears wollten nicht, dass irgendjemand mitbekam, was sie dort taten.“

Nicholas hatte es die Sprache verschlagen. Er starrte auf seine Hände hinunter. Betsy sollte nicht merken, wie sehr ihre Geschichte ihn aufgewühlt hatte.

„Ich werde mir erst mal das Blut abwaschen“, murmelte er. Auf dem Weg zur Pension hatte er sich abwechselnd eine Hand auf seine Kopfwunde gepresst.

Nicholas stand auf, ging hinüber zur Spüle und ließ sich Wasser über die Hände laufen. Das angetrocknete braune Blut fing an sich aufzulösen.

Er musste plötzlich wieder an Betsys Worte denken. *Ihre Zeremonien erforderten Blut.* Was hatten sie dort im alten Herrenhaus gemacht?

Er seifte sich die Hände ein und schrubbte seine Haut mit aller Kraft so lange, bis sie wund war.

Dann drehte er das Wasser ab. Aber er setzte sich nicht neben Betsy.

Was würde er noch über die Familie Fear herausfinden? *Seine* Familie. „Weißt du noch mehr?“, fragte er mit leiser Stimme.

Er hörte, wie Betsys Stuhl über den Boden scharrte, als sie aufstand. Sie kam zu ihm herüber und legte ihm die Hand auf den Rücken.

Sein Körper spannte sich an.

„Ich habe gehört, dass zwei von Simon und Angelica Fears Kindern vor langer Zeit im Fear-Street-Wald gefunden wurden. Tot. Und irgendwie schlimm zugerichtet. Jedenfalls erzählen sich das die Leute."

Wieder zögerte Betsy und sprudelte dann die nächsten Worte hastig hervor. „Es heißt, dass viele der Fears eines ungewöhnlichen und schrecklichen Todes gestorben sind und dass ein Fluch auf der Familie liegt. Aber daran glaube ich nicht", fügte sie entschieden hinzu. „Und das solltest du auch nicht."

Nicholas blickte über die Schulter. „Woher weißt du so viel über meine Familie?"

„Ich bin eine Goode, zumindest zur Hälfte. Es war der Mädchenname meiner Mutter."

Betsy langte um ihn herum, griff nach einem großen Messer und fuhr mit dem Finger über die glänzende Schneide.

Nicholas erstarrte.

Sie stellte sich vor die Arbeitsfläche und begann, Tomaten zu schneiden. „Keine Angst", sagte sie. „Ich persönlich habe nichts gegen die Fears."

Sie warf ihm einen Blick zu. „Aber das gilt natürlich nicht für alle in meiner Familie."

Nicholas sah zu, wie die Säge ihre Zähne ins Holz schlug. Sie schien einen grenzenlosen Appetit zu haben.

„Und deswegen musst du aufmerksam sein", ermahnte sich Nicholas. Den ganzen Vormittag waren seine Augen von seiner Arbeit zu den anderen Männern hinübergewandert. Er hatte ihre Gesichter betrachtet und sich gefragt, ob einer von ihnen den Stein geworfen hatte.

Ike reichte ihm das nächste Brett. Die beiden arbeiteten

heute nur zu zweit. Jason war einem Mann zugeteilt worden, dessen Partner krank war.

Nicholas spürte, wie das Brett zitterte, als es auf die Säge traf. Nachdem auch das letzte Stück durch die Schneide geglitten war, stieß Ike einen Pfiff aus.

Als Nicholas aufblickte, sah er, dass Ike sich den Magen rieb. Offenbar hatte er Hunger. Nicholas nickte lächelnd und stellte die Säge ab.

„Wir treffen uns draußen!“, brüllte Ike ihm zu und griff nach seinem Essenspaket.

Nicholas nahm seine kleine Pappschachtel und folgte ihm. Heute hatte Betsy Pfeile durch die roten Herzen gezeichnet. Er hoffte, dass es Jason nicht auffallen würde.

Nicholas blieb neben dem Stapel Holz stehen, den er und Ike an diesem Nachmittag noch sägen mussten, und überprüfte sorgfältig jedes einzelne Brett. Ike hatte ihm erklärt, wie gefährlich es war, wenn die Säge ein Astloch traf. Und Nicholas wollte kein unnötiges Risiko eingehen.

Er ließ seine Finger über eins der Bretter gleiten. Das Holz war von guter Qualität, glatt und fein gemasert. „Daraus sollten die Häuser in der Fear Street gebaut werden“, dachte Nicholas.

Dann ging er nach draußen, wo Ike auf einem abgesägten Baumstamm saß. Nicholas ließ sich neben ihn fallen. „Isst Jason nicht mit uns?“

Ike zuckte mit den Achseln. „Er sagte, er hätte noch zu tun.“

„Glaubst du, es macht ihm was aus, dass ich bei Betsy und ihrer Mutter in der Pension wohne?“, fragte Nicholas.

„Kommt ganz drauf an“, antwortete Ike ausweichend. „Was hat sie ihrem Schatz denn heute Schönes eingepackt?“, fügte er hinzu.

„Ich bin nicht ihr Schatz“, knurrte Nicholas.

„Aber sie hält dich dafür“, meinte Ike und seine grünen Augen funkelten. Er schnappte sich die Schachtel und schaute hinein. „Hmmm. Gebratenes Hühnchen. Wenn sie so was für mich kochen würde, hätte ich nichts dagegen, ihr Schatz zu sein.“

Nicholas gab Ike ein Stück ab, dann aßen sie schweigend und genossen das Essen und die warme Sonne.

„Warum tauschen wir nicht mal die Plätze?“, schlug Ike vor, als sie ihre Mahlzeit beendet hatten. „Ich arbeite an der Säge und du reichst mir die Bretter zu.“

„In Ordnung“, meinte Nicholas, als sie zu ihrem Arbeitsplatz zurückgingen. „Ich habe das Holz auf Astlöcher überprüft, bevor ich rausgekommen bin. Mir war klar, dass du das noch machen würdest, aber ich wollte mir die Bretter auch ansehen.“

„Du wirst schon genauso ein Angsthase wie Jason“, neckte ihn Ike. „Ich mach doch nur Spaß. Es ist vernünftig, dass du dir die Bretter selbst noch mal vornimmst“, setzte er hinzu.

Ike nahm seine Position neben der Säge ein. „Pass auf Splitter auf, wenn du mir die Bretter zureichst“, riet er. „Die können ganz schön wehtun.“ Dann legte er den Schalter um und die Säge erwachte kreischend zum Leben.

Nicholas hob ein Brett auf und reichte es Ike.

Die Säge fraß sich surrend ins Holz.

Dann blieb sie plötzlich stehen.

Ike machte ein finsteres Gesicht. „Vielleicht ein Astloch“, murmelte er und drückte leicht gegen das Brett.

Es bewegte sich nicht.

Ike beugte sich näher heran und drückte fester.

In diesem Moment kam die Säge frei und fraß sich durch das Holz.

Ike stieß einen langen, durchdringenden Schmerzensschrei aus.

Blut spritzte auf Nicholas' Gesicht und auf sein Hemd.

Er stürzte zur Säge und stellte sie aus.

„Such ihn für mich!", kreischte Ike.

„Was denn?", brüllte Nicholas zurück. „Ich weiß nicht, was du meinst."

„Meinen Finger!", heulte Ike.

22

Nicholas kniete sich neben die Werkbank. Blut strömte aus Ikes rechter Hand und verfärbte das Sägemehl auf dem Boden blutrot.

Nicholas hörte Ike stöhnen. Er durchwühlte das feuchte Sägemehl. Suchte verzweifelt.

„Mein Finger!“, brüllte Ike noch einmal. Dann ertönte ein Ruf. Eine nach der anderen verstummten die Sägen. Nicholas hörte das Geräusch von schnell näher kommenden Schritten.

Aber er hörte nicht auf zu suchen. Das Sägemehl flog ihm in die Augen, sodass er kaum etwas sehen konnte.

Und dann entdeckte er es. Ein Finger lag auf dem Boden auf der anderen Seite der Werkbank. Nicholas schob sich auf dem Bauch unter die Bank, das Gesicht in das blutige Sägemehl gepresst. Er konnte ihn gerade so erreichen.

Mit dem Finger in der Hand sprang er auf. Er fühlte sich noch warm an. „Ich hab ihn, Ike!“, rief er.

Irgendwer hatte einen Lappen um Ikes Hand geschlungen. Aber der war bereits blutdurchtränkt.

Nicholas riss sich das Hemd vom Leib und presste es gegen Ikes Wunde. Innerhalb weniger Sekunden war der Stoff durchnässt.

Ike stieß ein tiefes, kehliges Stöhnen aus. Von seinem kalkweißen Gesicht hob sich jede einzelne Sommersprosse überdeutlich ab.

„Wir bringen dich zum Arzt“, versprach ihm Nicholas.

Ohne Vorwarnung stieß Jason ihn unsanft beiseite. „Ich

wusste doch, dass wir dir nicht trauen können“, brüllte er. „Das ist alles deine Schuld.“

Während er Nicholas finster anstarrte, schlang er sein eigenes Hemd um Ikes blutige Hand. „Hol doch endlich den Arzt!“, knurrte er einen der anderen an.

Jason brachte seinen Freund in eine Ecke der Halle, wo er sich auf den Boden legen konnte, und hielt Ikes Hand in die Luft.

Nicholas wurde von einer Welle von Schuldgefühlen überschwemmt.

„War es wirklich meine Schuld?“, fragte er sich. „Habe ich irgendeinen Fehler gemacht? Dabei hab ich mir die Bretter doch noch angesehen, bevor wir Mittagspause gemacht haben. Ich hab sie genau überprüft. Sie hatten mit Sicherheit keine Astlöcher.“

Nicholas merkte, dass ihm einige der anderen Männer finstere Blicke zuwarfen. Warum machten sie ihn dafür verantwortlich?

Wenn Ike ihm die Bretter zugereicht hätte, wäre es ihm in jedem Fall genauso passiert, schoss es ihm durch den Kopf.

Ein kalter Schauer lief durch seinen Körper. Ihm fiel der Stein wieder ein, den gestern jemand nach ihm geworfen hatte. Den Stein mit der Botschaft, dass er hier in Shadyside nichts zu suchen hatte.

Hatte jemand absichtlich ein Brett mit Astlöchern unter die anderen geschmuggelt, damit ein Unfall passierte? Ike und er hatten erst kurz nach dem Mittagessen beschlossen, die Plätze zu tauschen. Hatte jemand gehofft, er würde dabei verletzt werden?

Am nächsten Tag herrschte trotz des Maschinenlärms eine angespannte Stille in der Sägemühle.

Der Doktor konnte nicht sagen, wann Ike wieder in der

Lage sein würde zu arbeiten. Oder ob er überhaupt jemals wieder arbeiten konnte.

Nicholas fühlte sich furchtbar. Ike war sein erster richtiger Freund in Shadyside gewesen. Mit ihm hatte die Arbeit Spaß gemacht. Und er hatte Nicholas bereitwillig alles beigebracht.

Nicholas hätte alles darum gegeben, Ikes Unfall ungeschehen zu machen. Aber er konnte nichts tun.

Nicholas war eingeteilt worden, mit Jason zu arbeiten. Der machte nur den Mund auf, wenn er ihm Anweisungen zuschrie. Die anderen Männer redeten gar nicht mit ihm.

Nicholas konnte kaum glauben, dass Ike ihn nicht mehr wegen Betsys Essenspaketen aufziehen würde. Was, wenn Ike nie wieder zur Arbeit kam?

Er wusste, dass die meisten Männer ihn für den Unfall verantwortlich machten. Und inzwischen gab er sich auch selbst die Schuld daran. Er hatte die Bretter zwar sorgfältig überprüft, aber vielleicht hatte er doch ein Astloch übersehen.

Ihm wurde jedes Mal ganz schlecht, wenn er an Ikes verletzte Hand dachte. Oder an sein verzerrtes Gesicht, als er nach seinem Finger schrie.

Nicholas betrachtete die Maserung jedes Bretts, das Jason ihm reichte, mit Argusaugen. Er wollte sichergehen, dass niemand einen Unfall für ihn arrangierte.

Um die Mittagszeit hörte Jason auf zu arbeiten und ging ohne ein Wort davon.

„Das soll wahrscheinlich heißen, dass es Zeit fürs Mittagessen ist", dachte Nicholas. „Danke für den Hinweis, Jason", murmelte er. Er stellte die Säge ab, aber das schrille Geräusch klang in seinen Ohren nach.

Nicholas ging nach draußen und setzte sich auf den Stamm, den er sich am Vortag mit Ike geteilt hatte. Er fühlte sich schrecklich einsam.

„Wenn doch nur Rosalyn hier wäre“, dachte er. „Ich brauche jemanden, mit dem ich reden kann.“

Als er Schritte hörte, blickte er auf. Mr Manning kam auf ihn zu, gefolgt von Ruth, die ihrem Vater hinterhereilte.

„Wird er mich jetzt feuern?“, fragte sich Nicholas. „Macht er mich auch für Ikes Unfall verantwortlich?“

Mr Manning ließ sich neben ihm auf den Stamm fallen und stieß lautstark die Luft aus. „Hast du meine Tochter schon kennengelernt?“, fragte er.

„Ja, Vater“, antwortete Ruth und kam Nicholas zuvor. „Er ist mir über den Weg gelaufen, bevor er angefangen hat, in der Mühle zu arbeiten.“

Ruth warf ihm einen schüchternen Blick zu und beide mussten wegen der Doppeldeutigkeit ihrer Worte lächeln.

„Ruth kümmert sich um die gesamte Buchhaltung“, sagte Mr Manning und legte Nicholas eine Hand auf die Schulter. „Sie ist ein aufgewecktes Mädchen und hat einen Kopf für Zahlen.“

„Will er mich denn gar nicht über den Unfall ausfragen?“, wunderte sich Nicholas.

„Hast du dich schon eingearbeitet?“, erkundigte sich Mr Manning stattdessen.

„Ich lerne jeden Tag ein bisschen mehr“, erwiderte Nicholas, nach wie vor irritiert.

Mr Manning strahlte. „Sehr schön. Mein Großvater hat diese Sägemühle erbaut. Er hat sie meinem Vater hinterlassen und der hat sie mir vererbt. Wenn die Zeit gekommen ist, wird sie auf Ruth übergehen, und die wird sie wiederum ihren Kindern weitervererben. Gefällt es dir eigentlich in Shadyside?“

Bei diesem abrupten Themenwechsel blinzelte Nicholas verwirrt. „Ja, Sir.“

„Es ist ein guter Ort für einen Mann, um sich niederzulassen. Wenn er die richtige Frau findet.“ Er zwinkerte Nicholas zu und deutete leicht mit dem Kopf auf Ruth.

„Er hofft, dass ich mich für seine Tochter interessiere“, wurde Nicholas plötzlich klar. „Deswegen ist er hergekommen.“

„Mmm-hmm“, murmelte er unbestimmt. Er wollte seinen Arbeitgeber nicht beleidigen, aber er wollte Mr Manning auch nicht ermutigen.

Nicholas schaute zu Ruth hinüber, die mit gesenktem Kopf zu Boden blickte. Eine schwache Röte überzog ihre Wangen.

„Sie schämt sich“, dachte er. Ruth tat ihm leid. Welches Mädchen hörte schon gerne, wie ihr Vater versuchte, einen Mann mit Geld zu locken, damit er ihr den Hof machte?

Als sie spürte, dass er sie beobachtete, hob Ruth den Kopf und sah ihn mit ihren stumpfen schwarzen Augen an. „Entschuldige bitte“, sagte sie mit lautlosen Mundbewegungen und schüttelte dabei fast unmerklich den Kopf.

Nicholas verdrehte die Augen und versuchte ihr damit zu signalisieren, dass er wusste, wie unmöglich Eltern manchmal sein konnten.

„Ruth ist mein ganzer Stolz …“, fuhr Mr Manning fort.

„Vater, möchtest du nicht ein Sandwich?“, unterbrach sie ihn hastig, griff in die mitgebrachte Essensbox und reichte ihm eins.

Nicholas musste sich das Lachen verkneifen.

„Das ist auch eine Art, ihn zum Schweigen zu bringen“, dachte er amüsiert.

Ruth nahm sich ebenfalls ein Sandwich und bot dann Nicholas eins an.

„Nein danke“, sagte er. „Ich habe mein eigenes Mittagessen dabei.“

Er holte seine Essensbox hervor. Heute hatte Betsy ein paar Rosen zwischen die Herzen gemalt. Nicholas fühlte sich unwohl bei dem Gedanken, dass Ruth und Mr Manning es bemerken könnten.

Doch Mr Manning war sowieso viel zu sehr mit Essen beschäftigt. Er verschlang sein Sandwich mit vier großen Bissen. Noch bevor er darum gebeten hatte, reichte Ruth ihm das nächste.

Mr Manning stieß Nicholas mit dem Ellbogen an. „Siehst du, sie weiß, wie man sich um einen Mann kümmert."

„Aber, Vater ...", setzte Ruth zu einem schwachen Protest an. Dann brach sie ab und blickte ihren Vater erschrocken an. „Ist alles in Ordnung mit dir?", fragte sie mit besorgter Stimme.

Nicholas drehte sich zu Mr Manning um. Sein Gesicht hatte einen grünlichen Schimmer und auf seiner Stirn standen kleine Schweißperlen. „Sie sehen krank aus", sagte Nicholas.

„Unsinn", knurrte Mr Manning. Er zog ein seidenes Taschentuch hervor und wischte sich den Schweiß ab. „Ich habe wahrscheinlich nur zu schnell gegessen. Keine Sorge."

„Na, schmeckt dir dein Mittagessen, Nicholas?", ertönte plötzlich eine helle Stimme. Betsy! Sie kam so schnell auf ihn zugelaufen, dass ihr das blonde Haar um die Schultern schwang.

Nicholas musste lächeln. Betsy trug ein weißes Kleid mit roten Tupfen, das üppig mit Bändern und Spitze verziert war. „Rosalyn würde so etwas nie anziehen", dachte er, denn sie fand, dass Mädchen in solchen Kleidern wie große Puppen aussahen, und Ruth würde in einem solchen Kleid lächerlich wirken. Die leuchtend roten Tupfen würden ihre Schüchternheit und ihre glanzlosen schwarzen Augen noch betonen.

Aber für Betsy war das Kleid genau das Richtige. „Das Essen ist köstlich", sagte er. „Danke, dass du für mich gekocht hast."

„Das tue ich doch gern", erwiderte Betsy.

Mr Manning schnaubte ärgerlich.

„Du siehst heute sehr hübsch aus", sagte Ruth leise.

„Danke", antwortete Betsy. „Nett, dass du das sagst."

Sie zupfte die Spitze am Ärmelaufschlag zurecht und schaute Nicholas erwartungsvoll an.

„Ruth hat recht", stimmte er zu, weil Betsy ihn so herausfordernd ansah. „Es ist wirklich ein hübsches Kleid."

Da kam ihm etwas in den Sinn: Hoffentlich dachte Betsy nicht, dass er mit ihr flirtete. Um sicherzugehen, würde er ihr heute Abend von Rosalyn erzählen, nahm Nicholas sich vor. Vielleicht konnten die beiden sogar Freundinnen werden, wenn er Rosalyn nach Shadyside brachte.

„Ich werde heute zum Abendessen übrigens etwas ganz Besonderes für dich kochen", sprudelte Betsy in ihrer üblichen überschwänglichen Art hervor. „Und ich …"

„Betsy!", brüllte Jason. Er lehnte an einem Baum am Eingang der Mühle. „Komm her!"

Sie zog einen Schmollmund. „Ich denke, ich seh besser mal nach, was er will." Dann zwinkerte sie Nicholas zu. „Beeil dich nach der Arbeit. Meine Mutter ist unterwegs, um ihre Schwester zu besuchen. Wir können also allein zu Abend essen, wenn ich die anderen Gäste bedient habe."

Und damit schlenderte sie zu Jason hinüber. Über ihren Kopf hinweg warf er Nicholas einen finsteren Blick zu. Dann nahm er Betsy an den Schultern und redete mit grimmigem Gesicht auf sie ein.

„Bestimmt ermahnt Jason sie, sich von mir fernzuhalten", dachte Nicholas.

Nachdem er das letzte Brett durch die Säge geschoben hatte, verließ Nicholas eilig die Mühle.

Er konnte es kaum erwarten, den feindseligen Blicken der Männer zu entkommen. Bis jetzt hatte ihn niemand offen angegriffen, aber er wusste, dass ihn die meisten Arbeiter für Ikes Unfall verantwortlich machten.

„Und außerdem", dachte Nicholas, „möchte Betsy, dass ich früh nach Hause komme."

Er eilte zur Pension und ging ums Haus herum zur Küchentür. Noch bevor er sie geöffnet hatte, stieg ihm der Geruch von Hefe in die Nase.

Nicholas lächelte erwartungsvoll. Es roch, als wäre Betsy sehr fleißig gewesen.

Er stieß die Küchentür auf und trat ein. Ein Schwall heißer Luft schlug ihm ins Gesicht.

Wie hielt sie es bei diesen Temperaturen bloß in der Küche aus? Der Herd musste schon seit Stunden an sein.

„Betsy?", rief Nicholas.

Der Hefegeruch war regelrecht überwältigend. Aber darunter nahm Nicholas noch etwas anderes wahr.

Den süßen Duft von Zimt und Zucker vermischt mit irgendetwas … irgendetwas Verfaultem.

„Betsy?", rief Nicholas noch einmal.

Dann sah er sie.

„Neiiiiin!", schrie er.

Betsy lag verkrümmt auf dem Fußboden. Ihre Hände waren auf dem Rücken gefesselt.

23

Mit zwei Schritten war Nicholas bei Betsy. Er band ihre Hände los und zerrte dabei ungeduldig am Seil.

Dann drehte er sie vorsichtig auf den Rücken.

Als er auf sie hinuntersah, hob sich sein Magen.

Betsys Gesicht. Ihr hübsches kleines Gesicht mit den Sommersprossen. Es war geschwollen. Grässlich geschwollen.

Nicholas konnte kaum ihre Augen erkennen, weil die Haut so aufgedunsen war.

„Kannst du mich hören, Betsy?“, rief Nicholas. Er nahm ihr Handgelenk und tastete nach dem Puls.

Da bemerkte er etwas Dickes, Weißes, das aus ihrem Mund quoll. Nicholas ließ ihr Handgelenk los und zwängte mit den Fingern ihre Zähne auseinander.

Aus ihrem Mund quoll eine klebrige Masse.

Hefeteig.

Und jetzt sah Nicholas auch in ihrer Nase dicken weißen Teig.

Jemand hatte Betsy Hefeteig in Mund und Nase gestopft und sie mit gefesselten Händen neben dem heißen Ofen liegen lassen.

Als der Teig gegangen war, war sie erstickt. Nicholas fühlte noch einmal nach ihrem Puls, doch da war nichts.

„Oh, Betsy“, flüsterte er heiser. „Das … das ist entsetzlich.“ Er stand einfach nur da und wusste nicht, was er tun sollte.

Wer hatte Betsy das angetan? Was für Feinde konnte ein Mädchen wie sie haben?

Plötzlich fiel Nicholas wieder ein, wie Jason Betsy vorhin

an den Schultern gepackt hatte. Er hatte so wütend gewirkt. War er eifersüchtig genug, um …?

„Nein“, sagte sich Nicholas. Er kannte Jason zwar erst ein paar Tage, aber er war sicher, dass er niemals etwas so Schreckliches tun würde. Nicht der vorsichtige Jason, der immer alle Regeln befolgte.

Wieder fiel ihm der ekelhaft süßliche Gestank auf. Und diesmal erkannte er, was es war. Der Geruch des Todes.

Nicholas taumelte aus der Küche und schlug die Tür hinter sich zu. Er ließ sich neben dem Haus ins Gras fallen und sog in tiefen Zügen die frische Luft ein. Betsy war der zweite tote Mensch, den er in seinem Leben gesehen hatte.

Er musste wieder an seine Mutter denken. Sie hatte alles getan, um ihn von Shadyside fernzuhalten. Sie hatte ihm niemals seinen richtigen Namen genannt. Nicholas fragte sich, ob sie wohl daran geglaubt hatte, dass die Fears vom Unglück verfolgt waren.

Ein entsetzlicher Gedanke schoss ihm durch den Kopf. Ob Betsy noch am Leben wäre, wenn sie keinen Fear in ihrem Haus aufgenommen hätte? Und hätte Ike den Unfall auch gehabt, wenn Nicholas in Shadow Cove geblieben wäre?

Nicholas presste sich die Finger an die Schläfen. Was würde morgen passieren oder übermorgen? Wer würde der Nächste sein? Erwartete auch ihn, Nicholas, ein schrecklicher Tod in Shadyside?

Jetzt verstand er, warum jemand den Stein nach ihm geworfen hatte. Er war erst ein paar Tage in der Stadt, aber mit ihm schien der Fluch der Fears nach Shadyside zurückgekehrt zu sein.

Nicholas fuhr sich so heftig mit den Händen durch die Haare, dass seine Fingernägel über die Kopfhaut kratzten. Er wusste nicht, was er tun, wohin er gehen sollte.

Mr Manning. Vielleicht konnte *er* ihm helfen, all diese Dinge aufzuklären. Zumindest hatte Mr Manning ihn nicht für Ikes Unfall verantwortlich gemacht. Und er hatte ihm Arbeit gegeben, ohne etwas über ihn zu wissen.

Nicholas stand auf und lief ein paar Schritte in Richtung Straße. Dann blieb er stehen. Er musste noch etwas tun, bevor er aufbrechen konnte.

Nicholas zwang sich, in die Küche zurückzukehren. Er zog die Decke vom Tisch und breitete sie sanft über Betsy. Dann ging er aus der Tür, ohne sich noch einmal umzusehen.

Nicholas rannte den ganzen Weg bis zum Haus der Mannings. Er lief so schnell, dass seine Lungen brannten wie Feuer.

Trotzdem wurde er das Bild von Betsys aufgedunsenem Gesicht nicht los. Und das Gefühl, dass er irgendwie für ihren Tod verantwortlich war.

Nicholas stieß hastig die schwarzen, schmiedeeisernen Torflügel auf und rannte weiter bis zur Eingangstür.

Er packte den Türklopfer und hämmerte energisch gegen das Holz. Mrs Baker öffnete zögernd die Tür und blickte mit erschrockenem Gesicht zu ihm auf.

„Ich bin's, Mrs Baker, Nicholas Fear. Könnte ich bitte Mr Manning sprechen?"

„Er fühlt sich heute Abend nicht wohl", antwortete sie mit einem zweifelnden Unterton in der Stimme.

„Bitte. Es ist sehr wichtig", sagte Nicholas.

Sie machte die Tür ganz auf. „Nun, dann kommen Sie herein."

Die Gaslampen flackerten, als er die Eingangshalle betrat. „Folgen Sie mir", wies ihn Mrs Baker an.

Sie führte Nicholas eine düstere Treppe hinauf. Vor einer polierten Eichentür blieb sie stehen. „Hier drinnen ist er."

Nicholas klopfte an und trat dann ein.

Mr Manning lag im Bett, die Decke bis zum Kinn hochgezogen. „Mein Junge, es tut gut, dich zu sehen“, rief er.

Nicholas ging zu ihm hinüber. Mr Manning streckte ihm die Hand hin und Nicholas schüttelte sie. Er spürte, dass die Hand des älteren Mannes zitterte. Und sie fühlte sich kalt an. Viel zu kalt.

Nicholas setzte sich auf den Stuhl neben dem Bett. Mr Mannings Aussehen jagte ihm einen Schreck ein. Seine Haut war von einem ungesunden Grün, noch schlimmer als beim Mittagessen, und ihm stand der Schweiß auf der Stirn. Er fuhr sich mit der Zunge über die aufgesprungenen Lippen.

„Es tut mir leid, dass es Ihnen nicht gut geht“, sagte Nicholas.

Mr Manning schüttelte abwehrend den Kopf. „Nur eine Erkältung. Morgen bin ich bestimmt wieder auf den Beinen. Was führt dich heute Abend hierher?“

Nicholas wusste nicht, was er sagen sollte. „Betsy ist tot“, platzte er schließlich heraus und beschrieb alles, was er in der Pension gesehen hatte. „Ich weiß nicht, was ich jetzt tun soll“, schloss Nicholas. „Und ich weiß nicht, wo ich hin soll.“

„Es war richtig hierherzukommen“, versicherte ihm Mr Manning und rollte sich auf die Seite. Er nahm seine Hand und drückte sie mit mehr Kraft, als Nicholas dem alten Mann zugetraut hätte.

„Du kannst heute Nacht hierbleiben“, erklärte Mr Manning. „Wir haben genug Gästezimmer. Und außerdem: Was, wenn es jemand auch auf meine liebe Ruth abgesehen hat? Ich bin zu krank, um sie zu beschützen. Bitte bleib, bis ich wieder gesund bin.“

Nicholas nickte. „Sie sind so freundlich zu mir gewesen. Wie könnte ich da ablehnen?“

Er stand auf. „Ich werde Sie jetzt ausruhen lassen“, sagte Nicholas. Das rasselnde Geräusch von Mr Mannings Atem gefiel ihm ganz und gar nicht.

„Schick Mrs Baker los, um den Pfarrer von Betsys Tod zu unterrichten“, keuchte Mr Manning. „Ich brauche dich hier. Ruth ist sonst nicht sicher. Wenn man bedenkt, was der armen Betsy zugestoßen ist.“

Nicholas und Ruth gingen zusammen zu Betsys Beerdigung. Nur so konnte er gleichzeitig das Versprechen halten, das er Mr Manning gegeben hatte, und das tun, was Betsy von ihm erwartet hätte.

Der Gottesdienst schien gar kein Ende zu nehmen. Doch endlich wurde der Sarg geschlossen. Nicholas wollte Betsys Gesicht so in Erinnerung behalten, wie es vor jenem schrecklichen Abend ausgesehen hatte – nicht aufgedunsen und grässlich entstellt.

Nicholas spürte Tränen in seinen Augen brennen. Er hörte Ruth neben ihm leise weinen und das Schluchzen von Betsys Mutter in der ersten Reihe. Er wandte leicht den Kopf. Jason saß auf der anderen Seite des Gangs, die blauen Augen unverwandt auf Nicholas gerichtet. Er hatte die Zähne fest zusammengebissen und sein Mund war nur ein schmaler Strich.

Als der Gottesdienst zu Ende war, stand Nicholas auf und eilte hinter Ruth aus der Kirche.

Er musste hinaus in die Sonne. Ins Tageslicht.

Plötzlich wurde er von einer starken Hand gepackt und herumgerissen.

Er blickte in das harte Gesicht von Jason.

„Wir hätten heute lieber dich begraben sollen statt meiner Cousine“, knurrte er mit hasserfüllter Stimme.

24

Nicholas' Herzschlag hämmerte so laut in seinen Ohren, dass er nichts anderes hören konnte.

Jason war Betsys Cousin? Hieß das etwa, dass er ein Goode war? Hasste er ihn deswegen so sehr?

Jason kam näher, bis sein Gesicht nur noch wenige Zentimeter von Nicholas' entfernt war. „Du hast Betsy getötet", fuhr er ihn an.

Nicholas wich nicht zurück. Er sah Jason offen in die Augen. „Ich habe deiner Cousine nichts getan", erwiderte er langsam und betont.

„Es kann ja nur etwas Schlimmes dabei herauskommen, wenn eine Goode sich mit einem Fear abgibt", schnaubte Jason. „Ich bin ein Goode und ich kenne unsere Familiengeschichte. Deswegen weiß ich genau, was ihr uns angetan habt. Ich habe Betsy gewarnt, dass alle Fears Unheil über uns bringen, aber sie wollte ja nicht hören."

Als Nicholas nach unten blickte, sah er, dass Jason die Hände zu Fäusten geballt hatte. „Schlag mich doch, Jason, wenn du dich dann besser fühlst", sagte er herausfordernd.

Er hörte, wie Ruth hinter ihm erschrocken aufkeuchte.

Dann trat er noch näher an Jason heran. „Es wird Betsy auch nicht wieder lebendig machen, aber tu's ruhig."

Jeder Muskel in Jasons Körper schien sich anzuspannen. Nicholas sah eine Ader in seiner Schläfe pochen.

„Nimm dich in Acht", sagte Jason mit trügerisch sanfter Stimme. „Ich kann es kaum erwarten, dich wieder loszuwerden." Damit wandte er sich ab und ging davon.

Nicholas blickte sich um. Die Leute starrten ihn an. Manche sahen wütend aus. Manche verängstigt. Manche neugierig.

„Wie viele von euch sind Goodes?“, hätte er am liebsten gefragt. „Wie viele von euch hassen mich einfach nur deswegen, weil ich mit Nachnamen *Fear* heiße?“

Nicholas erwiderte die Blicke aus der Menge und sah jedem direkt ins Gesicht. Vielleicht waren die Fears tatsächlich verflucht und brachten anderen Unglück, aber er hatte Betsy nicht umgebracht. Er hatte ihr keinen Hefeteig in den Mund gestopft und sie qualvoll ersticken lassen. Nein, irgendjemand aus Shadyside hatte das getan. Jemand, der durch und durch böse war.

Einer nach dem anderen wandten sich die Leute ab und gingen.

„Na, komm“, murmelte Nicholas Ruth zu.

Ihm war nicht nach Reden zumute. Er war froh, dass sie ihre Meinung für sich behielt, als sie sich auf den Heimweg machten.

Als sie das mächtige Eisentor vor dem Haus der Mannings erreichten, legte Ruth ihm die Hand auf den Arm und sah mit ihren schwarzen ausdruckslosen Augen zu ihm auf. „Es tut mir leid“, sagte sie und öffnete das Tor.

Nicholas folgte ihr zum Haus. „Er weiß überhaupt nichts über mich“, platzte er heraus.

Ruth drehte sich um und sah ihn an. „Wer?“

„Jason Goode. Er kann es nicht wissen, aber meine Mutter war auch eine Goode. Genau wie er“, erklärte Nicholas.

„Warum hast du ihm das nicht gesagt?“, fragte Ruth.

„Warum sollte ich ihm irgendwas erklären?“, rief Nicholas. „Er hat mir einfach vorgeworfen, ich hätte Betsy getötet, ohne mir auch nur eine einzige Frage zu stellen. Alle Leute in der Stadt haben offenbar beschlossen, mich zu hassen, und dabei haben die meisten von ihnen noch kein Wort mit mir gewechselt."

„Nicht alle sind so", erwiderte Ruth ruhig.

„Stimmt", sagte Nicholas schuldbewusst. „Du und dein Vater, ihr seid von Anfang an sehr freundlich zu mir gewesen."

„Mein Vater hält große Stücke auf dich", vertraute Ruth ihm an, während sie weiter auf das Haus zugingen. „Er will dir alles über den Holzhandel beibringen."

„Warum eigentlich nicht?", dachte Nicholas. „Ich werde in Shadyside bleiben und für Mr Manning arbeiten, bis ich die aufgelaufenen Steuern für das Land der Fears abzahlen kann. Und dann werde ich eine Villa bauen, die so groß ist, dass keiner jemals vergessen wird, dass wieder ein Fear in der Stadt ist."

Ruth öffnete die Tür und sie traten ein. Nicholas half ihr aus ihrem Mantel. Wieder errötete sie leicht.

Arme Ruth, dachte Nicholas. Anscheinend war sie es nicht gewohnt, dass ihr ein Mann auch nur die kleinste Aufmerksamkeit entgegenbrachte.

„Ich möchte erst mal nach Vater sehen", murmelte sie, den Blick verschämt zu Boden gerichtet.

„Danke, dass du mit mir zur Beerdigung gegangen bist", rief Nicholas ihr hinterher. Ruth reagierte mit einem kaum merklichen Nicken.

Nicholas hängte Ruths Mantel an die Garderobe und zog seinen aus.

Da ertönte ein hoher, qualvoller Schrei aus dem ersten Stock.

Ruth!

Nicholas ließ seinen Mantel fallen und rannte zur Treppe.

Ruth kam ihm mit bleichem Gesicht entgegengelaufen.

Tränen strömten über ihre Wangen.

Nicholas packte sie an den Schultern. „Was ist los? Was ist passiert, Ruth?“, fragte er.

„Mein Vater …“ Ihre Lippen zitterten, als sie versuchte zu sprechen. „Mein Vater ist … tot!“

25

Einige Stunden später saß Nicholas neben Ruth auf dem Sofa im Salon. Sie hielt mit beiden Händen eine Teetasse so fest umklammert, dass ihre Knöchel weiß hervortraten.

Nicholas wusste nicht, was er sagen sollte. Deshalb saß er einfach nur stumm neben ihr.

In seinem Kopf wirbelte alles durcheinander, was sich seit seiner Ankunft in Shadyside ereignet hatte. So viele schreckliche Dinge waren geschehen.

„Ich muss dir etwas sagen, Nicholas", begann Ruth, den Blick auf die Teetasse gerichtet.

„Ja, was denn?", fragte er, als sie nicht weitersprach.

„Ich weiß nicht, wie ich es ausdrücken soll", murmelte sie.

Nicholas hätte am liebsten laut aufgestöhnt. Er wollte allein sein. Er brauchte Zeit zum Nachdenken, um sich zu überlegen, was er jetzt tun sollte.

Aber er konnte Ruth doch jetzt nicht sich selbst überlassen. „Fang einfach an", drängte er und gab sich Mühe, geduldig zu klingen.

„Es war der letzte Wunsch meines Vaters, dass ich dich heirate", sprudelte Ruth hastig hervor.

„Was?" Er schnappte nach Luft.

„Ich war genauso schockiert wie du." Ruth setzte ihre Teetasse ab und sah ihn endlich an. „Gestern Abend habe ich an seinem Bett gesessen und seine Hand gehalten. Da hat er auf einmal angefangen, übers Sterben zu reden."

Ruth schniefte. „Ich habe zu ihm gesagt, dass ich so etwas gar nicht hören will, dass er morgen wieder der Alte ist, aber er hat sich nicht davon abbringen lassen. Er sagte, es sei sein Wunsch, dass wir heiraten, wenn ihm irgendetwas zustößt."

Nicholas senkte den Kopf und starrte auf seine Schuhe. Der Schmerz in ihrer Stimme war nicht zu überhören. Nicholas wusste nur zu gut, wie sie sich jetzt fühlte, und er wollte ihr nicht noch mehr wehtun. Aber er würde sie nicht heiraten.

Er konnte den Gedanken nicht ertragen, Ruth zu berühren. Ihre kühle, feuchte Haut verursachte ihm eine Gänsehaut. Und ihre schwarzen Fischaugen stießen ihn ab.

„Ich muss ihr von Rosalyn erzählen", dachte er. „Dann wird sie schon verstehen. Sie muss ja nicht erfahren, dass ich sie niemals geheiratet hätte."

Ruth spielte nervös mit ihren Händen im Schoß. „Ich weiß, dass du mich nicht liebst. Und ich liebe dich auch nicht."

Nicholas schaute sie überrascht an. Vielleicht wollte sie ihn gar nicht heiraten. Er würde sie davon überzeugen, dass ihr Vater niemals gewollt hätte, dass sie einen Mann heiratete, den sie nicht liebte.

Nicholas spürte, wie sich sein Körper entspannte.

„Aber wir könnten ein gutes Team sein", fuhr Ruth fort. „Ich habe jede Menge Geld. Darüber würdest du dir nie wieder Gedanken machen müssen." Sie sah ihn flehentlich an.

Nicholas stand auf und ging zum Kamin hinüber. In ihrer Stimme hatte eine tiefe Traurigkeit mitgeschwungen. Er wusste, dass sie sehr einsam sein würde, so ganz allein in diesem großen Haus. Aber dafür war er nicht verantwortlich.

Er drehte sich zu Ruth um. Wahrscheinlich war es besser, wenn er Rosalyn nicht erwähnte. Sonst würde sie sich nur noch schlechter fühlen. „Es tut mir wirklich leid", sagte Nicholas, „aber ich glaube, wir würden beide nicht glücklich werden, wenn wir heirateten."

„Du hast sicher recht. Aber ich musste dich wenigstens

fragen“, erwiderte Ruth. Sie seufzte. „Ich schulde meinem Vater so viel.“

Erleichterung breitete sich in Nicholas aus. „Ich werde dir helfen, so gut ich kann. Ich schulde deinem Vater nämlich auch sehr viel. Er war so gut zu mir.“

Ruth stand auf und nickte. Als sie sprach, klang ihre Stimme ruhig und unbewegt. „Du kannst gern, so lange du möchtest, als Gast in meinem Haus wohnen.“

„Ich weiß nicht, ob sich das gehört“, begann Nicholas. „Schließlich bist du eine unverheiratete …“

„Das ist mir egal“, unterbrach ihn Ruth. „Mein Vater würde wollen, dass du hierbleibst. Wenn du es schon nicht für mich tust, dann tu es für ihn.“

Widerstrebend nickte Nicholas. „Na gut.“

Ein klägliches Lächeln spielte um ihre Lippen. „Danke. Ich habe furchtbare Kopfschmerzen. Vielleicht sollte ich mich lieber eine Weile hinlegen. Fühl dich ganz wie zu Hause.“

Nicholas sah ihr nach, wie sie mit schleppenden Schritten den Raum verließ. „Sie sieht so müde und zerbrechlich aus“, dachte er, als er sich wieder setzte. Der Tod ihres Vaters war ein furchtbarer Schlag für sie gewesen.

„Und für mich auch“, setzte er im Stillen hinzu.

Mr Manning hätte ihn ohne Weiteres vor die Tür setzen können, als er in sein Haus geplatzt war und sein Vermögen gefordert hatte. Stattdessen hatte er ihm Arbeit gegeben.

Nicholas’ Magen krampfte sich zusammen. War Mr Manning womöglich ein weiteres Opfer des Unheils geworden, das die Fears verfolgte?

Seit seiner Ankunft in Shadyside war jedem Menschen, der freundlich zu ihm gewesen war, etwas Schreckliches zugestoßen. Ike. Betsy. Mr Manning.

„Moment mal", dachte Nicholas. „Immer mit der Ruhe. Das klingt ziemlich unwahrscheinlich."

Es gab eine Erklärung, die wesentlich einleuchtender war: Jason Goode.

Jason hasste ihn. Hatte ihn von Anfang an gehasst.

Nein. Nicht von Anfang an. Erst ab dem Moment, wo er herausgefunden hatte, dass Nicholas ein Fear war.

„Er war freundlich zu mir, bis Betsy mit dem Mittagessen gekommen ist", fiel es ihm wieder ein. „Und ich dachte noch, er wäre eifersüchtig, weil sie sich so um mich gekümmert hat. Aber in dem Moment, wo Betsy mich bei meinem Nachnamen genannt hat, hat sich sein Verhalten mir gegenüber völlig geändert. Von diesem Moment an hat er mich wegen der Fehde zwischen unseren Familien gehasst."

Außerdem hatte Jason mitbekommen, dass Mr Manning ihn, Nicholas, mochte und Pläne mit ihm hatte.

Vielleicht hatte er das nicht ertragen. Vielleicht war der alte Mann keines natürlichen Todes gestorben, sondern vergiftet worden. Sonderbar war es schon, dass es ihm vom einen auf den nächsten Moment plötzlich so schlecht gegangen war …

Aber was war mit Ike und Betsy? Jason mochte die beiden sehr. War sein Hass auf die Fears so groß, dass er bereit war, seinen Freund zum Krüppel zu machen und seine eigene Cousine umzubringen?

„Wahrscheinlich ist Jason davon ausgegangen, dass ich an der Säge stehen würde", überlegte Nicholas. „Schließlich hatte ich das schon den ganzen Morgen getan."

Jason hatte gewollt, dass er verletzt wurde – nicht Ike.

Aber was war mit Betsy? Ihr Tod konnte kein Unfall sein, der eigentlich ihm zustoßen sollte.

Jason hatte versucht, sie von ihm fernzuhalten. Jedes Mal, wenn er Betsy und ihn zusammen gesehen hatte, hatte er

Betsy weggeschickt. Vielleicht konnte er den Gedanken nicht ertragen, dass sie sich in einen Fear verliebte. Vielleicht hatte er gedacht, sie wäre besser tot als vielleicht selbst einmal eine Fear.

„So leicht wird Jason nicht davonkommen", schwor sich Nicholas. Und wenn es das Letzte war, was er tat, er würde Jason dazu bringen, seine Taten zu gestehen.

Er sollte für die Leben bezahlen, die er ausgelöscht hatte.

26

Nicholas machte sich nicht die Mühe, an Jasons Tür zu klopfen. Er riss sie auf und trat ein.

Jason stand vor dem Kamin und stocherte mit dem Schürhaken im Feuer herum. Erschrocken fuhr er herum.

„Was machst du denn hier?“, fragte er. Seine Lippen verzogen sich zu einem abfälligen Grinsen.

„Ich bin gekommen, weil ich ein paar Antworten will“, erwiderte Nicholas scharf.

„Zum Beispiel würde ich gern wissen, wie du dich gefühlt hast, als deinetwegen das Blut aus Ikes Hand gespritzt ist.“

Jasons Augen wurden dunkel vor Wut und Hass. Sein Körper versteifte sich. „Das war deine Schuld, nicht meine!“, brüllte er. „Du …“

„Und ich möchte wissen, was es für ein Gefühl war, Betsy umzubringen“, unterbrach ihn Nicholas. „Deine eigene Cousine.“

„Neiiiin!“, schrie Jason auf. „Du hast Betsy getötet!“ Er stürzte mit dem Schürhaken in der Hand auf Nicholas zu.

Nicholas hechtete nach Jasons Knien und warf ihn zu Boden.

Jasons Kopf prallte mit einem dumpfen Geräusch auf die Kaminumrandung.

Doch der Schlag konnte ihn nicht aufhalten. Er rollte sich zur Seite, stürzte sich auf Nicholas und zwang ihn mit dem Gewicht seines Körpers auf den Boden. Dann hob er den Schürhaken hoch über den Kopf und zielte damit auf Nicholas' Gesicht.

„Er wird mich töten“, schoss es Nicholas durch den Kopf.

Mit aller Kraft versuchte er, sich unter Jason hervorzuwinden. Schließlich schaffte er es, ihn aus dem Gleichgewicht zu bringen.

Der Schürhaken fiel Jason aus der Hand und schlitterte quer durch den Raum bis zur Tür.

Nicholas rollte sich unter Jason hervor und rammte ihm sein Knie in den Magen. Dann packte er ihn an der Kehle.

„Gesteh!“, brüllte er.

Jason keuchte und versuchte, etwas zu sagen.

Nicholas lockerte den Griff um seinen Hals, ließ seine Hände jedoch, wo sie waren.

„Was denn gestehen?“, stieß Jason hervor.

„Du hast Mr Manning und Betsy auf dem Gewissen! Du hast den Unfall in der Mühle eingefädelt, durch den Ike verstümmelt worden ist. Und das alles nur, weil du wolltest, dass ich aus Shadyside verschwinde. Deswegen hast du dir alle Menschen vorgenommen, die nett zu mir waren.“

„Stimmt, ich wollte, dass du aus Shadyside verschwindest“, erwiderte Jason hitzig. „Und ich habe dir auch den Stein an den Kopf geworfen. Inzwischen wünschte ich, er hätte dich getötet. Aber mehr habe ich nicht getan.“

„Du lügst, du bist doch ein Lügner.“ Nicholas presste sein Knie fester in Jasons Magen. Der stöhnte vor Schmerz auf. „Sag mir die Wahrheit!“, forderte Nicholas.

„Das ist die Wahrheit. Ich würde niemals unschuldige Menschen töten. Nicht mal, um dich zu verletzen. Und besonders nicht Betsy.“

Jasons Augen füllten sich mit Tränen. „Ich habe Betsy geliebt. Sie hat niemandem etwas getan und trotzdem hat sie irgendjemand umgebracht. Ich war es jedenfalls nicht.“

Nicholas starrte auf Jason hinunter. Sagte er die Wahrheit?

„Aber wer hat sie dann getötet?“, fragte Nicholas und ließ Jason los.

Die beiden standen auf und sahen sich misstrauisch an.

„Du!“, beharrte Jason.

„Nein! Du bist ja völlig blind vor Hass. Warum sollte ich Mr Manning oder Betsy töten?“

„Betsy hast du getötet, weil sie eine Goode war.“ Jason starrte Nicholas finster an. „Die Fears haben noch nie einen besonderen Grund gebraucht, um einen aus unserer Familie umzubringen.“

„Meine Mutter war auch eine Goode“, protestierte Nicholas. „Und sie hat einen Fear geheiratet.“

„Das glaube ich dir nicht“, sagte Jason.

Aber die Wut war aus seiner Stimme verschwunden.

„Ich werde rauskriegen, wer Betsy getötet hat“, schwor Jason. „Und wenn du mich angelogen hast, wenn ich herausfinde, dass du es warst, dann bist du dran.“

„Gut“, sagte Nicholas. „Und wenn ich herausfinde, dass du der Mörder bist, werde ich dich töten.“

Die beiden sahen sich lange in die Augen. Dann drehte Nicholas sich um und wollte gehen.

In diesem Moment löste sich eine Gestalt aus den Schatten neben der Tür und rannte auf ihn zu.

27

Ruth? Was machte Ruth denn hier?

Sie stürmte an Nicholas vorbei. Mit einem schrillen Schrei griff sie nach dem Schürhaken, der auf dem Boden lag.

„Halt!“, brüllte Nicholas.

Aber Ruth zögerte nicht einen Moment. Sie holte aus und stieß Jason die Spitze des Schürhakens in den Hals.

Jason stürzte rücklings auf den Holzboden. Er war sofort tot.

Nicholas rannte zu Ruth und packte sie an der Schulter. Mit einem wütenden Fauchen entwand sie sich seinem Griff.

Voller Entsetzen blickte er von Ruth zu dem toten Jason und zurück. Ruths Mundwinkel verzogen sich zu einem kleinen Lächeln.

Sie war wahnsinnig. Völlig wahnsinnig.

Ruth hatte nicht mehr die geringste Ähnlichkeit mit dem schüchternen, unbeholfenen Mädchen, das Nicholas kannte. Hatte der Tod ihres Vaters sie in den Wahnsinn getrieben? Oder hatte sie diese Seite bis jetzt nur gut in ihrem Inneren verborgen?

„Jetzt musst du mich heiraten“, sagte Ruth. Sie ließ den Schürhaken fallen und sah mit einem triumphierenden Lächeln zu Nicholas hoch.

„Warum hast du ihn umgebracht? Warum?“, schrie Nicholas.

Ruths Augen bohrten sich in seine. Kein schüchternes Zu-Boden-Blicken mehr.

„Ganz einfach: Ich habe ihn getötet, damit du mich heiratest“, erwiderte Ruth gelassen. „Sonst werde ich nämlich aussagen, dass du Jason ermordet hast. Und niemand wird dir – einem Fremden und einem Fear – mehr Glauben schenken als mir.“

„Du hast Jason ermordet, um mich zu zwingen, dich zu heiraten?“, fragte Nicholas ungläubig. Ihm war übel.

Sie hob trotzig das Kinn. „An dem Tag, als ich dich mit dem Fahrrad über den Haufen gefahren habe, habe ich beschlossen, dich zu heiraten. Und ich bekomme immer, was ich will.“

„Auch wenn das bedeutet, einen unschuldigen Mann zu töten? Was bist du nur für ein Mensch?“, sagte Nicholas schaudernd.

Sein Herzschlag hämmerte unnatürlich laut in seinen Ohren. Er konnte kaum glauben, was er mit eigenen Augen gesehen hatte. Ruth. Die schwache, scheue Ruth war eine brutale Mörderin.

„Jason ist nicht der Einzige, den ich aus dem Weg räumen musste, um dich zu bekommen“, sagte Ruth in sachlichem Tonfall. „Ich habe Betsy getötet. Ich habe meinen Vater mit dem Sandwich vergiftet. Und ich habe auch Ikes Unfall arrangiert.“

Jason glaubte, seine Knie würden gleich unter ihm nachgeben. Was redete sie denn da? Wie konnte sie seelenruhig erklären, sie hätte ihren eigenen Vater getötet?

„Warum? Warum, Ruth?“

„Ich wollte nicht, dass du außer mir noch jemanden hast, der dir nahesteht. Du solltest hilflos und ohne Freunde sein, damit du gezwungen wärst, dich in allem auf mich zu verlassen“, erklärte Ruth. Sie klang, als wäre sie sehr mit sich zufrieden.

Nicholas wurde mit Entsetzen klar, dass sie keinerlei Reue

verspürte. Sie hatte sich etwas in den Kopf gesetzt – und getan, was nötig war, um es zu bekommen. So einfach war das. Wie konnte jemand so abgrundtief böse sein?

„Du hast gesagt, es wäre der letzte Wunsch deines Vaters gewesen, dass ich dich heirate“, sagte Nicholas mit schwacher Stimme. Er hatte sie doch tatsächlich bedauert und sich gefragt, wie sie ohne ihren Vater zurechtkommen würde.

Sie zuckte mit den Achseln. „Ich bin sicher, es wäre sein letzter Wunsch gewesen, wenn er noch die Kraft gehabt hätte, sich irgendetwas zu wünschen.“

Ruth schlenderte auf die Tür zu. „Keine weiteren Fragen, Nicholas“, sagte sie scharf. „Die Einzelheiten sind jetzt nicht mehr wichtig. Für mich zählt nur noch, dass ich umgehend heiraten möchte.“

„Ich werde dich nicht heiraten“, murmelte Nicholas. Bei dem Gedanken, sein Leben mit Ruth zu verbringen, überlief es ihn eiskalt.

„Oh, ich denke doch. Denn deine einzige Alternative ist der Tod“, sagte Ruth mit tonloser Stimme. „Denn auf Mord steht nun mal die Todesstrafe.“

Zu Nicholas' Erstaunen stiegen ihr Tränen in die Augen und rollten über ihre Wangen. Er sah sie fragend an.

Ruth lächelte verschlagen zu ihm auf. „Ich kann jederzeit auf Befehl weinen und im Zeugenstand werde ich es die ganze Zeit tun. Vor Gericht werde ich allen erzählen, wie gut mein Vater zu dir war und wie du ihm seine Güte vergolten hast, indem du ihn vergiftet hast. Und ich werde dem Richter natürlich auch erzählen, dass du Jason umgebracht hast, weil er die Wahrheit herausgefunden hat.“

Nachdem Ruth sich die Tränen abgewischt hatte, waren ihre Augen sofort wieder trocken.

„Sie würde es tun“, dachte Nicholas. „Wenn ich ihr nicht

ihren Willen lasse, wird sie dafür sorgen, dass ich gehängt werde." Wie sollte er ihr nur entkommen?

„Also, wie lautet deine Entscheidung?", fragte sie. „Willst du sterben oder mich heiraten?"

Während Ruth auf seine Antwort wartete, begann eine Idee in seinem Kopf Gestalt anzunehmen.

Eine großartige Idee.

Eine böse Idee.

28

„Wie lautet deine Entscheidung?“, wiederholte Ruth mit kalter Stimme.

„Sterben!“, schrie Nicholas innerlich auf. „Ich würde lieber sterben als dich heiraten!“

Aber er verbarg seine Gefühle. Er sah sie mit unbewegter Miene und ausdruckslosen Augen an. Ruth hatte ihr Spiel mit ihm gespielt. Hatte ihn hinters Licht geführt und ihn ausgetrickst. Sie war nicht das Mitleid erregende, schüchterne Mädchen, für das er sie gehalten hatte.

Doch dieses Spiel konnte Nicholas auch spielen. Allerdings würde er die Regeln ein wenig ändern …

Er blickte auf Jasons Leiche hinunter und tat so, als würde er nachdenken. Dann sah er Ruth an und lächelte. „Ich werde dich heiraten.“

Aber danach würde er sie töten und sich ihr Geld unter den Nagel reißen, beschloss er. Und mit diesem Geld würde er Rosalyn heiraten.

Ruth kümmerte sich um sämtliche Hochzeitsvorbereitungen und zwei Tage später standen sie im Salon vor dem Pfarrer. Sie hatte ihm erzählt, sie sei wegen des Todes ihres Vaters immer noch in Trauer und wünsche deswegen eine stille Feier. Die einzigen anderen Anwesenden waren die Frau des Pfarrers und Mrs Baker als Trauzeugen.

Der Pfarrer begann, das Eheversprechen vorzulesen. Ruth wiederholte die Worte mit klarer Stimme.

Nicholas lächelte sie freundlich an. Aber insgeheim dachte er: „Du glaubst vielleicht, du hättest gewonnen, Ruth. Aber ich kann es gar nicht erwarten, dein Gesicht zu sehen, wenn du feststellst, wie wenig Zeit dir tatsächlich bleibt, bis dass der Tod uns scheidet."

Der Pfarrer wandte sich an Nicholas, der ihm das Eheversprechen mit unbewegter Stimme nachsprach. Dann forderte der Pfarrer Nicholas auf, Ruth ein Pfand seiner Liebe zu überreichen. Sie hatte ihm gesagt, dass sie keinen Ring wollte, sondern das Amulett.

Nicholas verabscheute den Gedanken, dass Rosalyns wertvollster Besitz um Ruths Hals hing und ihre kalte Haut berührte.

„Aber sie wird dieses Amulett nur kurze Zeit tragen", tröstete er sich. „Ich werde es mir zurückholen, wenn ich sie töte. Rosalyn wird nie erfahren, dass es jemand anders getragen hat."

Er holte tief Luft und legte Ruth die silberne Kette um den Hals.

„Sie dürfen die Braut jetzt küssen", sagte der Pfarrer herzlich.

Nicholas beugte sich zu Ruth hinunter. Und zuckte zurück.

Irgendetwas stimmte nicht mit ihrem Gesicht. Ihre Haut schien sich zu bewegen.

Maden. Nicholas sah, wie kleine weiße Maden aus Ruths Mund und Nase krabbelten.

Sie streckte den Arm aus und zog seinen Kopf zu sich hinunter.

29

Ruth lächelte und enthüllte dabei eine Reihe schwarzer verfaulter Zähne.

Die Maden schwärmten nun über ihr Gesicht, das sich immer stärker verzerrte.

Ruth hielt ihm erwartungsvoll die Lippen entgegen.

„Ich kann sie nicht küssen", dachte Nicholas. „Ich kann es einfach nicht."

Das Trugbild verschwand und Ruth sah plötzlich wieder ganz normal aus.

„Küss mich, Nicholas", sagte sie mit süßer Stimme, aber Nicholas wusste genau, dass es ein Befehl war.

Er musste nur diese Hochzeitszeremonie durchstehen, sagte er sich. Heute Nacht hatte er schon nichts mehr mit ihr zu tun.

Denn dann würde sie tot sein.

Nicholas drückte flüchtig seinen Mund auf ihre Lippen. Sie waren eiskalt – wie auch der Rest von ihr.

Doch bevor der Morgen graute, würden sie noch kälter sein. Und er würde sie nie wieder küssen müssen.

„Ich nehme an, dass Sie die Leute im Ort von Ihrer Hochzeit noch unterrichten werden", sagte der Pfarrer, nachdem er ihnen alles Gute gewünscht hatte.

„Ja, natürlich", versicherte ihm Ruth. „Ich weiß, wir hätten noch warten sollen, aber es war der größte Wunsch meines Vaters, dass wir so schnell wie möglich heiraten."

Nicholas nahm ihre Hand und zwang sich, seine Rolle zu spielen. „Ja", setzte er hinzu. „Und wir hatten das Gefühl, es sei wichtig, ihm diesen letzten Wunsch zu erfüllen."

Der Pfarrer nickte zustimmend. „Ich bin sicher, Sie beide wollen jetzt alleine sein“, sagte er und führte seine Frau und Mrs Baker zur Tür.

Nicholas war erleichtert, als er die Tür hinter ihnen schließen konnte, nachdem alle noch einmal ihre guten Wünsche ausgesprochen hatten.

Er drehte sich zu Ruth um. „Ich habe eine Flasche Champagner aus dem Weinkeller deines Vaters geholt. Wie wär's, wenn wir miteinander anstoßen?“

„Oh, Nicky! Das ist eine wundervolle Idee!“, hauchte Ruth. „Ich zieh mich nur schnell um. Bin gleich zurück.“ Sie durchquerte die Eingangshalle und lief die Treppe hinauf.

„Nicky. Ich hasse diesen Namen“, dachte Nicholas, während er in die Küche ging. „Ich hasse Ruths falsches Lächeln und ihr albernes Getue. Als wäre sie ein kleines Mädchen.“

Sie wusste doch, dass er Zeuge gewesen war, wie sie Jason den Schürhaken in den Hals gerammt hatte. Und sie wusste, dass er mit eigenen Augen gesehen hatte, auf welch schreckliche Art und Weise Betsy gestorben war. Warum machte sie sich die Mühe, ihm so ein Theater vorzuspielen?

Er schaute aus dem Küchenfenster. Es sah aus, als würde ein Sturm aufziehen.

Nicholas nahm zwei Gläser aus dem Schrank. Dann holte er ein Päckchen Rattengift aus der Tasche und leerte es in eins davon. Er füllte das Glas mit Champagner und wartete, bis sich das Pulver aufgelöst hatte.

Der Verkäufer in dem kleinen Gemischtwarenladen in Waynesbridge hatte ihm versichert, dass diese Dosis mehr als ausreichend wäre, um sein Rattenproblem zu lösen.

Nicholas schenkte sich ebenfalls ein, nahm beide Gläser und ging hinüber ins Arbeitszimmer. Dort setzte er sich in einen der Ledersessel und wartete auf Ruth.

Der Himmel verdunkelte sich, als immer mehr Gewitterwolken aufzogen. Es begann, wie aus Eimern zu schütten.

„Du siehst so ernst aus, Nicky“, sagte Ruth vorwurfsvoll. „Woran denkst du?“

Als Nicholas den Kopf drehte, sah er sie im Türrahmen stehen. Sie trug auf einem Tablett eine kleine Hochzeitstorte.

Blitze zuckten über den Himmel und ließen die roten Edelsteine auf dem Amulett um ihren Hals funkeln und glitzern.

Er zwang sich zu einem strahlenden Lächeln. „Ich habe nur gerade gedacht, was es für ein Glück war, dass ich nach Shadyside gekommen bin. Hierher zu dir, Ruth.“

Lächelnd stellte Ruth die Torte auf den Schreibtisch. Dann ging sie um den Sessel herum und legte ihm die Hände auf die Schultern. „Wie süß von dir, dass du das sagst.“

Nicholas legte den Kopf in den Nacken und blickte in ihre seltsam leblos wirkenden schwarzen Augen. „Du hattest recht, Ruth. Wir sind Freunde. Und wir werden gut miteinander auskommen. Lass uns darauf anstoßen.“

Er stand auf.

„Sei vorsichtig“, sagte er sich im Stillen. „Ruth ist clever. Wenn sie merkt, dass du dich ungewöhnlich verhältst, ist es aus. Sie kann der Polizei immer noch jederzeit sagen, du hättest Jason ermordet.“

Nicholas reichte Ruth ihr Glas und griff dann nach seinem eigenen. Seine Hände zitterten nicht. Gut.

„Ich habe noch nie Champagner getrunken, Nicky“, rief Ruth aus. „Was für ein Spaß!“

„Ich freue mich, dass du ihn zum ersten Mal mit mir trinkst“, erwiderte Nicholas. Sehr gut. So würde sie nicht merken, wenn der Champagner seltsam schmeckte.

Nicholas erhob sein Glas. „Auf unsere Hochzeit!“

Er setzte das Glas an die Lippen.

„Nein!“, rief Ruth.

Er erstarrte. „Was ist denn?“, fragte er.

„Wir müssen unsere Arme verkreuzen, damit ich aus deinem Glas trinken kann und du aus meinem. Das habe ich in einem Roman gelesen.“ Ruth kam näher und hielt ihm ihr Glas hin, ihr Glas mit dem Gift, bis es nur noch wenige Zentimeter von Nicholas’ Lippen entfernt war. Sein Magen zog sich zusammen. Was sollte er jetzt tun?

In diesem Moment klopfte es an der Tür.

Gerettet!

„Ich gehe schon“, sagte Nicholas laut.

Er stellte sein Glas auf den Schreibtisch.

„Das wird die längste Nacht meines Lebens“, dachte er, als er zur Tür eilte. Er hatte geplant, Ruth im Wald zu verscharren, nachdem er sie getötet hatte. Die Grube hatte er bereits ausgehoben.

Wieder klopfte es.

Nicholas griff nach der Klinke und öffnete die Tür.

Er spürte, wie sein Herzschlag einen Moment aussetzte. Seine Kehle wurde trocken.

„Rosalyn“, flüsterte er heiser.

30

Nicholas trat hastig auf die Veranda vor dem Haus und schloss die Tür hinter sich.

Rosalyn schlang die Arme um seinen Hals und er drückte sie ganz fest an sich.

Ihre Kleider waren völlig durchnässt, aber er spürte trotzdem die Wärme ihres Körpers. Sie war warm. So warm.

Ganz anders als Ruths kaltes Fleisch. Nicholas schauderte, als er sich vorstellte, er würde stattdessen sie in den Armen halten.

Als er sein Gesicht in Rosalyns feuchtem Haar vergrub, stieg ihm der Duft von Rosen in die Nase. Er wollte Ruth vergessen. Und all die gewaltsamen Tode, deren Zeuge er geworden war.

Am liebsten hätte er Rosalyn nie wieder gehen lassen. Aber er hatte keine andere Wahl. Er durfte nicht zulassen, dass sie mit Ruth zusammentraf. Rosalyn würde es niemals verstehen. Und er würde sie für immer verlieren.

Nicholas trat einen Schritt zurück, blickte auf Rosalyns Gesicht hinunter und versuchte, sich jede Einzelheit einzuprägen. Es kam ihm vor, als wären Jahre vergangen, seit sie sich am Strand von Shadow Cove voneinander verabschiedet hatten. Dabei war es erst ein paar Tage her. Aber in dieser Zeit war so viel passiert. Zu viel.

Wieder zuckten Blitze über den Himmel. Nicholas konnte die Sorge in Rosalyns braunen Augen deutlich erkennen. „Nicholas, du wirkst so unruhig", sagte sie. „Ist alles in Ordnung?"

„Rosalyn, es gibt eine Menge zu erzählen“, erwiderte Nicholas, „aber jetzt nicht.“ Er sah sie eindringlich an. „Nicht hier. Du solltest besser gehen. Nimm dir ein Zimmer im Hotel. Ich komme später zu dir, versprochen.“

„Sobald ich meine Frau umgebracht habe“, dachte er.

Bevor Rosalyn ihm auch nur eine einzige Frage stellen konnte, beugte Nicholas sich zu ihr hinunter und küsste sie innig. Versuchte, ihr zu zeigen, wie schrecklich er sie vermisst hatte.

Dann löste er sich von ihr. „Du musst jetzt gehen.“

Rosalyn sah ihn verwirrt an, aber sie nickte.

Plötzlich wurde die Haustür aufgerissen und Licht ergoss sich über die Veranda.

Ruth lief zu Nicholas und packte seine Hand. „Oh, hallo!“, sagte sie zu Rosalyn. „Sind Sie eine von Nickys Freunden?“

Nicholas wusste, dass Rosalyn darauf wartete, von ihm als seine Verlobte vorgestellt zu werden. Aber er war wie zu Eis erstarrt und brachte kein Wort heraus.

„Ich bin Rosalyn, seine Verlobte“, antwortete sie schließlich selbst.

„Sag doch etwas!“, befahl sich Nicholas. „Irgendwas.“

„Ich habe Rosalyn den Weg zum Hotel erklärt“, platzte er heraus. „Sie muss sofort aufbrechen.“

„Nein!“, protestierte Ruth. „Deine Freundin soll noch bleiben und mit uns anstoßen. Wo sie doch schon nicht rechtzeitig zur Hochzeit hier war.“

Nicholas sah, wie das Blut aus Rosalyns Wangen wich. Ihr Gesicht wurde kalkweiß.

„Unmöglich“, sagte Nicholas mit schwacher Stimme. „Rosalyn muss jetzt wirklich gehen …“

Ruth beachtete ihn gar nicht. Sie hakte Rosalyn unter und führte sie ins Haus. Nicholas folgte ihnen. „Wie dumm von mir“, plapperte Ruth drauflos. „Ich habe mich ja gar nicht vorgestellt. Ich bin Ruth. Mrs Nicholas Fear.“

Sie warf Nicholas über die Schulter einen Blick zu. „Hol doch bitte noch ein Glas“, sagte sie.

„Rosalyn möchte nicht …“, setzte Nicholas an.

„Nein“, unterbrach ihn Rosalyn. Sie drehte sich um und sah ihn an. „Ich möchte gerne auf euch anstoßen. Du weißt doch, wie sehr mir dein Glück am Herzen liegt, Nicholas.“

Er hörte den Schmerz in ihrer Stimme, als sie darum kämpfte, nicht die Fassung zu verlieren.

„Ich bin gleich zurück“, murmelte Nicholas und eilte in die Küche. Seine Hände zitterten, als er noch ein Champagnerglas aus dem Schrank nahm und einschenkte.

Er musste so schnell wie möglich zu den beiden zurück, um sicherzugehen, dass Rosalyn nicht aus dem Glas mit dem Gift trank.

„Sehen Sie mal, was Nicky mir als Zeichen seiner Liebe geschenkt hat“, hörte er Ruth prahlen, als er den Raum betrat.

„Nicholas muss Sie sehr lieben, wenn er Ihnen ein so außergewöhnliches Geschenk macht“, sagte Rosalyn tonlos. Sie schaute Nicholas an und er sah, wie ihr die Tränen in die Augen stiegen.

Am liebsten hätte er ihr auf der Stelle alles erklärt. Aber das konnte er nicht. Er durfte seinen Plan nicht gefährden. Er musste die Rolle des liebenden Ehemanns spielen, bis Ruth tot war.

„Lasst uns anstoßen“, sagte Ruth und erhob ihr Glas.

Sie hatte bereits ein Glas Champagner in der Hand.

Ebenso wie Rosalyn.

Aber in welchem war das Gift?

31

„Auf Nicholas und seine Braut“, sagte Rosalyn und erhob ihr Glas.

Dann setzte sie es an die Lippen.

„Neiiin!“, rief Nicholas.

Doch Rosalyn hatte den Champagner bereits hinuntergestürzt.

Genau wie Ruth.

„Was ist los, Nicky?“, flötete Ruth. „Wolltest du etwa einen Toast ausbringen?“

Nicholas ignorierte sie. Er blickte zwischen Ruth und Rosalyn hin und her. Welche von ihnen hatte das Gift getrunken?

„Ich lasse euch beide jetzt allein“, sagte Rosalyn.

„Möchten Sie nicht noch auf ein Stück Hochzeitstorte bleiben?“, fragte Ruth. Sie griff nach einem großen Messer, um Rosalyn ein Stück abzuschneiden.

„Nein. Ich muss gehen.“

Ruth zuckte mit den Achseln und legte das Messer zurück auf die Tortenplatte.

Rosalyn machte zwei Schritte auf die Tür zu. Dann stolperte sie.

Beim nächsten Schritt gaben ihre Knie unter ihr nach. Sie fiel zu Boden.

Nicholas lief zu ihr hinüber und kniete sich neben sie. Rosalyn wurde von Krämpfen geschüttelt und ihr Körper zuckte unkontrolliert. Sie stieß ein Stöhnen aus.

Nicholas nahm sie in die Arme und hielt sie ganz fest. „Es

tut mir so leid, Rosalyn. Bitte vergib mir. Das … das wollte ich nicht“, flüsterte er verzweifelt.

Ihre Lippen bewegten sich. Nicholas beugte sich näher zu ihr und lauschte angestrengt. Aber er konnte nichts verstehen.

Dann bekam sie keine Luft mehr. Plötzlich versteifte sich ihr Körper.

Und wurde dann ganz schlaff. Schlaff und ruhig.

Sie war tot.

Verzweifelt wiegte Nicholas Rosalyn in seinen Armen und strich ihr das schwarze Haar aus dem Gesicht. „Es tut mir leid. So furchtbar leid, Rosalyn.“

Wieder und wieder stammelte er seine Entschuldigung, obwohl sie ihn nicht hören konnte. Ihn nie wieder hören würde.

„Ich liebe dich“, murmelte Nicholas.

„Du musst die Leiche loswerden“, sagte Ruth ruhig.

Nicholas hatte ganz vergessen, dass sie auch noch da war. „Sie sollte tot sein“, dachte er bitter. „Nicht Rosalyn. Ruth hätte sterben sollen.“

Und sie würde sterben.

Das Spiel war aus.

Nicholas sprang auf. Er griff nach dem großen Messer auf der Tortenplatte.

Und stürzte sich auf Ruth.

32

Ruth griff nach dem Amulett und hielt es schützend vor sich. Nicholas erstarrte mitten in der Bewegung.

Das Amulett glühte auf.

„W-was …?“, stieß Nicholas hervor.

Ruth lachte. „Du weißt ja gar nicht, was das hier ist. Dieses Amulett besitzt Macht. All die Macht, die du dir wünschst.“

Ihre Stimme war leise und beherrscht. Wieder hatte sie ihre Maske fallen lassen und zeigte offen die Kälte, die sich darunter verbarg.

„Ich spüre diese Macht, aber ich bin keine Fear. Deswegen kann ich sie nicht so nutzen wie du. Denk doch nur, was wir zusammen erreichen könnten“, sagte Ruth.

„Macht“, knurrte Nicholas abfällig. „Ich werde dir gleich eine Lektion erteilen, was Macht angeht. Eine Sägemühle zu besitzen, macht mich nicht gerade zu einem mächtigen Mann.“

„Erst werde ich dir eine Lektion erteilen“, sagte Ruth gelassen. „Hör gut zu: Dieses Amulett ist seit Generationen in der Familie Fear. Dein Vater hat es Nora Goode zu ihrer Hochzeit geschenkt.“

Nicholas schüttelte den Kopf. „Ich habe das Amulett nicht von meiner Mutter. Rosalyn hat es mir geschenkt. Sie hat es am Strand gefunden, als sie noch ein Kind war.“

Ruth zuckte leicht mit den Achseln. „Dieses Amulett ist untrennbar mit den Fears verbunden. Mein Kindermädchen hat früher im Herrenhaus gearbeitet. Sie hat mir viele Geschichten über eure Familie erzählt.“

Nicholas starrte auf den pulsierenden Schein. Er berührte eine der silbernen Klauen mit dem Finger. Das Metall fühlte sich warm an.

„Du kannst seine Macht spüren, nicht wahr, Nicholas? Diese Macht könnte dir gehören, mit meiner Hilfe“, drängte Ruth.

Er blickte sie an. Ihre schwarzen Augen verrieten keine Regung. „Ich hätte sie gar nicht heiraten müssen“, schoss es Nicholas durch den Kopf. „Die Macht stand mir die ganze Zeit zur Verfügung. Ich kann Ruth immer noch umbringen. Und zwar auf der Stelle.“

„Ich weiß genau, was du denkst, Nicholas“, sagte Ruth. „Du glaubst, du könntest die Macht, nach der du dich sehnst, auch ohne mich haben. Du denkst daran, mich zu töten.“

Nicholas’ Finger schlossen sich fester um das Messer. „Warum nicht? Nach allem, was du mir angetan hast.“ Er blickte auf Rosalyns reglosen Körper hinunter.

„Deinetwegen“, erwiderte Ruth. „Ich habe das alles nur für dich getan. Du wolltest Macht. Jetzt hast du sie. Ich kann dir beibringen, mit ihr umzugehen. Rosalyn hätte dich nur davon abgehalten, deine Macht zu nutzen.“

Nicholas lockerte seinen Griff. Ruth hatte recht. Rosalyn hätte nie etwas mit dem Bösen zu tun haben wollen.

„Du und ich, wir können diese Macht kontrollieren“, fuhr Ruth fort und schloss ihre Finger um das Amulett. „Du bist ein Fear und ich besitze ein umfangreiches Wissen über dieses Amulett und die dunklen Künste. Zusammen können wir alles erreichen.“

Nicholas fuhr sich mit der Hand über die Augen. Rosalyn war tot. Seine Mutter war tot. Und er besaß keine Freunde. Warum sollte er diese Macht nicht annehmen? Sie war alles, was er noch hatte. Alles, was ihm der Fluch der Fears noch gelassen hatte. Warum sollte er nur das Unheil seiner Familie erben? Warum nicht auch ihre Macht? Ruth wusste, dass er sie nicht liebte und es auch nie tun würde. Aber er konnte sie benutzen, um zu bekommen, was er wollte.

Nicholas hielt ihr das Messer hin.

„Würdest du mir ein Stück von der Hochzeitstorte abschneiden?“, fragte er lächelnd.

Ruth erwiderte sein Lächeln und hakte sich bei ihm unter. „Wir haben einiges zu planen, mein Mann.“

Nicholas warf einen letzten Blick auf Rosalyn. Auf die süße, tote Rosalyn. Dann wandte er sich wieder Ruth zu. „Ja, wir haben eine Menge zu planen“, stimmte er ihr zu.

Denn er war ein Fear. Und er würde sein Leben wie ein Fear verbringen.

„Macht durch das Böse“, sagte Nicholas. Und lächelte.

Epilog

Die Einwohner von Shadyside klatschten, als Nicholas das rote Band mit einer großen Schere durchschnitt. Er und Ruth betraten vor den anderen das frisch gerodete Stück Land.

„Hier wird das erste neue Haus der Fear Street entstehen. Die Fear Street soll eine prächtige Straße werden", verkündete Nicholas und die Menge begann zu jubeln.

Ruth stellte sich dicht hinter ihn. Nicholas zwang sich, nicht zusammenzuzucken, als sie ihm mit ihrer kalten Hand über die Wange strich.

„Zusammen werden wir aus der Fear Street das machen, was sie immer sein sollte", schwor Ruth. Sie fuhr mit dem Daumen über die Worte, die auf der Rückseite des Amuletts eingraviert waren. MACHT DURCH DAS BÖSE.

Nicholas blickte zu den Überresten des zerstörten Herrenhauses hinüber. „Ja", dachte er. „Bald werden alle den Namen der Fear Street kennen. Und fürchten."

Über den Autor

„Woher nehmen Sie Ihre Ideen?“
Diese Frage bekommt R.L.Stine besonders oft
zu hören. „Ich weiß nicht, wo meine Ideen herkommen“,
sagt der Erfinder der *Fear Street*.
„Aber ich weiß, dass ich noch viel mehr
unheimliche Geschichten im Kopf habe, und ich
kann es kaum erwarten, sie niederzuschreiben.“
Bisher hat er mehrere Hundert Kriminalromane
und Thriller für Jugendliche geschrieben, die
in den USA alle Bestseller sind.
R.L.Stine wuchs in Columbus, Ohio, auf.
Heute lebt er mit seiner Frau Jane und seinem Sohn Matt
unweit des Central Parks in New York.